Leah Hasjak

FIT ME UP

Katharinas Geschichte.

Leah Hasjak
c/o AutorenServices.de
König-Konrad-Str. 22
36039 Fulda

Leahhasjak@gmail.com

ISBN: 9781981080267

1. Auflage
Umschlaggestaltung, Illustration: Leah Hasjak

Für Christoph,
ohne den ich das *Endless House* nicht kennen würde.

KAPITEL I

Die Krönung eines furchtbaren Jahres

2. Dezember, 86 Kilo

Ich ermahnte mich, nicht zu lauschen. Es gehörte sich nicht, fremde Gespräche mitzuhören. Andererseits war ich zuerst im Aufenthaltsraum des Fitnessstudios gewesen und hatte unschuldig meinen Smoothie getrunken. Wenn die zwei Typen sich hier streiten wollten, störten sie mich und nicht ich sie.

Leider standen sie genau zwischen mir und der Tür. Ich beschloss, den Kopf einzuziehen und mich tief in den Sessel zu drücken, um diese peinliche Diskussion zu überstehen, ohne gesehen zu werden.

»Wie oft soll ich es dir noch sagen? Hör auf, ständig Geld für Cardiogeräte auszugeben! Die helfen keinem beim Abnehmen, und die Mädels, die sie täglich benutzen, werden davon nur noch fetter.«

Hey, was meinte der Kerl mit »Cardiogeräten«? Etwa das Laufband und den Stepper? Seit ich ins Fitnessstudio ging, verbrachte ich meine Zeit immer und ausschließlich auf den Dingern.

Beleidigt sah ich vorsichtig über meine Lehne nach hinten. War ich eines der »Mädels«, die er meinte? Verdammt, fluchte ich innerlich, als ich erkannte, wer mit mir im Raum war. Warum mussten ausgerechnet die beiden hier ihre Grundsatzdiskussion austragen?

»Gerade diese ‚unnötigen' Geräte ziehen unsere Kundinnen an. Denkst du etwa, ich kann Frauen mit Hanteln und Gewichten davon überzeugen, hier zu trainieren? Das erste, wonach die fragen, wenn sie einen Fuß über die Schwelle setzen, ist, wie viele Laufbänder wir haben und ob sie auch zu Stoßzeiten frei sind.«

Die aufgebrachte Stimme gehörte dem jungen Besitzer des Fitnessstudios. Er hieß Benjamin. Bei ihm hatte ich meinen Vertrag unterschrieben. Und ja, ich hatte ihn auch nach dem Crosstrainer gefragt. War das etwa ein Fehler gewesen? Warum sollte ich mich nicht auspowern, um abzunehmen?

Ich hörte sein Gegenüber verächtlich schnauben:

»Und deswegen bleiben die auch alle fett und verschwenden Zeit ihres Lebens, mit der sie besseres anfangen könnten. Jetzt willst du noch Fernseher auf die Teile schrauben, damit sie nicht nur von ihrem Training – wenn man das überhaupt als solches bezeichnen kann – abgelenkt werden, sondern sich auch weiterhin stundenlang sinnlos darauf abstrampeln. Ich fasse es nicht!«

Er hörte sich so fassungslos an, dass ich ihm tatsächlich sofort glaubte. Offensichtlich wühlte ihn das auf und aus Solidarität war jetzt auch ich dagegen, dass unsere Laufbänder und Crosstrainer kleine Fernseher bekamen. Obwohl, eigentlich würde mir das gefallen. Etwas Abwechslung könnte wirklich nicht schaden. Meine Solidarität verflog so schnell, wie sie gekommen war.

Moment mal. Was hatte er überhaupt gegen Ausdauertraining? Genau das hatte mir Benjamin am Tag meiner Anmeldung bei der kleinen Führung durch das Fitnessstudio empfohlen.

»Alex, ich treffe diese Entscheidung nur aus taktischen Gründen. Wir brauchen mehr Abonnenten und müssen mit den anderen Studios mithalten. Die haben alle neue Geräte mit Bildschirmen und wir müssen ebenfalls aufrüsten. Mir bleibt da keine Wahl.«

Oh, oh, Alex schien das nicht zu überzeugen. Er trat gegen einen Gegenstand und fluchte laut. Ich verkroch mich tiefer in meinem großen Sessel, der zum Glück mit dem Rücken zu den beiden stand.

»Wenn wir mehr Kraftsportutensilien hätten, einen Cross-Fit-Raum zum Beispiel, und du die Ladies besser beraten würdest, müssten wir uns auch keine Sorgen um die Abonnenten machen. Frauen, die schlank werden und endlich in eine Sechsunddreißig passen, tun alles, um das zu halten. Sie würden dir das Geld mit einer Schubkarre in den Laden fahren.«

Wenn ich in eine Sechsunddreißig passen würde, nähme ich das Studio, dass dieses Wunder vollbracht hatte, in mein Testament auf.

»Meine Entscheidung ist getroffen und die Bildschirme sind bestellt. Punkt. Das ist mein Laden und mein Geld.«

Gut so, Benjamin. Lass dir nicht reinreden, ich freue mich schon auf die Dinger. Ich malte mir bereits aus, wie ich abends herkäme, um auf den Crosstrainer zu steigen und mir meine Lieblingsserie anzusehen. So würde die Zeit viel schneller vergehen, während ich etwas für meine Figur tat.

Alex gab jedoch nicht so schnell auf. Aufgebracht schimpfte er weiter:

»Seit Jahren beobachte ich die Dicken dabei, wie sie zwei bis drei Mal die Woche stundenlang ihre großen Ärsche abrackern, ohne ein Gramm abzunehmen. Einige werden sogar fetter. Ich bin es langsam leid. Du kannst nicht zulassen, dass sie weiterhin nur Ausdauer machen. Du weißt es verdammt nochmal besser. Schau dich an, du trainierst nicht mal halb so viel wie die Frauen hier und ich habe dich noch nie auf einem Laufband gesehen.«

Ich lugte wieder über meine Lehne und vergewisserte mich, ob das sein konnte. Benjamin war super durchtrainiert und gertenschlank. Als ich ihm das erste Mal begegnet war, dachte ich, er müsste seinen halben Tag an den Geräten hier verbringen, um so auszusehen.

Mein Blick wanderte zu Alexander, dem Trainer. Wir hatten bis heute kein Wort miteinander gewechselt. Ich hatte einmal versucht, ihn anzusprechen, um einen Rat zu bekommen, doch er hatte mich knallhart ignoriert und getan, als würde er mich nicht hören. Fieser, unsympathischer Typ, extrem arrogant. Aber Herrgott, sah er gut aus. Breite Schultern, hochgewachsen, schmale Taille und ein Gesicht …

»Ich sehe so aus, weil du mich trainierst«, antwortete Benjamin. »Würdest du deine Aufmerksamkeit so großzügig den Frauen widmen, die etwas mehr auf den Rippen haben, anstatt dir immer nur die Supermodels unter den Kundinnen herauszupicken, würden die vielleicht eines Tages genauso aussehen wie ich.«

»Würden sie nicht!«, erwiderte Alex. »Die Supermodels, wie du sie nennst, sehen so aus, weil sie diszipliniert und lernwillig sind. Sie hören mir zu. Sie machen Krafttraining. Das ist der entscheidende Faktor. Die anderen sehen mich an wie Kühe, nicken und steigen wieder auf ihre Crosstrainer.«

Benjamin seufzte genervt.

»Alex, genau die will ich aber halten. Sie schenken dem Fernseher mehr Vertrauen als dir und deinen Geräten. Wir verlieren sie, wenn wir nicht nachrüsten.«

Es schien mir, als wäre das Gespräch damit gelaufen. Benjamin machte sich auf den Weg zur Tür, doch Alexander ließ nicht locker.

»Okay, du hast recht. Wenn ich wollte, könnte ich in neun Monaten sogar die mit dem Elefantenshirt in ein Supermodel verwandeln.«

Ich sah an mir herunter und zog mein T-Shirt glatt. Es war ein altes XXL-Shirt mit einem ausgewaschenen, ehemals blauen Elefanten darauf. Mein Lieblingsshirt, ich trug es immer zum Training. Meinte er etwa mich?

Ich hörte Benjamin lachen.

»Die ist ein hoffnungsloser Fall. Selbst, wenn du sie den ganzen Tag Bankdrücken, Sit-ups, Push-ups und Deadlifts machen lassen würdest – die bekommst du keine zehn Kilo leichter.«

Mit offenem Mund saß ich da. Die beiden sprachen über mich! In ihren Augen war ich nicht nur fett, sondern auch ohne einen Funken Hoffnung auf Veränderung.

»Mit der richtigen Ernährung und den richtigen Geräten geht alles. Crossfit und ich machen in weniger als einem Jahr ein Fitnessmodel aus ihr. Aus ihr und all den anderen auch. Aber wir haben weder die Schulungsräume noch die Geräte. Du schleppst immer nur das Falsche an.«

Benjamin blieb in der Tür stehen und drehte sich zu Alexander um.

»Ich bin fast versucht, mit dir und deiner großen Klappe darum zu wetten. Wenn du es schaffst, aus Miss Elefantenshirt in kurzer Zeit ein Model zu machen, tauschen wir hier alles aus und ich lasse dir dabei freie Hand. Aber, unter uns: Ich kann mir nicht vorstellen, dass du sie dazu bringst, auch nur einen Push-up zu machen. Geschweige denn siebzig Squads. Vergiss es und mach dich wieder an die Arbeit.«

Mit diesen Worten verließ er den Raum. Alexander stand noch

eine Weile da. Ich hörte ihn aufgebracht ein- und ausatmen, bis er ebenfalls hinausmarschierte und die Tür hinter sich zuknallte.

Ich traute mich zunächst nicht aus meinem Sessel heraus. Was, wenn ich einem der beiden draußen über den Weg lief? Ich würde mich in Grund und Boden schämen.

So blieb ich noch fünf Minuten sitzen, bevor ich mich vorsichtig auf den Weg machte. Ich begegnete zwei Frauen, die sich in voller Lautstärke über Details aus ihrem Sexleben unterhielten. Es musste ihnen wichtig sein, dass noch jemand mithörte.

Dieser Jemand war Alexander, der ihnen auf dem Fuß folgte. Er überging ihr Gespräch kommentarlos und mahnte sie zur Eile. Seine Zeit war kostbar und er hatte im Anschluss noch zwei Termine. Ohne mich eines Blickes zu würdigen, gingen die fleischgewordenen Männerfantasien an mir vorbei in den Kursraum. Alexander runzelte die Stirn, als er mich sah, sagte jedoch nichts, sondern schloss die Tür hinter sich.

*

Nach der Diskussion, deren unfreiwillige Zeugin ich geworden war, war mir die Lust vergangen, mein Training fortzusetzen. Ich war früher zuhause als geplant. Zu meinem Unglück roch es im Treppenhaus unwiderstehlich lecker nach der Pizzeria im Erdgeschoss. Entgegen allen guten Vorsätzen, das nicht mehr zu tun, bestellte ich mir eine Pizza und eine Flasche Cola. Vielleicht war das nicht gerade eine meiner besseren Ideen. Schließlich hatte ich heute nur halb so lang trainiert wie geplant und mittags schon Pasta gegessen. Doch mir war nicht nach Salat und Wasser, sondern nach Pizza, Cola und Schokolade.

Der Weg in die vierte Etage brachte mich aus der Puste und ich legte vor der Wohnungstür eine Verschnaufpause ein. Hinter der Tür war ein lautes »Miauuuuuu« zu vernehmen. Jemand erwartete mich ungeduldig. Hastig kramte ich meinen Schlüssel heraus, um meiner kleinen, übergewichtigen Katze eine hungerinduzierte Nahtoderfahrung zu ersparen. Immerhin waren seit ihrer letzten Mahlzeit sieben Stunden vergangen, in denen sie nichts zu essen gehabt hatte als eine geschätzte Tonne Trockenfutter, die ich in der ganzen Wohnung verteilt hatte. Nicht genug für eine Katze in den besten Jahren. Für sie ähnelte der Zeitraum zwischen den Mahlzeiten einer langanhaltenden Hungersnot.

Schnell begrüßen, alles fallenlassen, Nassfutter auf den Teller. Erst, als der Hungertod abgewendet war, konnte ich in Ruhe meine Schuhe ausziehen und den Einkauf auspacken.

Ich schaltete den Fernseher ein und machte es mir auf der Couch gemütlich. Ein Stück Pizza in der einen, ein Glas Cola in der anderen Hand ließ ich mich berieseln.

Unweigerlich wanderten meine Gedanken zurück zu dem Gespräch von vorhin. Benjamin und Alexander hatten über mich geredet. Schön war das nicht gewesen. Ihre Worte hatten mich gekränkt und meine Stimmung auf ein Rekordtief gedrückt. Vielleicht sollte ich das Fitnessstudio wechseln? So konnte ich mir die Schmach ersparen, den beiden jemals wieder über den Weg zu laufen.

Außerdem finanzierte ich mit meinem Beitrag ihren Lebensunterhalt. Das war mir zuwider, da ich nun wusste, dass sie nichts dafür taten, als hinter dem Rücken etwas dickerer Frauen und insbesondere hinter meinem zu lästern. Ein Studiowechsel würde zwar bedeuten, dass ich eine halbe Stunde länger mit der U-Bahn fahren musste. Aber vielleicht war es mir das wert. Ich besiegelte meinen Entschluss mit einem herzhaften Biss in das letzte Stück Pizza.

Im Fernsehen lief nichts Sehenswertes, also schaltete ich aus. Ich schnappte mir meine Keksdose und nahm mir die drei Briefe vor, die mir der Postbote heute früh zusammen mit einem Paket freundlicherweise nach oben an die Wohnungstür gebracht hatte.

Der erste informierte mich über einen neuen Handy-Tarif, der, so das Schreiben, wie für mich gemacht war und mich bei weniger Leistung mehr Geld kosten würde als mein derzeitiger Vertrag.

Nach kurzem, intensivem Nachdenken entschied ich mich dagegen und warf ihn in den Papierkorb. Der zweite Brief kam von meiner Universität. Man werde mich demnächst exmatrikulieren, wenn ich mich nicht rückmelde. Ich widerstand der Versuchung, auch diesen Brief in den Papierkorb zu befördern. Mit einem Seufzer beschloss ich, so erwachsen zu handeln, wie ich es mit meinen 29 Jahren nun einmal war. Ich stand auf und legte den Brief neben meine To-Do-Liste.

Ich wollte mich wieder setzen, doch als ich den Absender auf dem letzten Umschlag sah, wurde mir flau im Magen.

Melanie Voigt.

Meine Cousine, Tochter meiner Tante mütterlicherseits und Schwester der furchtbarsten Person, die seit Hitler auf Erden wandelte: meine andere Cousine, Caroline Voigt, der Teufel in Menschengestalt.

Warum schrieb mir Melanie einen Brief? Ich ahnte nichts Gutes, legte ihn zur Seite und schaltete den Fernseher wieder an.

Leicht war es nicht, mich auf das Abendprogramm zu konzentrieren. Unwillkürlich wanderte mein Blick wieder und wieder zurück zu dem edlen Umschlag. Was war darin?

Ich warf die Fernbedienung zur Seite und schnappte ihn mir. Nachdem ich ihn unsanft aufgerissen hatte, hielt ich eine Hochzeitseinladung in den Händen. Erschrocken sprang ich auf und stieß mir das Knie am Couchtisch.

Mein Schmerzensschrei vermischte sich mit dem Wutgeheul meiner Seele, als ich begriff, dass die Unperson, die sich meine Cousine schimpfte und auf den hässlichen Namen Caroline hörte, nicht nur plante, im Oktober nächsten Jahres meinen langjährigen Exfreund zu heiraten. Sie besaß auch noch die Frechheit, mich dazu einzuladen. Genaugenommen, das war dem beigefügten Schreiben zu entnehmen, war es ihre Schwester und Brautjungfer Melanie, die mich einlud und auch noch eine lange Liste mit potentiellen Geschenken beilegte, über die sich das Brautpaar freuen würde.

Das Brautpaar.

Bei dem Gedanken, dass Caroline Johannes heiraten würde, wurde mir schlecht.

Seit ich herausgefunden hatte, dass die beiden mich für mehr als ein Jahr hintergangen hatten, hatte ich mir von ganzem Herzen gewünscht, dass ihre Beziehung in die Brüche ging, sobald sie offiziell zusammenkamen. Und jetzt, nach nicht einmal einem Jahr Beziehung, waren sie so glücklich miteinander, dass sie in der Toskana heiraten wollten.

In der Toskana.

Auch das stand in der Einladung. Ich traute meinen Augen nicht. Das Brautpaar wünschte sich eine Hochzeit in Italien und würde sich freuen, wenn ihre Liebsten und Nächsten ein Wochenende mit ihnen in der Toskana verbringen würden.

Mit offenem Mund setzte ich mich wieder und las diesen Satz noch einmal. Wie konnte Johannes mir das antun? Von der Toskana hatten wir seit unserem ersten Italienurlaub geredet und geträumt. Wir wollten nach unserem Studium in einer italienischen Villa heiraten. Er und ich. Nicht er und Caroline! Es war unser Plan, und das schon von Anfang an. Nun wollte er meine Cousine unter der Sonne Italiens zur Frau nehmen und lud mich allen Ernstes dazu ein?

Ich war so geschockt, dass ich nicht wusste, was ich tun sollte. Immer wieder las ich die Einladung und konnte es doch nicht glauben. Tränen sammelten sich in meinen Augen. Ich kniff sie zusammen, um nicht zu weinen. Auch, wenn es mir hundeelend ging und meine Brust sich zusammenschnürte. Ich würde nicht weinen!

Wie konnten die beiden mich so beleidigen? Sie hatten mich über ein Jahr belogen und betrogen und luden mich jetzt zu einer Hochzeit ein, die die meine hätte sein müssen?

Tief Luft holend und noch immer darauf bedacht, die Tränen zurückzuhalten, überflog ich die Einladung ein letztes Mal.

Jeder, der Caroline und Johannes auf ihrem gemeinsamen Weg begleiten wollte, sollte Melanie bis Ende Februar schriftlich Bescheid geben.

Wütend warf ich das Schreiben zu dem Tarifangebot in den Papierkorb. Nie und nimmer würde ich dorthin fahren und die beiden zu ihrem Glück »begleiten«. Der einzige Weg, den ich mit ihnen zu gehen bereit war, war der in die Hölle, wo sie auf ewig schmoren sollten.

Zum Glück war die Dose selbstgebackener Weihnachtsplätzchen meiner Mutter in Reichweite. Ich benötigte dringendst Seelennahrung und Trost. Weihnachten stand kurz vor der Tür und zum ersten Mal seit acht Jahren war ich allein. Als mir das bewusst wurde, konnte ich die Tränen nicht mehr zurückhalten und schluchzte vor Selbstmitleid auf.

Lady Washington, meine süße, dicke Katze, hörte mein Klagen, sprang mühsam zu mir auf das Sofa und maunzte mich vorwurfsvoll an. Sofort bekam ich ein schlechtes Gewissen. Ich war nicht allein, ich hatte ja noch mein kleines Moppelchen.

»Du und ich machen es uns zu Weihnachten so richtig gemütlich. Zu zweit. Wir essen den ganzen Tag Leckereien und schauen die besten Weihnachtsfilme!«, beschloss ich und kuschelte mich in ihr warmes Fell. Sofort drehte sie sich auf die Seite, begann in der Lautstärke eines verstopften Traktormotors zu schnurren und ließ sich von mir kraulen.

»Zum Teufel mit Johannes und seiner Braut aus der Hölle. Hoffentlich bekommen sie in der Toskana den Sonnenbrand ihres Lebens und fallen tot um.«

*

Diese Nacht schlief ich schlecht. Zwischen wirren Traumsequenzen mit einem Laufband, auf dem ich bei jedem Schritt ein Kilo zunahm und im Traum ganz panisch wurde, weil ich aufging wie ein Ballon, wachte ich auf und fühlte mich todunglücklich.

Das erste, was ich zu sehen bekam, als ich am nächsten Morgen meine Augen öffnete, war der Hintern von Lady Washington, die meinen Bauch knetete, dabei laut schnurrte und sich im Kreis drehte. Ihr Gewicht schnürte mir den Atem ab und ich keuchte laut. Ein Blick auf den Wecker brachte mich zum Seufzen. Er würde in fünf Minuten klingeln, ohne Rücksicht darauf zu nehmen, dass ich weder ausgeruht noch ausgeschlafen war. Mühsam quälte ich mich aus dem Bett und gab Lady Washington etwas zu essen. Sie machte sich so wild darüber her, dass man meinen konnte, sie hätte seit Wochen nichts bekommen. Diese Katze war eine Dramaqueen. Ich selbst wollte nichts essen. Außer ein paar Plätzchen und einem starken Kaffee bekam ich nichts herunter.

*

Berlin im Winter war weder sexy noch angenehm. Missmutig, total durchfroren, triefend und in Selbstmitleid versunken kam ich auf der Arbeit an.

Jessie sah auf, als ich durch die Tür kam.

»Du bist zu spät.«, sagte sie und wischte über die Theke.

»Die S-Bahn fuhr wieder nicht. Zu kalt, zu viel Schnee, zu viel Berlin.«

Mein Tonfall weckte ihre Aufmerksamkeit. Sie sah mich prüfend an. »Alles okay bei dir?«

Mit einem »Ja« ging ich an ihr vorbei und zog meine Jacke aus. Aus der Küche kamen lautes Klappern und leise Flüche. Irina, die Inhaberin des kleinen osteuropäischen Spezialitätengeschäftes und meine mütterliche Chefin, versuchte einen großen Topf voll Wasser auf den Herd zu hieven. Ich eilte ihr zu Hilfe. Sie wischte sich über die Stirn und dankte mir. Als sie mein Gesicht sah, stellte sie fest:

»Du siehst nicht gut aus, Katjuschka. Schlecht geschlafen?«

Normalerweise mochte ich es, wenn sie mich mit der russischen Koseform meines Namens Katharina ansprach, doch heute nervte es mich. Ich konnte die Fürsorge in ihrer Stimme nicht ertragen.

»Ja«, erwiderte ich und drehte mich um.

Irina und Jessie, die in der Tür lehnte, tauschten wissende Blicke. Beide folgten mir in den Aufenthalts- und Lagerraum des kleinen Geschäftes und setzten sich auf die Stühle an der Wand, während ich meine Schürze überzog.

»Ist es wieder Johannes? Sagtest du nicht gestern erst, dass du über ihn hinweg bist?«

Voller Mitleid beobachtete Jessie mich dabei, wie ich mit den Knoten der Schürze kämpfte. Meine Finger fingen an zu zittern und ich spürte, wie mir Tränen in die Augen stiegen.

»Verflucht nochmal!«, rief ich, als ich die Schürze hinter meinem Rücken nicht zubekam und warf sie wütend in die Ecke. Irina eilte herbei und nahm mich in die Arme.

»Pst, Katjuschka, schon gut. Der Schmerz vergeht und die Sehnsucht auch. Du wirst sehen, eines Tages denkst du nicht mehr an den Kerl. Du vergisst sogar, wie er ausgesehen hat. Hab nur Geduld.«

Die Tränen wollten nicht aufhören zu fließen. Erleichtert drückte ich mein Gesicht an Irinas Brust, die nach Parfüm und frisch zubereitetem Essen roch.

Ich wollte ihr antworten, doch vor lauter Schluchzen bekam ich kein Wort heraus. Jessie hob meine Schürze auf und kam von der anderen Seite auf mich zu. Sie streichelte meinen Rücken.

»Irina hat recht. Die Zeit heilt deine Wunden. Bald geht es dir wieder viel besser.«

»Er –« Ich kam nicht weiter und holte tief Luft.

»Er –«

Aufmunternd klopfte Irina mir auf den Rücken.

»Er heiratet sie nächstes Jahr«, brachte ich endlich heraus.

Schockiert sahen sie mich an.

»Das ist doch nicht sein Ernst!« Jessie machte große Augen. »Die sind nicht mal ein Jahr zusammen!«

Irina reagierte gefasster und streichelte mich weiter.

»Woher weißt du das?«, fragte sie, zog ein Taschentuch aus ihrer Schürzentasche und reichte es mir. Es roch nach ihrem Parfüm und war weich und warm. Ich schnäuzte hinein, bevor ich antwortete:

»Gestern kam die Einladung.«

Jessies Kinnlade klappte nach unten.

»Sie heiraten in der Toskana«, fügte ich hinzu.

Das brachte sie vollständig aus der Fassung. »Dieser verdammte Dreckskerl! Das war euer Plan!«

Ich fing wieder an zu weinen.

»Pst.« Irina drückte mich wieder an sich. »Du solltest wieder nach Hause gehen und dir was Gutes gönnen. Nimm dir frische Pirogge mit. Ich habe welche gemacht, mit Pilz-Sauerkraut-Füllung, die du so gern magst. Nimm etwas davon mit und geh nach Hause. Heute ist Dienstag. Jessie und ich schaffen das allein.«

Jessie nickte eifrig, doch ich schüttelte den Kopf. Die zwei waren so lieb zu mir. Seit Monaten ertrugen sie meine schlechte Laune und Missmut. Ich konnte sie nicht im Stich lassen.

»Nein. Ich bleibe und helfe dir beim Kochen, während Jessie den Verkauf macht. Die Aufträge für diese Woche sind riesig, das schafft ihr nicht.«

Irina wollte widersprechen, doch ich blieb stur. »Du bist nicht mehr die jüngste und ich brauche Ablenkung und etwas zu tun. Keine Diskussion, ich bleibe.«

»Na gut«, lenkte Irina ein, »aber du darfst nicht auf das Dessert weinen und es mit deinen Tränen versalzen.«

»Natürlich nicht. Ich weine nur in den Borschtsch. Bei einer Suppe merkt das keiner.«

Sie musste lachen und ging zurück in die Küche. Jessie wollte noch etwas sagen und öffnete den Mund, als die Glocke der Ladentür erklang. Sie eilte nach vorne, drehte sich jedoch noch einmal um und fragte: »Bist du sicher, dass du das heute packst?«

Ich bemühte mich um ein tapferes Gesicht und nickte mit Nachdruck.

»Ganz sicher.«

Sie lächelte mich an, warf mir meine Schürze zu und verschwand.

Müde ließ ich mich auf einen Stuhl fallen und starrte auf den zerknitterten Stoff in meinen Händen. Seit Wochen hatte ich mich nicht mehr so schlecht gefühlt wie jetzt. Erst gestern früh hatte ich gedacht, es könnte alles wieder gut werden. Doch heute war ich zurück in der Spirale, die mich unaufhörlich in ein dunkles Loch zog. Je stärker ich versuchte, zu entkommen, desto größer wurde der Sog.

Eine kleine Träne fiel auf meine Hand. Ich wischte sie weg. Immer, wenn ich traurig gewesen war, hatte ich mit Johannes sprechen können. Er tröstete mich und gab mir neue Hoffnung. Nun aber war er der Grund meines Unglücks und niemand, der mir nahestand, konnte mich so trösten, wie er es getan hatte.

*

»Du solltest dich mit jemand anderem ablenken«, schlug Irina vor, während sie die Teigrolle für die Pirogge in kleine Medaillons schnitt. »Jemand, der dir richtig guttut.«

Jessie hörte das, steckte den Kopf durch die Tür zwischen Verkaufsraum und Küche und rollte mit den Augen.

»Wärst du bloß nach Hause gegangen, Katha, dann müsstest du dir nicht schon wieder eine Geschichte von Sascha anhören.«

Irina warf ein Stück Teig nach Jessie, die damit gerechnet hatte, und rechtzeitig den Kopf einzog.

»Hör nicht auf sie.« Meine Chefin sah streng in ihre Richtung. »Sie weiß nicht, was einen guten Mann ausmacht.«

Ein lautes »Pft« kam von jenseits der Tür.

»Du musst meinen Sohn unbedingt kennenlernen. Ihr beide seid wie für einander gemacht.« Mit geübten Bewegungen rollte sie den Teig glatt, während sie weitersprach. »Du arbeitest schon seit drei Jahren hier und ihr seid euch noch nicht begegnet. Das ist schade. Er hätte dich längst auf andere Gedanken gebracht.«

Verlegen schälte ich Kartoffeln und überlegte angestrengt, wie ich Irinas erneute Kuppelversuche einigermaßen charmant abwenden konnte. Seit mit Johannes Schluss war, versuchte sie mich dazu zu überreden, ihren einzigen Sohn zu treffen. Sie pries ihn nicht nur als ausgemachten Frauenversteher an, sondern vergötterte ihn dermaßen, dass man gar nicht wusste, was peinlicher war: Die grenzenlose Begeisterung für das eigene Kind oder der aufdringliche Versuch, ihn mir aufzuschwatzen.

Irina war die beste Chefin, die man sich wünschen konnte. Mehr als das. Sie war eine Freundin. Doch ihre Vernarrtheit in Sascha, der sich in den drei Jahren, die ich für sie arbeitete, kein einziges Mal hier hatte blicken lassen, war mehr als gruselig.

Jessie und ich hegten den Verdacht, dass dieser Sascha gar nicht so dufte war, wie Irina behauptete. Sie betrachtete ihn durch die Augen einer liebenden Mutter. Ein Grund dafür, dass Sascha nie im Laden gesichtet wurde, war, so vermuteten wir, sein Übergewicht. Jedenfalls spekulierte Jessie, dass es nur daran liegen konnte. Alles, was hier nicht über die Ladentheke ging, durften sie und ich mitnehmen. Den Rest packte stets Irina ein.

Wer die osteuropäische Küche kannte, wusste, wie schwer sie es einem macht, eine schlanke Taille zu halten. Besonders, wenn Irina kochte. Falls Sascha irgendwo da draußen existierte und nach dem vielen Essen von seiner Mutter tatsächlich noch lebte, musste er ein stattliches Gewicht auf die Waage bringen. Gut denkbar, dass er die Wohnung nicht verlassen konnte. Ich lächelte Irina traurig an und versuchte es auf die »Ich bin noch nicht über meinen Ex hinweg«-Tour.

»Ich fürchte, dass er mit mir gerade keinen Spaß hätte. Ich bin nicht über Johannes hinweg und ähnele jeden Tag mehr einer mit zusätzlichen Kissen ausgestopften Vogelscheuche.«

Großzügig winkte Irina ab.

»Keine Sorge, Katjuschka, mein Sascha macht sich nichts aus Äußerlichkeiten, solang das Herz am rechten Fleck schlägt.«

Jessies Kopf tauchte wieder in der Tür auf.

»Und solange du so gut kochst, wie die werte Frau Mama!«, sagte sie und zwinkerte mir zu. Irina lachte.

»Das kann er selbst. Das konnte er schon mit zwölf Jahren. Er war immer so fleißig und hat für mich mitgekocht. Als ich spät abends von der Arbeit nach Hause kam, musste ich nichts mehr tun. Wärst du nicht vom anderen Ufer, liebste Jessischka, ich hätte euch längst miteinander bekannt gemacht. Ein, zwei Wochen mit Sascha und du hättest endlich Fleisch auf den Knochen.«

Jessie sah sie zweifelnd an.

»Mein Glück, dass ich ‚vom anderen Ufer' bin und meine Figur bleibt, wie sie ist: schlank und sexy.«

»Pah.« Irina rollte den Teig weiter aus und blickte kurz über die Schulter. »Bei uns in Russland haben Frauen Kurven. Die sind zum Anfassen da. In dem Ort, aus dem ich komme, gibt es einen Spruch: Fisch, Hühnchen und Mädchen nimmt man mit dem Händchen.«

Die Glocken an der Ladentür erklangen erneut. Jessie rollte mit den Augen und antwortete, bevor sie verschwand:

»Bei uns in Deutschland gibt es dazu auch einen Spruch: Hände weg, sonst gibt's was auf die Gosch!«

Skeptisch sah Irina zu mir hoch.

»Ich glaube nicht, dass Jessie weiß, was eine Redewendung ist«, gab sie zu bedenken.

Ich musste kichern.

»Sie war noch nie gut in Deutsch.«

»Sascha schon.«

*

Es ging den ganzen Vormittag so weiter. Sascha hier, Sascha da. Zu meiner Überraschung lenkte mich Irina mit den kleinen Anekdoten über ihren Sohn ab und vertrieb für kurze Zeit meinen Kummer. Mit genug Arbeit vergingen die letzten Stunden wie im Flug. Kaum sah ich auf die Uhr, war es achtzehn Uhr und Jessie und ich konnten Feierabend machen. Irina blieb wie immer länger, um Küche und Verkaufsraum zu putzen. Sie war Mitte fünfzig und lief wie ein gut geöltes Uhrwerk. Ich wunderte mich stets aufs Neue, woher sie all die Kraft hatte. Für den Laden, für die Küche, für die Buchhaltung und den Verkauf. Dazu machte sie am Wochenende Catering, bei dem Jessie und ich ebenfalls aushalfen. Irina war unermüdlich.

Widerwillig setzte ich einen Fuß nach draußen in die Kälte und rieb meine Arme. Der Tag war grau, gerahmt von altem, dreckigem Schnee und dunklen Pfützen. Je älter ich wurde, desto weniger mochte ich Berlin. Besonders in der Winterzeit. Jessie trödelte wie so oft und ich verlagerte mein Gewicht von einem Bein auf das andere, bis sie endlich ihre Sachen zusammenhatte und die Tür hinter sich zuzog.

»Was hast du heute vor? Willst du noch was trinken gehen?« Ich schüttelte den Kopf.

»Würde ich gern, aber die Raubtierfütterung darf nicht aussetzen. Lady Washington stirbt, wenn ich nicht in der nächsten Stunde nach Hause komme und sie rette.«

»Wenn sie stirbt, dann am Essen. Setz sie bitte auf Diät. Die arme Katze.« Kleine Dampfwölkchen kamen aus ihren Mund.

Beschämt sah ich auf die Straße. »Du hast ja recht. Aber wir beide machen gerade eine harte Zeit durch. Auch ihr fehlt Johannes sehr.«

Jessie verzog den Mund und sah mich beschwörend an, als könnte sie mich mit Willenskraft zu Umdenken zwingen.

»Sie muss ihn endgültig begraben. Lady Washington kann ihren Herzschmerz nicht mit Essen kompensieren. Davon wird sie nur unglücklicher.«

Ich verstand, was sie meinte, wollte jedoch nicht einlenken.

»Aber Lady Washington hat nicht die Kraft, eine Diät zu machen. Sie ist innerlich leer und braucht das Essen, um die Leere zu füllen.«

Dafür hatte Jessie nur ein Schnauben übrig. Wir gingen eine Weile schweigend nebeneinander her, bis sie wieder das Wort ergriff: »Wie geht es dir mit der Einladung?«

Ich dachte über die Frage nach.

»Am liebsten würde ich die beiden aneinanderbinden und anzünden. Sie und die toskanische Villa, die Johannes und ich damals für unsere Hochzeit auserwählt haben. Doch das wäre ein Doppelmord mit Brandstiftung, der mir fünfzehn Jahre plus Sicherungsverwahrung einbringen würde. Deswegen überlege ich, ob ich die Einladung nicht einfach annehme, hinfahre und ihnen durch meine bloße Anwesenheit die Hochzeit vermiese. Ich würde das ganze Wochenende weinen und auf allen Hochzeitsfotos total beschissen aussehen. Und dann, wenn Caroline und Johannes alt und grau sind und ihren Enkeln Bilder von ihrem großen Tag zeigen wollen, kommt die Frage auf, wer die dicke, verheulte Frau auf den ganzen Fotos ist. Dann muss Johannes seinen Enkeln erzählen, dass ich beinahe ihre Großmutter geworden wäre. Das wäre mir die Reise wert.«

Ungläubig sah Jessie mich an.

»Das kannst du doch nicht wollen! Überlegst du wirklich, zuzusagen und auf diese Hochzeit zu gehen?«

»Warum denn nicht? Ich gehöre zur Familie und habe eine Einladung. Die rechnen sicher damit, dass ich absage. Ich sollte schon allein deswegen hin. Aus Prinzip.«

Sie schüttelte den Kopf.

»Das halte ich für keine gute Idee. Du würdest es nicht ertragen, die beiden glücklich zu sehen.«

Sofort bildete sich ein Kloß in meinem Hals. Johannes und Caroline glücklich. Sie in einem schneeweißen Kleid, er in einem gut sitzenden Anzug. Arm in Arm. Jessie hatte recht. Ich würde es hassen. Ich musste schluchzen und blieb mitten auf dem Bürgersteig stehen.

»Oje. Nicht weinen, Katha.« Jessie nahm mich in den Arm. »Das wird schon. Die werden nie und nimmer glücklich miteinander.«

Ich sah zu ihr hoch. Die Tränen nahmen mir die Sicht und ich wischte mir über die Augen, um klarer sehen zu können.

»Und was, wenn doch? Was, wenn sie glücklich werden? Was, wenn Johannes recht hatte mit mir und ihm? Dass wir keine Zukunft haben und alt und verbittert enden würden? Dass er nicht der Richtige für mich ist?«

»Pst. Vielleicht hatte er damit recht. Aber nicht, weil etwas mit dir nicht stimmt. Sondern weil er ein Arschloch ist. Für Leute wie ihn gibt es niemand richtigen.«

Langsam beruhigte ich mich wieder.

»Am liebsten würde ich hingehen«, sagte ich und ballte die Hände wie ein trotziges Kind.

»Warum?« Jessie war immer noch skeptisch.

»Ich will, dass sie sehen, dass ich ohne sie glücklich bin und dass er unrecht hatte. Mit allem.«

Ich lief wieder los. Den kalten Wind auf meinen Wangen spürte ich kaum. Die Wut, die in mir aufstieg, brachte mein Blut in Bewegung. »Ich bin auch ehrgeizig und erreiche meine Ziele. Johannes sagte, ich hätte keine im Leben und lasse mich nur treiben. Das stimmt nicht!«

Jessie hatte Mühe, mit mir Schritt zu halten.

»Warum hast du ihm überhaupt zugehört? Ohne dich hätte er gar nichts geschafft.«

»Genau. Ohne mich hätte er sein dummes Jurastudium mehrfach abgebrochen. Wo er jetzt ist, ist er nur wegen mir.« Ich blieb stehen und sah Jessie an. »Ich habe ihn immer unterstützt. Und als ich ihn dann gebraucht hätte, hat er sich jemand anderen gesucht, von dem er mehr profitieren konnte.«

»Ich sage ja, er ist ein Idiot.«

»Ich will ihm beweisen, dass er unrecht hatte. Dass ich alles erreichen kann, was ich will und dass mein Leben sich nicht um ihn dreht.«

Ein Anflug von Zweifeln kam in mir auf. Der letzte Satz war eine Lüge. Mein Leben hatte sich immer um ihn gedreht. Sogar jetzt, nach der Trennung, verging kein Tag, an dem ich nicht an ihn dachte und ihn vermisste.

Jessie wusste das und sah mich traurig an.

»Wie willst du das machen?«

»Ich tauche auf der Hochzeit auf, schlank und rank. Ich bringe einen hübschen, erfolgreichen Mann mit und habe das Wochenende meines Lebens!«

Mein Herz klopfte schneller. Das war es! Ich würde Johannes bei seiner Hochzeit eines Besseren belehren. Ich hatte auch Ziele. Ich konnte ohne ihn leben, und, noch viel wichtiger: Ich konnte ohne ihn glücklich sein.

»Wie willst du das machen?«, wiederholte Jessie ihre Frage. »Schlank und rank? Du hast noch nie eine Diät durchgehalten.«

»Bis jetzt hatte ich auch keinen Grund.« Es ärgerte mich, dass sie nicht so begeistert war wie ich.

»Du solltest nicht abnehmen, nur um Johannes auf seiner Hochzeit zu zeigen, dass du auch anders aussehen kannst. Du solltest es wegen dir tun. Für dich.«

Sie hatte recht. Natürlich hatte sie recht. Doch der Gedanke, mit einem schöneren, erfolgreicheren Ich Johannes' Hochzeit zu sprengen und ihn vielleicht im letzten Moment davon zu überzeugen, dass ich die Richtige für ihn war …

Ich wollte diesen Satz nicht zu Ende denken.

»Es geht nicht um ihn«, log ich. »Es geht um mich. Ich will mir etwas beweisen.«

Jessies skeptischer Blick blieb, doch sie ließ sich darauf ein.

»Du brauchst einen Trainer. Allein schaffst du das nicht.«

Begeistert nickte ich. »Gute Idee!«

Sie schüttelte den Kopf.

»Keine gute Idee. Du kannst dir das nicht leisten. Du bist pleite.«

Mist. Sie hatte recht. Der Umzug, die Kaution für die neue Wohnung und die neuen Möbel hatten meine Ersparnisse aufgezehrt.

»Dann trainiere du mich. Ich begleite dich einfach und mache genau das, was du machst.«

Sie schüttelte erneut den Kopf.

»Das kann ich nicht. Du musst deine Ernährung umstellen und deinen Stoffwechsel in Gang bringen. Damit kenne ich mich kein bisschen aus. Ich habe das noch nie gebraucht.«

»So schwer kann es nicht sein.« Ich hüpfte die Treppe zur U-Bahn nach unten. Die Vorstellung, mein Leben umzukrempeln und Modelmaße anzunehmen, beflügelte mich.

»Du stellst dir das zu einfach vor«, rief Jessie, die am Treppenabsatz stehen blieb. Sie musste zu Fuß weiter.

Ich warf ihr einen Handkuss zu.

»Nein. Ich habe eine Idee.«

Sie schüttelte noch einmal den Kopf und winkte zum Abschied. Meine Wangen glühten vor Aufregung. Ich mischte mich unter die wartenden Menschen auf dem Bahnsteig und malte mir den Tag aus, an dem ich Caroline die Hochzeit ruinierte und ihren Bräutigam …

Die U-Bahn fuhr ein.

KAPITEL II

Alles eine Frage von Entscheidungen

7. Dezember, 86 Kilo

Ich beobachtete Lady Washington dabei, wie sie den Küchenstuhl anvisierte, den Sprung kurz im Kopf durchging, sich in Position brachte und mit einem lauten Plumps auf der Sitzfläche landete. Von dort war es nur ein kurzer Weg zu meinem Teller auf dem Tisch. Als Johannes und ich sie damals aus dem Tierheim geholt hatten, benötigte sie den Stuhl nicht als Zwischenstation. Heute aber war jeder Sprung eine kleine Herausforderung. Ich schob die Fertiglasagne vorsichtshalber ein Stück von ihr weg. Sie hatte ihr Abendessen schon gehabt, doch das hinderte sie nicht daran, bei mir wildern zu gehen.

Ich war gerade dabei, die letzten Bissen zu mir zu nehmen, als mein Handy klingelte. Meine Mutter. Ich ahnte, warum sie anrief, holte tief Luft und nahm den Anruf entgegen.

»Hallo Mom. Ja, ich habe auch eine bekommen.«

»Eine Unverschämtheit sondergleichen! Wie können die dir das nur antun, Schatz?« Sie hörte sich weit weg an. Wie immer hatte sie das Telefon auf Laut gestellt und lackierte sich die Nägel oder spülte, während sie mit mir telefonierte. Das Klappern von Tellern war zu hören. Letzteres also.

»Sie wollen scheinbar keine Zeit verschwenden.« Lady Washington steckte ihre Nase tief in meinen Teller. Ich nahm ihn ihr weg. »Vielleicht hat er sie geschwängert?«

»Neeeeiiiiiiin! Meinst du wirklich?!«

Es raschelte, dann war ihre Stimme besser zu verstehen. Nun hatte sie das Handy am Ohr.

»Du könntest recht haben. Sie haben ja nicht mal ein Jahr gewartet, seit, naja, du weißt schon –«

»Seit Johannes und Caroline jeden Mittwoch- und Samstagvormittag in unserer Wohnung gevögelt haben, während ich arbeiten war, um ihm sein Studium zu finanzieren, weil er vor lauter Lernstress selbst nicht arbeiten konnte? Meinst Du das?«, fragte ich genervt. Niemand in meiner Familie war bereit, das Kind beim Namen zu nennen.

»Ach Schätzchen, das tut mir so leid.« Sie klang traurig.

»Genau genommen«, sprach ich weiter, ohne darauf einzugehen, »sind sie ja, wenn man diese Phase berücksichtigt, seit zwei Jahren zusammen. Die Hochzeit ist also gar nicht so überstürzt, wie man denken könnte.«

»Was die zwei da machen, ist wirklich sehr unanständig. Und dass sie uns dazu auch noch einladen, macht mich sprachlos!«

Ich wusste, dass es wesentlich mehr brauchte, um meine Mutter sprachlos zu machen. Ich verkniff mir diese Bemerkung und fragte stattdessen:

»Gehst du denn hin?«

»Nein, natürlich nicht. Das wäre ja noch schöner! Nicht nach alldem, was sie dir angetan haben.«

Ihre Solidarität fühlte sich gut an. Doch leider passte sie mir nicht in den Kram. Ich hatte andere Pläne.

»Also ich gehe hin«, antwortete ich und hob gleichzeitig die Katze vom Tisch, die lauthals protestierte.

»Tut mir leid, Schätzchen, ich glaube, ich habe mich verhört. Sagtest du, du gehst hin?«

»Jepp. Ich lasse mir das nicht entgehen. Außerdem ist es eine Familienfeier und ich bin immer noch Teil dieser Familie.«

Nun war sie tatsächlich sprachlos. Noch durch das Telefon war mir, als könne ich ihr Erstaunen mit Händen greifen.

»Du willst da hin?«

»Ja.«

Getrieben von unbändigem Katzenehrgeiz war Lady Washington erneut auf dem Tisch und unterwegs zu meinem Teller. Es gab nur eine Möglichkeit, sie davon abzubringen. Ich schnappte mir die Dose mit den Leckerlis und schüttelte sie. Mit auf mich gerichteten Ohren erstarrte die Katze in der Bewegung.

»Ich glaube nicht, dass das eine gute Idee ist.« Meine Mutter drückte sich bewusst vorsichtig aus, um mich nicht zu entmutigen, wollte ihre Bedenken jedoch nicht verbergen. Hier kam die Pädagogin in ihr durch – eine Berufsgruppe, unter der Kinder besonders häufig zu leiden hatten.

»Ich schon. Und ich möchte, dass du auch kommst.«

»Was?«

»Du bist Carolines Patentante. Tante Tina würde dir nie verzeihen, wenn du der Hochzeit fernbleibst.«

Sie schnaubte erbost ins Telefon.

»Vielleicht verzeihe ich Tina nicht, dass ihre Tochter meine todunglücklich macht, indem sie ihren Freund heiratet?«

»Macht sie nicht. Caroline soll Johannes ruhig heiraten.« Ich verzog den Mund, als ich das sagte, da ich wusste, dass das nicht der Wahrheit entsprach. Es musste dennoch wahr genug geklungen haben. Für einige Sekunden war meine Mutter erneut sprachlos.

»Liebes, du bist so erwachsen geworden in den letzten Jahren. Unglaublich. Ich bin richtig stolz auf dich. Willst du dieses Jahr nicht zu Weihnachten nach Hause kommen und mit mir und Harald feiern?«

Für einen kurzen, schwachen Moment war ich versucht, ja zu sagen. Die Vorstellung, Weihnachten allein zu verbringen, machte mir Angst.

»Ich muss arbeiten«, sagte ich schließlich bedauernd.

»Dann kommen wir zu dir«, schlug sie schnell vor.

»Und ich bin trotzdem auf der Arbeit und nicht zu Hause. Ich komme im Februar. Dann können wir Weihnachten nachholen, wie jedes Jahr.«

»Na gut, Liebes. Februar. Es gibt Ente und selbstgemachte Klöße für dich. Wir lassen es uns richtig gut gehen, schauen den Kleinen Lord und weinen den ganzen Nachmittag.«

Ich grinste, denn das war Familientradition, seit ich denken konnte.

»Oh ja, ich freue mich schon darauf.« Das tat ich wirklich.

»Überlege dir das mit der Hochzeit gut.« Sie wollte nicht lockerlassen.

»Meine Entscheidung steht fest und ist hundert Meter tief in die Erde betoniert.«

Lady Washington sah zu mir und den Leckerlis hoch. Sie drehte sich ungeduldig um die eigene Achse und maunzte fordernd.

»Wie du meinst, Süße. Was ist das eigentlich für ein furchtbares Quieken im Hintergrund?«

»Meine Katze, Mom. Sie will Essen.«

»Um Gottes willen, gib ihr etwas. Sie klingt verzweifelt.«

Lachend erwiderte ich: »Bin schon dabei. Ich liebe dich und bis bald.« Ich machte ein paar Schmatz-Geräusche ins Handy, hörte sie »tschüs« sagen und legte auf.

Lady Washington wurde ungeduldiger. Ich warf ein Leckerli an ihr vorbei in die Küchenecke, damit sie sich wenigstens ein bisschen bewegen musste. Gemütlich blickte sie ihm hinterher. Sie tapste einige Schritte darauf zu, bevor sie es sich auf halbem Weg anders überlegte und stehenblieb.

»Das ist doch nicht dein Ernst, Fräulein! Ich hole das Ding ganz sicher nicht.« Sie sah auf, ich erwiderte ihren Blick, seufzte theatralisch und hob das Leckerli auf, um es ihr zu bringen.

Diese Katze hatte mich in der Hand.

*

Im Fernsehen kam nichts, was mich interessierte. Ich schnappte mir meinen Laptop und klickte mich von einer Seite zur nächsten. Doch auch das wurde auf Dauer langweilig. Also beschloss ich, mich über Fitness zu informieren. Je schneller ich loslegte, desto schneller kam ich der heißen Version meiner selbst näher.

Das Internet war voll von Diäten, Ratgebern, Essens- und Fitnessgurus und Blogs über das Abnehmen. Ich hatte mich mit alldem noch nie richtig befasst. Bis vor zwei Jahren hatte ich mit meiner Figur nie ein Problem gehabt. Schlank war ich nicht mal in der Kindheit gewesen. Immer etwas molliger, aber nie übergewichtig. Mit Johannes und dem aufkommenden Uni- und Beziehungsstress jedoch hatte sich mein Essverhalten verändert. Weil ich mehr und mehr Kilos auf die Waage brachte, während er schlanker und sportlicher wurde, hatte ich mich schließlich im Fitnessstudio angemeldet. Besonders im letzten Jahr hatte er aufgedreht, die angefressenen Kilos ab- und Muskeln aufgebaut. Ich hatte mir nichts dabei gedacht und versucht, mitzuziehen. Nun wusste ich, dass er nicht wegen mir fitter und schlanker wurde, sondern wegen Caroline, die schon immer eine sportliche Bombenfigur gehabt hatte. Als Kind hatte ich sie darum beneidet. Sie war Juniormeisterin in mehreren athletischen Disziplinen gewesen und hatte die Sommerferien in Trainingscamps verbracht, während ich meine Nase in Romane und mir tonnenweise Gummibärchen in den Mund gesteckt hatte.

Womit sollte ich beginnen? Sollte ich Sport machen oder doch zuerst meine Ernährung umstellen? Oder gar beides? Wie war es mit all den Eiweißshakes, die in den Supermärkten wie Pilze aus dem Boden schossen?

Einige rieten ab und sagten, man brauchte sie nicht. Andere beteuerten, man könne nicht ohne. Vor dem Training sollte man Eiweiß nehmen, nach dem Training, vor dem Schlafengehen oder zwischen den Mahlzeiten.

Und dann gab es noch hunderte Arten von Diäten, die alle vehement beschworen und von denen ebenso nachdrücklich abgeraten wurde. Paleo, Keto, Low-Carb, Low-Carb-High-Fat, High-Carb-Low-Fat, No-Carb, Intermittent Fasting. Die Liste war endlos. Mir schwirrte der Kopf.

Kohlenhydrate waren die Ursache allen Übels. Ein Blog weiter waren sie gut und notwendig, anderen waren sie egal. Wie sollte man da durchblicken?

Nach stundenlangem Herumklicken landete ich auf YouTube. Die Fitnesscommunity dort war riesig. Mir wurden tausende Videos vorgeschlagen, die sich um Ernährung und Sport drehten. Zahllose Menschen mit Traumkörpern und in Sportklamotten filmten, was sie einkauften, was sie aßen und wie sie trainierten. Ich war fasziniert. Es war weit nach Mitternacht und ich konnte nicht aufhören, mir diese Videos anzusehen.

Menschen, die in einem Jahr fünfzig Kilo abgenommen hatten und nun wahnsinnig gut aussahen. Ich sah mir ein Transformationsvideo nach dem anderen an. Noch eines und noch eines. Sie übten unfassbare Sogwirkung auf mich aus.

Was diese Menschen konnten, konnte ich auch! Ich folgte allen, die vertrauenswürdig wirkten. Da war einer, der abgenommen hatte, indem er den ganzen Tag Butter aß. Den ganzen Tag. Er filmte sich sogar dabei. Eine andere aß nur Bananen. Ein asiatisches Mädchen war von einem Tag auf den anderen Veganerin geworden und lief seit zwei Jahren *jeden* Tag zehn Meilen.

Die Videos wollten nicht aufhören. Sie brachen wie eine Flut über mich herein, bis mir schließlich die Augen zufielen. Mit Bedauern war ich dabei, die Seite zu schließen, als mein Blick an einem Video in der Vorschlagsliste hängen blieb. Die Person da im Muskelshirt kannte ich doch! Das war Alexander, der Trainer aus dem Fitnessstudio!

Eigenwillig, als wäre sie nicht mehr die meine, klickte meine Hand auf seinen Kanal.

Mein Mund stand offen und ging nicht mehr zu. Er hatte fünfunddreißig Videos. Mehr als hundertzwanzigtausend Leute folgten ihm. Man konnte ihm beim Essen und Trainieren zusehen wie all den anderen Fitnessgurus.

Schnell überflog ich die Kommentare. Die Leute waren begeistert von ihm und seinen Tipps, die ihnen Abnehmerfolge bescherten. Hypnotisiert starrte ich auf den Bildschirm und beobachtete ihn dabei, wie er mit einem monströsen Fitnessgerät, dass in meiner Welt keinen Namen hatte, seine Arme trainierte, um dann mit einem schnellen Schritt weiter zum Bauch überzugehen. Er trug nur eine Adidas-Trainingshose. Der Schweiß rann in Strömen über seinen Oberkörper.

Wahnsinn, wie konnte man nur so gut aussehen? Meine Müdigkeit war verflogen. Ich wollte mehr von ihm sehen. Nächstes Video, diesmal ging es um Ernährung. Zu meinem Bedauern trug er ein enganliegendes weißes Hemd und die Kamera zeigte hauptsächlich sein symmetrisches und hübsches Gesicht. Er las eine Frage vor, die ihm ein Follower gestellt hatte und lachte über die Menge der angehängten Smileys. Kleine Fältchen bildeten sich um seine blauen Augen. Ich ertappte mich dabei, wie ich sein Lachen willenlos erwiderte. Du meine Güte, ich mochte den Typen doch gar nicht! Das musste die späte Stunde sein.

Die Frage lautete: »Was spielt beim Abnehmen die wichtigere

Rolle? Sport oder Diät?«

Alexander holte tief Luft, bevor er sie beantwortete. Beides war wichtig, doch die gesunde Ernährung machte achtzig Prozent aus und war entscheidend, um schnell Erfolge zu verzeichnen. Ich gab mir Mühe, ihm zuzuhören, doch sein Mund beanspruchte all meine Aufmerksamkeit. Diese Lippen ...

Das Video war zu Ende. Er verabschiedete sich mit einem Satz, der mein Leben verändern sollte. Tatsache.

»Jeder kann ein Fitnessmodel werden und aussehen wie ich. Das ist keine Frage von Genen und Zufall. Es ist eine Frage von Entscheidungen.«

*

Seit gefühlten hundert Stunden unterhielt sich Alexander mit einer Kundin. In der Hoffnung, ihn abfangen zu können, beobachtete ich die beiden von meinem Stepper aus. Leider war er bis jetzt keinen Moment für sich geblieben. Menschen beider Geschlechter klebten an ihm wie Motten an einer Lichtquelle. Alexander hier, Alexander da. Die einzig sichere Chance auf ein Gespräch war wohl ein Überfall auf dem stillen Örtchen. Hoffentlich würde ich nicht gezwungen sein, zu solch drastischen Maßnahmen zu greifen.

Er wollte sich gerade von der stilistisch den achtziger Jahren entsprungenen Aerobic-Lady abwenden, als sie auf ein weiteres Gerät zeigte und ihn nötigte, ihr auch noch dieses zu erklären. Herrgott nochmal, Mädchen, der Junge hatte wirklich kein Interesse und blickte schon ganz panisch auf die Uhr.

Alexander hielt nach jemandem Ausschau, der ihn ersetzen konnte. Wie gerufen, bog Benjamin um die Ecke. Offensichtlich hatte er keine Ausrede parat und wurde von Alexander sofort eingespannt. Nach einer kurzen Vorstellung ließ er Benjamin mit der Lady allein, die ihn ebenso attraktiv zu finden schien wie den Trainer, und eilte davon.

Das war meine Chance. Ich hüpfte vom Stepper, schnappte mir Handtuch und Wasserflasche und folgte ihm.

Fast hätte ich Alexander in den Gängen des Fitnessstudios aus den Augen verloren. Zum Glück wurde er erneut aufgehalten, diesmal von einem jungen Mann. Ich wartete, bis er dessen Frage geduldig beantwortet und einen Witz gemacht hatte, den sein Gegenüber mit schallendem Gelächter belohnte. Sie trennten sich und ich folgte Alexander weiter. Ich hatte gerade weit genug zu ihm aufgeschlossen, um ihn in sozialadäquater Lautstärke anzusprechen, als mir die Geschlechtertrennung einen Strich durch die Rechnung machte. Die Tür der Herrenumkleide war für mich mental und körperlich nicht zu überwinden. Fuck.

Unschlüssig lungerte ich im Flur herum. Sollte ich warten oder es lieber morgen probieren? Da ich eine kleine Drückebergerin war und mich der Anlauf bis hierher längst meinen ganzen Vorrat an Mut für eine Woche gekostet hatte, beschloss ich, die Sache zu verschieben und ging ebenfalls duschen.

*

Draußen war es furchtbar kalt. Ich packte meine noch leicht nassen Haare unter die Mütze, bevor ich das Gebäude verließ. Auf der Treppe blieb ich stehen, unsicher, ob ich den kurzen Weg zu U-Bahn laufen oder ein paar Minuten frieren und dafür den Bus nehmen sollte, als Alexander an mir vorbei die Stufen hinunterlief.

Er ging zum Fahrradständer und begann, sich an einem Rennrad zu schaffen zu machen. Der Typ musste lebensmüde sein. Anders konnte ich mir nicht erklären, wieso man mit diesen dünnen Reifen ohne Profil durch Berlins dezemberglatte Straßen fahren sollte. Genau genommen fiel mir auch unabhängig von der Jahreszeit kein vernünftiger Grund ein, in dieser Stadt Fahrrad zu fahren. Der Versuch hatte allein im letzten Jahr sechsundzwanzig Menschen das Leben gekostet. Egal. Nicht weiter darüber nachdenken, sonst sagte ich ihm das noch.

Schnellen Schrittes ging ich auf ihn zu und öffnete den Mund. Ich wollte Hallo sagen, doch es kam nichts heraus. Er löste die Kette an seinem Rad und richtete sich auf. Als er mich sah, dachte er vermutlich, ich wartete, weil auch mein Fahrrad hier stand und sagte:

»Ich bin gleich fertig.«

Katharina, forderte ich mich auf, sag irgendetwas, er fährt gleich weg.

»Letztes Jahr starben sechsundzwanzig Menschen in Berlin an Unfällen, in die Fährräder verwickelt waren. Fahrradfahren ist gefährlich.«

Okay. Vielleicht hätte ich mich vorher thematisch beschränken sollen. Etwas Sinnvolles hätte ihn sicher mehr beeindruckt.

Alexander sah mich verwirrt an, setzte seinen Helm auf und zog seinen Rucksack fest.

»Wurden sie von Fahrrädern überfahren?«

»Was?« Ich war überrascht, dass er tatsächlich darauf einging, anstatt einfach wegzufahren und brachte so schnell nichts Zusammenhängendes heraus.

»Wurden die sechsundzwanzig Personen von Fahrrädern überfahren?«, wiederholte er ruhig, als wäre ich eine begriffsstutzige Fünfjährige.

»Natürlich nicht. Die Fahrradfahrer wurden überfahren«, erwiderte ich trotzig. War doch logisch.

Er schwang sich auf sein Rennrad. »Ich nehme an, von Autos?«

Das war mehr eine Feststellung als eine Frage. Ich nickte zustimmend. Von was denn sonst?

»Dann sollte man Autos aus dem Verkehr ziehen. Sieht aus, als wären die gefährlich.« Er machte Anstalten, in die Pedale zu treten.

»Ich brauche einen Trainer«, sagte ich schnell, bevor er wegfuhr.

»Sorry, ich bin ausgebucht.« Er griff in seinen Rucksack und kramte nach einer Karte. »Aber hier ist die Nummer eines Freundes, den ich sehr empfehlen kann. Ruf ihn am besten sofort an und mach einen Termin aus. Er fährt auch Fahrrad und kann jeden Moment eines der sechsundzwanzig Fahrradopfer dieses Jahres werden. Keine Zeit verlieren.«

Er zwinkerte mir zu, reichte mir die Karte und wollte sich endlich auf den Weg machen. Schnell stellte ich mich ihm in den Weg.

»Ich würde lieber auf dein Angebot eingehen und mich von dir trainieren lassen.«

Er sah mir genauer ins Gesicht. Er kannte mich, wusste aber nicht woher.

»Hatten wir schon mal das Vergnügen?«, fragte er schließlich.

Ich atmete tief ein und mahnte mich zu Ruhe, Souveränität und Selbstbewusstsein. Jetzt ging es ums Ganze. Bloß nicht patzen und Unsinn reden.

»Nicht wirklich. Also ja, schon, aber nicht direkt. Also, wir haben noch nie miteinander gesprochen. Kennen uns aber vom Sehen, ich trainiere seit zwei Jahren im dort.«

Nervös deutete ich auf das Fitnessstudio hinter mir.

Im dort. So, wie ich redete, musste er mich für eine Legasthenikerin und Analphabetin halten. Soviel zu meinem ruhigen, souveränen und selbstbewussten Auftreten.

»Nee, ich kenne dich noch von woanders.« Er sah mich noch grimmiger an als zuvor. »Egal. Ich habe angeboten, dich zu trainieren?« Sein Misstrauen war deutlich zu hören.

»Nun«, ich holte erneut tief Luft. »Nicht direkt mir gegenüber. Aber ja, das hast du!«

Das schien er mir nicht abkaufen zu wollen.

»Ich habe zu jemand anderem gesagt, dass ich dich coachen werde?«

Ich nickte mit Nachdruck.

Er dachte kurz nach, schüttelte den Kopf und fragte in einem Tonfall, der mir deutlich machte, dass er nicht bereit war, zu glauben, was ich jetzt sagen würde.

»Zu wem denn?«

»Benjamin.«

»Ich habe zu Benji gesagt, dass ich dich coache?« Alexander machte sich wieder daran, auf sein Fahrrad zu steigen.

»Genau genommen hast du gesagt, dass du aus mir in neun Monaten ein Fitnessmodel machen kannst.«

Endlich ging ihm ein Licht auf. Ich sprach schnell weiter.

»Ja, genau. Ich bin die hoffnungslos fette Lady mit dem Elefantenshirt.« Zur Demonstration zog ich das Shirt aus meiner Sporttasche.

»Das war ein privates Gespräch«, erwiderte er empört.

»Wenn dir etwas an der Privatheit deiner Gespräche liegt, schlage ich vor, du führst sie in Zukunft nicht mehr in Gemeinschaftsräumen.«

»Das mit dem ‚fett' war nur so daher gesagt. Wie vieles andere auch, was dort besprochen wurde.«

»Zum Beispiel, dass wir dicken Stammkundinnen alles falsch machen und ihr uns wissentlich falsch beratet? Oder dass wir dumm und lernunfähig sind und ihr euch deshalb nicht um uns bemüht?«

Er fühlte sich sichtlich unwohl in seiner Haut, während ich an Selbstbewusstsein gewann.

»Du sagtest, mit dem richtigen Training könntest du aus mir in neun Monaten jemanden mit Modelmaßen machen. Du warst sogar bereit, zu wetten. Hier bin ich. Lass uns loslegen!«

Alexander hob beschwichtigend die Hände. »Das war nicht so gemeint. «

»Ich meine es aber so. Zeig diesem Benjamin, dass du aus jedem ein Model machen kannst. Zwing ihn, dir zuzuhören. Dann bekommst du deine Was-auch-immer-du-wolltest-Geräte und ich meine Bikinifigur.«

»So einfach, wie du es dir vorstellst, ist das nicht.«

»Nein? Schade. Ich dachte, ich frage höflich, bevor ich dich erpresse.«

Er lachte. »Du machst was? Mädel, du bist echt verrückt.«

Ich verschränke trotzig die Arme.

»Nein. Verrückt ist anders. Ich bin durchtrieben. Wenn du mir nicht hilfst, veröffentliche ich ein YouTube-Video über den großartigen #AlexanderFitness. Da erzähle ich haarklein, wie negativ und abfällig du dich über die Frauen hier im Studio geäußert hast und dass du absolut nicht an ihrer Gesundheit und Fitness interessiert bist. Wenn das deine zahlreichen und teilweise ganz schön dicken Kundinnen in den falschen Hals bekommen, hast du ein Problem.«

Ich hoffte, dass ihn das wenigstens ein wenig nervös machen würde. Anstatt in Furcht zu erstarren, dachte er darüber nach, verdrehte genervt die Augen und schloss sein Rad wieder an.

»Glaubst du mir etwa nicht?« Natürlich würde ich so etwas nie tun, das war mir viel zu peinlich. Doch ich hatte den Eindruck, ich hatte es bedrohlich und ernst genug rübergebracht.

»Keine Ahnung. Vielleicht bist du so verrückt und machst das.« Er sah mich abschätzend von der Seite an. »Ist mir ehrlich gesagt egal. Du wärst nicht die erste, die ein Hatevideo über mich auf YouTube macht.« Noch einmal sah er mich nachdenklich an. »Kennen wir uns nicht noch von woanders her?«

Ich schüttelte den Kopf. Er ging wieder in Richtung des Fitnessstudios und ließ mich stehen. Ich sah ihm verdattert hinterher, bis er über die Schulter blickte und rief:

»Was stehst du denn da noch rum? Komm mit!«

War das jetzt ein Ja? Ich bemühte mich, ihn einzuholen. Er ging durch den Haupteingang und wartete an der Tür zum Treppenhaus auf mich. Mein Blick wanderte zum Fahrstuhl. Das Studio war im achten Stock.

Er las meine Gedanken. »Nein. Kein Lift. Wenn du willst, dass ich dich trainiere, benutzt du nie wieder einen Fahrstuhl.«

Oh Gott. Ich sah in sein Gesicht und glaubte ihm sofort. Er meinte das wirklich so.

Während Alexander nur jede zweite Stufe nahm und in einem Höllentempo wie eine Rennmaus auf Speed nach oben sprintete, ging mir schon im zweiten Stock die Puste aus. Mit hochrotem Kopf und völlig außer Atem kam ich an. Als Belohnung kassierte ich einen herablassenden Blick und einen dummen Spruch.

»Für jemanden, der stundenlang auf dem Crosstrainer steht, hast du bemerkenswert wenig Ausdauer.«

Da ich kaum Luft bekam und dabei war, zu ersticken, konnte ich ihm zum Glück nicht antworten. Was ich sagen wollte, hätte als anstößig und beleidigend interpretiert werden können.

Wir betraten gemeinsam das Studio. Noch immer konnte ich nur in groben Stößen atmen und trippelte benommen hinter Alexander her. Er hielt vor einer Tür inne, klopfte kurz und öffnete sie, als ein »Herein« ertönte.

Es war Benjamins Büro. Dieser hob den Kopf und blickte verwundert zwischen mir und Alexander hin und her.

»Ich dachte du müsstest heute früher weg.«

»Ja, muss ich immer noch, aber vorher sollten wir was klären.« Alexander setzte sich in einen Sessel vor dem Schreibtisch. »Ich habe eine Kandidatin für den Wettbewerb gefunden.«

Benjamin legte seinen Stift zu Seite und fragte interessiert: »Wen denn?«

Alexander zeigte auf mich. Benjamin musste lachen. Ich selbst verstand nicht, was sie meinten. Was für ein Wettbewerb?

»Ist das ein Witz?« Benjamin zeigte sich schockiert und amüsiert zugleich.

»Nein. Ich bin fest entschlossen.« Alexander beugte sich vor und rieb seine Hände. Er schien es kaum abwarten zu können, mit dem Training zu beginnen.

»Äh. Was für ein Wettbewerb?«, fragte ich.

»Sie weiß nicht einmal davon?« Benjamin stand auf und umrundete den Tisch. »Hast du einfach irgendeine Frau auf der Straße angequatscht und schleppst sie dafür an? Ist das wegen des Streits neulich?«

»Nein. Sie hat mich angesprochen. Sie hat unser Gespräch vor ein paar Tagen belauscht –«

»Hey, habe ich nicht. Ich war zufällig anwesend«, widersprach ich. »Ich habe nicht gelauscht.«

Alexander sah mich genervt an, holte tief Luft und sprach dann weiter:

»Sie hat durch Zufall unser Gespräch mitbekommen. Und weil ich gesagt habe, dass ich in kurzer Zeit ein Fitnessmodel aus ihr machen kann, will sie jetzt von mir trainiert werden.«

Benjamin ging ein Licht auf.

»Du bist die mit dem Elefantenshirt!«

Was hatten die alle mit dem Shirt? Ich hatte ein Gesicht und einen Namen. Genervt verschränkte ich die Arme.

»Ja, aber ich bevorzuge es, beim Namen genannt zu werden,

wenn man über mich spricht.«

Alexander ignorierte mich und konzentrierte sich allein auf Benjamin.

»Wir melden sie an. Wir haben neun Monate Zeit, sie fit zu machen und zu coachen. Wenn sie einen der obersten drei Plätze belegt, schaffst du ordentliche Geräte an und richtest mir einen Seminarraum ein.«

Wieder musste Benjamin lachen.

»Die ersten drei? Du bist ja größenwahnsinnig. Das schafft sie nie und nimmer! Wie willst du das anstellen? Doping?«

Ich stand da, wie bestellt und nicht abgeholt, und wusste nicht, worüber sie da diskutierten.

Alexander stand auf.

»Das lass mal meine Sorge sein.«

Benjamin schüttelte den Kopf und musterte mich skeptisch.

»Was passiert, wenn sie es nicht packt?«

Alexander streckte seine Hand aus, während er antwortete:

»Dann halte ich in Zukunft meinen Mund und lass dich kaufen, was du willst. Und«, er machte eine Pause, weil ihm, was folgte, sichtlich schwerfiel. »Ich mache regelmäßig Werbung für dein Studio auf meinem YouTube-Channel. Ein Jahr lang.«

Benjamin sah ihn eine Zeit lang schweigend an, unschlüssig, ob das ein Witz war oder nicht. Schließlich schüttelte er den Kopf und ergriff seine ausgestreckte Hand.

»Abgemacht. Ich melde sie morgen an.«

Das war der Moment, wo es mir zu bunt wurde. Die zwei entschieden über meinen Kopf hinweg und taten, als wäre ich gar nicht anwesend.

»Für was meldet ihr mich an? Ich will Beratung und Training, nicht mehr und nicht weniger.«

Erst jetzt wandte Alexander sich wieder mir zu.

»Wie heißt du?«, fragte er.

Ich zögerte. Sein strenger Blick gefiel mir ganz und gar nicht. Er sah mich an wie einen Hummer, den er in Kürze verspeisen, ihm aber zuvor einen Namen geben wollte.

»Katharina.«, antwortete ich vorsichtig.

Er kam näher.

»Katharina. Pass auf. Jedes Jahr im Spätsommer findet in Berlin ein Wettbewerb zwischen Fitnessstudios statt, bei dem nur Hobbysportler teilnehmen. Also keine Mitarbeiter, sondern Kunden wie du. Sie messen sich in einer Sportart, die man Crossfit nennt und für die man nicht nur gut in Form, sondern auch technisch stark sein muss. Du wirst von mir und Benji darauf vorbereitet, trittst an und gibst alles, um einen der ersten Plätze zu ergattern. Als Gegenleistung trainieren wir dich, unterstützen dich bei der Ernährungsumstellung und helfen dir, so gut es geht.«

Das war nicht das, was ich gewollt hatte. Offenbar ging es bei der Wette, in die ich geraten war, um mehr als mir lieb sein konnte.

»Nein. Ich möchte kein Crossfit machen, was auch immer das sein soll. Ich will nur abnehmen.«

Enthusiastisch kam Benjamin auf mich zu und schenkte mir ein strahlendes Lächeln.

»Das wirst du«, versprach er mir. »Und zwar schneller und effektiver, als du es dir überhaupt vorstellen kannst. Wenn wir fertig sind, kannst du dich als Fitnessmodel bewerben.«

Er hatte ein spitzbübisches, offenes Gesicht und tolle Zähne. Mir wurde richtig warm ums Herz. Vor meinem inneren Auge entstand eine Vision von mir mit flachem Bauch und knappem Bikini am Strand. Alexanders drängende Stimme holte mich abrupt zurück in die Realität.

»Ich muss los. Für dieses Hin und Her habe ich keine Zeit. Entweder, du sagst ja, oder du lässt es bleiben und stalkst jemand anderen.«

Seine Worte kränkten mich. Er suggerierte, dass ich irgendeine blöde Kuh war, die nur seine Aufmerksamkeit wollte. Das provozierte mein Ego.

»Ich mache es«, sagte ich überzeugter als ich in Wahrheit war. Worauf ließ ich mich hier ein? Ich hörte heute zum ersten Mal von diesem Crossfit.

»Sehr gut. Jetzt brauche ich nur noch deinen Nachnamen und deine Adresse.« Er verlor wirklich keine Zeit.

Ohne darüber nachzudenken, warum er das eigentlich wissen musste, antwortete ich gehorsam. Sein geschäftiger und fordernder Tonfall überrumpelte mich.

»Katharina Kuhn, Heinrich-Higgins-Straße 25.«

»Wir sehen uns morgen um acht Uhr bei dir.« Mit diesen Worten machte er sich auf den Weg zur Tür.

Überrascht rief ich ihm nach: »Was machen wir bei mir?«

Ohne sich umzudrehen, antwortete er: »Wir räumen deine Küche aus.«

Und weg war er.

*

Seit sechs Uhr war ich wach und putzte. Das hatte ich seit Monaten nicht getan und es sah aus, als hätte eine Horde Fünfzehnjähriger ihre Jugendfreizeit im meinem Wohnzimmer verbracht. Nach einer Stunde hatte sich optisch nichts getan. Ich beschloss, einfach alles, was herumlag, in Mülltüten zu packen und diese in den Wandschrank zu stopfen. Die restliche Zeit verbrachte ich mit Spülen.

Als es schließlich an der Tür klingelte, war ich noch immer in meinem Pyjama. Meine Haare standen in alle Richtungen ab und meine Zähne waren ungeputzt. Panisch lief ich ins Bad, schnappte mir die Zahnbürste, machte mir einen Pferdeschwanz und bediente den Türöffner. Die Wohnungstür blieb angelehnt, während ich mich umzog. Als ich mir den BH überzog, hörte ich Alexanders Stimme:

»Wer bist du denn?« Ich wunderte mich. Mit wem sprach er da?
»Kann es sein, dass wir in Garfields Wohnung gelandet sind?«

Er musste Lady Washington entdeckt haben, die zur Begrüßung und in der Hoffnung auf Liebe und Essen an die Tür gekommen war.

Eine zweite Stimme mischte sich ein, mit der ich nicht gerechnet hatte.

»Die Frage sollte lauten, was bist du denn? Noch nie in meinem Leben habe ich so eine fette Katze gesehen. Ich tippe auf ein als

Katze getarntes Hängebauchschwein.«

Was machte Benjamin hier? Ich dachte, Alexander käme allein. Verblüfft lauschte ich, wie die beiden sich über Lady Washington lustig machten.

»Ob wir die Katze mit auf Diät setzen müssen?«, fragte Alexander, als ich in Jeans und meinem weiten Pulli in den Gang trat.

»Viel Glück«, mischte ich mich ein. »Im Gegensatz zu mir ist Lady Washington zufrieden mit ihrem Gewicht. Sie hat sich bis heute nicht beklagt.«

Die beiden richteten sich auf, als sie mich sahen, was meine Katze zu einem missbilligenden Miauen provozierte. Sie hatte die ungeteilte Aufmerksamkeit sichtlich genossen.

»Guten Morgen«, sagte ich und sah Benjamin verwundert an. »Womit habe ich das Vergnügen verdient, euch beide hier zu haben?«

»Einer genialen Idee, die uns gestern Nacht noch kam« erwiderte er und reichte mir zu Begrüßung die Hand.

Alexander ging mürrisch an mir vorbei, nickte mir kurz zu und spähte durch Schlaf- und Wohnzimmertür.

»Suchst du das Bad?«

»Nein. Ich will loslegen, wir haben einiges vor. Wo ist die Küche?«

Ich deutete auf die Tür links von ihm, schlüpfte als erste hindurch und räumte noch schnell den Tisch leer.

Benjamin zog seinen Mantel aus und warf ihn über den Stuhl. Er nahm einige zusammengerollte Blätter aus der Tasche seines Jacketts. Das alles sah sehr wichtig aus.

»Ich hoffe, ihr wollt mir keine Waschmaschine andrehen. Ich habe schon eine, kann aber nur schlecht nein sagen.«

»Schlimmer.« Er zwinkerte mir zu. »Einen Fitnessvertrag.«

»Auch so etwas habe ich schon, und zwar mit deinem Studio. Bei dir abgeschlossen«, erinnerte ich ihn und setzte mich ihm gegenüber.

»Nicht so einen.« Auch Alexander setzte sich. Gemeinsam blickten wir auf die eng bedruckten Din-A4-Seiten.

»Verstehe ich nicht.« Verwundert sah ich sie an. »Weshalb soll ich noch einen Vertrag unterschreiben?«

»Nun«, Benjamin schenkte mir ein strahlendes Lächeln. »Heute Nachmittag melden wir dich für die jährliche Crossfit-Challenge an. Wenn du da mitmachst, repräsentierst du mein Fitnessstudio. Mir liegt viel an dem Ruf meines Studios. Aus diesem Grund ist es wichtig, dass du bis zum Ende bei der Stange bleibst und uns ernstnimmst. Als Gegenleistung wirst du von uns beiden trainiert und wir tragen die Kosten für Fitnessgeräte, Kleidung und Nahrungsergänzungsmittel.«

»Und was ist mit eurer Wette?« Das Ganze machte mich misstrauisch. Die zwei hatten doch schon wieder irgendwas Komisches vor. Ihre Eintracht gefiel mir ganz und gar nicht.

»Die steht noch. Wenn du einen der ersten Plätze belegst, gewinnt Alex, wenn nicht, gewinne ich. Doch das hier«, Benjamin legte seine Hände auf die Blätter, »das hier läuft unabhängig von der Wette.«

»Wir werden viel Zeit in dich investieren. Zeit und Geld. Benjamin und ich gehen ein großes Risiko ein, wenn wir dich dort mitmachen lassen. Du kannst uns blamieren und damit schlecht fürs Geschäft sein. Und du kannst unsere Zeit verschwenden, wenn du es dir plötzlich anders überlegst. Aus diesem Grund trainieren wir dich nur mit Vertrag und nutzen deine Entwicklung nebenbei als Promotion fürs Studio. Davon profitieren wir alle.«

Mir war noch nicht ganz klar, was genau ich davon hatte. Der Druck stieg immer mehr und alles wurde komplizierter.

»Promotion?«, fragte ich irritiert.

»Fotos und Videos von deinen Fortschritten. Wenn du beim Crossfit rockst, wovon wir ja ausgehen, und einen guten Platz erzielst, machen wir aus deinem kleinen Abenteuer einen kurzen Werbefilm, um anderen Kundinnen zu zeigen, was in neun Monaten alles geht. So holen wir auch die Ausgaben wieder rein«, antwortete Benjamin und strich die Seiten des Vertrags glatt.

»Was für Ausgaben? Ich muss doch nur an die Geräte und mich gesund ernähren.« Ich begriff noch immer nicht. Warum musste das so umständlich sein? Andere Leute hatten abgenommen, indem sie Butter aßen, und die beiden taten, als ginge es um eine teure Marsmission mit Milliardenbudget und umfangreicher Crew.

Alexander beugte sich zu mir vor und sah mir tief in die Augen, was mich verstörte. Seine strenge Art machte mich nervös. Allerdings roch er gut, was mich von seinen Worten ablenkte.

»Dahinter steckt mehr, als nur ein paar Stunden zu schwitzen und statt einer Tafel Schokolade einen Apfel am Tag zu verspeisen.«

Benjamin nickte und sprach dann weiter:

»Das sind unsere Beweggründe: Geld, Zeit, Ruf und Wette. Für uns ist allerdings auch wichtig, zu erfahren, warum du abnehmen möchtest. Nur, wenn du durchhältst, haben wir alle drei etwas davon.«

»Äh«, begann ich.

Warum wollte ich das? Mein Plan war es gewesen, sexy und sportlich auf Johannes' und Carolines Hochzeit aufzutauchen, um den beiden zu zeigen, dass ich mein Leben im Griff hatte. Ich wollte Johannes klar machen, dass er sich in mir geirrt hatte. Und vielleicht wollte ich Zweifel in ihm wecken, ob Caroline die bessere Wahl – egal. Das konnte ich den beiden nicht erzählen. Sie würden denken, ich sei eine dieser Frauen, die nicht über Trennungen hinwegkommen und deren Leben sich nur nach Männern richtet. Was ja auch stimmte, gestand ich mir ein. Ärgerlich schob ich den Gedanken beiseite und schwindelte:

»Ich ertrage es nicht mehr, dick zu sein. Es macht mich unglücklich und träge. Ich will endlich mein Leben in den Griff bekommen, nicht mehr vom Essen abhängig sein, schöne Kleider tragen und mehr Sport machen.« Das stimmte übrigens auch und kam dementsprechend überzeugend rüber. Hoffte ich jedenfalls.

Wieder nickte Benjamin. Er war mit meiner Antwort zufrieden. Nur Alexander sah mich misstrauisch an. Was hatte der Junge nur mit mir? Warum beäugte er mich wie ein Gefängnisaufseher eine Gruppe Krimineller?

»Gut«, sagte er nach einer langen Pause. »Solange man sich den ganzen Stress nicht wegen irgendwelcher Männer antut. Dieses

Revenge-Body-Zeug reicht nicht, um im Crossfit erfolgreich zu sein. Nichts ist dümmer, als sich für irgendeinen Exfreund oder Schwarm zu verändern.«

Ich musste schlucken. Konnte Alexander meine Gedanken lesen? Ahnte er, warum ich das machte? Er konnte das unmöglich wissen. Ich lachte leicht panisch.

»Nee. Es geht nicht um einen Mann« log ich und sprang sofort auf, als Lady Washington in die Küche kam. »Ich habe sie heute noch gar nicht gefüttert«, rief ich.

»Deine Katze braucht kein Essen. Lass sie fasten, das tut ihr gut«, sagte Benjamin und betrachtete sie mit kritischem Blick.

»Ich kann nicht. Ohne Essen dreht sie durch.«

Schnell schnappte ich mir eine Dose, um Alexanders wachem Blick zu entkommen. Je häufiger ich lügen musste, desto unruhiger und unglaubwürdiger wurde ich.

»Sobald du unterschreibst, legen wir los.« Benjamin sah mir geduldig dabei zu, wie ich Lady Washington fütterte und schob mir den Vertrag zu, als ich mich wieder setzte.

»Was steht denn da alles drin?« Ich blätterte durch die Seiten.

Alexander stand auf und öffnete die Küchenregale, während er mir antwortete:

»Dass du bei Crossfit antrittst, uns dort repräsentierst und uns die Bilder überlässt, die wir von deiner Transformation machen. Als Gegenleistung sponsern, trainieren und beraten wir dich für ein Jahr umsonst.«

Für den Anfang klang das ganz gut. Besonders der Teil mit dem Umsonst. Aber die Bilder bereiteten mir Kopfschmerzen.

»Was für Bilder werden das?« Aus dem Augenwinkel sah ich, wie Alexander Nahrungsmittel aus einem Küchenfach holte und den Kopf schüttelte.

»Vorher- und Nachher-Fotos. Nichts Wildes, nicht viel Haut. Alles sehr sittsam.«

»Versprochen?«

Benjamin lächelte mich an, reichte mir einen Stift und sagte:

»Versprochen.«

Und so unterschrieb ich zum letzten Mal in meinem Leben einen Vertrag, ohne ihn zuvor zu lesen. Manchmal lernt man es halt auf die harte Tour.

Sobald meine Unterschrift auf dem Papier war, holte Benjamin einen Notizblock aus seiner Manteltasche. Alexander hatte zwischenzeitlich begonnen, meine Essensvorräte in einem Müllsack zu versenken. Bei einigen Sachen machte er Würggeräusche, als würde der alleinige Anblick einer Maggie-Fertigsuppe ihn zum Kotzen bringen.

»Warum schmeißt du denn alles weg? Was soll ich noch essen?« Tatenlos, aber verstört beobachtete ich, wie all meine Lebensmittel in dem schwarzen Sack verschwanden.

»Wir gehen heute noch gemeinsam einkaufen. Für den Anfang setzten wird dich auf eine Low-Carb-Diät«, antwortete Benjamin, während Alexander mich wie üblich ignorierte.

»Vorausgesetzt natürlich, du hast einen funktionierenden Stoffwechsel. Falls du täglich weniger als zweitausend Kalorien zu dir genommen hast, war das für dich keine Diät, sondern eher eine Anfütterungsphase. Weißt du, was du wiegst?« Er betrachtete mich abschätzend.

»Sechsundachtzig? Ich war schon eine Weile nicht mehr auf der Waage«, gestand ich beschämt.

Benjamin nickte. »Könnte hinkommen. Körpergröße?«

»Eins siebzig.«

Er notierte fleißig.

»Wir werden dich sowieso noch vermessen und deinen Grundumsatz per Atemgasanalyse bestimmen. Das machen wir aber morgen.« Er sah zu Alexander hoch, der den Kühlschrank mittlerweile vollständig ausgeräumt hatte.

»Alex, morgen Bilder und Messungen? Heute Einkauf und Unterweisung in Low-Carb?« Alex sah nicht auf, sondern nickte nur. Der Inhalt meines Kühlschranks musste ihn jeglicher Lebensfreude beraubt haben.

KAPITEL III

Einmal Hölle ohne zurück!

15. Dezember, 85 Kilo

Bis vor kurzem hatte ich die erste Woche nach der Trennung von Johannes für die schlimmste meines Lebens gehalten. Pustekuchen. Die schlimmste Woche meines Lebens hatte ich gerade hinter mir.

Der Wecker klingelte seit zehn Minuten, doch ich war nicht in der Lage, mich aufzuraffen und ihn zum Schweigen zu bringen. Mein Körper wollte mir nicht mehr gehorchen. Ich fühlte mich, als wäre ich die hilflos auf dem Rücken liegende, unverhofft als Käfer erwachte Protagonistin eines verstörenden Romans. Vor sieben Tagen hatte ich die Namen von Autor und Buch gekannt. Heute streikte mein Gehirn und meine Glieder fühlten sich an wie die einer altersschwachen, in der Sonne liegenden Qualle.

Ich versuchte, Lady Washington durch Telekinese dazu zu bringen, sich auf den Wecker zu setzen. Ihr massiver Körper würde den Lärm schlucken. Sie wollte aber lieber meine Brust besteigen und meinen Bauch kneten. Ich hatte also keine Wahl. Ich musste mich in Bewegung setzen.

Meine Hand tastete nach vorn, bekam den Wecker mit den Fingerspitzen zu fassen und warf ihn herunter. Leider fand mein Martyrium damit kein Ende. Unter dem Bett klingelte es unverändert schrill weiter.

Mit übermenschlicher Willenskraft und unter Flüchen schaffte ich es schließlich, den Wecker auszustellen. Ich warf ihn in den Papierkorb und kroch in die Küche. Müde schnappte ich mir den Essensplan. Zum Frühstück sollte es Rührei mit Gemüse geben, dazu einen Smoothie aus frischem Spinat, Avocado und Chia-Samen.

Ich hatte gute Lust, in der Pizzeria im Erdgeschoss eine Pizza oder Nudeln zu bestellen und das Rührei samt Smoothie in die Wüste zu schicken. Doch ich hatte mich vertraglich an den Ernährungsplan gebunden.

Falls das die nächsten Monate so weiter ging, würde ich untertauchen müssen. Noch nie zuvor hatte ich so viel Sport gemacht, geschweige denn so viel Gemüse gegessen. Es war schrecklich. Einfach schrecklich.

Der Terror hatte schon mit dem Einkauf am ersten Tag begonnen. Nachdem Alexander meine Küche vollständig ausgeräumt hatte – selbst das Katzenessen war ihm zum Opfer gefallen – verbrachten wir den gesamten Vormittag auf Bauernmärkten, schleppten Tüten voll mit noch dreckigem Gemüse durch Berlin und kauften für viel Geld in einem total überteuerten Reformhaus Dinge, von denen ich noch nie gehört hatte.

Den Nachmittag hatten wir damit verbracht, zu kochen und Makros zu zählen. Es gab einen Crashkurs in Ernährung. Nun wusste ich nicht nur, welche Lebensmittel Eiweiß, Kohlenhydrate und Fette enthielten, sondern auch, wovon ich lieber die Finger lassen sollte.

Ganz ehrlich, es wäre besser für mich gewesen, unwissend zu sterben. Seit ich gezwungen worden war, vom Baum der Erkenntnis zu kosten und das Paradies der Ahnungslosigkeit hatte verlassen müssen, machte Essen keinen Spaß mehr. Es ging nur noch um Kohlenhydrate, Eiweiß und Fett.

Erstere waren, zumindest in hohen Dosen, Teufelszeug. Von zweiterem brauchte ich täglich zwei Gramm pro Kilo Körpergewicht. Die Wunder der Fette zu begreifen, hatte Benjamin erklärt, sei ich noch nicht in der Lage. Dabei hatte man es belassen. Ich hoffte, wenigstens diese Erleuchtung würde mir auch in Zukunft erspart bleiben. Das klang mir nun wirklich zu sehr nach Ernährungssekte.

Dabei war die Sache mit dem Essen noch nicht einmal das schlimmste. Churchill hatte vollkommen recht gehabt: Sport war Mord. Dem war wahrhaftig nichts hinzuzufügen.

Müde lehnte ich an der Arbeitsfläche und trank den grünen Smoothie, der so gar nicht nach etwas schmeckte, das ich auf eine einsame Insel mitnehmen würde. Lady Washington ging es ähnlich. Sie roch an ihrem Diätfutter, sah zu mir hoch und beschwerte sich mit einem lauten Miau.

»Ich weiß«, sagte ich verständnisvoll und beugte mich unter Schmerzen zu ihr hinunter. »Aber da müssen wir beide durch. Vielleicht bringt es uns um, aber wenn nicht, stärkt es sicher unseren Charakter.«

Am zweiten Tag hatten sie mich zum Arzt geschleppt und mich gründlich durchchecken lassen. Nachdem ich minutenlang in einen Plastikschlauch geatmet hatte, wusste ich nun, dass ich im Ruhezustand täglich bis zu tausendachthundert Kilokalorien verbrauchte. Das hatte Benjamin und Alexander so richtig aus dem Häuschen gebracht, weil es bedeutete, dass mein Stoffwechsel nicht im Arsch war.

Ihre Laune war noch gestiegen, als ich mich im Bikini vor sie getraut hatte und sich herausstellte, dass ich weder X- noch O-Beine hatte und mein Körpertyp »mesomorph« war. Das schien ihnen besonders wichtig zu sein. Um wenigstens eine Ahnung zu haben, wovon sie sprachen, hatte ich mir vorgenommen, es zu googlen. Doch an allen drei Tagen, die seitdem vergangen waren, war ich unmittelbar in einen tiefen Dornröschenschlaf gefallen, sobald ich vom Training nachhause gekommen war und Lady Washington gefüttert hatte.

Ich sah auf die Uhr. Fuck. In dreißig Minuten würde Alexander auf der Matte stehen, um in meinem umgeräumten Wohnzimmer mit mir zu trainieren. Erst gestern hatten sie meine Couch durch eine Matte und diverse Hanteln ersetzt.

Also schnell duschen. An sich unsinnig, ich würde ja ohnehin gleich wieder schwitzen.

Es klingelte, als ich noch dabei war, meine Zähne zu putzen. Ich öffnete und ließ Lady Washington den Vortritt, damit sie Alex an der Tür in Empfang nahm und ihn ablenkte. Eine sichere Taktik, er mochte Katzen. In einem Akt stummen Protests zog ich mein altes Elefantenshirt an. Er konnte es nicht ausstehen und empfand es als optische Beleidigung. Mir war danach, ihm die letzten Tage heimzuzahlen.

Alexander verzog den Mund, als er mein Outfit sah, kommentierte es aber nicht. Stattdessen begrüßte er mich, wie schon die letzten Tage, mit dem Tonfall und der Miene eines Feldwebels.

Zweifellos trug seine kommandierende Art zu seiner Beliebtheit bei den masochistisch veranlagten Ladies bei.

»Ich hoffe, dein Frühstück liegt ein paar Stunden zurück.«

»Ja. Bin schon eine Weile wach.« Ich sollte nicht schwindeln, doch er hatte etwas an sich, was dafür sorgte, dass ich ihn nicht verärgern wollte. Wie mein Lateinlehrer in der elften Klasse.

»Gut. Das letzte Mal lief es nicht so gut mit den Treppen. Wir versuchen es heute noch einmal zur Aufwärmung.«

Himmel, Arsch und Zwirn, fand dieser Horror kein Ende? Vor drei Tagen hatte ich fünf Mal in den vierten Stock laufen müssen, was mir nicht besonders gut bekommen war. Kurz vor dem Ende hatte ich ihm vor die Füße gekotzt. Heute wollte er dieses Martyrium wiederholen.

»Hast du eine Papiertüte?« Er glaubte mir das mit dem Frühstück nicht und wollte vorbereitet sein.

»Hinter dir im Wandschrank. Rechte Tür.«

Alexander drehte sich um, öffnete die Tür und wurde von zwei vollgepackten Mülltüten erschlagen, die ich bei meiner Putzaktion vergessen haben musste. Er kämpfte mit ihnen, bis er die Tür wieder zubekam.

»Ups, die andere Tür«, sagte ich und begann, mich zu dehnen.

»Ich verzichte. Hat dir niemand gesagt, wo sich in deinem Wohnblock die Mülltonnen befinden?«

Oje, war der etepetete. Ich zog es vor, mich davon nicht provozieren zu lassen und zuckte mit den Schultern. Während ich ins Wohnzimmer ging, um mich dort weiter zu dehnen, sagte ich: »Hatte keine Zeit, sie runterzubringen.«

Ich war unbeweglich und wirklich schlecht in Gymnastik. Meine Fingerspitzen waren einen gefühlten Kilometer vom Boden entfernt. Jede Faser meiner Muskeln schmerzte, so dass ich die Dehnung kaum für dreißig Sekunden aushielt.

Doch das Dehnen war nichts im Vergleich zu dem, was Alexander »Aufwärmen« nannte. Er ließ mir die Wahl: Ich sollte entweder fünfmal alle Etagen hoch und runter laufen oder sechs Minuten Seilhüpfen. War so ein hartes Training für einen Anfänger wie mich notwendig? Ich wurde das Gefühl nicht los, dass er mich absichtlich quälte, um mich zum Aufgeben zu zwingen.

Heute war der letzte Trainingstag, bevor ich zwei Tage Ruhe haben durfte. Diesen letzten Tag hatten mir die zwei Satansbraten als besonders fordernd, aber auch motivierend angekündigt. Nachdem ich dreimal in den fünften Stock gelaufen war, war auf dem Rückweg in der dritten Etage Schicht im Schacht.

»Wir sind noch beim Aufwärmprogramm. Du kannst doch nie und nimmer jetzt schon keine Kraft mehr haben.«

Er lehnte an der Wand des Treppenhauses und sah auf mich herunter.

»Doch. Ich kann nicht mehr.« Auf dem Treppenabsatz streckte ich meine Glieder in alle Richtungen aus und weigerte mich, aufzustehen.

»Klar kannst du. Du willst nur nicht.«

»Nein. Ich kann nicht.«

Schritte näherten sich. Es war Clemens, mein Nachbar von oben. Falls er es seltsam fand, dass ich auf dem Boden lag, ohne mich zu rühren, während ein in teure Markenklamotten gehülltes, durchtrainiertes Fitnessmodel neben mir stand und gelangweilt auf mich herunterblickte, ließ er es sich nicht anmerken. Wie immer war er zu cool dafür, stieg über mich hinweg, nickte kurz zum Gruß und war auf und davon.

»Steh auf.«

»Nein.«

»Wir haben einen Vertrag.«

»Stimmt.« Ich machte eine Pause. »Nein.«

Alexander beugte sich zu mir vor. »Weißt du eigentlich, was mich das hier kostet? Ich habe wegen dir Termine abgesagt, für dich ich vierzig Euro pro Stunde bekomme. Beweg deinen faulen Arsch.«

Ich dachte kurz darüber nach, ihm anzubieten, die Kosten zu erstatten. Doch falls er annahm, hatte ich nicht das Geld dafür. Also verwarf ich den Gedanken wieder. Stattdessen hob ich kurz den Kopf und antwortete:

»Nein.«

»Ich bleibe, bis du dich bewegst.« Er verschränkte die Arme

und seine Augen schleuderten Blitze in meine Richtung.

»Diesen Kampf kannst du nur verlieren.« Ich lag regungslos.

»Das wird nie und nimmer was mit dir.« Er schüttelte den Kopf. »Wir sollten den Vertrag auflösen und du kannst mit deinem Leben weitermachen wie bisher.«

Er hatte wirklich keinen Bock auf mich. So wie ich auf ihn. Warum konnte Benjamin mich nicht trainieren?

»Nein«, antwortete ich und schoss die Blitze zurück. »Ich kann mich heute nicht bewegen. Das ist alles. Es geht einfach nicht. Ich bin fix und alle.«

Er sah mich eine Weile lang an und seufzte dramatisch, bevor er sich dazu herabließ, mir einen Vorschlag zu machen:

»Du rennst die zwei Runden zu Ende, machst noch ein paar Kniebeugen, fünf Liegestütze und fünf Trizeps-Dips, dafür vergesse ich diesen Vorfall und lasse dich das Wochenende in Ruhe.«

Ich tat, als müsste ich darüber nachdenken, nickte und stand mühsam wieder auf. Die Vorstellung, ihn schnell wieder loszuwerden und nochmal für zwei Stunden ins Bett fallen zu können, bevor ich zur Arbeit musste, war zu verlockend. Stöhnend machte ich mich auf den Weg nach unten.

*

Irina musterte mich misstrauisch, während ich unter lautem Stöhnen die Häppchen aus dem Sprinter holte.

»Warum genau machst du das?«, fragte sie mich zum wiederholten Mal.

»Sie will sexy für die Hochzeit von Johannes sein.« Jessie lief an uns vorbei und hob mehrere Kartons mit Gläsern hoch, um sie ins Innere zu tragen.

»Verstehe ich nicht. Du siehst spitze aus, Katjuschka, bei dir sitzt alles richtig verteilt. In den fünfziger Jahren wärst du mit so einer Figur ein Hollywoodstar geworden.« Irina schüttelte den Kopf und griff nach einem Tablett mit in Folie eingepackten Häppchen.

Ich seufzte und antwortete laut genug, damit es auch Jessie hören konnte.

»Ich mache das in erster Linie für mich.« Und zu Irina gewandt: »Die Hollywoodschönheiten, die du meinst, waren nicht übergewichtig.«

Irina stellte ihr Tablett ab und stemmte die Hände in die Hüften.

»Du bist nicht übergewichtig. Du bist gut, wie du bist. Ich hätte viel lieber deine Figur als meine.«

Sie hatte gut reden. Für ihre Mitte fünfzig sah sie super aus, war schlank, hatte Kurven und hübsche blonde Locken, in denen die wenigen grauen Strähnen kaum auffielen.

Genervt ging ich an ihr vorbei. Meine Oberschenkel rieben aneinander, jeder Muskel meines Körpers schmerzte und ich fühlte mich wie Pudding. Jessie kam mir entgegen, gertenschlank und hochgewachsen, mit langen dunklen Haaren und einem Gesicht, das nur ein niederländischer Maler so vollkommen symmetrisch und oval hinbekommen hätte.

Die zwei wollten mir seit gefühlten zwei Stunden weiß machen, dass man sich so akzeptieren sollte, wie man war. Hätte ich ihren Körper gehabt, hätte ich vermutlich ähnlich gedacht. Doch das war nicht der Fall. Das »Liebe dich selbst, wie du bist«-Gedöns ging mir langsam aber sicher auf die Nerven.

»Was ist das heute für eine Veranstaltung?«, fragte ich, um von mir abzulenken.

»Eine Vernissage. Oder was Ähnliches. Eine Ausstellung einer russischen Künstlerin.« Irina kam mit einem Tablett hinter mir her. »Also gibt es passend dazu russische Küche.«

Ich betrat das Backsteingebäude und sah mich interessiert um. Die Bilder an den Wänden waren mit Vorhängen verhängt. Ich stellte mein Tablett auf einen der Buffettische.

»Werden die Gemälde zum ersten Mal vor Publikum gezeigt?«, fragte ich Irina, als von hinten jemand meinen Namen rief.

»Kathaaaaaaa?!«

Oh, oh. Schon an der Art, wie sie mich »Kathaaaaaa« nannte, erkannte ich, ohne mich umdrehen zu müssen, wer hinter mir stand. Ich setzte einen freudig-überraschten Gesichtsausdruck auf und fuhr herum.

»Juli? Was machst du denn hier?«

Juli war eine Kommilitonin, die mit mir Kunstgeschichte studiert und ihren Master schon seit einem Jahr in der Tasche hatte. In jeder Hand ein Handy, kam sie auf mich zu. Es gab Küsschen links und rechts.

»Katha! Wir haben uns ja schon eine Ewigkeit nicht gesehen. Ich war seit dem Master nicht mehr an der Uni. Eigentlich wollte ich ja mit dem Doktor anfangen.«

Und so begann der Monolog, mit dem ich gerechnet hatte. Ich nickte freundlich und positionierte mich währenddessen näher am Buffet, um die Tabletts auspacken zu können.

»Aber dann kam ja sofort das Jobangebot aus München. Und dann hatte Tony diese tolle Idee, du kennst ja Tony –«

Nein. Keine Ahnung, wer das war. Aber egal, Juli erzählte schon weiter. »Mit dieser Ausstellung von der J.J., und dann sind wir in Moskau gelandet, in dieser Galerie gleich am Roten Platz. Und da haben wir Natascha getroffen. *Die* Natascha. Sie ist in Russland gerade so angesagt und ich hätte nie gedacht, dass sie mit nach Berlin kommt.«

Wer auch immer Natascha war, Juli sagte das, als müsste ich es wissen. Ich nickte also artig und griff nach dem zweiten Tablett.

»Und nun sind wir hier und haben schon vor der Eröffnung drei Bilder verkauft. Eins davon für dreißigtausend Euro. Ich bin ganz aus dem Häuschen. Das ist meine erste Vernissage ohne Tony und es läuft jetzt schon soooo super.«

»Wow. Unglaublich«, sagte ich und machte ein beeindrucktes Gesicht. Wer war Tony? Wer war Natascha? Spielte das eine Rolle?

»Nicht wahr? Ich kann es selbst kaum glauben. Es ist wie im Traum!«

Jessie lief an Juli vorbei und verkniff sich das Lachen. Ich wusste jetzt schon, dass sie Juli nicht ausstehen konnte.

»Wie läuft es bei dir? Hat dir dieser schnuckelige Anwalt endlich einen Heiratsantrag gemacht? Bekomme ich meine Einladung nach Italien, wo ich auf deiner Hochzeit auch meinen Traummann finden kann?«

Das Problem an Juli war folgendes: Sie redete viel, meist über sich und ihre Freunde. Falls man aber eine kurze Pause erwischte und die Gelegenheit ergriff, ebenfalls etwas zu erzählen, vergaß sie nichts davon. Kein noch so kleines Detail, kein Wort. Wie Johannes‘ und meinen Traum, in Italien zu heiraten. Davon hatte ich ihr vor Jahren in der Pause zwischen zwei Seminaren erzählt und sie hatte es sich natürlich gemerkt. Ich setzte zu einer Antwort an, als eines ihrer Handys klingelte. Sie sah auf das Display, warf mir einen bedauernden Blick zu und nahm an. Erleichtert wandte ich mich wieder dem Buffet zu.

Jessie kam und lud noch mehr Kartons mit Gläsern ab.

»*Es ist wie im Traum!*«, äffte sie Juli nach.

»Pst.« Ich stieß sie und packte weiter aus. »Sie ist eigentlich ganz nett.«

»Bei dir ist eigentlich jeder ganz nett, Katha. Ich habe dich noch nie etwas wirklich Gemeines über irgendjemanden sagen hören. Nicht mal über Johannes, als er diese Scheiße mit dir abgezogen hat.« Sie schnappte sich ein Poliertuch und nahm sich die Gläser vor.

»Das ist nicht wahr«, widersprach ich. »Es gibt viele Leute, die ich nicht ausstehen kann.«

»Ach ja? Wen denn?«

Ich überlegte und die einzige Person, die mir neben Johannes und der schrecklichen Caroline einfiel, war Alexander.

»Meinen Trainer. Ich hasse ihn.«

Sie lachte. »Nur, weil er dich die paar Stufen hochlaufen lässt? Du meine Güte, sobald du die ersten Erfolge siehst, wirst du ihn lieben.«

Ich lachte böse. »Nie und nimmer. Der Kerl ist arrogant, unhöflich und ganz und gar nicht mein Typ.«

»Wie sieht er denn aus?«

»Ist das wichtig?« Ich war fertig und fing ebenfalls an, zu polieren.

»Jaaaa.«

»Groß, sportlich, –«

Jessie unterbrach mich. »Bodybuilder?«

»Nein. Eher Sprinter. Blonde Haare und blaue Augen. Er sieht aus, als wäre er ein Produkt des Lebensborns. Und genauso verhält er sich auch.«

Schwungvoll warf Jessie sich ihr Poliertuchtuch über die Schulter.

»Wie eine Züchtung?«

»Wie ein Arschloch«, erwiderte ich.

»Dann ist er ja doch dein Typ.«

Ich warf mein Poliertuch nach ihr, als Irina mit dem letzten Tablett hereinkam und tadelnd mit der Zunge schnalzte. »Hey ihr zwei, ihr werdet nicht für Albernheiten bezahlt.«

Mit unschuldigem Gesicht zeigte ich auf Jessie. »Sie ärgert mich.«

»Das ist nicht wahr.« Sie warf das Tuch wieder zurück.

»Jessie, hör auf damit.« Irina nahm uns die Poliertücher weg und packte lange schwarze Schürzen aus, die sie uns stattdessen reichte.

»Immer bist du auf Kathas Seite.«

»Sie ist ja auch immer das brave Mädchen.« Irina band sich ihre Schürze um.

Ich zeigte Jessie die Zunge und wollte mir ein gefülltes russisches Ei vom Tablett nehmen, doch sie hielt meine Hand fest.

»Du bist auf Diät«, sagte sie, schnappte mir das Ei vor der Nase weg und steckte es sich in den Mund.

»Kathaaaaaa«, hörte ich es wieder von hinten. Juli war mit ihrem Telefonat fertig. Mit ihren dünnen Beinchen und hohen Schuhen kam sie flott auf mich zu. Ihr folgte eine Frau Mitte dreißig, die verdrießlich dreinsah, als sie die russischen Spezialitäten auf den Tischen erblickte.

»Das ist Natascha. *Die* Natascha.« Juli warf mir einen vielsagenden Blick zu. Ich reagierte mit Unglauben und Freude, obwohl ich immer noch keine Ahnung hatte, wer diese Natascha war.

»Wirklich. Ich bin ein großer Fan. Ihre Werke sind eine Inspiration für alle, die Kunst lieben und leben.«

Natascha sah mich leicht irritiert an, bevor sie mein Kompliment mit einem gönnerhaften Nicken quittierte. Juli wollte gerade etwas sagen, als jemand, der ihr und Natascha bekannt war, den Raum betrat und sie erneut von mir weglockte. Ich atmete erleichtert auf, weil ich weder die Kunstrichtung, noch den Stil kannte, der diese russische Sensation so angesagt machte und somit auch für keine tiefsinnige Diskussion darüber gewappnet war.

Eine ältere Dame näherte sich dem Buffet und wollte sich etwas von einem Tablett nehmen. Jessie, ganz sie selbst, war sofort zur Stelle, um es ihr zu verbieten.

»Das Buffet ist noch nicht eröffnet.«

Die alte Frau sah überrascht zu ihr hoch, unsicher, ob sie das Kanapee, das sie bereits in der Hand hielt, essen durfte oder nicht.

»Hör auf, so deutsch zu sein, Jessie«, sagte Irina tadelnd und nickte der alten Dame aufmunternd zu. »Nehmen Sie ruhig.«

»Danke, ich brauche das für meine Nerven«, sagte diese mit osteuropäischem Akzent und biss hinein.

Als Irina das hörte, reichte sie ihr noch eines. »Wenn das so ist, dann essen Sie mehr. Nerven sind immer hungriger als der Magen.«

Ich schnappte mir einen Korkenzieher und holte eine Flasche Rotwein aus einem der vielen Kartons hinter uns.

»Nerven brauchen Alkohol und kein Essen. Wollen sie einen Wein?« Die alte Frau lachte und winkte ab.

»Später, später. Jetzt brauche ich noch meinen Kopf.«

»Was ist denn so nervenaufreibend?«, fragte Jessie.

»Das Leben«, sagte die Frau bedeutungsschwer. Wir nickten wissend.

Das Klackern von Absätzen verriet mir, dass Juli sich uns wieder näherte. Noch immer folgte ihr Natascha. Hoffentlich wollte sie nicht mit mir über irgendwelche angesagten Kunstwerke reden. Ich war schon dabei, mir einige Floskeln zurechtzulegen, die sich in Gesprächen über zeitgenössische Kunst immer gut machten, als Juli die alte Frau entdeckte.

»Frau Petrova, sagen Sie doch was, ich hätte ihnen sofort Essen besorgt.« Die Angesprochene winkte genervt ab und deutete auf uns. »Mir wurde geholfen.«

Juli war nun nervös. Auch Natascha machte einen unruhigen Eindruck auf mich.

»Können wir sonst noch etwas für Sie tun?«

Frau Petrova kaute ihren letzten Bissen, bevor sie antwortete: »Ja. Ich finde diesen Ort schrecklich. Die weißen Wände. Pah. Und warum hängen Vorhänge vor meinen Bildern? Natascha, mach sie ab. Sofort.«

Mit dieser herrischen Art hatte ich nicht gerechnet. Den beiden Ladies ging es ähnlich. Sie standen da wie begossene Pudel und rangen um Fassung.

Immerhin wusste ich jetzt, dass Natascha nicht die Künstlerin dieser Ausstellung war. Wer auch immer sie war, der größere Fisch in diesem Raum war die alte Russin. Während Juli und ihre Begleitung panisch die Vorhänge vor den Bildern entfernten, quatschten Irina und Frau Petrova auf Russisch darauf los. Sie schienen sich gut zu verstehen. Schon nach fünf Minuten zauberte meine Chefin ein kleines Fläschchen Wodka aus einer Kühltasche und die beiden stießen an, nachdem sie kichernd einen Trinkspruch aufgesagt hatten.

»Wie aus einem klischeehaften Comedy-Sketch«, kommentierte Jessie das Geschehen. »Wodka trinken, dreckig lachen und lange Trinksprüche. Würde mich nicht wundern, wenn sie gleich Pistolen aus den Taschen zaubern und Russisch-Roulette spielten.«

Ich betrachtete die beiden Damen. Sie mochten sich auf Anhieb und fanden Freude aneinander.

Der Raum füllte sich langsam. Jessie und ich machten uns daran die Sektgläser mit teurem Champagner zu füllen. Nach fünfzehn Minuten war es proppenvoll. Diese Petrova war kein Niemand.

Mit einer Gabel brachte Juli ihr Glas zum Klingen, damit man ihr Aufmerksamkeit schenkte. Jetzt kam, was jeder Besucher einer Vernissage geduldig über sich ergehen lassen musste, bevor endlich das Buffet eröffnet wurde: die Rede.

Widerwillig musste ich mir eingestehen, dass Juli das sehr gut machte. Sie war witzig, baute ein paar Anspielungen auf berühmte Werke ein und schmeichelte dem Ego der Anwesenden, die ihre Bildung durch lautes Lachen über diese Insider zur Schau tragen konnten. Dann widmete sie sich dem Lebenswerk der Künstlerin, lobte ihre Visionen und ihre Pionierarbeit. Frau Petrova verzog kein einziges Mal eine Miene. Es war ihr nicht anzusehen, ob sie mit Julis Vortrag zufrieden war oder nicht.

Das machte Juli sichtlich nervös, doch sie hielt tapfer bis zum Ende durch. Applaus, dann ein paar Worte der Künstlerin selbst. Endlich konnten die Anwesenden sich über das Essen und den Alkohol hermachen. In jeder Hand ein kleines Tablett, ging ich zwischen den Leuten umher und warf ab und zu einen Blick auf Frau Petrovas Bilder. Zu meiner Überraschung gefiel mir, was ich sah. Ich hatte nicht viel für Scherenschnitte übrig. Sie erinnerten mich zu sehr an Zeitvertreib im achtzehnten und neunzehnten Jahrhundert, doch diese hier waren wirklich genial.

Es waren große Scherenschnitte berühmter Skulpturen, teils als Collagen angeordnet. Andächtig blieb ich vor einem großen Bild stehen, das den Umriss des Faustkämpfers vom Quirinal zeigte.

»Mögen Sie es?«

Überrascht drehte ich mich um. Frau Petrova stand neben mir, nahm sich ein Häppchen von meinem Tablett und deutete auf das Bild.

Ich nickte.

»Winckelmann hatte recht, als er der Form der antiken Skulptur eine so große Bedeutung für ihre Wirkung zusprach. Selbst als Schatten seiner selbst bleibt der Faustkämpfer eindrucksvoll.«

Frau Petrova lächelte zufrieden.

»Wissen Sie, wie ich die Ausstellung genannt habe?«

Beschämt musste ich gestehen, dass ich nicht darauf geachtet hatte. Sie winkte großzügig ab.

»Schattenkörper«, sagte sie und entfernte ein paar Krümel von ihrer Bluse. Sie zog eine Karte aus ihrer Hosentasche und reichte sie mir.

»Irina sagte mir, Sie seien auch Kunsthistorikerin wie Juli, nur besser. Wenn Sie Lust haben, etwas Geld zu verdienen, rufen Sie mich an.« Sie legte ihre Karte auf mein Tablett und ging davon.

Ich sah ihr mit offenem Mund hinterher. Irina ging an mir vorbei und zwinkerte schelmisch. Sie war durch und durch Geschäftsfrau und hatte sofort die Gelegenheit genutzt, Kontakte zu knüpfen. Für sich und für mich.

KAPITEL IV

Liebesschwüre und andere Quälereien

23. Dezember, 84 Kilo

Es war Montag früh, sieben Uhr. Jemand klingelte Sturm. Wahrscheinlich Alexander, der mir am vergangenen Freitag irgendwelche Folterpläne angekündigt hatte, die ich zu meinem eigenen seelischen Schutz verdrängt haben musste. Müde, noch im Pyjama, öffnete ich und ging in die Küche, um Kaffee zu kochen. Heute war der 23. Dezember. Hatte dieser Typ nichts Besseres zu tun, als mich am frühen Morgen mit Kniebeugen zu terrorisieren?

Lady Washington blieb im Gang sitzen, gespannt, wer durch die Tür eilte und sie hoffentlich mit etwas Leckerem fütterte. Während ich das Wasser in die Kaffeemaschine goss, hörte ich, wie jemand die Tür aufstieß und etwas Schweres im Flur ablegte.

»Hallo, kleine dicke Katze. Wie geht es mit der Diät voran?«, hörte ich eine freundliche Stimme sagen und musste grinsen. Es war Benjamin.

Ich lugte in den Flur und winkte ihm. Er winkte mit roten Bäckchen zurück, während er mit der anderen Hand Lady Washington kraulte. Draußen musste es sehr kalt sein. Er brachte den Geruch von Schnee und Frost mit in die Wohnung.

»Ist das ein riesiges Weihnachtsgeschenk?«, fragte ich und deutete auf den Karton hinter ihm. Er stand auf, schloss die Tür, nahm seine Wollmütze ab und grinste von einem Ohr zum anderem.

»Ja. Ist zwar etwas zu früh, aber Alex und ich konnten es nicht mehr erwarten, es dir zu überreichen.«

Alex schien es vorgezogen zu haben, nicht bei der Bescherung dabei zu sein.

Benjamins volle braune Haare standen in alle Richtungen ab. Mehrmals strich er mit der Hand darüber, um sie zu bändigen. Wie hypnotisiert beobachtete ich ihn dabei. Langsam bemerkte ich den langen Sexentzug. Ich musste mich regelrecht zwingen, ihn nicht anzugaffen.

»Willst du einen Kaffee?«, fragte ich und ging wieder in die Küche. »Oder bist du so drauf wie Alex, der mir letzte Woche bei der Frage nach einem Kaffee einen Dreißig-Minuten-Vortrag darüber hielt, dass Kaffee das Stresshormon Cortison auf den Plan ruft, so dass man schlechter oder sogar gar nicht mehr abnimmt?«

Er folgte mir in die Küche und lachte.

»Alex trinkt keinen Kaffee, stimmt. Ich schon.«

»Gut«, sagte ich und goss ihm und mir eine Tasse ein. »Ich wollte nur höflich sein und ihm etwas anbieten. Als Dank kam von ihm ein spontanes Seminar über Gewichtverlustreduktion unter erhöhtem Stresspegel.«

Nachdem er am Kaffee gerochen hatte, nahm er einen vorsichtigen Schluck.

»So ganz ohne Sinn war seine kleine Belehrung ja nicht. Immerhin hast du einiges gelernt und recht viel davon behalten.«

Ich seufzte. »Hatte ich denn eine Wahl? Ich habe jedes Mal Angst vor seinem vernichtenden Blick und Tadel, wenn ich es wage, mich der Belehrung zu entziehen. Wäre er mein Lehrer gewesen, hätte ich in meiner gesamten Schullaufbahn keine einzige schlechte Note geschrieben.«

»Ja«, Benji nickte zustimmend. »Das kann er ganz gut. Motivieren. Er weiß immer genau, wie er Leute dazu bringt, das zu tun, was er will. Auf die meisten redet er mit Engelszungen ein. Bei vielen macht er den Cheerleader und feuert sie beim Training an. Nur bei wenigen ist er wirklich streng. «

Er setzte seine Tasse ab. »Ich denke, er macht das instinktiv. Bis jetzt hat es super funktioniert. Weiß gar nicht, warum er bei dir so übertrieben grantig ist. Ist gar nicht seine Art.«

Ich schnaubte ungläubig.

»Nicht seine Art? Mir wäre es wirklich lieber, er führt sich nicht mehr auf wie der Drillinspektor eines amerikanischen Trainingscamps für schwerstkriminelle Jugendliche.«

»Wenn er der Meinung ist, dass dich das zum Erfolg führt –« Benjamin grinste und sprach nicht weiter. Okay, er war hundert Prozent auf Alexanders Seite. Ich wechselte das Thema.

»Was ist in dem Karton?«, fragte ich und setzte mich gespannt hin.

»Eine Hantelbank.«

»Nein, im Ernst, was ist da drin?«

»Eine Hantelbank.«

»Wirklich?« Wo sollte die denn hier noch hin? Ich hatte keine Couch mehr. Mein Wohnzimmer war voll mit Matten, einem Gymnastikball, Hanteln, einem Springseil und Bändern. Es war kein Raum mehr für noch so ein Ungetüm.

»Wirklich.«

»Ich habe dafür keinen Platz.« Ich schob meine Tasse von mir und verschränkte trotzig die Hände vor der Brust.

»Doch, hast du.« Benjamin lehnte sich mitsamt seinem Stuhl zurück, blickte durch die Küchentür in den Flur und deutete ins Wohnzimmer. »Du musst nur das hässliche Metallding da wegtun.«

Entrüstet öffnete ich den Mund.

»Das hässliche Metallding?«, wiederholte ich empört und schüttelte den Kopf. »Weißt du denn nicht, was das ist?«

»Es sieht aus wie eine riesige, schwarze Spinne. Ein weiterer Grund, es wegzuschmeißen. Wer stellt sich so ein Teil ins Wohnzimmer?«

»Das ist ein haargenauer Nachbau der *Maman* von Louise Bourgeois! Also wirklich!«

Er lachte. »Heißt das, es ist Kunst und kann nicht weg?«

Ich holte tief Luft und nickte. »Genau das heißt es!«

Das brachte mir ein verständnisloses Kopfschütteln ein. Benjamin stand auf und ging ins Wohnzimmer, um sich die *Maman* erneut anzusehen. Schon beim ersten Mal, als er und Alexander das ganze Fitnesszeug angeschleppt hatten, hatten sie sie aus der Wohnung haben wollen. Ich hatte es vorgezogen, die Couch zu opfern.

»Warum hängst du daran? Gefällt es dir so sehr?«

Seine Zweifel waren deutlich zu hören. Er wollte nicht glauben, dass man dieses schwarze, riesige Ding, das mein komplettes Wohnzimmer einnahm, ernsthaft schön finden konnte.

Ich betrachtete die *Maman*. Unweigerlich wanderten meine Gedanken fünf Jahre zurück.

Fünf Jahre zuvor, 25. Dezember.

Johannes schickte mich unter einem Vorwand aus der Wohnung. Er war dabei, sein großes Weihnachts-Special zuzubereiten und die Eier waren aus. Außerdem fehlte Milch. Missmutig machte ich mich auf die Suche nach einem Späti, der am 25. Dezember um achtzehn Uhr geöffnet hatte, um mir Milch und Eier zu verkaufen. Es dauerte, so einen Spätkauf zu finden. Selbst in Berlin war heute Feiertag.

Als ich endlich wieder zurück war, fand ich die Wohnungstür von innen verschlossen. Ich musste klingeln. Ich hörte, wie Johannes im Flur über etwas stolperte und fluchte.

»Gleich«, kam es gedämpft durch die Tür. »Ich komme gleich.«

Neugierig legte ich mein Ohr an das Türblatt. Was machte er da? Es rumpelte und rumpelte, dann ertönte wieder ein leises Fluchen.

»Alles in Ordnung da drin?«

Der Schlüssel drehte sich im Schloss, die Tür ging auf und ein atemloser Johannes stand vor mir. Ich kniff die Augen zusammen und blickte misstrauisch über seine Schulter.

»Was machst du da?«

Er wischte sich Schweiß von der Stirn. Seine braunen Augen strahlten vor Vorfreude auf etwas, das ihn in Aufregung versetzte.

»Komm rein, der Weihnachtsmann war da, als du weg warst. Du hast ihn um wenige Minuten verpasst.« Er zog mich durch die Tür, schloss sie schwungvoll, nahm mir den Einkauf ab und schob mich durch den Flur.

»Sag nicht, das war alles ein Vorwand und ich bin vierzig Minuten umsonst durch Schnee und Match gestapft.« Empört sah ich ihn an.

Er ignorierte meine Frage und zog mich weiter, bis wir vor der verschlossenen Tür zum Wohnzimmer unserer Altbauwohnung standen. Gespannt drückte ich die Klinke hinunter.

Mitten im Wohnzimmer stand ein Berg aus Geschenkpapier, das eilig aufgetürmt worden sein musste. Auf der Spitze, die die Decke berührte, prangte eine große rote Schleife.

»Das hat der Weihnachtsmann gebracht?«

Was immer sich unter dem knallpinken, zerknitterten Hello-Kitty-

Papier verbarg, es war beinahe zwei Meter groß und sicher vier Meter breit. Zum Glück waren die Decken alter Berliner Wohnungen sehr hoch, so dass es Platz fand, auch wenn unser Wohnzimmer damit optisch um die Hälfte geschrumpft war.

»Ja.« Jo freute sich riesig. »Mach es auf!«

Ich sah ihn an. Beim Anblick der Freude, die es ihm bereitete, mich zu beschenken, ging mir das Herz auf. Ich musste ihn umarmen und küssen.

»Hey!«, rief er und befreite sich aus meiner Umarmung. »Erst aufmachen. Du weißt doch gar nicht, ob es dir gefällt.«

»Es gefällt mir ganz sicher. Was immer das ist«, versicherte ich und wollte ihn wieder küssen. Johannes hielt mich auf Abstand und zeigte auf das Geschenk.

»Katha, mach es auf.«

Ich seufzte schicksalsergeben und umrundete den Berg. Was konnte das nur sein?

»Mach es auf!«

Du meine Güte, war er ungeduldig. Ich riss das Geschenkpapier an einer zufälligen Stelle auf. Die dünnen schwarzen Stangen, die zum Vorschein kamen, machten mich stutzig. Was zur Hölle war das denn? Ich machte weiter, während mein verrückter Freund in seinem Weihnachtspullover aufgeregt von einem Bein aufs andere hüpfte. Ich legte weitere dünne, schwarze Stangen frei, acht an der Zahl. Sie waren miteinander verlötet und hatten schmale und auch dicke Stellen. Oben liefen sie zu einem großen, erdnussartigen Körper zusammen. Verwundert trat ich zurück, nachdem ich das Geschenkpapier zur Gänze abgerissen hatte. Auf einmal begriff ich, was ich vor mir hatte. Mir entfuhr ein Schrei der Überraschung.

»Oh Gott, Johannes, das ist die Maman.*«* *Voller Freude und Unglauben sah ich zwischen ihm und der Skulptur hin und her. »Das ist die* Maman.*«*

»Frohe Weihnachten, Katha.« Er küsste mich innig. Ich erwiderte seinen Kuss und Tränen der Rührung flossen über meine Wangen.

»Danke. Danke, danke.« Ich überzog sein Gesicht mit Küsschen, bevor ich mich von ihm löste und mich unter den Spinnenkörper stellte. Das geniale Monstrum von einem Kunstwerk fügte sich perfekt in unser

Wohnzimmer. Das Original war natürlich größer, aber das hier war fast wie echt.

»Das hast du also die letzten Monate bei deinem Vater in der Werkstatt gemacht! Und ich dachte schon, du hättest eine Geliebte.«

Er musste über die Vorstellung lachen, so albern fand er die Idee, mich zu betrügen.

»Genau. Einmal wärst du uns fast auf die Schliche gekommen, als du spontan in der Werkstatt aufgetaucht bist. Zum Glück waren Dad und ich noch nicht so weit. Nur die Beine lagen rum.«

Er klopfte gegen eines der Beine und trat näher zu mir. Er umarmte mich und sah mir in die Augen. »Weißt du noch, was du gesagt hast, als wir vor einem Jahr in London unter dem Original standen?«

Ich musste schlucken, als er das fragte. Wie in London standen wir eng umschlungen unter der Maman.

»Ich sagte, dass ich die Person, die mir diese Skulptur ins Haus stellt, für immer lieben werde.« Meine Stimme wurde heiser und Blut stieg mir in die Wangen.

Johannes lächelte, strich mir die Haare aus der Stirn und beugte sich vor.

»Die Skulptur hast du. Ich zähle darauf, dass du zu deinem Wort stehst und mich jetzt für immer liebst. Ich weiß nämlich, dass ich dich für immer lieben werde.«

Ich küsste ihn eine lange Zeit.

»Versprochen?«, fragte ich ihn leise.

»Versprochen.«

»Ja. Ich mag sie. Ist eine großartige Skulptur.« Tränen stiegen mir in die Augen und ich drehte mich weg, damit Benji sie nicht sehen konnte.

»Dein Wohnzimmer ist zu klein für das Ding. Ich verstehe nicht, warum du so ein Monstrum in dieser kleinen Wohnung haben musst.« Er lenkte ein, als er mein Gesicht sah. »Aber das ist deine Sache.«

Ich musste kurz Luft holen, bevor ich ihm antworten konnte:

»An diesem Ding hängt ein Versprechen.« Ich machte eine Pause, schluckte meine Traurigkeit hinunter und sprach dann weiter.

»Und dieses Versprechen muss eingehalten werden.«

»Muss oder kann ich das überhaupt verstehen?«

»Ich fürchte, nein.«

»Na gut.« Er sah auf die Uhr. »Alex wird gleich hier sein, zieh dir besser was Sportliches an. Ich glaube, er ist noch sauer wegen der Freitags-Geschichte. Wenn er hier auftaucht und dich im Schlafanzug antrifft, ist sicher Treppenlaufen angesagt.«

Mit einem letzten Blick auf die *Maman* eilte ich ins Schlafzimmer. Keine Ausreden mehr. Ich würde das hier durchziehen und im Sommer umwerfend aussehen. Johannes schuldete mir etwas.

*

»Noch zehn Stück. Komm schon, das schaffst du.«

Alex stand vor mir und wedelte mit der Hand, ganz so, als würde er mich zur Eile mahnen, weil unsere Fähre ablegt. Warum dachte ich eigentlich an eine Fähre? Ich sollte mich auf die Kniebeugen konzentrieren. Wenn ich sie nicht richtig machte, wurde Alexander sauer und hielt mir lange, ermüdende Vorträge über Knieprobleme und Bandscheibenvorfälle.

»Noch acht.«

Wieder machte er die »Beeil dich, die Fähre legt gleich ab«-Geste. Das brachte mich aus dem Takt. Ich musste kichern. Vor meinem inneren Auge war er plötzlich dandyhaft gekleidet, trug eine weiße Sommerhose, ein beiges Jackett und ein pinkes Poloshirt. In einer Hand hielt er einen Picknickkorb, während er mich mit der anderen zur Eile antrieb, da die Fähre jeden Moment abfuhr. Halluzinierte ich vor Erschöpfung?

»Noch sechs. Warum gluckst du so?«

Er sah mich irritiert an. Oje, die Fähre war weg. Da hatten wir den Salat. Er war sauer und gab mir die Schuld. Ich musste prusten und mit den Kniebeugen aufhören.

»Hey, was ist los? Was ist so komisch an Kniebeugen?«

Oh Gott, er hielt mich sicher für eine alberne Person, die aus dem Nichts heraus völlig grundlos anfing, dumm herum zu kichern. Was, genaugenommen, auch stimmte. Er ahnte ja nichts von meiner Fährenvision.

Alex verschränkte die Arme. Sein Ton wurde strenger.

»Nicht aufhören. Die sechs Stück machst du noch.«

Da war sie wieder, die Fähre. Ich malte mir aus, wie er trotzig vor mir stand und in diesem Tonfall erklärte, er hätte ja prophezeit, dass wir die Abfahrt verpassen, wenn ich mit den Kniebeugen so trödle. Es war so surreal. Ich musste laut über mich selbst lachen und konnte mich nicht mehr zurückhalten. Das Kopfkino wollte nicht aufhören.

»Was ist zwischen den letzten fünf Kniebeugen und jetzt passiert? Habe ich was verpasst?« Er konnte mit meiner Reaktion nichts anfangen.

»Haha, nichts. Puh.« Ich griff mir an den Bauch. Vom Lachen hatte ich Seitenstechen bekommen.

»Ich habe an etwas Witziges gedacht. Das ist alles. Ich mache gleich weiter.«

Er schüttelte den Kopf und hob ratlos die Arme. Und schwups, war die Vision wieder da. Die Fähre rauschte hinter seinem Rücken ans andere Ufer. Sie ließ uns unverrichteter Dinge zurück. Wieder prustete ich und konnte nicht aufhören. Das Lachen brach aus mir heraus und ich ging in die Knie, weil ich mich nicht mehr gerade halten konnte.

An diesem Punkt steckte ich Alex an. Als er mich dabei beobachtete, wie ich mich kringelte, musste auch er lachen. Zunächst schüttelte er den Kopf und grinste, doch je länger es so weiterging, desto mehr brach es aus ihm heraus. Dass auch er anfing zu lachen, reizte mich wiederum umso mehr.

Da waren wir beide in meinem Wohnzimmer. Große Schneeflocken tanzten am Fenster vorbei, während wir in Sportklamotten unter der *Maman* standen und uns vor Lachen die Bäuche hielten, ohne dass Alexander auch nur ahnte, wieso. Ich öffnete den Mund, um es ihm zu erklären, brachte jedoch nur Kichern und Stottern heraus. Ich wusste, wie albern das alles auf andere wirken musste und konnte deshalb umso weniger aufhören, zu wiehern wie ein Pferd. Wir hatten beide Tränen in den Augen.

Nach ein paar Minuten flaute unser Lachflash ab. Ich brachte die verbliebenen sechs Kniebeugen hinter mich. Leider war das Training damit nicht vorbei. Mit Liegestützen, Unterarmstütz und Hampelmännern ging es weiter.

Allerdings hatte sich etwas zwischen uns verändert. Unser Umgang war leichter geworden. Manchmal lachte einer von uns vor sich hin, ohne eigentlich zu wissen, weshalb.

»Noch sechzig Sekunden Unterarmstütz und du hast es für heute geschafft.«

Ich hasste diese Übung. Jedes Mal ging ich mit dem Hintern zu hoch oder zu weit nach unten. Ich konnte meinen Rücken nicht gerade halten. Je länger das dauerte, desto schwerer fiel es mir.

Endlich kam das erlösende Piepen der Stoppuhr. Erleichtert brach ich auf der Matte zusammen und blieb wie ein latschiger Pfannkuchen liegen.

Alexander zeigte auf die Hantelbank.

»Bald können wir an die ran.«

Ich hob meinen Kopf ein paar Zentimeter und fragte:

»Warum trainieren wir nicht im Studio? Ich weiß gar nicht, wohin mit dem ganzen Zeug, das ihr anschleppt. Ihr habt doch drei oder vier im Studio stehen, warum also sind wir hier in meiner kleinen Wohnung?«

Es raschelte in meiner Nähe. Alex kam und reichte mir Wasser. Ich trank. Kraft für mehr, als den einen Arm zu heben, hatte ich nicht. Mit der Flasche in der Hand blieb ich liegen.

»Weil wir im Studio nicht in Ruhe trainieren können. Ich muss mich auf dich konzentrieren und Fehler verhindern, bevor sie sich einschleichen und verfestigen können. Außerdem musst du lernen, dein eigenes Körpergewicht zu stemmen. Da helfen Geräte nicht viel. Die machen nur hübsche Muskeln, aber richtige Liegestütze und Klimmzüge bringen sie einem nicht bei.«

Ich stöhnte und hielt mir die kühle Flasche an die Stirn.

»Wozu bin ich überhaupt in einem Fitnessstudio, wenn ich ohne die ganzen Geräte fit werden kann?«

»Gute Frage. Tatsächlich kommt man zuhause ohne teure Verträge mindestens ebenso gut voran.«

Ich rollte mich auf die Seite und sah ihn an.

»Verlierst du nicht deinen Job, wenn ab jetzt alle zuhause trainieren wie ich?«

Alexander zog etwas aus seiner Sporttasche.

»Nein, ich nicht. Benjamin vielleicht. Ich kann Leute auch ohne Geräte trainieren. Nur bei dir werde ich in ein paar Monaten eine Ausnahme machen, weil es schnell gehen muss.« Er reichte mir eine Schachtel. »Frohe Weihnachten.«

Erfreut setzte ich mich in den Schneidersitz und nahm die Schachtel entgegen.

»Was ist das denn? Ich werde heute nonstop beschenkt, hoffentlich geht es den ganzen Tag so weiter.« Ich öffnete die Schachtel. Zum Vorschein kam ein sehr schlichtes schwarzes Armband.

»Okay, ein Armband? Hübsch.«

»Ein Tracker«, korrigierte Alex und zog seine Winterjacke über.

»Was trackt er denn?«

»Alles. Schritte, Schwimmen, Treppen, Bewegungsprofil, Puls, Schlaf und mehr.«

Ich streifte mir das Ding über die Hand.

»Heißt das, ich werde dauerüberwacht?«

»Genau das. Du musst dir dazu eine App runterladen. Benjamin und ich wollen deine Zugangsdaten, damit wir sehen können, wie lange du schläfst und ob du die vereinbarten fünfzehntausend Schritte am Tag einhältst.«

Schockiert sah ich zu ihm hoch.

»Das ist ein Scherz, oder?«

Er schüttelte den Kopf und ging in die Knie, um sich von Lady Washington zu verabschieden. Sie war ihm nicht von der Seite gewichen, seit er die Wohnung betreten hatte.

»Die Dinger sind echt teuer. Wir bekommen sie limitiert vergünstigt zu Werbezwecken, um sie Kunden weiterzuempfehlen. Ich gebe dir meins. Dafür musst du es auch benutzen und mir Zugang zu deinen Daten gewähren.«

»Das ist ja sowas von 1984.« Misstrauisch beäugte ich mein neues Armband. »Wie teuer?«

»Verdammt teuer. Geh sorgfältig damit um.«

Mühsam stand ich auf, schüttelte meine Glieder und zeigte auf die Hantelbank und mein neuestes Geschenk.

»Du und Benjamin wisst, wie man Frauen glücklich macht. Die Ladies müssen bei euch Schlange stehen.«

Zu Lady Washingtons Enttäuschung erhob sich Alex und zog den Reißverschluss seiner Jacke zu.

»Wir können uns nicht beklagen«, erwiderte er selbstgefällig und griff nach seiner Tasche. An der Wohnungstür drehte er sich ein letztes Mal um und zeigte auf meinen Arm.

»Ich an deiner Stelle würde mich warm einpacken und bald loslaufen. Du hast noch fünfzehntausend Schritte vor dir. Schöne Feiertage.«

Und die Tür war zu. Was für ein Sklaventreiber. Ich wollte duschen gehen, als mein Handy klingelte.

»Hi Mom, ich wollte unter die Dusche. Ist es wichtig?«

»Hallo Liebes, rat mal, wer mich gerade angerufen hat!«

Ich tat, als würde ich darüber nachdenken.

»Barack Obama?«

Sie musste lachen. »Aber nicht doch, der ruft nur abends vor dem Zubettgehen an, um mir Gute Nacht zu wünschen.«

Manchmal war sie wirklich schlagfertig, was mich immer wieder aufs Neue überraschte. Mütter sollten nicht so frech sein.

»Dann muss ich passen.« Ich sah auf die Uhr. Es war kurz vor Mittag. »Wer kann zu solch gottloser Stunde etwas von dir wollen?«

»Deine Tante Tina!«

»Ach, was wollte die denn?«

Ich hörte, wie meine Mutter ins Telefon lachte. Sie dachte an das eben geführte Gespräch.

»Sie wollte wissen, ob deine Zusage ein Scherz sei.«

»Warum ruft sie da nicht mich an?«

»Habe ich sie auch gefragt. Ich glaube, sie traut sich nicht.«

Ich grinste mich im Badezimmerspiegel an und löste den Haargummi aus meinem Zopf.

»Sag ihr, dass das kein Scherz ist, dass ich gerne komme und mich über die Einladung riesig gefreut habe. Ich kann die Hochzeit kaum erwarten.«

»Das kann ich ihr so nie und nimmer sagen, Kleines. Das hört sich ja wie eine Drohung an.«

Meine dunkelbraunen Haare waren verstrubbelt, weil ich heute früh keine Zeit zum Kämmen gefunden hatte.

»Nein, das meine ich wirklich so.«

Vielleicht war es Zeit für einen neuen Haarschnitt. Zwar mochte ich es schulterlang, wie es gerade war. Doch wenn ich dünner war, könnte mir auch eine Kurzhaarfrisur stehen. Färben wäre auch mal eine Idee. Zu meinen braunen Augen passte jede Farbe. Ich warf meinem Spiegelbild eine Kusshand zu. Heute gefiel ich mir.

»Dann kommen Harald und ich natürlich auch.« Meine Mutter rief etwas, was ich nicht verstand, da sie den Hörer weghielt. Dann war sie wieder am Telefon.

»Harald kann es auch kaum erwarten.«

Ich musste lachen. Ganz sicher hasste mein Stiefvater die Vorstellung, wegen einer albernen Hochzeit nach Italien zu müssen.

»Na gut, Schätzchen. Ich rufe mal Tante Tina zurück und sage ihr, dass wir alle kommen.«

»Das wird sie sicher freuen.«

»Ganz sicher. Tschüs, Kleine! Und frohe Weihnachten.«

»Danke. Dir und Harald ebenfalls!«

Klick. Und weg war sie.

KAPITEL V

Von Lastern, Sport und Missverständnissen

28. Januar, 81 Kilo

»Was machst du denn heute Abend?«, fragte Jessie beiläufig. Sie wischte zum wiederholten Mal über die Theke und machte einen zerstreuten Eindruck auf mich.

»Tot umfallen und erst morgen früh wieder aus dem Sarg kriechen, bevor die einfallende Sonne mich in Asche verwandelt.« Jessie runzelte die Stirn, weil mein Satz auf der Vampirmetaebene keinen Sinn ergab.

»Ich gehe ins Bett und bleibe bis sieben Uhr bewegungslos liegen«, klärte ich sie auf. »Alex hat mich heute Morgen um sieben Uhr durch den Tiergarten gejagt, dann gefühlte tausend Kniebeugen und Millionen Crunches von mir verlangt, bis ich ernsthaft überlegt habe, mich in der eiskalten Spree zu ertränken und dem ein Ende zu setzen.«

»Schade. Du bist sicher fertig und hast keine Lust, wegzugehen«, stellte sie enttäuscht fest. Was war denn mit ihr los?

»Nicht wirklich.« Ich sah ihre Mundwinkel nach unten sinken und stöhnte. Ich sollte das jetzt nicht anbieten, aber ich tat es trotzdem.

»Es sei denn, es steht was Wichtiges an, das meine Anwesenheit erforderlich macht.«

Ein kleines Lächeln umspielte ihre Lippen. »Etwas trinken gehen steht an. Auf einer Ausstellung. Nichts Großes. Es gibt auch Kunst.«

Bäh. Das letzte Mal, als Jessie mich zu etwas geschleppt hatte, das in ihren Augen mit Kunst zu tun hatte, hatte ich mich auf der »Vernissage« einer Ausstellung über den deutschen Punk der achtziger Jahre wiedergefunden.

In ihren wilden Zeiten hatte sie in einer Mädchen-Punkband gespielt. Deshalb wollte sie nicht nur zu der Ausstellung, sondern war auch an fachkundiger Begleitung interessiert. Die »Vernissage« hatte sich als versiffter Laden mit schwarzen Wänden entpuppt. Diese waren mit politischen Postern tapeziert gewesen, die leider in keinem Kontrast zu den ausgestellten rahmenlosen Schwarz-Weiß-Fotographien standen.

Falls der oder die Künstlerin beabsichtigt hatte, den Unterschied zwischen Wand und Ausstellung verschwimmen zu lassen, musste ich zugeben, dass dieser Kunstgriff in jeder Hinsicht gelungen war.

Was ich von jenem Abend über deutsche Punkkultur mitgenommen hatte, war folgendes: Dosenbier war geeignetes Dekorationsmittel für jedes Foto, Irokesen-Frisuren hatten vermutlich beträchtlichen Anteil am Ozonloch und Nieten konnte man sogar an Stellen anbringen, die sonst niemand zu Gesicht bekam.

Jessie entnahm meinem Gesichtsausdruck, dass ich an dieses Ereignis zurückdachte und schüttelte den Kopf.

»Nicht solche Kunst. Ich habe den Namen vergessen. Irgendwas mit Kiesel. Kriesler?«

Was meinte sie damit? Hoffentlich keine Kunst mit Kieseln oder Murmeln.

»Friedrich Kiesler?«, fragte ich ins Blaue hinein.

Sie nickte. »Genau! Kommst du mit?«

»Seit wann interessierst du dich denn für futuristisch-avantgardistische Architektur?«

Sie zuckte mit den Schultern.

»Ich interessiere mich nicht die Bohne dafür. Ich habe die Ausstellung heute früh gegoogled und fand das Zeug schrecklich.«

»Und du willst, dass wir dahin gehen, weil?« Ich stützte meine Hände auf die Theke und sah sie gespannt an.

Jessie brauchte einen Moment, um meinen Satz zu beenden.

»Weil da jemand ist.«

Aha. Daher wehte der Wind. »Wer ist denn dieser jemand?«

»Eine Bekannte.«

Wenn sie so verschlossen und wortkarg reagierte, war es ihr ernst. Sie musste über beide Ohren verknallt sein.

»Ich komme nur mit, wenn du mir alles erzählst. Wirklich alles! Wie lange geht das schon und warum erfahre ich es erst jetzt?«

»Du bist so beschäftigt mit deinem Sport- und Ernährungswahn, dass ich gar keine Möglichkeit mehr finde, irgendwas zu sagen.«

Empört richtete ich mich auf.

»Ach, papperlapapp. Diesen Unsinn kannst du deinem Postboten erzählen. Wie lange geht das schon?«

Sie fuhr sich nervös durch das Haar.

»Das ist es ja. Bis jetzt läuft es gar nicht. Ich weiß ja nicht mal, ob sie auch lesbisch ist.«

Es musste sie hart erwischt haben. Normalerweise war sie souverän wie keine andere Person, die ich kannte und ungemein überzeugt von sich. Doch allein der Gedanke an ihre neue Bekanntschaft machte sie ganz hibbelig und unruhig.

»Okay, ich komme mit. Das Mädel muss ich sehen, das dich so nervös macht. Sie muss ja eine teuflische Mischung aus Vivien Leigh und Jane Russell sein.«

Jessie lachte, als ich das sagte.

»Das ist sie. Genau mein Typ und ich bekomme nur Unsinn raus, sobald ich vor ihr stehe. Du musst mit. Du kennst dich mit diesem Kieselzeug aus!«

Das machte mich stutzig. »Soll ich sie für dich abschleppen?«

»Es genügt, wenn du sie abfüllst und mich im richtigem Moment dazu holst.«

Irina war aus der Küche gekommen und hatte die letzten Sätze mitbekommen.

»Wer wird abgeschleppt? Du, Katjuschka?«, fragte sie.

Ich kicherte. »Nein, hoffentlich Jessie heute Abend. Bete für sie, Irina.«

»Ich glaube nicht, dass Jessie göttlichen Beistand braucht«, antwortete unsere Chefin und gab uns ein Schüsselchen mit selbstgemachtem Krautsalat und etwas Brot. Ich verzichtete auf das Brot und machte mich über den Salat her.

»In diesem Fall nehme ich alles, was ich kriegen kann«, sprach Jessie mit vollem Mund.

»Was ist mit dir? Hast du endlich Johannes vergessen und bist bereit, meinem Sascha die Chance zu geben, dich glücklich zu machen?«

Ich verschluckte mich am Krautsalat und musste so furchtbar husten, dass man mir auf den Rücken klopfte, bis ich Tränen in den Augen hatte.

»Nein«, sagte ich mit erstickter Stimme. »Ich brauche noch Zeit.«

»Also, warum eigentlich –«, fing Jessie an, doch ein Blick von mir genügte, um sie zum Schweigen zu bringen.

»Ihr denkt sicher, dass Sascha nicht hübsch ist, oder ein Muttersöhnchen? Ich hole mal schnell ein Bild, das ändert eure Meinung sofort.«

Irina wollte sich auf den Weg in die Hinterräume machen, als die Ladentür aufging und die Glocken erklangen.

Einer ihrer Stammkunden betrat den Laden und lenkte sie zum Glück von ihrem Vorhaben ab.

*

Die gute Nachricht zuerst: Ich passte wieder in mein enges schwarzes Kleid.

Nun die schlechte Nachricht: Ich sah immer noch nicht gut darin aus.

Leider hatte ich nichts Schickes, das sich für eine Ausstellungseröffnung im Martin-Gropius-Bau eignete. Jessie hatte es versäumt, mir bei ihrer dilettantischen Einladung mitzuteilen, dass es sich nicht um irgendeinen schnellen Umtrunk handelte, sondern um ein kleines Konzert mit Gästeliste. Ich wollte gar nicht erst wissen, wie wir es auf die geschafft hatten.

Immerhin wog ich fünf Kilo weniger. Das hob meine Stimmung ungemein. Ich strich mein Kleid glatt, entschied mich, es nochmal zu bügeln und philosophierte währenddessen über meine Haare. Offenlassen oder doch lieber hochstecken?

Der Blick auf die Uhr nahm mir die Entscheidung ab. Schnell Haare kämmen, Mantel schnappen und Treppe runter. Unten stand schon meine Begleitung.

»Du siehst gut aus«, sagte ich vorwurfsvoll. Auch Jessie trug ein enges schwarzes Kleid, das ihr bis zu den Knien reichte. Der

Schnitt war übertrieben schlicht. Dafür passte es ihr wie eine zweite Haut. Darüber trug sie einen grauen Mantel, der so teuer aussah und ihr ebenso wenig gehören konnte wie die Schuhe, die ihre langen Beine in den Himmel ragen ließen.

»Das will ich doch hoffen. Ich habe extra Maggies Kleiderschrank geplündert.« Maggie war ihre jüngere Model-Schwester. »Du siehst auch ganz gut aus.«

Ich lachte, machte eine Grimasse und zog meinen Mantel enger, weil es furchtbar kalt war.

»Ganz gut trifft es. Wehe unser Abend wird so eine Art amerikanischer High-School-Film. Ich komme mit dir da an, betrinke mich aus Frust, weil alle Quarterbacks auf dich fliegen, blamiere mich fürchterlich und gehe dann traurig nach Hause, während du in den Armen einer angehenden Hollywoodschönheit landest.«

Jessie hakte sich bei mir unter, als wir die Straße in Richtung der U-Bahn entlangliefen.

»Genauso habe ich mir den Abend vorgestellt. Insbesondere das Ende. Hoffentlich läuft es so.«

Ich kniff sie zur Antwort.

*

Wir waren die ersten Gäste und ergatterten sofort zwei Gläser Sekt. Während wir herumschlenderten, bemühte ich mich darum, meiner nervösen Begleitung Kieslers Werk näherzubringen, doch Jessie hörte nur mit einem Ohr zu. In der Hoffnung, ihre Angebetete zu erspähen, sah sie sich immer wieder um.

Ich beneidete sie. Sich in jemanden zu vergucken, war eines der schönsten Gefühle überhaupt. Sobald die Person den Raum betrat, wurde aus dem langweiligsten Kaffeekränzchen ein rauschendes Fest. Man ließ immer wieder unauffällig den Blick wandern, in der Hoffnung, den Schwarm zu sehen und vielleicht in Augenkontakt zu treten. Manchmal musste man nicht mal ins Gespräch kommen und hatte doch den besten Abend seines Lebens. Es reichte vollkommen aus, sich zufällig im Gang oder an der Bar zu begegnen und schmachtende Blicke auszutauschen.

Schmachten war der schmerzlich-schönste Teil an der Liebe.

Wir blieben vor einer Videoinstallation stehen, jeder in seine eigenen Gedanken vertieft.

»Da ist sie«, flüsterte Jessie.

Unauffällig drehte ich mich in die Richtung, die mit »da« vermutlich gemeint war. Nicht weit entfernt stand eine hochgewachsene Frau mit dem Rücken zu uns und betrachtete mit einem jungen Mann zusammen einen großen Entwurf. Neidvoll bewunderte ich das lässig sitzende Kleid, dessen raffinierter Schnitt den Großteil ihres Rückens freiließ. Sie drehte ihren Kopf ins Profil. Ich pfiff leise. Sie sah wahrhaftig aus wie ein Klon von Jane Russell. Markant, dunkelhaarig, perfekt.

Von einer aufmerksamen Bedienung bekamen wir neue Sektgläser gereicht. Ich nippte und fragte gedämpft:

»Woher wusstest du eigentlich, dass sie hier sein wird?«

»Sie hat uns auf die Gästeliste geschrieben«, flüsterte Jessie zurück.

»Was hat sie denn mit dieser Veranstaltung zu tun?«

»Alles, glaube ich. Sie arbeitet hier.«

Dieser Jane Russell-Klon hatte nicht nur meinen Traumkörper, nein, sie hat auch noch meinen Traumjob. Ich nahm einen großen Schluck Sekt.

»Woher kennst du sie?« Jessie hielt nichts von Kunst, die nicht den Anspruch erhob, die Welt in Anarchie versinken zu lassen. Sie und Jane Russell lebten sicher nicht in der gleichen Welt.

»Lange Geschichte«, antwortete Jessie knapp und kniff die Augen zusammen.

»Wer ist dieser Typ?«, fragte sie, als er ihrem Schwarm eine Hand um die Hüfte legte und sich nah an ihr vorbei über den Entwurf beugte.

Die Silhouette kam mir bekannt vor. Hoher Wuchs, blonder Undercut, breite Schultern, schmale Hüften, selbstbewusste Haltung. Das konnte doch nicht wahr sein!

»Shit«, fluchte ich.

»Shit?«, wiederholte Jessie mit Panik in der Stimme. »Meinst du, die haben was?«

»Was?«, fragte ich irritiert. »Hä, keine Ahnung.«

Panisch suchte ich einen Ort, wo ich mein Glas abstellen konnte. Doch abgesehen von einem Kiesler-Designschaukelstuhl – der Typ machte sogar Möbeldesign, er war echt ein Tausendsassa – gab es weit und breit keine Abstellfläche.

»Was ist denn los?« Mit gerunzelter Stirn sah Jessie mir bei dem erfolglosen Versuch zu, mein halbvolles Glas einem Kellner unterzujubeln, der einen großen Bogen um mich machte.

»Ich darf keinen Alkohol trinken«, zischte ich und drückte ihr das Glas in die Hand. Verdutzt nahm sie es entgegen und setzte an, nachzufragen, was ich meinte, als jemand ihren Namen rief.

»Jessica. Wie schön, dass du es doch einrichten konntest.«

Unvermittelt stand Jane Russell vor uns. Ihr folgte Alexander, der ersichtlich überrascht war, mich zu sehen.

»Und?« Die fremde Schönheit blickte fragend zwischen mir und Jessie hin und her.

»Äh, das ist Katharina, meine Freundin.« Sie deutete mit dem Glas auf mich, der Sekt schwappte über und erwischte meine Schuhe und einen Teil meines Kleides.

»Oh, sorry.« Bei ihrem Aufwischversuch goss sie beinahe den Inhalt des zweiten Glases in ihrer anderen Hand hinterher. War sie aber nervös. So toll, dass sie sich so zum Affen machte, konnte ihr Schwarm doch gar nicht sein.

»Franziska, sehr erfreut, dich kennen zu lernen.« Elegant gab sie mir die Hand und deutete dann auf Alexander.

»Das ist Ale–«

»Wir kennen uns bereits«, unterbrach Alex sie. Er nickte mir kurz zu und sah skeptisch auf die beiden Sektgläser in Jessies Händen.

»Wirklich?« Franziska wirkte überrascht und erfreut zugleich. »Woher denn?«

»Alex jagt mich täglich durch Berlins Grünanlagen«, antwortete ich und wischte unauffällig mit meinen Schuhen über die kleine Sektpfütze auf dem Boden.

»Ah, er trainiert dich. Du Glückliche.« Sie lachte und zeigte ihre schönen Zähne. Sie war makellos. »Für mich hat er nie Zeit, dabei würde ich mich gern von ihm durch Grünanlagen jagen lassen.«

Sie zwinkerte mir zu und ich konnte nicht anders, als wissend zurückzuzwinkern. Was machte sie mit mir? Ich wollte ihr gefallen und ging sofort darauf ein.

»Dann schlage ich vor, du schließt dich uns an. Alex macht immer so ein gelangweiltes Gesicht. Vielleicht muntert ihn eine zweite Person auf, die er zusätzlich anschreien kann.«

Ich grinste ihn an, doch er grinste nicht zurück. Anders als Franziska, die laut lachte, amüsierte ihn mein Witz nicht. Was für ein Snob.

»Du bist wirklich komisch. Jessie muss viel Spaß mit dir haben. Wie lange seid ihr denn zusammen?«

»Äh«, fing ich an, um das Missverständnis aufzulösen, als ein älterer Herr sie leicht am Ellenbogen antippte und ihre Aufmerksamkeit beanspruchte. Jessie sah mich panisch an. Ich sollte nicht zulassen, dass der Eindruck entstand, sie wäre an mich vergeben. Franziska wandte sich wieder zu uns um und entschuldigte sich:

»Ich muss eine kleine Rede halten, sagt nichts Lustiges ohne mich!«, hauchte sie und schwebte davon.

Arme Jessie, ich spürte ihre Enttäuschung. Das alles verlief nicht nach Plan.

»Hatten wir nicht eine Abmachung, was Alkohol angeht?«, hörte ich Alex sagen.

Ich sah zu ihm hoch und machte ein unschuldiges Gesicht.

»Siehst du mich trinken?«

Er deutete mit dem Kopf auf Jessies Hände. Zum Glück war sie nicht nur sehr hübsch, sondern auch sehr klug. Sie nahm den letzten Schluck aus meinem Glas, bevor sie ihm antwortete:

»Alles meins. Von kostenlosem Sekt bekomme ich nie genug.«

Ich lächelte selig und nickte. Für einen Moment herrschte Stille.

»Was machst du denn hier?«, fragte ich, als mir das Schweigen unangenehm wurde.

»Lange Geschichte«, erwiderte er kurz angebunden.

Was hatten die alle mit ihren langen Geschichten? Die meisten Dinge, die ich erlebte, ließen sich in weniger als einer Minute erzählen.

»Dann solltest du sie lieber für dich behalten. Durch die vielen Werbeunterbrechungen im Fernsehen ist die Aufmerksamkeitsspanne unserer Generation so sehr gesunken, dass wir keine Kapazitäten mehr für ausufernde Stories haben«, sagte ich und schnappte mir ein Lachs-Kanapee von einem vorbeilaufenden Tablett. Ich öffnete den Mund, um hineinzubeißen. Als ich Alexanders erhobene Augenbraue sah, gab ich es Jessie. Die sah uns verwundert an.

»Was läuft da eigentlich zwischen euch beiden?«, wollte sie wissen. »Ist das so ein Sadomaso-Ding? Habt ihr einen albernen »*Fifty Shades of Grey*«-Vertrag abgeschlossen?« Ohne die Antwort abzuwarten, aß sie das Kanapee.

Ich kicherte. Bei unserem Vertrag war Matratzensport nicht mit einbezogen worden. Alex zog es vor, nicht darauf einzugehen. Stattdessen fragte er, warum wir hier waren.

Ich war versucht, ihm mit »Lange Geschichte« zu antworten, verkniff es mir aber gerade noch rechtzeitig.

»Wir sind beide große Kiesler-Fans.«

»Das hätte ich mir schon denken können. Wer die *Maman* von Louise Bourgeois im Wohnzimmer hat, hat sicher auch kein Problem mit der Idee, in Kieslers *Endless House* zu leben.«

Da war ich baff. Mit der Antwort hatte ich nicht gerechnet. Nicht nur, dass er wusste, was und von wem die *Maman* war. Er kannte auch das *Endless House*. Diese Erkenntnis machte mich für kurze Zeit sprachlos. Jessie hörte sich unsere Fachsimpelei an, rollte heimlich mit den Augen und trank ihren Sekt.

»Wusstest du schon beim ersten Mal, als du in meiner Wohnung warst, dass es sich um die *Maman* handelte?«, fragte ich misstrauisch. Irgendwie wollte ich nicht, dass Alexander gutaussehend und gebildet gleichzeitig war. Das würde ihn mir nur unerträglicher machen.

»Nein. Ich habe sie gegoogled«, antwortete er überraschend ehrlich.

»Hast du Kiesler und das *Endless House* auch gegoogled?« Ich bemühte mich, meinen Triumph darüber zu verbergen, dass ich, wenn schon nicht die Sportlichste, dann doch immerhin die Kultivierteste in diesem Grüppchen war.

»Nein, die kannte ich schon«, sagte Alex, schnappte sich ein Glas Sekt und nippte daran.

Ich hätte auch gern Alkohol gehabt, doch solange er in der Nähe war, durfte ich nicht.

»Woher?«

In Ruhe nippte er noch einmal. »Mein Vater war Architekt.«

Schau an. Damit hatte ich nicht gerechnet. Ich wusste gar nichts über Alexander. Er sprach im Training kaum über sich und ließ sich auch keine Details aus der Nase ziehen. Ich musste heute einen guten Tag erwischt haben.

»Was hat er denn gebaut?«

»Nichts«, war seine Antwort, bevor er sich auf den Weg zu Franziska machte, die ihn zu sich winkte, und Jessie und mich kommentarlos stehenließ.

»Was ist das denn für einer?«, wollte Jessie wissen und reichte mir heimlich ein Kanapee, das ich mir sofort in den Mund stopfte.

»Anakin Skywalker kurz vor der Verwandlung zu Darth Vader«, antwortete ich mit vollem Mund.

Jessie betrachtete ihn und Franziska nachdenklich. »Sind die zusammen?«

Ich sah ihnen eine Weile zu, bevor ich darauf einging: »Keine Ahnung. Wenn ja, dann hoffe ich, dass die Kinder vom Wesen her nach ihr kommen.«

Jessie seufzte traurig. »Vor ein paar Tagen dachte ich, sie ist vielleicht homo. Jetzt bin ich mir gar nicht mehr sicher.«

Ich wiegte zweifelnd den Kopf hin und her und schielte dabei nach dem Kellner mit dem Sekt.

»Ich würde nicht aufgeben. Vorhin hatte ich den Eindruck, sie flirtet mit mir. Vielleicht bist du einfach nicht ihr Typ und sie steht eher auf mollige weibliche Hobbits.«

»Haha. Du bist eins siebzig«, erwiderte sie trocken und folgte mir zu einem kleinen runden Stehtisch, auf dem Gläser mit Wasser standen.

Ich nahm eines davon, trank es in einem Zug leer und visierte den Kellner mit den prickelnden Getränken an. Nachdem wir beide jeweils ein Glas Sekt erbeutet hatten, kippte ich den Inhalt in mein Wasserglas.

»Du Fuchs«, flüsterte Jessie. Ich zwinkerte und gemeinsam machten wir uns daran, uns einen Platz in den bereits gut gefüllten Stuhlreihen zu suchen.

*

Das kleine Konzert war okay und zu ertragen. Für mich jedenfalls. Jessie wippte durchgehend gelangweilt mit dem Fuß, was ihren Sitznachbarn zunehmend nervös machte. Er war jedoch zu höflich, um sie zu ermahnen und trug sein Schicksal mit heldenhafter Nachsicht. Nach dreißig Minuten war es vorbei und ich konnte mir noch ein Glas schnappen, dessen Inhalt ich schnell umfüllte.

Weil ich wegen des Zeitmangels heute kaum zu Abend gegessen hatte, stieg mir der Alkohol rasch in den Kopf und sorgte für eine gute Grundstimmung. Vergnügt lief ich zwischen den Skizzen hin und her, während Jessie sich auf die Suche nach einer Toilette machte.

Ich war in eine Fotographie vom Innenraum des *Shrine of the Book* vertieft, die den großen Griff der Thorarolle aus der Froschperspektive zeigte, als ich spürte, wie jemand hinter mich trat.

»Irgendwie sieht das aus, als wollte die Thorarolle in das Loch in die Decke wie ein großer Penis in eine Vagina«, bemerkte ich, nippte an meinem Wasserglas-Sekt und drehte mich in der Erwartung um, Jessie zu erblicken.

Alexander warf einen kritischen Blick auf das Bild.

»Ich vermute, das Loch in der Decke ist mehr als ein Durchbruch zum Himmel und damit zu Gott gedacht und der Griff symbolisiert lediglich den Weg dorthin, der über das Wort führt«, erwiderte er, ging zum nächsten Bild und ließ mich stehen wie eine provinzielle Kulturbanausin, die in jedem Bild mit einem länglichen Objekt darin ein Phallussymbol erblickte.

Warum konnte er nicht zuhause bleiben und ein paar Deadlifts machen, wie jeder andere anständige Bodybuilder auch? Aber nein, er trieb sich auf einer Kunstausstellung herum und nervte mich mit seiner Art.

Jessie kam von ihrem Toilettengang zurück und hatte Sektnachschub dabei. Ich reichte ihr mein Wasserglas und beobachtete währenddessen Alexander, der gemächlich von Bild zu Bild wanderte und tat, als würde er den tieferen Sinn hinter den Zeichnungen verstehen. Franziska gesellte sich zu ihm und machte einen Witz über etwas, das ihn zum Lachen brachte. Ich äffte die beiden nach und wandte mich zu Jessie.

»Wie lange willst du noch bleiben?«, fragte ich und nahm das gefüllte Glas entgegen.

»Nicht lange. Ich werde aus den Zeichnungen nicht schlau. Ich habe mir vorhin dieses *Endless House* angesehen und finde es gruselig. Es sieht aus, als wäre es für Termiten entworfen worden. Verrückt, dass Menschen mit solchen Kritzeleien«, sie deutete auf ein paar Skizzen an der Wand gegenüber, »und unbequemen Möbeln Geld verdienen können.«

»Viel Geld«, fügte ich hinzu. Die freudige Sektstimmung ließ nach. Schnell nahm ich einen großen Schluck.

Franziska kam auf uns zu. Sie lächelte super freundlich und hackte sich wie selbstverständlich bei Jessie ein. Für sie war das vielleicht nicht von Bedeutung. Möglicherweise war dieses Körperkontaktding einfach ihre Art. Jessies Pupillen dagegen weiteten sich sofort vor Aufregung.

»Was macht ihr beide denn noch?« Sie sah uns gespannt an.

Ich zuckte mit den Schultern. »Das wissen wir noch nicht. Vielleicht gehen wir bald, ich muss morgen früh raus.«

»Was machst du denn?«, fragte Jessie mit heiserer Stimme.

Franziska löste sich von ihr und wies hinter sich, wo ein paar hippe, junge Menschen ganz aufgeregt über Kiesler sprachen und sich vor lauter Bewunderung kaum mehr einkriegten. Ganz sicher Kunstgeschichte- und Architekturstudenten.

»Wir machen noch einen Sekt bei mir auf. Nicht weit von hier. Vielleicht wollt ihr mit?«

Wie aus der Pistole geschossen antwortete Jessie: »Klar. Gerne.«

Ich warf ihr einen mahnenden Blick zu, denn ich musste morgen wirklich früh raus, um mit Wunder-Alexander über eine vereiste Wiese zu hüpfen. Doch sie war ebenso eiskalt wie die Wiese, ignorierte mich und tippte die Adresse in ihr Handy. Franziska ging weiter, um noch mehr Leute einzuladen.

»Ich kann nicht. Ich muss morgen um sieben auf der Matte stehen.« Ich deutete auf Alexander, der wieder aufgetaucht war. »Mit dem da. Und zwanzig Liegestütze machen. Und hundert Hampelmänner, und was weiß ich noch alles.«

»Ach komm, Katha, sag ihm doch einfach ab. Behaupte, du bist krank oder so.«

Ich schüttelte den Kopf. »Na du bist ja lustig. Er sieht mich hier putzmunter rumstehen und kommt vielleicht auch noch mit zu dieser Privatparty. Glaubst du ernsthaft, dass er mir sechs Stunden später eine plötzliche Erkrankung abkauft?«

»Mist«, fluchte Jessie. Nach einer kurzen Pause sah sie mich mit großen Augen an. »Bitte.«

*

Ich hatte wirklich keine Ahnung, warum ich ja gesagt hatte. Genervt betätigte ich die Spülung, wusch mir die Hände und blickte mich in dem durchgestylten Hightech-Badezimmer um. Es war so modern, dass es ohne Handtücher auszukommen schien. Ich musste mit nassen Händen zurück auf den Flur und sah missmutig ins Wohnzimmer. Jessie und Franziska saßen auf der Couch und unterhielten sich angeregt. Immerhin dieser Teil des Abends schien gut zu laufen.

Ich wischte mit feuchten Fingern über mein Handy. Es war kurz nach zwei. Ich sollte wirklich hier weg. Leider fuhren unter der Woche um diese Zeit weder U- noch S-Bahn. Auf Nachtbusse hatte ich keinen Bock. Die schlechten Verbindungen würden mich zwei Stunden in der Kälte kosten. Dazu kam, dass ich betrunken war. Und griesgrämig.

Unentschlossen, ob ich gehen und Jessie hierlassen oder bleiben und zu einer noch unmöglicheren Uhrzeit nachhause kommen sollte, ging ich in die Küche, um heimlich etwas von dem Kuchen zu naschen, der dort unbeaufsichtigt herumstand. Hatte Franziska Geburtstag?

Die verstreuten Hipster-Studenten kümmerten sich nicht um mich und den Kuchen. Ich blieb schwankend stehen und zögerte. Heute hatte ich schon gegen viele Regeln verstoßen. Auf eine mehr oder weniger kam es nicht an. Das schlechte Gewissen plagte mich trotzdem. Ach, zum Teufel damit. Ich schnappte mir ein Messer und näherte mich dem Objekt meiner Begierde.

»Ich würde das an deiner Stelle lassen«, hörte ich Alexander hinter mir.

Erschrocken fasste ich mir an die Brust und drehte mich um.

»Hast du mich erschreckt!«

»Katharina, lass das Messer fallen. Egal, was es ist, gemeinsam finden wir eine Lösung«, sagte er und tat, als wäre er ein Cop, der auf einen irren Geiselnehmer einredete. Ich sah ihn skeptisch an und legte das Messer zur Seite.

»War das ein Versuch, lustig zu sein?«, fragte ich. »Das kann ich besser.«

Er sah mich genervt an. »Ich weiß. Du bist der geborene Stand-Up-Comedian. Und kannst sowieso alles besser.«

Ich zog es vor, nicht darauf einzugehen. Es wäre unsinnig gewesen, das abzustreiten. Stattdessen fragte ich: »Was machst du hier, musst du morgen nicht um sieben bei mir sein?«

Er lehnte sich an die Küchentheke, verschränkte die Arme, bevor er antwortete: »Ich wohne hier.«

Moment mal. Wohnte Alexander mit Franziska zusammen?

Keine guten Nachrichten für Jessie.

»Du hast keine Handtücher im Bad«, sagte ich trotzig, weil ich nicht wusste, wie ich auf diese Offenbarung reagieren sollte.

Er drehte sich um und ging. Einfach so. Was sollte das denn schon wieder? Warum war Benji nicht hier? Mit ihm war alles viel leichter. Langsam merkte ich, wie der Alkoholpegel sank und der Missmut völlig überhandnahm.

Alexander kam zurück. »Es befinden sich welche unter dem Waschbecken. Habe gerade nachgesehen.«

War er etwa ins Bad gegangen, um meine Aussage zu überprüfen? Was für ein Typ! Anstatt mir einfach zu glauben. Genervt sah ich auf mein Handy, dann auf ihn.

»Es wäre gut, wenn man sie auf Anhieb sehen könnte. Bekommt man hier schnell ein Taxi?«

»Soll ich dich fahren?«

Ich war so überrumpelt von dem Angebot, dass ich mit einer Gegenfrage antwortete: »Hast du einen Führerschein?«

»Nein. Ich wollte dich auf meinem Rennrad mitnehmen«, erwiderte er sarkastisch. Er fischte einen Schlüsselbund aus einer Schale und wandte sich zu mir um. »Ja oder nein?«

»Ja.« Mit Bedauern warf ich noch einen Blick auf den Kuchen und ging in Richtung des Wohnzimmers, um Jessie Bescheid zu sagen. Sie hatte gerade ihre Zunge in Franziskas Mund. Ich entschied mich, ihr eine WhatsApp-Nachricht zu schreiben, zog meinen Mantel über und folgte Alex. Es kostete mich einige Mühe, nicht zu schwanken und auch ansonsten einen nüchternen Eindruck zu machen. Falls er mir meine Betrunkenheit angemerkt hatte, kommentierte er sie mit keinem Wort. Wir fuhren schweigend, bis er vor meiner Haustür hielt.

Ich stieg aus und bedankte mich. Er warf mir einen strengen Blick zu.

»Wir sehen uns in vier Stunden.«

KAPITEL VI

Ups

24. Februar, 78 Kilo

Ich kam mit zwei Stunden Verspätung in Schwanbach an. Mit der Deutschen Bahn konnte man einfach nicht pünktlich sein. Unmöglich.

Der rote Honda meiner Mutter wartete auf dem Bahnhofsparkplatz, doch auf dem Fahrersitz saß nicht Mom, sondern Harald. Wir umarmten uns zur Begrüßung und er nahm mir mein Gepäck ab.

»Anschluss verpasst, oder wurden wieder Schienen geklaut?«, fragte er mit einem Grinsen.

Ich stöhnte genervt, weil er wieder diese alte Geschichte auspackte. Vor Jahren – ich war sechzehn oder siebzehn – war ich feiern gewesen und verpasste die letzten Züge nach Schwanbach. Absichtlich, weil ich eine Mordsgaudi hatte und nicht früher hatte gehen wollen. Also hatte ich zuhause angerufen und behauptet, ich müsse über Nacht bei einer Freundin bleiben, weil der Bahn die Schienen gestohlen worden seien und sie die nächsten Stunden nicht mehr fahren könne. Harald hatte mir kein Wort geglaubt und bei der Bahn angerufen, um meine Story zu überprüfen. Schließlich war meine Mutter dreißig Kilometer gefahren, um mich um drei Uhr nachts in einer fremden Stadt zu suchen. Seitdem fragte man mich bei jeder Gelegenheit, ob die Bahn noch alle Schienen hatte.

»Ein Dinosaurier bekam mitten auf dem Gleisbett Katzenbabys und wir mussten solange warten«, erwiderte ich. Wir fuhren los. Während der Fahrt musterte Harald mich von der Seite.

»Du hast abgenommen«, stellte er überrascht fest.

Ich klatsche begeistert in die Hände. Er hatte es trotz der Winterkleidung bemerkt.

»Ja, acht Kilo. Ist das nicht der Wahnsinn?«

Er nickte anerkennend. »Ernährung oder Sport?«

»Beides. Und weißt du, was echt verrückt ist?«, fragte ich und grinste von einem Ohr zum anderem.

»Dinosaurier, die Katzenbabys bekommen, obwohl sie Reptilien sind und Eier legen?«

»Haha. Du bist aber lustig drauf heute. Nein, das ist ganz normal morgens halb zehn in Deutschland. Ich sage dir, was wirklich verrückt ist.« Ich holte Luft und machte eine Pause, um Spannung aufzubauen.

Harald blickte zwischen mir und der Straße hin und her. »Da bin ich ja mal gespannt.«

»Ich esse mehr als zuvor und nehme trotzdem ab!«, sprudelte es aus mir heraus. »Ist das nicht verrückt? Ich komme mit dem Essen gar nicht mehr hinterher!«

»Nein. Ich predige dir das schon seit zehn Jahren.«

Trotzig lehnte ich mich zurück. Jetzt ließ er wieder den Sportlehrer raushängen.

»Du hast nie zu mir gesagt, dass ich mehr essen soll. Wenn ich mich zurückerinnere, wollest du immer, dass Mom mir die Schokolade wegnimmt.«

»Erstens«, fing er streng an, »habe ich dich angefleht, mehr von den richtigen Sachen zu essen. Fleisch, Fisch und Gemüse. Zweitens hast du jeden Tag eine Tafel Schokolade gegessen. Es ist ein Dinosaurier-Katzenbaby-Wunder, dass du nicht über hundert Kilo gewogen hast. Bei dem Mangel an Bewegung. Ich weiß bis heute nicht, wie du das hinbekommen hast.«

»Ich habe einen Grundverbrauch von tausendachthundert«, sagte ich stolz.

»Das erklärt einiges.« Wir fuhren die Auffahrt hoch. »Machst du das wegen Johannes?«, fragte er unvermittelt und machte den Motor aus.

»Nein, ich mach das für mich.«

Er sah mich prüfend an. Wir stiegen aus und er holte meine Tasche aus dem Auto. Es lag noch immer Schnee, was mir sofort gute Laune bereitete. Unser Haus stand auf einem Hügel am Rande einer kleinen Ortschaft und hatte den Wald im Rücken. Wenn man im Winter die Auffahrt hochfuhr, war es immer, als würde man Skiurlaub machen und zu einer Berghütte fahren.

Ich atmete ein und aus. Es roch nach nassem Holz, frischem Schnee und Kiefern. Ja, ich war endlich aus Berlin raus und wieder zu Hause. Gemeinsam betraten wir das Haus und klopften uns den Dreck von den Füßen.

»Mooooom, ich bin wieder da!«

»Wie schön, Schätzchen, zieh deine Schuhe aus und komm in die Küche, das Essen ist gleich fertig«, rief sie zurück. Ich konnte die Freude in ihrer Stimme hören. »Und sag Harry, er soll noch mehr Holz holen, der Vorrat im Wohnzimmer geht zuneige.«

Ich drehte mich zu meinem Stiefvater um.

»Harryyyy«, sagte ich in dem Bewusstsein, dass er es hasste, wenn man ihn so nannte. »Das Holz im Wohnzimmer ist alle.«

Er wuschelte mir über den Kopf, zog seine Schuhe wieder an und stapfte aus dem Haus.

Es roch wundervoll. Nach Braten, nach Plätzchen, nach Liebe und dem Parfüm meiner Mutter. Ich zog meine Jacke aus, warf sie auf den Garderobenständer und ging in die Küche. Mom war gerade dabei, den Bräter aus dem Ofen zu holen. Ihre Küche war geschmückt mit Weihnachtsdekoration und ich schielte ins Wohnzimmer, wo über dem Kamin gestrickte Socken hingen. Seit Harald und sie jährlich einmal nach Amerika flogen, hatten sie den Christmas-Spirit importiert und feierten Weihnachten wie in den USA.

»Komm her. Lass dich drücken«, hörte ich sie sagen und drehte mich wieder um. Mom streifte die Brathandschuhe ab und umarmte mich. Überrascht schob sie mich von sich, ließ jedoch ihre Hände auf meinen Schultern.

»Hast du abgenommen, Kleines?«, fragte sie und musterte mich von oben bis unten.

Ich nickte und drehte mich im Kreis.

»Ganze acht Kilo,« sagte ich stolz.

»Aus Kummer? Wegen Johannes und seiner Hochzeit?

»Nein! Ich habe Lust auf was Neues. Warum denkt jeder, ich mache das wegen Johannes?« Statt zu antworten, reichte sie mir eine Plätzchendose.

»Alle selbstgebacken. Da sind ganz viele Vanillekipferl drin.«

Ich öffnete die Dose und roch an den Plätzchen. Hach, war das schön. Aus dem alten CD-Player auf dem Fensterbrett kam Mariah Carey mit »*All I Want For Christmas Is You*« und draußen hatte es wieder zu schneien begonnen. Ich nahm ein paar Kipferl aus der Dose, schob sie mir in den Mund und schielte in die Töpfe.

»Rotkraut, Klöße und Gans mit Orangenfüllung«, sagte Mom. »Wir können gleich essen.«

*

Es war wie immer. Seit acht Jahren holten wir Weihnachten im Februar nach, weil ich mit Johannes in Dezember in Berlin geblieben war und mit seiner Familie gefeiert hatte. Mir hatte es nie etwas ausgemacht, Weihnachten mit Mom und Harald zu verschieben. Ich hätte es nicht ertragen, ohne Johannes zu feiern. Damals fand ich Weihnachten mit den beiden immer anstrengend. Doch das war viele Jahre her, und vielleicht waren nicht sie die Anstrengenden gewesen, sondern ich.

Während ich einen Gänseschenkel abknabberte, hörte ich ihnen dabei zu, wie sie Witze über geklaute Bahnschienen machten. Mir wurde klar, dass ich all die Jahre ihr Glück nicht hatte ertragen können. Es hatte sich immer so falsch angefühlt. Mit meinem Vater war Mom nie so glücklich gewesen wie mit Harald. Das hatte ich einfach nicht wahrhaben wollen.

»Ruinierst du dir mit diesem Wochenende nicht deine Diät?«, fragte sie und schaufelte mir noch mehr Rotkraut auf den Teller.

Ich kaute zu Ende, bevor ich antworte: »Dieses Wochenende darf ich alles. Sogar Schokolade und Kekse.«

»So kann sie sich richtig refeeden«, sagte Harald mit vollem Mund.

Meine Mutter zuckte mit den Schultern. »Was auch immer das bedeutet.«

Ich wollte es ihr erklären, ließ es aber bleiben. Sie war immer schlank gewesen und hatte nie Diät halten müssen. Harald war Sportlehrer und ständig auf Achse, ihm musste ich nichts über

Ernährung und Fitness erzählen. Es war auch egal. Dieses Wochenende durfte ich mich von Alex und Benjamin, von Liegenstützen, Trizeps-Dips, Hampelmännern, Burpees, Low-Carb und gesunden grünen Smoothies erholen. Kein Wort darüber. Also fragte ich stattdessen, wie es bei ihnen so lief.

Wir verbrachten den Mittag und Nachmittag am Küchentisch, lachten, erinnerten uns an früher und sprachen über alles Mögliche. Leider kam auch mein abgebrochenes Studium zur Sprache.

»Du musst es beenden, Katharina. Ich weiß, wie schwer es ist, sich noch einmal in ein Thema einzuarbeiten, aber da muss man einfach durch. Sich zu überwinden ist die größte Hürde.«

Harald goss mir und Mom Kaffee nach und setzte sich dazu.

»Deine Mutter hat recht. Gib dir einen Ruck, sprich nochmal mit deinem Prof. Lass dir doch einfach ein neues Thema geben, wenn das alte dir nicht mehr taugt.«

Ich trank einen Schluck und dachte darüber nach. Ich war beinahe mit meinem Kunstgeschichtestudium fertig gewesen und hatte schon an meiner Masterarbeit geschrieben, als ich Johannes und Caroline bei uns zu Hause in flagranti erwischte. Johannes war erleichtert gewesen. Er konnte das Lügen nicht mehr ertragen, sagte er mir beinahe schon glücklich ins Gesicht. Ich dagegen konnte danach die Welt und auch die Universität nicht mehr ertragen. Die Masterarbeit hatte ich seit jenem Tag nicht mehr angerührt. Eingeschrieben war ich nur geblieben, um den Studentenstatus beizubehalten. Sollte ich noch einen Versuch wagen und mein Studium beenden?

»Ihr habt recht. Ihr habt ja recht. Es ist nur so schwer.«

Mom beugte sich zu mir und nahm meine Hand in die ihre. Sie drückte sie fest.

»Das wissen wir doch, Schätzchen. Das wissen wir. Wir helfen dir, wenn du es zulässt. Mit Geld, mit Zeit, du musst nur fragen.«

Ich lächelte sie an und zum ersten Mal seit vielen, vielen Monaten hatte ich das Gefühl, dass ich es packen konnte.

»Ich mache einen Termin mit Professor Schwarz. Mal sehen, was er dazu sagt«, versprach ich.

»So ist es richtig. Kleine Schritte machen große Strecken.« Zufrieden stand Mom auf und holte noch mehr Plätzchen, bevor wir es uns auf der Couch bequem machten. Wie es die Februar-Weihnachtstradition verlangte, sahen wir uns den *Kleinen Lord* an, die Taschentücher immer griffbereit. Spätestens, wenn der kleine Lord dem Jungen mit den Krücken sein Pony anbot, liefen jährlich unsere Tränen und es gab kein Halten mehr. Mein Handy vibrierte. Ich warf einen tränenverschwommenen Blick darauf, hin und hergerissen zwischen dem Film und der Neugierde, wer schrieb.

Jessie schickte mir Fotos von Lady Washington, die über das Wochenende bei ihr residierte. Passend zum Fasching hatten Jessie und Franziska ihr ein Katzen-Superheldenkostüm besorgt, von dem nur das Cape passte. Jessie selbst war Catwoman und Franziska ging als Poison Ivy. Sie machten Selfies und schienen viel Spaß zu haben. Ich musste grinsen und legte das Telefon beiseite, um mich wieder auf den Film zu konzentrieren.

Oh, oh, die Ehefrau eines Onkels war aufgetaucht und hatte auch ein Kind. Vielleicht war der kleine Lord nicht mehr der rechtmäßige Erbe.

Wie immer kommentierten meine Mom und ich die verflixte Situation theatralisch, während Harald genervt daneben saß und uns in immer kürzeren Abständen darauf hinwies, dass wir den Film schon kannten und es keinen Sinn machte, zu tun, als wüsste man nicht, was nun passieren würde.

Mein Handy vibrierte erneut. Wahrscheinlich noch mehr Superhelden-Katzen-Selfies von Jessie. Ich öffnete WhatsApp. Es war nicht Jessie, sondern Alex.

Was wollte er denn? Normalerweise schrieb er mir nur, wenn er sich verspätete oder um mir einen neuen Ernährungsplan zu schicken. Ansonsten hörte ich nie von ihm.

19:28 Alex: *2.300 Schritte sind nicht genug.*

19:29 Ich: *Ich dachte, dieses Wochenende soll ich mich erholen!*

19:32 Alex: *15.000 Schritte sind Erholung. Senkt den Stresslevel und frische Luft ist immer gut.*

19:35 Ich: *Es ist arschkalt und um mich herum ist nur Wald. Ich wäre mindestens zwei Stunden im Nirgendwo unterwegs.*

19:42 Alex: *Ich würde an deiner Stelle jetzt loslaufen. Nachts wird es noch kälter.*

»Was ist los, Katha?«, fragte Mom, als ich genervt mein Handy zur Seite legte.

Ich schüttelte den Kopf. »Nichts Wichtiges.«

Der Anwalt des alten Lords hatte mittlerweile herausgefunden, dass der kleine Lord doch der einzige Erbe war. Es herrschte ungemeine Erleichterung. Wieder vibrierte mein Handy.

Wieder Jessie. Sie schickte noch ein Bild von Lady Washington. Diesmal in einem Karton, der viel zu klein für ihren wuchtigen Körper war, so dass sie nur zu Hälfte hineinpasste und auf drollige Weise gefangen aussah. Ich musste lachen.

Das Ende des Filmes rückte näher. Meine Mutter reichte mir noch mehr Taschentücher. Und erneut erklang das »*Grrrr*« der Vibration.

Alex. Schon wieder. Wer es nicht besser wusste, konnte glauben, er vermisste mich.

20:01 Alex: *Immer noch 2.300.*

20:03 Ich: *Hör auf zu stalken.*

20:05 Alex: *Hey. Es ist eine Sache, sich 4.000 kcal am Tag reinzuschieben. Aber sich dazu den ganzen Tag nicht zu bewegen, ist grenzwertig.*

20:06 Ich: *Du machst mich fertig.*

20:06 Alex: *Ich würde ja gern schreiben, dass du mich dafür bezahlst, aber …*

20:07 Ich: *Jaja, schon gut, ich geh ja raus!*

Der kleine Lord war vorbei und ich stand stöhnend auf. Mom sah verwundert auf. »Was hast du denn vor?«

»Ich gehe für eine Stunde spazieren.«

»Jetzt?«, fragte sie überrascht und blickte nach draußen, wo es mittlerweile stockdunkel war.

»Ja«, sagte ich und lockerte meine steifen Glieder.

»Kein Scherz?« Sie wollte das nicht glauben.

»Kein Scherz.«

Sie und Harald sahen sich an und standen auch auf. »Wir kommen mit. Wir können dich da ja nicht allein rumstreunen lassen. Was denken die Nachbarn von uns?«

Ich packte mich warm ein und wartete dann zusammen mit Harald auf Mom, die noch ihre Skihose suchte, weil sie nicht frieren wollte. Dabei fiel mir ein, dass ich Jessie bitten wollte, mich auf eine Geburtstagsfeier von gemeinsamen Freunden zu begleiten, auf der vielleicht auch Johannes war. Da konnte ich nie und nimmer allein auftauchen.

Ich tippte schnell, ob sie Anfang März für eine witzige Party zu haben wäre, auf der es veganes Essen und schlechte Musik gäbe und diskutierte währenddessen mit meiner Mutter über einen Brandfleck auf ihrer Skihose. Sie war felsenfest davon überzeugt, dass ich dafür verantwortlich war. Ich bestritt das. Schließlich hatte ich die Hose noch nie in meinem Leben angehabt. Zwischendurch bekam ich eine Antwort. In der Erwartung, Jessies begeisterte Zusage zu lesen, sah ich auf mein Handy.

20:18 Alex: *Klingt zwar nicht nach etwas, wohin man gehen müsste, aber wieso nicht. Wann genau März?*

Moment mal. Ich scrollte hoch und fluchte. Meine Mutter hatte mich mit dem Brandfleck so konfus gemacht, dass ich nicht Jessie, sondern Alex geschrieben hatte. Mist. Was jetzt?

20:20 Ich: *12. März. Musst nicht mit, wenn dich das nicht anspricht.*

20:22 Alex: *Veganes Essen und schlechte Musik? Was will man mehr vom Leben? Bin dabei.*

Überrumpelt stand ich im Flur und starrte auf das Display. Was war das denn jetzt?

*

Genüsslich drehte ich mich um sechs Uhr auf die Seite. Heute zwang mich niemand, in aller Herrgottsfrühe aufzustehen und Liegestütze zu machen. Ausschlafen konnte so schön sein. Ich hatte beinahe schon vergessen, wie schön.

Zu meinem Bedauern konnte ich nicht wieder einschlafen. Die letzten Monate hatten meine innere Uhr umgestellt. Nun war mein Körper darauf konditioniert, spätestens um sieben Uhr morgens vollständig wach zu sein.

Frustriert drehte ich mich wieder auf den Rücken und sah zur Decke. Die Matratze meines Kinderbetts war durchgelegen und deshalb unbequem. Ich warf die Bettdecke von mir und stand auf. Unschlüssig sah ich auf den alten Teppich vor meinem Schreibtisch. War er weich genug für ein paar Sit-Ups?

Noch bevor ich mir richtig bewusst werden konnte, was ich da tat, zog ich meinen Sport-BH über und machte ein paar Hampelmänner, um mich aufzuwärmen. Nach fünfzig Stück ging ich zu Burpees über und kam gerade so richtig ins Schwitzen, als es unsanft an der Zimmertür klopfte.

»Was machst du denn da drin?«, fragte meine Mutter verschlafen.

Ich öffnete die Tür. Ihre Haare waren ungekämmt und der Morgenmantel sah aus, als wäre er hastig zugeknotet worden.

»Morgengymnastik.«

»Katha, es ist halb sieben und unser Schlafzimmer liegt auch nach all den Jahren noch unter deinem Kinderzimmer. Wärst du so freundlich, deine Morgengymnastik auf später zu verschieben?« Sie sah mich missmutig an.

»Ich bin fast fertig«, erwiderte ich. »Was gibt es zum Frühstück?«

Ohne zu antworten, drehte sie sich um und ging die Treppe hinunter.

»Ich hätte gern Spiegeleier«, rief ich ihr hinterher.

Sie murmelte etwas, das ich nicht verstand und verschwand aus meinem Blickfeld. Ich zuckte mit den Schultern und machte weiter.

*

Entspannt und fröhlich kam ich aus der Dusche. In meinem alten Kleiderschrank suchte ich nach etwas zum Anziehen. Viele Shirts passten mir nicht mehr. Vielleicht war das auch gut so. Für einige Teile musste ich mich wirklich schämen. Unglaublich, dass Harald und Mom mich darin hatten herumlaufen lassen. Ich schüttelte den Kopf und schloss den Schrank wieder. Mein Blick fiel auf die alten Power-Rangers-Figuren auf dem Regal. Sie standen in Kampfposition und waren leicht verstaubt. Erfreut nahm ich den gelben Ranger in die Hand. Als ich jung war, hatte ich immer ein Power-Ranger sein wollen.

Die rote Figur lag neben den anderen, weil ihr ein Bein fehlte. Verärgert erinnerte ich mich daran, dass Johannes sie kaputt gemacht hatte.

Drei Jahre zuvor

Ich wurde von lautem Fluchen geweckt. Aufgeschreckt kniff ich die Augen zusammen. In der Dunkelheit konnte ich nur Umrisse erkennen und glaubte, Johannes vor meinem Bett auszumachen.

»Jo?«, flüsterte ich.

»Sorry«, kam es zurück. »Ich bin über deine albernen bunten Figuren gestolpert. Scheiße.«

»Das sind Power-Rangers, wie oft denn noch. Was treibst du denn da?« Verschlafen rieb ich mir die Augen und setzte mich auf.

Er stolperte erneut.

»Ich ziehe mich an«, flüsterte er genervt.

»Warum?«

»Ich gehe joggen.«

Urplötzlich war ich wach.

»Joggen?«, wiederholte ich. »Joggen? Ohne Scheiß jetzt? Ich dachte, du hast gestern Abend Witze gemacht.«

Wie jedes Jahr holten wir Weihnachten im Februar bei meinen Eltern nach. Auf Einladung meiner Mutter, ihrer Patentante, war diesmal auch meine Cousine Caroline zu Besuch. Wie Caroline nun einmal war, ging sie bei jedem Wetter joggen. Sogar bei Schnee und Regen. Das hatte sie auch nach dem gestrigen Abendessen angekündigt, und Johannes, der sich furchtbar überfressen hatte, hatte gesagt, er würde mitkommen, weil er es nötig hatte. Ich hatte das für einen Scherz gehalten und herzlich darüber gelacht. Doch offenbar hatte er es wirklich so gemeint und nicht gescherzt.

»Wie spät ist es denn?«, fragte ich mit heiserer Stimme.

»Sieben.«

Ich ließ mich stöhnend wieder ins Kissen fallen. »Es ist ja nicht einmal hell.«

»Es wird bald hell. Willst du mit?«

Ich musste lachen, so absurd kam mir die Frage vor.

»Nee, ich verzichte. Wenn du in fünf Minuten wieder zurückkommst, dann nur mit Socken. Ich hasse kalte Füße im Bett.«

Ich zog die Decke über meinen Kopf und kuschelte mich ins Kissen.

Falls er antwortete, hörte ich es nicht mehr. Ich war wieder eingeschlafen.

*

Etwas Nasses berührte mein Gesicht. Ich versuchte, es mit einer Hand wegzuscheuchen, doch es kam wieder. Müde öffnete ich die Augen und sah Johannes über mir. Aus seinen Haaren tropfte Wasser auf mich herunter.

»Das ging aber schnell«, sagte ich schlaftrunken. Er lachte und schüttelte den Kopf, um mich mit dem Wasser zu wecken.

»Hör auf!«, rief ich und zog die Decke hoch.

»Schnell? Es ist zehn Uhr morgens.« Er schnappte sich ein Handtuch vom Stuhl, um sich die Haare abzutrocknen.

»Wirklich? Warst du die ganze Zeit weg?«

»Wir waren zwei Stunden unterwegs. Es war großartig! Die Gegend ist bildhübsch. Hat richtig Spaß gemacht« Er strahlte über das ganze Gesicht und zog seine Hose an.

Zweifelnd sah ich ihn an. Sich bei Eis und Kälte für zwei Stunden die Seele aus dem Leib zu röcheln, hörte sich für mich nicht großartig an.

»Du hattest schon immer eine seltsame Vorstellung von Spaß.«

»Ich mache das morgen wieder. Fühle mich wie ein neuer Mensch«, verkündete er. »Willst du morgen mit? Deine Cousine hat mir ein paar

Tricks gezeigt, wie man bei dem Wetter richtig läuft.«

»Nein, danke«, sagte ich bestimmt. »Ich halte nichts davon, meine Gelenke zu ruinieren. Wie ein weiser britischer Premier richtig sagte: Sport ist Mord.«

»Churchill sah auch dementsprechend aus. Ihm hätte eine kleine Runde im Wald sicherlich nicht geschadet.« Johannes setzte sich neben mich aufs Bett. Er hielt den roten Power-Ranger in der Hand, dem ein Bein fehlte.

»Was ist denn mit ihm passiert?« Ich nahm ihm die Figur ab. Er zuckte entschuldigend mit den Schultern.

»Ich habe sie heute Morgen aus Versehen vom Regal geworfen und bin draufgetreten. Übrigens wäre deine Cousine bereit, mir in Sachenrecht Nachhilfe zu geben.« Ich hörte ihm nicht zu. Zu sehr bedauerte ich das Schicksal des roten Rangers.

»Was?«, fragte ich nach. Johannes hatte weitergeredet.

»Caroline gibt mir Nachhilfe in Sachenrecht. Da habe ich die größten Lücken«, wiederholte er geduldig.

»Cool. Sie ist gut in Jura. Jedenfalls betont das Tante Tina auf jeder Familienfeier.« Ich haderte noch immer mit dem Schicksal meiner Spielzeugfigur und gab sie ihm traurig zurück.

»Soll ich ihn wegwerfen? Was willst du eigentlich noch mit dem ganzen Kram hier?«

»Kram? Das ist meine Kindheit!« Ich warf mein Kissen nach ihm. Johannes wich aus, legte den Ranger auf meinen Schreibtisch und ging zur Tür.

»Ich gehe jetzt runter. Wir fangen heute schon mit dem Eigentümer-Besitzer-Verhältnis an.«

»Ui, das klingt ja spannend!«, sagte ich und ließ mich wieder ins Kissen fallen. Eine Stunde konnte ich noch schlafen.

KAPITEL VII

Ups, die 2.

11. März, 75 Kilo

Ich drehte mich vor dem Spiegel hin und her und spannte meine Arme, meinen Bauch und meinen Hintern an. Das letzte Mal, als ich fünfundsiebzig Kilo gewogen hatte, hatte ich eine Erkältung und den Norovirus gleichzeitig gehabt und bei weitem nicht so ausgesehen wie jetzt. Ich war zehn Kilogramm von meinem Idealgewicht entfernt und fühlte mich pudelwohl.

»Katha, kommst du?«, rief Benjamin aus meinem Wohnzimmer.

Heute war unser monatliches Fotoshooting. Der Abnehmprozess wurde in Bild und Film festgehalten. Ich zog jedes Mal das Gleiche an. Diesen Monat rutschten meine Shorts bedenklich nach unten. Mein Spiegelbild grinste mich an und ich erschrak, weil ich mich nicht sofort erkannte. Huch, das war ja ich. Es erstaunte mich immer wieder aufs Neue.

Seit beinahe vier Monaten war ich auf Alexanders Fitnessdiät und es hatte sich viel getan. Nicht nur mein Körper hatte sich verändert. Auch mental war ich anders drauf.

»Katha?« Benjamin wurde ungeduldig.

»Ich komme gleich«, beschwichtigte ich ihn, wollte mich aber nicht von meinem neuen Spiegelbild lösen.

Frühaufstehen war gar kein Problem mehr. Mittlerweile wollte ich von mir aus Sport machen und die erzwungenen Pausen am Wochenende nervten mich richtig. Zudem hatte ich mir Literatur über Ernährung und Sport besorgt. Alexanders und Benjamins Erklärungen genügten mir nicht mehr.

Endlich verstand ich, warum die beiden so begeistert von meinem mesomorphen Körpertyp waren. Meine Anlagen waren optimal für Sport. Ich baute schnell Muskeln auf und hatte einen von Natur aus athletischen Körperbau.

Sobald ich genug Eiweiß konsumierte, was ich früher nie getan hatte, ging es in meinem Körper ab wie Schmitts Katze. Zunächst hatte ich Angst gehabt, irgendwann auszusehen wie ein Bodybuilder und Haare auf der Brust zu bekommen. Inzwischen wusste ich, dass ich dafür mehr als Eiweiß hätte nehmen müssen. Wirklich krasses Zeug, von dem ich lieber die Finger ließ.

Noch nie war ich so gut in Form gewesen wie gerade eben. Obwohl überall noch Fett an mir war, sah ich straff aus.

Essen machte wieder richtig Spaß. Nüsse, Avocados oder ein geiles Steak wirkten Wunder und pushten mich durch den ganzen Tag. Alexander schrieb meinen Ernährungsplan monatlich um, immer passend zu meinem aktuellen Kalorienverbrauch und den Trainingseinheiten. Das war unglaublich viel Arbeit und ich hatte längst ein schlechtes Gewissen, weil er es unbezahlt machte.

Immerhin durfte ich wieder mehr Kohlenhydrate essen. Aber nur die guten, die komplexen, und nur an den Tagen vor dem Krafttraining, um meine Glykogenspeicher mit ausreichend Energie für die Übungen zu füllen.

In der letzten Woche hatte ich so viel dazu gelernt. Ich konnte den Herbst kaum noch erwarten. Wenn das so weiter ging, würde ich noch in diesem Jahr top fit und sexy sein.

Mit einem breiten Grinsen hüpfte ich ins Wohnzimmer. Benjamin war gerade mit den Einstellungen seiner Kamera beschäftigt und Alex drehte an der Hantelbank herum, als ich hereinkam. Ich räusperte mich, um ihre Aufmerksamkeit zu erregen und brachte mich dann in Pose.

Alexander blickte nur kurz hoch, ohne eine Miene zu verziehen. Benjamin jedoch reagierte wie erhofft.

»Wow. Du siehst ganz anders aus als vor einem Monat«, stellte er fest. Er war genauso überrumpelt von der schnellen Veränderung wie ich.

»Ich kann es selbst kaum glauben. Schau, meine Shorts rutschen runter.«

Zur Veranschaulichung zog ich sie nach vorne und zeigte auf den Platz zwischen dem Bund und meinem Bauch. Im Dezember war da noch alles voller Fett gewesen.

»Das ist wirklich klasse. Es läuft besser als gedacht.« Benji grinste, ich grinste zurück. Alex setzte sich auf meinen Gymnastikball und sah genervt auf die Uhr.

»Du bist ein Magier«, sagte Benji zu ihm und hob die Kamera.

Alex musterte mich von oben bis unten. »Das Ergebnis könnte optimaler sein, wenn nicht dieses zweite Weihnachten und die Kiesler-Ausstellung dazwischengekommen wären.«

Ich rollte mit den Augen und posierte für Benjamin.

»Du wirst mir die zwei, drei Gläser Sekt nie verzeihen, oder? Dabei war es wirklich harmlos.«

»Harmlos?«, wiederholte Alex. »Wäre ich nicht gewesen, hättest du den ganzen Kuchen in der Küche vernascht.«

Ich drehte mich um und stemmte die Hände in die Hüften. »Das ist nicht wahr. Ich wollte nur ein kleines Stück.«

Er schnaufte nur zur Erwiderung. Benjamin räusperte sich und lenkte meine Aufmerksamkeit wieder auf sich und seine Kamera.

»Wie dem auch sei«, sprach Alex. »Morgen Abend kein Kuchen und kein Sekt. Ich passe auf.«

Auweia, morgen war ja der zwölfte März. Er hatte es nicht vergessen.

»Was ist morgen? Kannst du dich zur Seite drehen, Katha?«, forderte mich Benjamin auf und machte einen Schritt zurück, um mich ganz aufs Bild zu bekommen.

»Eine Party von Freuden, zu der wir beide gehen. Geburtstagsparty. Die feiern in einer alten Fabrik, sehr schick. Es gibt veganes Essen und schlechte Musik.«

Benjamin war fertig und nahm die Kamera wieder runter.

»Klingt gut. Wann geht der Spaß los?«

Ich schwieg für einen Moment. Wollte er jetzt auch mit?

»Einundzwanzig Uhr, aber wir gehen erst um elf hin. Ist in Haselhorst, bisschen außerhalb«, erwiderte ich und sah Alex von der Seite an, der wiederum leicht verärgert zu Benjamin schielte. Benji lächelte mich munter weiter an. Ein Betrachtungskreislauf.

»Cool. Dann komme ich um zehn vorbei.« Benjamin packte seine Sachen ein, umarmte mich und sauste davon.

Alex stand vom Gymnastikball auf, sah wieder auf die Uhr und dann mich an.

»Wollen wir anfangen? Ich habe noch ein paar Termine und nicht so viel Zeit, die ich vor dem Spiegel verbringen kann.«

Er klang pissig. Pissiger als sonst. Das bedeutete nichts Gutes für mich.

*

Mir tat jede Faser meines Körpers weh. Alex hatte mich gestern extrem hart rangenommen und dafür gesorgt, dass ich mich wie eine Achtzigjährige fühlte, als ich mich nach meinem T-Shirt bückte. Er sollte nicht mit schlechter Laune Leute trainieren.

»Willst du das Ding anziehen?« fragte Jessie skeptisch vom Bett aus, während sie Lady Washington kraulte.

»Was hast du denn gegen das Shirt? Ich hatte es nur einmal an, es stinkt nicht. Außerdem sind witzige Muster drauf.« Ich strich es glatt, damit sie einen Blick auf die witzigen Muster werfen konnte.

»Pah. Es sieht albern aus. Zieh doch mal ein Kleid an oder eine Jeans und eine schlichte Bluse. Du hast da eine in Altrosa im Schrank. Dazu eine blaue Jeans. Das wäre gut.«

Ich nahm die Bluse heraus. »Meinst du die hier?«

Sie nickte.

»In die passe ich nicht rein. Die war mir schon zu klein, als ich sie gekauft habe.«

»Und weiter?«, fragte sie. »Wie viel hast du da gewogen? Etwa weniger als jetzt?«

Ich grinste, weil ich verstand, worauf sie hinauswollte und zog die Bluse über.

Schon beim Zuknöpfen wusste ich, dass sie mir passte. Sogar besser als im Laden, wo ich vor drei Jahren noch die Hoffnung gehegt hatte, mal ein paar Kilo abzunehmen. Wenn ich so weiter machte, wäre mir das Ding in ein, zwei Monaten zu groß.

Wo war meine blaue Levi-Jeans? Ich wühlte mich durch den Kleiderschrank. Sie war mir im Laufe der Jahre zu eng geworden und ich hatte sie frustriert irgendwo vergraben. Nur wo? Während ich in der Kommode suchte, vergnügte sich Jessie mit der Katze.

Ha! Gefunden und angezogen. Sie saß wie angegossen. Was für

ein Moment. Am liebsten hätte ich die Korken knallen lassen. Ich drehte mich vor dem Spiegel.

»Warum nochmal kommen Alex und Benjamin mit?«, fragte Jessie, in der einen Hand ein Katzenspielzeug, in der anderen einen Marsriegel. Ich starrte zwischen dem Mars und dem Spiegel hin und her und entschied, dass mir alle Marsriegel der Welt gestohlen bleiben konnten.

»Keine Ahnung. Ich wollte dich fragen und habe aus Versehen ihm geschrieben. Aus irgendeinem Grund hat er ja gesagt. Keinen blassen Schimmer, warum. Er mag mich, glaube ich, nicht mal. Und Benji hat sich gestern einfach selbst eingeladen.«

Ich griff nach meiner Bürste, kämmte mir die Haare und setzte mich zu Jessie aufs Bett. Lady Washington betrachtete das Katzenspielzeug in ihrer Hand interessiert, rührte sich aber keinen Zentimeter.

»Vielleicht will er dich überwachen. Wegen der Vernissage. Da warst du ganz schön knülle.«

»Du auch, Fräulein«, erwiderte ich. »Aber deswegen gleich mit mir auf eine Party gehen? Er hat doch sicher besseres zu tun. Irgendwelche Fitnessmodels beglücken, die immer an ihm kleben. Oder Hanteln von A nach B tragen.«

Jessie zuckte mit den Schultern.

»Franzi meinte, dass er zuhause die meiste Zeit nichts tut, außer mal ein Buch lesen und zwischen den Seiten Liegestütze machen.«

Das klang nach ihm. Langsam hatte sogar ich Bock auf regelmäßigen Sport, aber jeden Tag Liegestütze in meinen Alltag einzubauen, schien mir immer noch zu blöd.

»Hatten die was miteinander?«

»Nope. Sie ist nur sein Wingman. Hilft ihm, wenn er jemanden los werden muss. Ansonsten hatte sie noch nie was mit einem Typen. Sagt sie jedenfalls.« Jessie klang, als würde sie ihr das nicht abkaufen.

»Wingman?«

»Wenn er jemanden mit nach Hause bringt und die Person am nächsten Tag einfach nicht gehen will. Dann macht sie auf Freundin, sorgt für eine Szene und vertreibt die Ladies.« Sie machte eine Pause, unsicher, ob sie mir das erzählen sollte. »Soll schon öfters vorgekommen sein.«

Ich zuckte mit den Schultern. Er war genauso, wie ich ihn einschätzte.

»Toll«, sagte ich genervt und stieg wieder vom Bett. »Ich tauche mit ihm und Benjamin auf dieser Party auf, die beiden reißen irgendwen auf und lassen mich stehen, während Johannes und Caroline sich ins Fäustchen lachen.«

Jessie kicherte über diese Vorstellung.

»So schlimm wird es schon nicht. Halte dich an Benjamin. Warum gehst du überhaupt hin? Du könntest auch zu Hause bleiben und chillen.«

Ja, konnte ich. Wollte ich aber nicht. Nur, weil Johannes mich mit Caroline betrogen und aus der Wohnung geschmissen hatte, um unsere Hochzeit in der toskanischen Villa jetzt mit ihr zu planen, blieb ich sicher nicht jeder Party fern. Theresa und Stella waren auch meine Freundinnen. Ich würde ihren dreißigsten mit ihnen feiern. Basta.

»Ich gehe hin. Kommen du und Franzi auch?«

Je mehr Leute da waren, die ich mochte, desto besser für mich. Sollte Johannes ruhig sehen, dass ich wieder in einen stabilen Freundeskreis integriert war und auch ohne ihn Spaß haben konnte.

Sie nickte. »Später. Franzi will noch zu so einem Kammerspiel.« Sie stand auf und holte ihre Sachen. Offenbar musste sie Franziska dorthin begleiten. Ihrem Gesichtsausdruck nach handelte es sich um ein Trauerspiel.

Als sie gegangen war, machte ich Musik an und kramte in meinem Wandschrank. Dort hatte ich ein Anti-Alex-Versteck eingerichtet, wo ich die letzte Flasche Sekt bunkerte, die ich vor ihm hatte in Sicherheit bringen können, als er zum ersten Mal hier war und meine Küche ausräumte.

Die Party machte mich nervöser, als ich es vor Jessie hatte zugeben wollen. Johannes und Caroline würden da sein, denn die Zwillinge waren seine Kommilitoninnen gewesen.

Wäre mir Stella nicht zufällig an Silvester über den Weg gelaufen und hätte mir das Versprechen abgeluchst, zu kommen, wäre ich heute nicht gegangen. Sie hatte mir sogar nochmal geschrieben, um mich daran zu erinnern. Schon vor einem Monat. Der Sekt war nötig, um meine Nerven zu beruhigen. Vor Ort würde ich nichts trinken können, solange die beiden Fitnessfreaks an meiner Seite waren.

Ich trank zwei Gläser, verzichtete zum Ausgleich auf das Abendessen – was sich in Nachhinein als wirklich dumme Idee herausstellen sollte – und vergnügte mich vor dem Spiegel mit meinem Anblick.

*

Jemand bediente fröhlich und ausgiebig meine Türklingel. Ich wusste sofort, dass es Benjamin sein musste. Alex drückte nur zwei Mal und wartete dann geduldig, bis ich aufmachte. Ich öffnete die Tür und gab Lady Washington noch ein paar Trost- Diätleckerlis, weil ich sie über Nacht allein lassen würde. Ich saß mit ihr auf dem Boden im Flur, als Benji und Alex gemeinsam die Wohnung betraten.

Sie sahen aus, als wären sie auf dem Weg zu einem Shooting für ein dandyhaftes und teures Modelabel in ein Hasenloch gefallen, um sich jetzt in meiner Wohnung wiederzufinden.

Noch vor fünf Minuten hatte ich mich der Illusion hingegeben, gut auszusehen. Doch mit den beiden Typen in meinem Schlepptau konnte ich bei weitem nicht mithalten. Alex erinnerte mich vom Stil her stark an James Dean in »Denn sie wissen nicht, was sie tun« und Benji an Alain Delon in »Oktober in Rimini«. Ich war dann wohl Renée Zellweger in »Bridget Jones«.

»Hey, siehst schick aus. Das Altrosa passt super zu deinem braunen Haar«, merkte Benji souverän wie eine schwule Modeikone an. Was er übrigens nicht war, ich kannte seine Verflossenenliste. Er ließ nichts anbrennen. Es schmeichelte mir trotzdem und ich warf ihm zum Dank eine Kusshand zu.

»Danke, neben euch sehe ich aus wie eine Klobürste mit Schleife. Würdet ihr mir einen Gefallen tun und nicht die ganze Zeit neben mir stehen? Ihr lasst mich schlecht aussehen.«

Alex ging nicht darauf ein, sondern beugte sich zu mir herüber, was mich irritierte. Entspannt zog er eine Tüte mit Katzenleckerlis aus der Tasche seiner Jeansjacke. Lady Washington quittierte den Anblick mit einem lauten, fordernden Miau.

Er roch gut. Ich wollte am liebsten näher ran und an ihm schnuppern, doch ich traute mich nicht. Er hätte das sicher komisch gefunden.

»Ich zieh meine Schuhe an und wir können gleich los.«

Mühselig stand ich auf und griff nach meinen Timberland Boots, als meine Augen auf die schwarzen Pumps fielen. Ich hatte sie schon eine Ewigkeit nicht mehr angehabt, was schade war. Sie machten lange Beine und sorgten dafür, dass ich aufrecht ging. Ich ließ die Boots links liegen und stieg in die Pumps. Jetzt konnte es losgehen.

*

Wir fuhren die meiste Zeit S-Bahn und unterhielten uns über mein Training, Erfolge und Pläne für die nächsten Monate. Die beiden hatten noch viel mit mir vor. Nächste Woche sollte ich meinen ersten Klimmzug machen. Ganz schön optimistisch, meiner Meinung nach. Ich hatte mich bereits daran versucht und war kläglich gescheitert.

Irgendwann waren wir endlich da. Laute Musik dröhnte durch das ehemalige Industriegebiet und wir peilten ein hell angestrahltes Backsteingebäude an, vor dem Grüppchen von Menschen mit Cocktails standen. Es fiel mir nicht leicht, auf den hohen Schuhen über den Kieselweg zu laufen. Zum Glück hatte die Halle Betonboden.

»Wer genau feiert hier was?«, fragte Alex und blickte sich neugierig um.

»Theresa und Stella feiern ihren dreißigsten Geburtstag. Sie sind eineiige Zwillinge, du erkennst sie sofort«, rief ich ihm zu. Die Musik wurde lauter.

»Coole Location«, schrie Benjamin uns begeistert an.

Das stimmte. Die Wände der hohen Backsteinhalle wurden von bunten Strahlern beleuchtet. Es gab eine Bühne und riesige Tanzfläche. Ich zählte drei Theken und sah sogar Tänzerinnen, die als Pfauen verkleidet aufwendige Drehungen vollführten. Wahrscheinlich finanzierte der Vater der Geburtstagskinder den ganzen Spaß. Er war irgendjemand von Bedeutung in der Deutschen Bank.

Ich deutete auf eine Bar, an der man Cocktails bekam und die etwas weiter von der Musik weg war, so dass wir uns wieder normal unterhalten konnten, ohne uns anzuschreien.

Meine Begleitungen bestellten Longdrinks. Ich nahm ein Wasser. Während ich überlegte, wie ich sie am besten loswerden konnte, um mir heimlich einen Cocktail zu schnappen, vernahm ich ein vertrautes »Kathaaaaa«. Juli. Natürlich, Juli war auch hier.

Sie trug ein kurzes lilafarbenes Kleid und dazu passende Schuhe. Sie schwankte, was mir sagte, dass sie nicht mehr ganz nüchtern sein konnte. Juli umarmte mich herzlich und mit ehrlicher Freude. Als sie die beiden Jungs erblickte, ließ sie mich sofort stehen und stellte sich vor. Zum Glück war sie einnehmend und konnte Benji und Alexander beschäftigen. Das ließ mir genug Zeit, den Blick schweifen zu lassen und die fröhlich tanzende Menge nach Johannes abzusuchen.

Da waren Thes und Stella. Sie trugen schicke, enge Hosenanzüge und Frisuren wie aus den goldenen Zwanzigern. In der Hand hielten beide Martinigläser, Thes dazu in der anderen einen Joint. Sie wussten sich zu inszenieren. Ich nahm mir vor, ihnen später zu gratulieren und suchte weiter.

Juli lachte laut über etwas, was Benji oder Alex gesagt haben musste und bekam sich kaum mehr ein. Ich wollte mich schon zu ihr umdrehen, als ich Johannes sah.

Er trug einen Anzug, der ihm gut stand. An den Schultern hatte er zu-, am Bauch abgenommen. Das ärgerte mich. Ich wollte die schlanke, gut angezogene Exfreundin sein und nun war er der schlankere, besser angezogene Exfreund. Er hielt ein großes Glas Wasser in der Hand und unterhielt sich mit zwei Frauen, die ich nicht kannte. Ich runzelte die Stirn. Wo war Caroline?

Alex gesellte sich an meine Seite.

»Suchst du jemand bestimmten?«

»Die Geburtstagskinder«, log ich.

Er zeigte auf Thes und Stella. »Ich nehme an, das sind die einzigen Zwillinge hier und damit auch die Geburtstagskinder?«

Mist. Er merkte sich alles, was ich sagte. Er war die männliche Version von Juli.

»Stimmt. Wie konnte ich die übersehen!« Ich machte mich auf den Weg zu den beiden. Zu meiner Überraschung folgte er mir, während Benji gänzlich von Juli in Beschlag genommen wurde.

Thes sah mich zuerst und grinste breit.

»Katha! Du siehst ja wahnsinnig gut aus! Einfach klasse! Phänomenal!« Sie gab mir ein Küsschen links und eines rechts, bevor sie ihre Schwester anstieß, die gerade ein Geschenk auspackte.

»Nein!«, rief Stella. »Bist du das Katharina? Was hast du denn gemacht? Warst du beim Beauty-Doc? Das ist ja der Hammer!«

Die beiden lebten in Superlativen. Alles war klasse, der Hammer, megageil und abgefahren. Noch nie war ich jemand anderem wie ihnen begegnet. Sie konnten sich für alles und jeden begeistern.

»Hey!« Thes hatte Alex hinter mir entdeckt. »Dich kenne ich! Von YouTube. Du machst diese Sport-Videos. Oben ohne. Die sind megacool. Echt Wahnsinn.«

»Das ist Alex. Ein Freund von mir.« Ich deutete auf ihn und dann auf die beiden. »Alex, das sind Theresa und Stella. Sie haben heute Geburtstag.«

Stella umarmte Alex sogleich und wünschte sich ein Geschenk von ihm. Da er keines dabei hatte, verlangte sie einen Kuss auf die Wange. Er warf mir einen verzweifelten Blick zu und ich zuckte hilflos mit den Schultern. Die beiden waren so begeistert von ihm, dass sie sich wie zwei kleine Klammeräffchen an ihn hängten. Sehr gut, dachte ich und nutzte die Gelegenheit, um zu verschwinden.

Ich näherte mich der Bar, die Johannes am nächsten war und lehnte mich lässig an die Theke. Er stand mit dem Rücken zu mir, so dass ich ihn in Ruhe betrachten konnte, ohne dass er etwas ahnte. Ein Barkeeper kam auf mich zu, um meine Bestellung aufzunehmen. Ich warf einen flüchtigen Blick auf die Karte. Am liebsten alles. Ich entschied mich für einen Mojito. Als ich mich wieder zu Johannes umwandte, war er weg. Ich fluchte leise und sah nach links und rechts, konnte ihn aber nicht mehr finden. Mein Mojito kam. Jemand reichte dem Barkeeper über meinen Kopf hinweg ein leeres Glas. Ich sah hoch und blickte in Johannes' braune Augen. Er erkannte mich nicht sofort, doch nach einer Sekunde klickte es auch bei ihm.

»Was machst du denn hier?«, fragte er überrumpelt. »Ich dachte, du kommst nicht. Sorry, dass ich mich wegen Lady Washington nicht zurückgemeldet habe. Wow, hast du abgenommen?«

Ich sah, dass ihn mein Anblick völlig aus der Fassung brachte. Es sprudelte nur so aus ihm heraus: »Bist du schon lange hier? Wie geht es mit der Masterarbeit voran, hast du schon abgegeben?«

Er war mir so vertraut und nah. Acht Jahre lang hatte ich ihn jeden Tag gesehen, mit ihm gekuschelt, gestritten, gelacht und geweint. Nun stand er vor mir und es zerriss mir das Herz, dass ich ihn nicht anfassen durfte. Er war doch mein Johannes. Mein Johannes. Ich öffnete den Mund, um wenigstens eine der vielen Fragen zu beantworten, als Alex wie aus dem Nichts neben mir auftauchte.

»Du kannst mich nicht einfach mit diesen zwei Verrückten allein lassen«, sagte er vorwurfsvoll und sah voller Furcht über die Schulter, als könnten Thes und Stella jeden Moment hinter ihm auftauchen. »Die beiden leben in Superlativen. Kaum auszuhalten.«

Ich musste lachen, denn genau das hatte ich vor wenigen Minuten auch gedacht.

»Sie sind ein einziger Superlativ in zwei Körpern«, erwiderte ich, während ich mich bemühte, den Mojito vor ihm zu verstecken. Johannes betrachtete Alex verstohlen. Sein Gesichtsausdruck sagte mir, dass er sich von ihm bedroht fühlte. Nicht körperlich. Er fürchtete viel mehr, nicht genug Aufmerksamkeit zu bekommen, wenn so jemand wie Alex in der Nähe war. Das hatte Johannes schon immer gehabt: sein Bedürfnis, immer im Mittelpunkt zu stehen.

Alex sah Johannes' Blick, missinterpretierte ihn als Neugier und reichte ihm die Hand.

»Alexander«, stellte er sich vor und deutete auf mich. »Ich bin mit Katha hier.«

Den letzten Satz betonte er minimal. Daraus konnte man alles ableiten. Oder gar nichts.

Das machte Johannes für einen Moment sprachlos. Er sah mich an wie ein Vogelbaby, das auf einen Wurm wartete. Was auch immer in seinen Kopf vorging – Alex und ich waren beteiligt und es hatte keine Jugendfreigabe.

Alex wartete einen Moment ab, ob Johannes sich auch vorstellen würde, was nicht passierte, und warf mir dann einen bedeutungsschweren Blick zu, ganz nach dem Motto: »Mit dem würde ich nichts anfangen, der wirkt nicht besonders helle auf mich.«

»Wo ist dein Getränk?«, fragte ich ihn.

»Bei den Geburtstagkindern. Ich hole mir ein neues«, antwortete er und wandte sich der Bar zu.

Johannes sah ihm skeptisch hinterher und flüsterte mit ungläubiger Stimme:

»Bist du mit dem zusammen?«

Ich wollte antworten, als Benjamin plötzlich neben mir stand.

»Also deine Freundin Juli ist ganz schön gesprächig«, stellte er fest und schüttelte den Kopf. »Ich kenne mittlerweile ihre komplette Lebensgeschichte und die Biographie der letzten acht Menschen, mit denen sie heute was zu tun hatte.«

Er grinste mich an, strich sein volles braunes Haar zurück und sah aus wie ein junger Marlboro-Cowboy. Ich grinste zurück und wandte mich wieder zu Johannes um. Erst jetzt bemerkte Benji auch ihn.

»Entschuldigung«, er reichte Johannes die Hand. »Wollte euch nicht stören. Benjamin. Ich bin mit Katha hier.«

Was für ein Abend. Ich hätte sofort eine Kreditkartenwerbung daraus machen können. Das Gesicht von Johannes bei der Vorstellung, ich hätte mit den beiden was. **Unbezahlbar**.

*

So weit, so gut. Der Abend fing vielversprechend an. Ich zog es vor, Johannes gegenüber weder meine Beziehung zu Alexander noch die zu Benjamin zu erläutern. Sollte er ruhig glauben, ich war mit einem oder beiden verbandelt.

Die Musik wurde lauter. Der DJ legte »*Sinnerman*« von Nina Simone in der Version von Felix da Housecat auf, was mich umgehend dazu brachte, auf der Stelle zu tanzen. Ich liebte diesen Song. Und ich war nicht die Einzige. Vereinzelte Jubelrufe erklangen. Ich tanzte näher an Johannes heran und ließ Benjamin und Alexander hinter mir, die sowieso mit der Getränkekarte beschäftigt waren.

»Ich gratuliere dir!«, schrie ich Johannes zu und wippte zur Musik.

»Zu was?«

»Na, zur Verlobung! Danke für die Einladung. Ich bin echt gespannt, wie die Hochzeit wird. Weiß Caroline, dass es unsere toskanische Villa ist, in der du sie ehelichen willst? Dort hast du mir auch schon einen Antrag gemacht. Machst du das bei jeder?«

Er sah sich ängstlich um. Vielleicht hörte jemand etwas von unserem Gespräch. Er zog mich an sich.

»Hör auf damit, Katha. Ich kenne dich und ich weiß, was du vorhast. Ich lasse mir die Hochzeit nicht ruinieren. Es war nicht meine Idee, dich einzuladen, sondern Carolines. Ich weiß, dass das nicht gut endet. Ich kann sie dazu bringen, dich wieder auszuladen.«

Ich lachte höhnisch. »Du überschätzt deinen Einfluss auf meine Familie. Mich lädt keiner aus. Wo ist eigentlich Caroline? Ich muss ja auch ihr gratulieren. Sie und ich sind uns jetzt noch viel näher als jemals zuvor. Wir haben nicht nur gemeinsame Großeltern, sondern auch die gleiche Vorstellung von einer Traumhochzeit. Ich würde mich gern mit ihr austauschen.«

Johannes wollte sich dem Gespräch entziehen.

»Es wäre mir lieber, du würdest dich von all dem hier fernhalten«, sagte er mit zusammengepressten Zähnen. Ich war mir nicht sicher, ob er diese Party, die Hochzeit oder beides meinte.

Ich hörte auf zu tanzen und sah ihn erbost an.

»Das glaube ich dir aufs Wort. Versuch mich das nächste Mal mit jemandem zu betrügen, der nicht mit mir verwandt oder befreundet ist. Das wäre für alle Beteiligten viel unkomplizierter.«

Er fuhr sich nervös durch die Haare, hin und hergerissen zwischen Wut und Schuldgefühlen. Solange er nicht mit mir konfrontiert wurde, konnte er sich vormachen, alles wäre halb so schlimm, dass er das Richtige tat und die richtige Person heiratete. Jetzt, da ich wieder auf der Bildfläche auftauchte, mit zwei Models im Schlepptau, einem trainierten Körper und mehr Selbstbewusstsein, wurde seine Welt komplizierter. Ich triumphierte innerlich.

»Es gibt kein nächstes Mal. Wir kommen nicht mehr zusammen!«, schleuderte er mir wütend entgegen. »Es tut mir leid, Katha. Wirklich. Ich habe das so nicht gewollt. Wir passen nicht zusammen. Nimm das doch hin.«

Niemals, wollte ich schreien, doch Johannes drehte sich vorher um und ließ mich stehen. Wütend sah ich ihm hinterher, unschlüssig, was ich tun sollte.

Warum wollte er mich nicht zurück? Wir hatten so viel Spaß und gemeinsame Träume gehabt. Einmal hatte er kurz vor dem Einschlafen gesagt, dass er sich darauf freute, alt zu werden, weil ihm die Vorstellung von uns beiden in einem kleinen Haus und vielen Enkelkindern gefiel. Mir hatte diese Vorstellung auch gefallen. Ich wollte sie nicht aufgeben!

Frustriert drehte ich mich um und ging an die Bar. Kein Benjamin, kein Alexander weit und breit. Vielleicht waren sie tanzen gegangen, vielleicht hatten sie jemanden abgeschleppt. Egal. Ich brauchte meinen Mojito. Der war allerdings nicht mehr da, wo ich ihn zurückgelassen hatte. Machte nichts. Alle Getränke waren heute umsonst und mir war nach einem Long Island Ice Tea. Ich sagte dem Barkeeper, er solle nicht am Wodka sparen.

Ich leerte das Ding in Rekordzeit und bestellte gleich noch eines. In Gedanken und Selbstmitleid versunken, stand ich an der Bar, als ich das fröhliche Gesicht von Jessie erblickte, die mit Franziska im Schlepptau auf mich zukam.

»Hey, bist du Johannes über den Weg gelaufen?«, fragte sie und umarmte mich zur Begrüßung.

»Ja. Woher weißt du das?«

»Er ist uns entgegengekommen. Sieht so aus, als hättest du ihm den Abend versaut. Ich sagte zu ihm: Hi, Arschloch, und er schüttelte nur den Kopf. Nicht mal zu einem liebevollen Fick dich hat er sich herabgelassen.«

Franziska sah sich um und nickte anerkennend. »Tolle Party. Wo sind die zwei Hupfdohlen?« Sie meinte Benjamin und Alexander.

Ich zuckte mit den Schultern. Der Long Island Ice Tea war alles, was mich interessierte. Ich nahm einen großen Schluck.

Jessie strich mir mitfühlend über die Schulter.

»Gut, dass Johannes weg ist. Ohne ihn wirst du viel mehr Spaß haben.«

Sie holte ein kleines Zigarettenetui aus ihrer Handtasche. Sie rauchte nicht. Darin waren Joints. Sie zündete sich einen an, nahm ein paar Züge und reichte ihn mir. Ich zögerte kurz und dachte, wieso nicht. Ein Joint hatte zero Kalorien. Ich griff zu und wusste beim ersten Zug, dass da kein Tabak reingemischt war. Das Ding bestand aus purem Gras. Umso besser.

Wir vergnügten uns auf der Tanzfläche und zogen abwechselnd an dem Joint. Langsam wirkten auch die Cocktails. Ich vertrug sowieso keinen Alkohol, was mir zu Gute kam. Ich musste nie viel Geld ausgeben, um blau zu werden.

Irgendwann ging es zwischen Jessie und Franziska heiß, zu heiß für meinen Geschmack, her und ich verzog mich unauffällig, nachdem ich Jessie noch einen Joint abgeluchst hatte.

Ich holte mir noch einen Drink und ging nach draußen. Meine Füße schmerzten in den High Heels und ich bereute es, sie angezogen zu haben. Mit geschlossenen Augen nahm ich einen tiefen Zug und nippte an meinem Getränk. Die Nacht war kalt. In diesem Moment fand ich das angenehm erfrischend. Die Sterne funkelten mehr als sonst. Vielleicht lag es am Gras, vielleicht am Alkohol oder an diesem Abend generell, dass ich alles intensiver empfand. Seufzend starrte ich in den Himmel.

Ich hörte die Kieselsteine hinter mir knirschen. Jemand näherte sich. Mein Gefühl sagte mir, dass es Alexander war. Ohne mich umzudrehen oder den Blick von den Sternen abzuwenden, hob ich meinen Cocktail.

»Schuldig in Sinne der Anklage. Ich trinke, sorry.«

Er gesellte sich zu mir und schnupperte.

»Und kiffst.«

»Jepp. Ich gebe es mir heute ganz schön dreckig«, gestand ich ohne Schuldgefühle.

Er sagte nichts, sondern stand ein paar Minuten ruhig neben mir und sah ebenfalls nach oben. Ich hätte das noch stundenlang machen können, doch er hatte andere Pläne.

»Das mit den vielen Drinks ist nicht okay, das weißt du?«

Ich stöhnte. Die Stille war so friedlich und harmonisch gewesen. Warum wollte er diesen Moment ruinieren?

Ich setzte zu einer Ausrede an, überlegte es mir aber anders.

»Ja. Aber mir ist heute nicht nach Wasser.«

»Weil dein Ex auf der Party war? Der Typ von vorhin?«

»Jessie?«, fragte ich.

»Ja, ist ihr rausgerutscht. Aus Versehen.« Wie süß, er nahm sie in Schutz. Brachte ihr aber nichts. Morgen würde ich die elende Quasselstrippe rupfen. Alex sprach schnell weiter:

»Deswegen haben wir am Anfang gefragt, ob du wegen eines Mannes abnehmen und fit werden möchtest oder für dich selbst. Jemandem, der das für sich macht, fällt es nicht schwer, die Finger vom Alkohol zu lassen und durchzuhalten. Macht man es, um irgendeinen Idioten zurückzuholen, geht den meisten nach ein paar Monaten die Puste aus. Ich weiß, wovon ich rede. Ich trainiere täglich Frauen, die sich nach einer Trennung in Form bringen wollen. Das funktioniert einfach nicht.«

Verärgert wandte ich mich zu ihm um.

»Bist du deshalb mit mir hier? Um mich zu kontrollieren?«

Er reagierte nicht sofort.

»Nein«, antwortete er schließlich. Mehr nicht.

Genervt verdrehte ich die Augen. »Weshalb denn dann?«

Wieder Stille. Alex strapazierte meine Nerven. Sich mit ihm zu unterhalten, machte keinen Spaß. Ich wusste nie, was in seinem Kopf vorging.

Er holte tief Luft. »Im Dezember dachte ich, dass du mit mir trainieren willst, um mich anzugraben.«

Hatte er das gerade wirklich gesagt? Empört sah ich ihn an.

»Bitte was?«

»Deswegen die Crossfit-Sache und der Vertrag. Ich bin davon ausgegangen, dass dich das abschreckt und ich dich so loswerde.«

»Bitte was?«, wiederholte ich.

Alexander sah schuldbewusst drein.

»Ja, sorry, du bist nicht die Erste, die mich anheuert, um sich dann an mich ranzuschmeißen. Außerdem lag mir meine Mutter ständig in den Ohren –«

Jetzt checkte ich gar nichts mehr. Was war er für ein selbstverliebter Wichtigtuer? Man konnte glatt meinen, die ganze Damenwelt würde auf ihn abfahren und er müsste zu solchen absurden Abwehrmaßnahmen wie Terrortraining greifen, um sich die vielen Verehrerinnen vom Leib zu halten. Und was hatte seine Mutter damit zu tun? Das war alles so zusammenhangslos.

»Willst du mir erzählen, dass du die ganze Zeit davon ausgegangen bist, dass ich diese Scheiße durchziehe, um dich zu verführen? Ich habe gestern hundert Kniebeugen gemacht. Zwanzig davon mit Gewichten. Und du glaubst, ich mach das nur, um an dein Höschen zu kommen?«, fragte ich ungläubig. »Dein Ego ist so groß, das braucht ein ganzes Parkhaus, wenn du es mal auslagern möchtest.«

Das wollte er nicht auf sich sitzen lassen. Er verschränkte die Arme.

»So weit hergeholt ist das jetzt nicht. Immerhin machst du es für deinen Ex. Ich sehe da kaum einen Unterschied.«

Meine Augen wurden zu kleinen Schlitzen, durch die ich ihn böse ansah.

»Ich sehe da schon einen. Immerhin ist der ein Top-Jurist und du nur ein hübsches Gesicht.« Das war gemein und tat mir im Nachhinein leid, aber dieser Typ machte mich unglaublich wütend.

»Ein Top-Jurist, der seinen kleinen Johannes nicht in der Hose lassen konnte«, erwiderte er. Autsch, das saß. Besonders der Name.

Aufgebracht standen wir uns gegenüber.

»Pass auf. Ich weiß mittlerweile, dass du im Dezember nicht an mein ‚Höschen' wolltest. Was ich erfrischend finde. Und es imponiert mir, wie verbissen du an der ganzen Fitnesssache dranbleibst. Du hast dir sogar Bücher über Ernährung gekauft«, lenkte Alexander ein. Er war eindeutig weniger betrunken als ich und wollte nicht im Streit auseinandergehen.

»Ich weiß nicht, weshalb, aber ich mag dich. Du bist gar nicht mein Typ und hast für meinen Geschmack noch immer zu viel auf den Rippen, aber du bist klug und witzig. Außerdem scheust du dich nicht, Neues auszuprobieren. Irgendwie mag ich das«, gestand er mir und ich spürte, wieviel Überwindung ihn das gekostet haben musste.

»Deswegen dachte ich mir, dass wir ruhig was machen könnten und vielleicht mögen wir uns. Was Fitness anbetrifft, bist du ja auf dem richtigen Weg, und der Rest –«

»Moment mal«, unterbrach ich ihn. »Du glaubst wirklich, dass zwischen dir und mir was laufen könnte?«

Sein Gesicht versteinerte. Wahrscheinlich hörte er diese Frage zum ersten Mal aus einem anderen Mund als seinem eigenen.

»Zuerst gestehst du mir, dass du dachtest, ich wäre irgendeine dumme Stalkerin. Dann offenbarst du mir, dass ich dir immer noch zu fett bin, und glaubst jetzt allen Ernstes, ich würde es nach alldem in Betracht ziehen, was mit dir anzufangen?« Ich machte einen Schritt auf ihn zu.

»Liebster Alexander, wenn du mehr Frauen mit einem IQ daten würdest, der größer ist als ein Kleiderständer, würdest du dich von einem Buchkauf nicht so beeindrucken lassen.«

Mit dieser Bemerkung war ich zu weit gegangen. Er wurde wütend. Jegliche Zurückhaltung und Nachsicht, um die er sich die letzten fünfzehn Minuten bemüht hatte, wich von ihm.

»Liebste Katharina«, äffte er mich nach. »Vielen Dank für deine klugen Ratschläge. Ich nehme sie mir zu Herzen. Zum Glück läuft in deinem Privatleben alles nach Plan. Dein Top-Jurist muss viel Freude mit dir gehabt haben. Ich kann mir gar nicht vorstellen, warum er nicht mehr mit dir zusammen ist. Ist mir ein Rätsel!«

Ich schnappte nach Luft. Wie konnte er nur? Mein Blut kochte. Selten war mir jemand so Eingebildetes und Selbstverliebtes über den Weg gelaufen, wie dieses Arschloch hier.

»Ich kann dir sagen, warum niemand mit dir zusammen ist!«

Er lachte. Erwartungsvoll sah er mich an. »Na, da bin ich ja mal gespannt.«

»Weil du jede, die mit dir ins Bett steigt, dafür verachtest.«

Verständnislos fragte er: »Was?«

»Ich weiß, dass Franziska für dich den Wingman spielen muss und wöchentlich irgendwelche armen Frauen aus deiner Wohnung vertreibt, die du anschleppst und loswerden willst, wenn sie mit dir geschlafen haben!«

Triumphierend sah ich ihn an. Erklär das mal, du Schuft! Mein Vorwurf machte ihn sprachlos.

»Das war nur ein einziges Mal!«, sagte er schockiert.

»Ach komm. Erzähl das deiner Großmutter. Glaubst du wirklich, ich lasse mich auf jemanden wie dich ein? Du hast null Respekt vor Frauen. Bist beim Training immer unhöflich und gemein zu mir, und«, ich machte eine Pause und suchte nach Worten. »Und du findest mich fett!«

Alex stand mit offenem Mund da. Gut so, dachte ich, hatte er nicht anders verdient. Ich schnappte mir meinen fast noch vollen Cocktail, trank ihn in einem Zug leer, drehte mich auf dem Absatz um und ging davon.

*

Mir war schlecht. Ich lehnte an der Backsteinwand der Halle und atmete schwer ein und aus. Vielleicht waren das Gras und die Cocktails keine gute Idee gewesen. Ich spürte, wie sich einiges nach oben kämpfte und mir entwich ein Würggeräusch.

Neben mir stand eine große, struppige Palme in einem riesigen Blumentopf. Ich schaffte es gerade noch rechtzeitig und erbrach mich in den Topf. Wenig später ging es mir besser. Schnell richtete ich mich auf und sah mich verstohlen um. Niemand in der Nähe, der mich kannte und das gesehen haben konnte. Glück gehabt.

Schwankend ging ich weiter, merkte aber, dass die Party für mich vorbei war und holte mein Handy aus der Tasche. Ich schrieb Jessie, dass ich nach Hause ging und dass sie allen, die es interessieren könnte, Bescheid sagen sollte. Das Handy fiel mir mehrfach aus der Hand. Wow, ich war echt durch.

Mühsam stöckelte ich in den Pumps nach draußen und stellte erleichtert fest, dass weiter hinten Taxis auf Kunden warteten. Ich setzte mich in eines davon und nannte meine Adresse. Unterwegs zog ich die Schuhe aus. Meine Füße schmerzten höllisch. An dieser Stelle musste ich eingeschlafen sein, denn weiter wusste ich gar nichts mehr.

*

Nach manchen Partys wachte man am nächsten Morgen auf, erinnerte sich nur mit Mühe an den Abend davor, aber wurde das Gefühl nicht los, dass etwas Furchtbares oder Peinliches mit gravierenden Folgen passiert sein musste. Nur was?

Genauso erging es mir gerade. Ich lag in einem Bett, das nicht das meine war. Alle Alarmglocken klingelten. Tasten offenbarte, dass ich noch die Bluse von gestern Nacht trug, aber nicht mehr die Jeans. Wo war die Jeans?

Ich ahnte nichts Gutes. Ich hatte etwas vergessen. Etwas Wichtiges. Oder jemanden? Hatte ich jemanden vergessen? Mein Mund fühlte sich fusselig an und mein Schädel dröhnte. Ich hörte es vor der Tür knattern und setzte mich auf.

Verwundert sah ich mich um. Warum kam mir das Zimmer so bekannt vor? Es war karg und nur mit Ikea-Möbeln ausgestattet. Das Bett quietschte. In der Ecke stand eine Hantelbank. Oh Gott, war ich etwa bei Alex gelandet? Das war unmöglich, ich kannte seine Wohnung und die war viel zu schick gewesen. Kaum zu glauben, dass er sein Schlafzimmer mit Malm, Astrid und wie die Regale bei Ikea noch alle hießen, einrichten würde. Benjamin vielleicht? Dem traute ich auch mehr Geschmack zu.

Ich entdeckte meine Jeans auf einem Stuhl und robbte mühsam auf sie zu, die Decke um meine Hüfte gewickelt. Nachdem ich schnell in die Hose geschlüpft war, stand ich still und lauschte. Irgendjemand hantierte mit Geschirr.

Ich ging zur Tür und öffnete sie vorsichtig. Der Gang war vollgestellt mit Skateboards, Snowboards und einer alten Gitarre, neben der mein Mantel auf dem Boden lag. Ich tastete mich zur Küche. Meine leise Ahnung verhärtete sich. Der Aufbau der Wohnung verriet alles.

Clemens stand in weißem Muskelshirt und hellblauer Jeans an der Spüle. Daher also das Geschirrklimpern.

»Guten Morgen, Nachbar«, sagte ich mit belegter und kratziger Stimme.

Er sah auf. »Ach, hi, endlich wach?«

Er legte den Teller zur Seite und griff nach einem Geschirrtuch, um sich die Hände abzutrocknen.

»Willst du einen Kaffee?«

Wollte ich einen Kaffee? Oh Gott, ja.

Ich nickte und ließ mich an dem kleinen Küchentisch nieder. Clemens goss zwei Tassen ein und setzte sich lässig zu mir. Er warf seine langen Haare nach hinten und reichte mir die Milch.

»Du wirst das jetzt sicher komisch finden«, fing ich an und schenkte mir Milch ein. »Aber erlaube mir die Frage, wie ich bei dir gelandet bin.«

Er trank einen Schluck, bevor er mit einem Schulterzucken antwortete: »Keine Ahnung.«

»Keine Ahnung?«

»Keine Ahnung.«

Mit Clemens zu reden, war, wie bei vielen Männern in letzter Zeit, eine Herausforderung. Das war mir schon bei meinem Einzug vor einem Jahr aufgefallen. Da war er durch die Tür gekommen und hatte meine Kartons im Erdgeschoss gesehen. Ich hatte gefragt, ob er nicht einen mit hochnehmen könnte, weil er ja im fünften wohnte und sowieso hochging. Er hatte gesagt, ja, er könnte, wollte aber nicht, hatte die Kartons zur Seite geschoben und sich mit leeren Händen auf den Weg nach oben gemacht.

»Okay.« Ich überlegte. So wurde das nichts mit uns. »Wann sind wir uns heute Nacht über den Weg gelaufen? Und wo?«

Er stellte seine Tasse ab und verschränkte die Hände hinter den Kopf.

»Um vier Uhr nachts. An meiner Wohnungstür.«

Interessant.

»Bist du auch erst heimgekommen?«

»Nope«, war seine Antwort. Alter, ich würde gleich meine Tasse nach ihm werfen. Ich holte tief Luft, um Ruhe zu bewahren.

»Was genau hast du denn gemacht?«

»Geschlafen.«

So kamen wir nicht weiter. Genervt sah ich ihn an. Er grinste, weil er wusste, dass er mich damit in den Wahnsinn trieb, und erbarmte sich schließlich.

»Ich hörte komische Geräusche an der Tür« erzählte er. »Jemand hat laut geflucht und sich am Schloss zu schaffen gemacht. Zuerst dachte ich, das wäre ein Einbrecher, aber selbst der dümmste Einbrecher lallt nicht vor sich hin und sagt die ganze Zeit fuck, fuck, fuck. Also habe ich einen Blick durch das Guckloch geworfen. Und da sah ich dich.«

Ich verschluckte mich an meinem Kaffee.

»Ich wollte in deine Wohnung?«

«Jepp.«

Oh Gott. Ich musste gestern ganz weit weg von Gut und Böse gewesen sein.

»Und weiter?«

»Du wolltest nicht aufhören, an der Tür zu hantieren. Manchmal hast du auch geklingelt und rumgeschrien.«

Ich wurde stutzig. Warum sollte ich bei mir klingeln? Wollte ich am Ende zu Clemens? Er sah mein ratloses Gesicht und grinste.

»Lady Washington, hast du geschrien, ich weiß, dass du da drin bist, du fettes Vieh, mach die scheiß Tür auf. Wer ist das eigentlich? Die Frau von George Washington?«

Sollte ich darüber lachen oder weinen? Ich ahnte, dass das nicht das Ende der Geschichte war.

»Meine Katze«, antwortete ich. »Und dann?«

»Irgendwann bist du wirklich sehr laut geworden und hast die ganze Zeit so geschluchzt, aus Verzweiflung vielleicht, dass ich es nicht mehr aushielt und dich rein ließ.«

»Hast du mir gesagt, dass ich eine Etage zu weit oben bin?«

Clemens nahm einen langen Schluck.

»Ja. Mehrmals.«

»Ich habe nicht auf dich gehört.«

»Nein, du hast mich einen Lügner genannt, mich zur Seite geschubst und bist in den Flur.« Ich versteckte mich hinter meiner Kaffeetasse. »Du hast gefragt, warum ich in deiner Wohnung bin und was ich mit dieser Lady Washington gemacht habe. Dann bist du ins Schlafzimmer. Zwischendurch hast du nach dieser Lady geschrien.«

Wow, es war schlimmer, als ich dachte. Langsam sank ich tiefer in den Küchenstuhl.

»Nachdem aber diese Lady Washington nicht auftauchte, hast du deinen Mantel ausgezogen und auf meine Gitarre geworfen.« Er machte eine Pause, um sich Kaffee nachzuschenken.

»Ist mir die ganze Zeit nicht aufgefallen, dass das nicht meine Wohnung war? Das kann doch nicht sein!«

Er fuhr ungerührt fort.

»Kurz vor der Schlafzimmertür hast du dich umgesehen und mich aufgefordert, den ganzen Scheiß wieder mitzunehmen, den ich angeblich angeschleppt hätte. Sonst rufst du die Polizei. Außerdem bist du davon ausgegangen, ich hätte eine satanische Messe mit deiner Katze abgehalten und sie verspeist.«

»Wirklich?« Ich blickte ihn schockiert an.

»Nein. Das mit der Messe habe ich dazu gedichtet.«

Mein Kopf brummte und mein Bauch blubberte. An all das konnte ich mich nicht erinnern.

»Als du endlich im Schlafzimmer angekommen warst, hast du

deine Jeans ausgezogen und bist dabei fies auf die Schnauze gefallen. Sah schmerzhaft aus.« Ich sah an mir hinunter. Alle Gliedmaßen noch dran. »Und bist dann in mein Bett gekrochen.«

»Das war's? Oder kommt da noch mehr peinliches Zeug?«

»Nein. Das war's.«

Unglaublich. Clemens musste wunder was von mir denken. Wie peinlich war das denn? In der Hoffnung, nichts kaputt gemacht zu haben, sah ich mich um. Mir war kalt an den Füßen und ich wollte hier so schnell wie möglich weg.

»Wo sind meine Schuhe?«

Abermals zuckte er mit den Schultern.

»Keine Ahnung. Du bist ohne hier angekommen.«

»Ich stand barfuß vor deiner Tür?«

»Jepp.«

Ich legte meinen Kopf auf die Tischplatte und murmelte: »Es tut mir leid. Es tut mir so leid. Sorry für den Stress.«

»Schon okay. Ich muss heute nicht zur Arbeit und die Bandprobe fällt aus.«

Wahrscheinlich waren meine Schuhe im Taxi geblieben und ich war barfuß in den fünften Stock gestiegen, statt in den vierten.

Eine zweite Tasse Kaffee und hundert Entschuldigungen später, war ich endlich soweit, mich an den Abstieg zu machen. Eine Etage tiefer hörte ich das Miauen meiner fast verhungerten Katze.

KAPITEL VIII

Toskana und Vienna

2. April, 73 Kilo

Mein Professor war im Forschungssemester, was mich dazu zwang, Klinken putzen zu gehen und meine Masterarbeit jemand anderem aufzuschwatzen. Aus diesem Grund saß ich vor dem Büro von Professor Krause und wartete darauf, endlich eingelassen zu werden. Ich wippte ungeduldig mit dem Fuß. Die Studentin vor mir war seit über dreißig Minuten drin. Las sie ihm ihre Arbeit Wort für Wort vor oder was genau machte sie so lange?

Juli hatte ihre Doktorarbeit auch bei Krause schreiben wollen. Als ich ihr vor einer Woche getextet hatte, wie er denn so drauf sei, war keine Antwort gekommen. War sie sauer auf mich? Vielleicht war ich auf der Party von Thes und Stella nicht nett zur ihr gewesen? Ich konnte mich kaum noch an etwas erinnern. Mein Filmriss war riesig und wollte sich noch immer nicht mit Erinnerungen füllen.

Immerhin war Alexander nach drei Wochen Schmollen wieder normal. Normal im Sinne seines ursprünglichen Verhaltens. Er drangsalierte mich, wo es ging, schrie ab und zu herum und gab sich ansonsten wortkarg und schlecht gelaunt. Benji hatte mir gesagt, dass das eigentlich nicht seine Art war. Bei mir machte er eine Ausnahme. Da ich ihn nicht anders kannte, verbuchte ich es als normal.

Er nahm mir meine Aktion auf der Party übel. Besonders wegen des Alkohols hatte ich mir einiges anhören müssen. Aber er hatte sich schnell gefangen. Ich hätte gar nicht gewusst, wie ich mich ohne seine Drillinspektor-Nummer überhaupt pushen sollte. Mittlerweile hatte ich mich so an seinen schneidenden Tonfall gewöhnt, dass ich gestern aus allen Wolken gefallen war, als er mich für meine Hüpfseil-Performance lobte. Für einen kurzen Moment hatte ich Angst gehabt, ihm sei ein unheilbarer Tumor diagnostiziert worden und er nutzte seine letzten verbliebenen Tage, um sich mit der Welt gut zu stellen. Aber nach ein paar Patzern bei den Deadlifts war er wieder ganz der Alte gewesen.

Über die andere Sache, die auf der Party zwischen uns vorgefallen war, verlor niemand ein Wort.

Noch immer tat sich nichts. Die Tür des Büros blieb verschlossen. Aus Langeweile holte ich meine neueste Erwerbung zum Thema Ernährung aus der Tasche. Ein Buch über Insulin und darüber, was Kohlenhydrate mit unserem Körper machten. Ich fragte mich, warum wir in Bio nie etwas über Wachstumshormone gelernt hatten.

Solange Insulin ausgeschüttet wurde, und das wurde es, sobald man Kohlenhydrate aß, baute der Körper kein Fett ab. Ob es sich bei den Kohlenhydraten um Hafer, Roggenbrot oder Gummibärchen handelte, spielte keine Rolle. Hielt man seinen Insulinspiegel niedrig, indem man nur Eiweiß und Fette aß, konnte man den ganzen Tag Fett verbrennen, insbesondere das am Bauch.

Verrückt. Sowas musste man einem doch sagen. In Biologie hatten wir nur unnützes Zeug gelernt, wie den Aufbau einer Zelle, oder dass der DNA-Strang eine Doppelhelix war. Was sollte ich mit der Doppelhelix anfangen?

Das Prinzip aller Low-Carb und No-Carb-Diäten war einfach: Man hinderte den Körper an der Insulinausschüttung und gab ihm so die Möglichkeit, auf seine Fettreserven zuzugreifen. Easy. Optimal für Muskelaufbau und Krafttraining war das allerdings nicht. Aber immerhin konnte man mit Fett und Eiweiß effektiv abnehmen, ohne am Hungertuch zu nagen.

Endlich ging die Tür auf. Ich klappte das Buch zu. Professor Krause verabschiedete eine junge Studentin und winkte mich dann herein.

»Frau Kuhn, setzten Sie sich. Was kann ich für Sie tun?«

Er lockerte sein Jackett und schlug seine langen Beine übereinander. Er war um die fünfzig, sah aber durchtrainiert und fit aus. Seit ich Sport machte, scannte ich meine Umgebung automatisch nach Menschen, die regelmäßig trainierten.

Er musste viel Zeit draußen verbringen. Sein Gesicht war von der Sonne gebräunt und gegerbt. Sein langer, fettloser Körper und die breiten Schultern sagten mir, dass er nicht nur Ausdauersport betrieb.

»Professor Schwarz ist im Forschungssemester und kann meine Masterarbeit nicht betreuen. Ich würde gerne zu Ihnen wechseln, damit ich sie dieses Semester abgeben kann.«

Er nickte.

»Ja, das habe ich schon ihrer E-Mail entnommen.«

Krause kramte einen dünnen Hefter aus seinen Unterlagen und hielt ihn hoch.

»Sie und ich hatten schon mal das Vergnügen in einem Seminar, nicht wahr? Das ist ihre Hausarbeit über den Reliefschmuck am Schadow-Haus. Eine sehr pfiffige Arbeit. Hat mir gut gefallen.«

Ernsthaft? Ich hatte sie in Zeitnot über ein Wochenende geschrieben und mehrfach falsch zitiert. Ich verkniff es mir, ihn darauf hinzuweisen. Stattdessen nickte ich erfreut.

»Genau. Schön, dass Sie sich noch an mich erinnern.«

»Oh ja. Ich muss gestehen, ich hatte Sie anders in Erinnerung. Oder verwechsle ich sie mit jemandem?«

Innerlich lachte ich triumphierend auf. Ich sah tatsächlich anders aus als vor zwei Jahren. Mit dreizehn Kilo weniger, einer schnittigeren Frisur als dem langweiligen Pferdeschwanz und einem neuen, gutsitzenden Kostüm passierte es schnell, dass man nicht mehr erkannt wurde.

»Nein, tun Sie nicht. Ich habe mich leicht verändert«, sagte ich, bemüht, nicht wie ein Clown zu grinsen.

Sein Blick wanderte über meinen Körper und ich sah, dass ihm die Veränderung gefiel.

»Wie lautet das Thema ihrer Masterarbeit bei Herrn Schwarz?«

»Zur Darstellung des Gegenstandslosen auf Gemälden des. 19. Jahrhunderts.«

Krause legte meine Hausarbeit zur Seite und dachte über das Thema nach.

»Klingt sehr philosophisch. Gefällt mir, auch wenn ich damit einiges Widersprüchliches assoziiere. Immerhin mutiger, als eine erneute Betrachtung der Fenster in den Gemälden von Edward Hopper.«

So sah ich das auch. Ich lächelte erfreut.

Das Gespräch verlief gut. Wir unterhielten uns noch eine Weile über mein Thema und vereinbarten, dass ich ihm schickte, was ich bis jetzt hatte, damit er sich ein Bild machen konnte. Dann kamen wir wieder auf meine Verwandlung zu sprechen, auf Sport und Ernährung.

Zufrieden verließ ich sein Büro, vor dem sich bereits eine kleine Schlange an Studentinnen gebildet hatte. Wie hatte Mom im Februar gesagt? »Kleine Schritte machen oft große Strecken.«

Ich war heute weit gekommen und dementsprechend bester Laune. Ohne Umwege ging ich nach Hause, suchte mein Masterarbeitsmaterial zusammen und schickte Krause die Fragmente. Als ich auf die Uhr sah, war es erst fünf. Was machte ich mit dem restlichen Tag? Lady Washington hatte keine Zeit für mich. Sie musste ihre sechzehn Stunden Schlaf ableisten.

Mein Training heute Morgen war wegen des Termins ausgefallen. Das fühlte sich komisch an. Ich hatte noch einiges an Energie, die ich los werden wollte. Ohne lange nachzudenken, zog ich mich aus, schlüpfte in meine erst kürzlich erworbenen neuen Sportklamotten und lief los.

Joggen stand eigentlich nicht auf Alex' Fitnessplan, weil er Ausdauersport für Gewichtsabnahme nicht sonderlich sinnvoll hielt. Mittlerweile verstand ich auch, weshalb. Doch ich konnte nicht anders. Mein Bewegungsdrang war zu groß. Nach einer halben Stunde kam ich an einem Park vorbei, in dem ein kleiner Spielplatz mit einer Ansammlung von Stangen für Calisthenics-Workouts lag.

Zu meiner Verwunderung hatte ich einen Moment erwischt, in dem niemand hier war. Verstohlen sah ich mich um. Kein Profi weit und breit. Außer Atem vom Laufen, stellte ich mich unter die Klimmzugstange und schielte nach oben. Ich war fit genug für dreißig Liegestütze und dreißig Trizeps-Dips ohne jede Pause. Doch für einen Klimmzug hatte es bis heute noch nicht gereicht.

Ich sprang hoch und bekam die Stange zu fassen. Schon das Hängen allein schmerzte nach ein paar Sekunden. Mühsam versuchte ich mit zusammengebissenen Zähnen, meinen Oberkörper nach oben zu hieven. Es zog ungemein in den Gelenken und in den Armen. Enttäuscht ließ ich mich wieder hinunterfallen. Auf YouTube sah das so einfach aus. Die Leute machten Dutzende Pull-ups mit extra Gewichten, während ich es nicht einmal zehn Zentimeter nach oben schaffte. Alex machte im Studio manchmal Klimmzüge aus Langweile, während er darauf wartete, dass ich mit meinen Kniebeugen fertig wurde.

Ich wollte schon aufgeben und wieder zurückjoggen, doch irgendetwas hielt mich davon ab. Einen Versuch würde ich noch wagen. Diesmal mit mehr Kraft. Ruckartiger. Ich hängte mich wieder an die Stange und langsam, aber sicher, näherte ich mich ihr mit dem Kinn. Alles schmerzte. Ich konnte nicht anders, als laut zu stöhnen.

Noch ein bisschen, Katha, noch ein bisschen. Gleich hast du es geschafft. Ich mobilisierte die letzte Kraft in meinen Armen und berührte die Stange für einen kurzen Moment mit dem Kinn. Mit einem lauten Triumphschrei ließ ich sie los.

Atemlos, aber glücklich stand ich allein im Park und spürte, wie meinen Sehnen und Muskeln pochten. Nach monatelangem Hin und Her hatte ich gerade meinen ersten Klimmzug geschafft. Ich hatte mein eigenes Körpergewicht gestemmt. Mit dem Gefühl, dass sich etwas Grundlegendes in mir verändert hatte, machte ich mich auf den Rückweg.

Am späten Abend erbarmte sich Juli und antwortete auf meine Nachricht. Krause war als Doktorvater und Betreuer ganz okay. Ich konnte ruhig meine Masterarbeit bei ihm schreiben. Falls ich aber noch eine andere Option hatte, solle ich auf Krause verzichten. Mehr könne sie mir auch nicht sagen.

Das war eine seltsame Nachricht, mit der ich nichts anfangen konnte. Soll ich Krause jetzt nehmen oder nicht? Ich kaute auf meinem Steak und dachte darüber nach, was sie mir zu verstehen geben wollte. Schließlich zuckte ich mit den Schultern und aß den Brokkoli auf.

Benji hatte mir letzte Woche angekündigt, dass er und Alex morgen etwas Besonderes mit mir vorhatten. In der Regel bedeutete das neue, schwerere Übungen und den Muskelkater des Todes. Na, sollten sie kommen. Müde und glücklich ging ich ins

Bett. Einen Klimmzug geschafft. Die Crossfit-Krone war zum Greifen nah.

*

Wir trafen uns um sieben Uhr vor einer ehemaligen Lagerhalle in Marienfelde. Benji und Alex sahen genauso zerknittert aus wie ich.

»Morgen«, sagte ich und hauchte in meine Hände, um sie aufzuwärmen. Der Frühling hatte seinen Einsatz verschlafen. Es war April und immer noch kalt. Die beiden grinsten zur Begrüßung diabolisch und gingen voraus durch eine große Tür. Gespannt folgte ich ihnen. Vielleicht würden wir wieder klettern, wie schon vor vier Wochen.

Sobald ich den riesigen Hallenraum betreten hatte, wusste ich, wo wir waren. Mein Puls ging sofort hoch. Die Halle war voll mit Klimmzugstangen, großen LKW-Reifen, Kugel- und Langhanteln. Ein Dutzend Menschen absolvierten unterschiedlichste Trainingseinheiten. Das hier war ein Crossfit-Studio.

Wir legten unsere Taschen ab und wärmten uns auf. Verstohlen sah ich nach links und rechts, eingeschüchtert von den Körpern und den Übungen, die sie absolvierten. Unweit von mir machte eine dunkelhaarige Frau Anfang zwanzig Klimmzüge. Sie trug nur einen Sport-BH und enge Shorts. Ihr Eight-Pack strahlte mich an wie ein Atomreaktor. Wie hypnotisiert sah ich ihr zu. Ich konnte mich kaum von dem Anblick lösen.

Das dezente Husten hinter mir holte mich zurück. Ein durchtrainierter älterer Typ mit grauen Schläfen hatte sich zu uns gesellt. Er reichte uns allen die Hand und lächelte einnehmend. Sein Name war Jack und der starke Yankee-Akzent verriet mir sofort, dass er Amerikaner war. Außerdem war er der Coach dieser Crossfit-Halle und somit für die WOD zuständig. Ich hatte bis dato keine Ahnung, was ein WOD war und übersetzte es mit Holz. In meiner Fantasy hantierte Jack den ganzen Tag mit Holzstämmen rum. Erst später sollte ich herausfinden, dass damit das *workout of the day* gemeint war, das er zusammenstellte.

Als Anfängerin durfte ich CINDY machen. CINDY hieß, »nur« zwanzig Minuten lang immer wieder fünf Klimmzüge, zehn Liegestütze und fünfzehn Kniebeugen zu machen. Eine Runde war ein Block. Je mehr Blocks ich in zwanzig Minuten schaffte, desto besser wurde ich eingestuft. Benji und Alexander dagegen mussten ANGIE machen. An ihren Gesichtern erkannte ich, wie wenig begeistert sie davon waren. ANGIE, ein Name, den man auch einem tropischen Wirbelsturm hätte geben können, bedeutete in Übersetzung: hundert Klimmzüge, hundert Liegestütze, hundert Sit-Ups und hundert Kniebeugen in fünfzehn Minuten.

Meine erste CINDY war keine Glanzleistung und ich gestand mir ein, dass ich lügen würde, wenn man mich eines Tages fragte, wie gut ich mich geschlagen hätte. Nachdem ich alle Kraft gebraucht hatte, um meinen Klimmzugerfolg von gestern zu wiederholen, scheiterte ich nach acht Minuten auch an den Liegestützen und war körperlich und geistig am Ende. Als Jack endlich die zwanzigste Minute anpfiff und Benji und Alex sich zu mir gesellten, weil sie mit ANGIE fertig waren, war ich so ausgeknockt, dass ich mich kaum noch auf den Beinen halten konnte.

Jacks Blick sagte mir, dass er auf mich im September kein Geld setzten würde. Mir ging es ähnlich.

Endlich war die letzte Minute um. Ich blieb einfach auf der Matte. Zum Glück musste ich erst heute Abend beim Catering aushelfen. Ich konnte also für zehn Stunden liegenbleiben.

Zwischen Triumph und völliger Desillusionierung lagen nur ein paar Momente. Gestern war ich überzeugt gewesen, die beste Crossfitterin der Milchstraße zu werden. Heute wusste ich, dass ich mir für diesen Titel eine Galaxie ohne bewohnbare Planeten suchen musste.

Während ich mich auf der Matte selbst bemitleidete, wurde Alex, der zwischenzeitlich dazu übergegangen war, oben ohne herumzustolzieren, um ebenfalls seinen Eight-Pack zur Schau zu stellen, von dem weiblichen Eight-Pack von vorhin angesprochen. Da standen die beiden, ein Eight-Pack gegenüber dem anderen, und machten Witze. Ich spürte, wie ich neidisch und knatschig wurde. Warum konnten sie nicht so bescheiden sein wie Benji und es bei einem normalen Six-Pack belassen? War das denn nötig, so auszusehen?

Unter Stöhnen setzte ich mich auf. Alex lachte und zeigte seine Grübchen. Die durchtrainierte Brünette, die leider nicht wie eine gedopte DDR-Schwimmerin, sondern eher wie ein Nike-Model aussah, lachte ebenfalls.

Es ärgerte mich, dass sie ihn zum Lachen brachte. Das war immer noch mein Job!

*

14. Mai, 71 Kilo

Mein erster Pack. Ich war stolze Besitzerin eines One-Packs. Zählte man den schwabbelnden Rest dazu, war es sogar ein Two-Pack. Stolz wie Oskar stand ich vor dem Spiegel und zog den Bauch ein. Wenn ich die Luft anhielt, konnte man meinen, er wäre flach und durchtrainiert. Zum ersten Mal in meinem Leben verspürte ich den Drang, Selfies zu machen.

Auch meine Beine hatten an Umfang verloren und rieben beim Gehen nicht mehr aneinander. Selbstverliebt betrachtete ich mein Spiegelbild. Nur unwillig trennte ich mich von mir, als es klingelte.

Es war der Postbote, beladen mit meinem heißersehnten Eiweißpulver und etlichen Briefen. Ich wäre ihm bis zur Haustür entgegengekommen, doch aus Trainingsgründen bestand er darauf, die Treppen nach oben zu laufen. Früher wäre ich ihm dafür dankbar gewesen. Heute hätte ich meine Post, ebenfalls aus Trainingsgründen, lieber unten entgegengenommen.

Ich packte das Proteinpulver aus und roch daran. Es war nicht leicht, sich beim Konsum zurückzuhalten. Und heute tat ich das auch nicht, sondern machte mir direkt einen Shake, bevor ich die Post durchging. Rechnung, Werbung, Rechnung, Werbung und ein Brief von Melanie Voigt. Immer noch meine Cousine, immer noch die Schwester der diabolischen Caroline.

Ich drehte den Brief hin und her. Ob sie mich diesmal auslud, weil Johannes sich vor Furcht in die Hose machte, ich würde auf der Hochzeit eine Bombe hochgehen lassen?

Neugierig riss ich den Umschlag auf. Zum Vorschein kamen das Programm für das Hochzeitswochenende, eine Broschüre der toskanischen Villa und einige Flugvorschläge. Als Teil der Hochzeitsgesellschaft konnte man von Gruppenrabatt profitieren. Als ich das Hochzeitsprogramm überflog, fiel ich aus allen Wolken. Das konnte Johannes doch nicht ernst meinen.

Vier Jahre zuvor, 23. Mai

Die Zypressen wehten im Wind, während wir den staubigen Weg entlangliefen, den sie säumten. Seit über sieben Stunden waren wir ohne Pause unterwegs. Wir hatten Hunger. Doch unter diesem blauen Himmel fanden wir immer wieder etwas Neues zu bewundern, das uns aufhielt. Als wir den Hügel zwischen den Olivenfeldern endlich erklommen hatten, legte ich meinen Backpacker-Rucksack ab, stand still und staunte. Johannes ging es ebenso. Er kam näher, bis er direkt hinter mir stand und seine Arme um mich legte. Die toskanische Sonne im Rücken, blieben wir für einige Minuten so stehen und sahen auf die orangefarbene Villa, auf die der Weg zulief, der sich den Hügel hinabschlängelte. Unter den weiß-roten Schirmchen im Hof der Villa hervor trug der Wind lachende Stimmen zu uns.

Wir setzten unsere Wanderrucksäcke wieder auf und machten uns an den Abstieg. Die Villa zog uns magisch an. Zu unserem Glück entpuppte sie sich nicht nur als wirklich gutes Restaurant, sondern auch als Pension mit einem freien Zimmer.

Ausgiebig wusch ich den Staub der letzten drei Tage von meinem Körper. Als ich aus dem Bad kam, lag Johannes auf dem Bett und studierte eine Broschüre. Er sah auf und lächelte mich an. Seine Nase war knallrot von der Sonne.

»Diesen Ort kann man für ein ganzes Wochenende mieten«, sagte er und machte mir auf dem Bett Platz.

Ich trocknete meine Haare ab und beugte mich zu ihm.

»Und was macht man hier das ganze Wochenende allein?«

»Nicht allein. Die Leute feiern hier ihren Fünfzigsten oder eine Bar-Mizwa oder eine Hochzeit. Es haben bis zu sechzig Gäste Platz. Wenn man die alten Ställe mitbucht, sogar hundert.«

Ich wunderte mich. So weitläufig sah das alles hier gar nicht aus.

»Cool. Das ist ein schöner Ort zum Feiern.«

»Finde ich auch.«

Er schnupperte an mir und kam näher. »Ich würde am liebsten direkt bleiben und nie wieder irgendwo anders und ohne dich sein.«

Sein Atem kitzelte mich im Nacken. Ich kicherte.

»Und was ist mit deinem Studium? Willst du deine Anwaltskarriere über Bord werfen und hier einziehen?«

Seine Lippen berührten mein Ohrläppchen und ich zuckte zusammen, weil mein Hintern wie immer bei dieser Berührung zu kribbeln anfing.

»Du bist, was zählt«, murmelte er und arbeitete sich zu meinem Dekolleté vor. Ich stieß ihn zurück.

»Du bist ungeduscht und machst mich wieder muffig.« Halbherzig mimte ich die Unwillige, doch er hatte das Handtuch längst gelöst.

»Umso besser. Muffig gefällst du mir am besten.« Er biss in meine Brustwarze.

Ich quiekte kurz und kämpfte gegen ihn an, doch er war stärker. Am Ende kam es, wie es kommen musste. Wir schliefen miteinander.

Eng umschlungen lagen wir noch ein paar Minuten im Bett, bis das Knurren unserer Mägen zu laut wurde. Hand in Hand gingen wir die Treppe zur Hofterrasse hinunter. Die Sonne war inzwischen untergegangen. Überall waren Fackeln aufgestellt worden. Ein älterer Kellner, der nur Italienisch sprach, wies uns mit ausladenden Gesten einen kleinen Tisch an der Mauer zu. Auch die Karte war ausschließlich italienisch und unser Wortschatz reichte nicht aus, um auch nur ein Gericht zu identifizieren. Vergebens suchten wir nach Carbonara oder Bolognese. Hier gab es nur Gerichte, von denen wir noch nie gehört hatten.

Ratlos sahen wir zwischen der Karte und dem Kellner hin und her, der unsere Bestellung aufnehmen wollte. Unser Italienisch reichte für Wasser und Wein. Als er damit zurückkehrte, scheiterten wir an der Frage, was es zu essen gab, und er an der Antwort.

Um endlich etwas in den Magen zu bekommen, bestellten wir schließlich blind.

Meine Vorspeise war eine Minestra di riso. *Johannes hatte eine* Ginestrata. *Meinen Hauptgang,* Pappardelle alla lepre, *wählte ich allein wegen des schönen Namens, während Johannes einfach die Augen schloss und mit seinem Finger einige Kreise zog, bevor er bei* Paglia e fieno *landete.*

Beschwingt vom Wein und erhitzt von der Sonne warteten wir auf das Essen. Der Abend war warm. Die Grillen um uns herum machten einen Heidenlärm. Weiter hinten im Hof begann jemand, ein Lied zu singen. Andere stimmten ein. Es war der bisher schönste Tag unseres Urlaubs.

Johannes kramte die Broschüre aus seiner Tasche.

»Dieser Ort hat es dir wirklich angetan.«

Er nickte, ohne von dem englischen Text aufzusehen. Als er fertig war, hob er den Kopf und sah sich um. »Das ist der perfekte Ort zum Heiraten.«

»Hier? In Italien? Wäre das nicht zu teuer, Freunde und die ganze Familie herzubringen und hier zu bewirten? Und das alles für einen Tag?«

»Wir sollten das ganze Wochenende Hochzeit feiern. Nicht nur einen Tag.« Über die Kerze hinweg sah er mir in die Augen. Meine Stimme war sofort belegt.

»Wir? Machst du mir gerade einen Heiratsantrag?«, fragte ich heiser.

»Nein. Ich habe keinen Ring. Jedenfalls keinen, der zu dir passen würde. Sobald ich ihn finde, werde ich dir einen machen.«

Mir wurde ganz mulmig zu Mute. Ich griff nach seiner Hand.

»Ich werde ja sagen, auch wenn du einen Draht zu einem Kreis drehst und mir mühsam über den Finger stülpst.«

Als er antworten wollte, kam unser Essen.

Es war ein Glücksgriff, wie wir ihn die ganze Reise über nicht mehr hatten. Ich bekam eine unbeschreiblich leckere Reissuppe mit Linsen. Johannes schwärmte noch Jahre später von der Eiercremesuppe, die es auch auf unserer Hochzeit geben sollte. Als Hauptspeise kamen für mich breite Bandnudeln mit Hasensauce, für ihn weiße und grüne Bandnudeln mit Sahne-Pilzsauce. Er kriegte sich kaum ein. Unser Hochzeitsessen sollte genau wie dieses Dinner sein, damit er als Bräutigam eine lange Rede halten und jedem von diesem Abend erzählen konnte.

Wir tranken darauf und schmiedeten Pläne. Es war eine wunderschöne Nacht. Als die letzten Gäste gingen, verließen auch wir überglücklich die Terrasse und schliefen Arm in Arm ein.

Mit offenem Mund starrte ich auf die Karte mit dem Menü für das Hochzeitsessen. Als Vorspeise gab es wahlweise eine *Minestra di riso* oder eine *Ginestrata*, als Hauptgericht *Pappardelle alla lepre* oder *Paglia e fieno*. Perplex sank ich auf den Küchenstuhl. Das war unser toskanischer Abend!

Was dachte er sich dabei, ausgerechnet diese Gerichte bei der Hochzeit anzubieten? Wütend griff ich nach dem Telefon und wählte seine Nummer.

Ich rief nicht an, sondern ließ den Arm wieder sinken. Wollte er mich vergraulen, indem er mir den Tag unerträglich machte? War das ein Versuch, mich loszuwerden? Entschlossen lief ich in der Küche auf und ab. Das würde nicht funktionieren. Ich würde dieser Hochzeit nicht fernbleiben. Jetzt erst recht nicht!

*

19. Juni, 69 Kilo

Wir waren zu spät. Das Boarding hatte schon begonnen. Vor mir bahnte sich Alex gekonnt einen Weg zwischen den Leuten hindurch, die uns im Terminal entgegenkamen. Ich hatte Mühe, mit ihm Schritt zu halten und rempelte einen Rentner an. Ich entschuldigte mich hastig und wollte weiter, doch Alex war weg.

»Shit, shit, shit«, schimpfte ich und ließ meinen Rucksack nach unten gleiten. In der Eile hatte ich die Nummer unseres Gates nicht mitbekommen. Hastig sah ich mich um. Wo war die Anzeigetafel, wenn man eine brauchte? Jemand schnappte nach meinem Rucksack. Empört fuhr ich herum. Ich verkniff mir den Aufschrei. Es war Alex, der zurückgekommen war.

»Kannst du aufhören, in die Luft zu starren, Dornröschen? Wir verpassen den Flieger.« Er lief wieder los und ich hinterher.

»Ich sagte dir doch, mit der Bahn wären wir schneller hier gewesen als mit dem Auto. Der Stau hat uns eine halbe Stunde gekostet«, rief ich außer Atem.

Alex drehte sich nicht um.

»Ja, ja, das hatten wir alles schon. Mein Fehler. Müssen wir jetzt den Flieger verpassen, nur weil du recht hattest?«

»Ich will nur klarstellen, dass es nicht an mir liegt, falls es dazu kommt.«

Er zog es vor, dazu nichts zu sagen. War auch besser so.

Die Flughafenangestellten wollten gerade das Gate absperren, als wir völlig außer Atem ankamen. Zum Glück ließen sie uns noch durch. Alle im Flugzeug saßen schon. Ich atmete tief ein und aus, um wieder zur Ruhe zu kommen.

»Bist du immer so spontan?«, fragte ich ihn.

»Nein, bin ich nicht. Ich habe einfach nicht damit gerechnet, dass du ja sagst.«

Ich kicherte.

»Ich weiß gar nicht, warum ich ja gesagt habe. Ich glaube, ich habe nicht damit gerechnet, dass du das ernst meinst. Und auf einmal hast du den Flug gebucht.«

Genervt sah er mich an.

»Heißt das, du wolltest am Ende doch nicht mit? Reichlich spät für diese Erkenntnis.«

Empört wandte ich mich zu ihm.

»Moment mal. Die Einladung kam von dir. Du hast es nicht mal so gemeint und bist jetzt sauer auf mich, dass ich zugesagt habe, weil ich dachte, das wäre ein Scherz? Ganz schön heuchlerisch!«

Er griff nach einer Bordzeitung und begann, konzentriert darin herumzublättern. Erbost ließ ich mich in den Sitz zurücksinken.

Das fing ja gut an. Wie kam ich eigentlich dazu, mit Alex über das Wochenende nach Wien zu fliegen? Ich ließ die letzten Stunden noch einmal Revue passieren:

Vier Stunden zuvor

Beim Training war alles wie immer. Alex forderte hundertfünf Kniebeugen, jeweils fünfunddreißig pro Satz. Unter lautem Lamentieren, als hätte er von mir verlangt, meine Beine zu amputieren, dehnte ich die Übung ins Unendliche.

Das brachte Alex auf die Palme, denn wie immer hatte Mr. Wichtig keine Zeit und viele Termine. Heute musste er übers Wochenende nach Wien.

Wow, sagte ich. Was wollte er in Wien? Noch immer quälte ich mich auf und ab.

Ein Fotoshooting für ein Magazin. Die wollten eine Exklusivstory mit ihm machen. Außerdem plante er, bei einem kleinen Fitness-Turnier an den Start zu gehen.

Gab es dabei etwas zu gewinnen?

Einen Fünfhundert-Euro-Gutschein und einen Jahresvorrat an Whey-Protein.

Echt? Was war das für ein Turnier, hakte ich nach.

Ein Crossfit-Wettbewerb, ähnlich dem, der im September in Berlin auf mich wartete. Nur nicht in diesen Maßstäben. In Wien waren es nur dreißig Männer und dreißig Frauen.

Fand ich cool, wäre doch eine gute Übung für mich, da mitzumachen. Das würde mir die Aufregung im September nehmen. Konnte man sich noch anmelden? Ich hatte am Wochenende sowieso noch nichts vor.

Eigentlich scherzte ich nur, doch Alex warf einen Blick auf die Website, sah mich an und fragte, ob ich das wirklich wollte.

Klar, sofort, wenn man sich denn noch anmelden konnte.

Und was machte dieser Arsch? Er meldete mich tatsächlich an und buchte sofort noch einen Flug zu seinem, der in drei Stunden startete! Durchgeschwitzt und perplex stand ich vor ihm.

War das jetzt ein Scherz?

Nein, kein Scherz. Ich sollte lieber schnell packen, während er Lady Washington zu Jessie brachte. Sobald er wieder da war, ging es los.

Und nun saß ich mit ihm im Flugzeug nach Wien.

Eine Stunde und zwanzig Minuten später landeten wir bei bestem Sommerwetter in der österreichischen Hauptstadt. Wir nahmen die U-Bahn in den sechsten Bezirk, Mariahilf – seltsamer Name für einen Stadtteil – und standen schließlich in der Airbnb-Wohnung.

»Du hast dir eine ganze Wohnung gemietet?« Erstaunt drehte ich mich in dem riesigen, stilvollen Altbauwohnzimmer um die eigene Achse. Alex stellte seine Tasche ab und öffnete ein Fenster.

»Da ich nicht wusste, dass wir am Ende zu zweit sind, hat sie nur ein Schlafzimmer. Du kannst es haben, ich schlafe auf der Couch.«

Ich platzierte meinen Rucksack auf besagter Couch.

»Nein. Ich schlafe hier und du im Schlafzimmer. Wenn du mich schon weder den Flug, noch einen Teil der Übernachtungskosten zahlen lässt, lass mich wenigstens auf der Couch schlafen!«

Er öffnete die obersten zwei Knöpfe seines Hemds. In Wien war es heißer als in Berlin.

»Mir macht es nichts aus, auf der Couch zu schlafen«, stellte er fest, ganz der Gentleman. Ich ahnte, dass wir dieses Spiel sehr lang spielen würden. Schon auf dem Weg hierher hatten wir uns bereits wegen der Bezahlung in den Haaren gehabt und ich hatte den Kürzeren gezogen. Diesen Kampf jedoch würde ich unter keinen Umständen verlieren. Es wurde Zeit, sich der umgekehrten Psychologie zu bedienen. Immerhin war Wien die Stadt von Sigmund Freud. Wo sollten Psychotricks wirken, wenn nicht hier? Ich starte einen neuen Vorstoß.

»Mir macht es aber etwas aus, in fremden Betten zu schlafen. Ich finde das widerlich. Wenn du mir einen Gefallen tun willst, lass mir die Couch.«

Alex legte den Kopf schief und sah mich misstrauisch an.

»Versuchst du gerade, mich zu manipulieren, indem du mir weismachst, dass du lieber auf der Couch schläfst, als in einem bequemen Himmelbett aus dem neunzehnten Jahrhundert?«

Er deutete durch die offene Schlafzimmertür auf das imposante alte Bett und den großartigen, von schweren Gardinen umrahmten kleinen Balkon. Natürlich würde ich da gern schlafen, aber ich zahlte hier keinen Cent und kam mir vor wie ein Schnorrer. Also nein.

»Genau. Weißt du, wie viele Milben da rumschwirren? Eklig! Allein die Vorstellung, darauf zu schlafen, widert mich an.«

Ha, jetzt hatte er keine Wahl. Die Couch war mein. Für einen Moment war er still.

»Ich bin allergisch gegen Milben«, sagte er schließlich. »Bekomme schlimmen Ausschlag. Und morgen ist das Fotoshooting. Ich muss oberkörperfrei posieren und kann mir keine Pusteln auf der Haut leisten. Du wirst mir die Couch lassen müssen.«

Ich hörte wohl nicht recht. Hatte er mich gerade ausgetrickst?

»Nein«, widersprach ich. »Vielleicht ist die Matratze neu.«

»Das Risiko kann ich nicht eingehen. Gib mir die Couch, Katha, immerhin zahle ich für all das. Es wäre das Mindeste, wenn ich auf der Couch schlafen dürfte.«

Er hatte meine Argumentation ausgehebelt und sein selbstzufriedenes Grinsen verriet mir, dass er das wusste. Geschlagen schnappte ich meine Tasche und brachte sie ins Schlafzimmer. Zwei zu null für ihn, seit wir in Wien waren.

In der Küche stand ein kleiner Präsentkorb mit Pralinen und zwei Flaschen Wein, also Dingen, auf die wir verzichteten. Er, weil er bis morgen fastete, um beim Shooting seine bestmögliche Figur zu haben. Ich, weil für mich sowieso alles tabu war, was mit Spaß zu tun hatte. Unglücklich stellte ich den guten Rotwein zur Seite und suchte in dem Korb nach etwas Gesundem. Negativ.

»Was machen wir heute Abend?«, fragte ich Alex, als er die Küche betrat.

»Früh schlafen gehen.«

Ich drehte mich zu ihm um und stutzte. »Warum bist du oben ohne? Übst du für das Shooting morgen?«

Er ging an mir vorbei, nahm sich ein Glas und hielt es unter den Wasserhahn. Wie gebannt beobachtete ich seinen Eight-Pack.

»Ich habe nur ein Hemd und ein Shirt dabei und will beides in der Hitze nicht vollschwitzen. Leider gibt es keine Klimaanlage.«

»Wie viele Hosen hast du dabei?«, fragte ich und trank auch ein Glas Wasser.

»Die Jeans«, er zeigte an sich hinunter, »und die Anzughose, warum?«

Ich zwinkerte ihm zu. »Meinst du nicht, dass du die Jeans auch vollschwitzt? Die Wohnung ist wie eine Sauna. Wenn ich du wäre, würde ich die auch ausziehen.«

Er schüttelte den Kopf und ging hinaus. Ich pfiff ihm hinterher wie ein anzüglicher Bauarbeiter. Wie ich es hasste, wenn Leute inkonsequent waren. Wenn schon nackt, dann richtig.

Es war Nachmittag und ich hatte meine fünfzehntausend Schritte noch nicht voll. Also beschloss ich, spazieren und einkaufen zu gehen. Da Alex früh ins Bett wollte, war aufwendig Essengehen heute keine Option.

Anders als Berlin war Wien im zweiten Weltkrieg nicht zerbombt worden. All die hübschen Gründerzeit- und Jugendstilgebäude waren erhalten geblieben. Ich kam von einer schönen Straße in die nächste und aus dem Staunen nicht mehr heraus. Auf dem Rückweg kaufte ich ein. Wenigstens so konnte ich mich beteiligen.

Alex machte Liegestütze und sah auf, als ich in die Wohnung kam. Ich hielt meine Einkaufstaschen hoch.

»Ich koche uns etwas. Hunger?«

Er stand auf. Schweiß lief über seinen Oberkörper und er wischte sich mit der Hand über das Gesicht.

»Ja, aber ich kann nicht viel zu mir nehmen. Außerdem weiß ich nicht, ob ich das essen will, was du da machst. Ich habe letzte Woche Maggie-Nudeln in deiner Küche gefunden.«

Ich hörte auf, auszupacken und drehte mich entrüstet um. »Spionierst du in meiner Küche herum?«

»Ja. Ich vertraue dir nicht. Nicht nach den ganzen Alkoholexzessen«, sagte er ohne Umschweife und nahm eine Süßkartoffel in die Hand.

»Gut«, erwiderte ich trotzig. »Dann vertraue ich dir auch nicht.«

Er sah mich amüsiert an. »Ich habe bis jetzt nichts getan, was dein Misstrauen rechtfertigen könnte.«

»Doch. Hast du!«

»Ach ja? Was denn?«

Ich verschränkte die Arme. »Einmal hast du Lady Washington hinter meinen Rücken mit den fettigen Leckerlies gefüttert, die du immer heimlich in der Tasche hast. Du hintergehst mich, machst dich so bei ihr beliebt und stellst mich als Buhmann dar, weil ich sie zwinge, das Diätzeug zu essen.«

Er grinste. »Mist. Du bist hinter meinen abtrünnigen Plan gekommen. Ich will dich deiner Katze entfremden.«

»Du bist verdorben, Alex. Man kann dir nicht über den Weg trauen!«

Er machte sich daran, die restlichen Einkäufe auszupacken und warf einen skeptischen Blick auf die Ausbeute.

»Was planst du denn mit dem Zeug?«

»Ich will es einer Gottheit opfern.« Ich nahm ihm den Brokkoli aus der Hand und machte mich auf die Suche nach einem Sieb. Er roch kurz an sich und verzog den Mund.

»Ich gehe duschen und sehe dann, was du aus dem Gemüse gezaubert hast. Ob ich es riskiere, mich daran zu vergiften, entscheide ich spontan.«

Ich warf ein Stück Brokkoli nach ihm und zwang ihn so zum Rückzug aus der Küche.

*

»Katha«, fing Alex an. Wir saßen auf dem kleinen Balkon, der zu der Wohnung gehörte, und aßen.

»Ja?« Ich kaute auf einer noch etwas rohen Karotte.

»Ich weiß nicht, ob du das schon öfter mal gehört hast oder ob ich der erste bin, der dir das sagen muss, aber –«, auch Alex kämpfte mit einer Karotte, »du kannst nicht kochen.«

Bevor ich antwortete, schluckte ich herunter und spülte mit Wasser nach.

»Ich weiß. Ich verbuche das als eine meiner sympathischen Eigenschaften. Falls ich eine Kontaktanzeige schalte, ist das etwas, was ich betonen muss.«

Ich nahm einen zweiten Schluck und skizzierte die Anzeige mit meiner Hand in der Luft.

»Frau, fast dreißig, mit fetter Katze und bescheidenen Kochkünsten, sucht netten Mann mit starkem Magen und Aussichten auf einen schlecht bezahlten Job in der Pampa.«

Alex verschluckte sich an seinem Wasser. Er musste lachen.

»Was willst du in der Pampa?«

»Weiß ich noch nicht. Wird sich ergeben, sobald ich da bin.«

Wir unterhielten uns noch eine Weile und sahen der Sonne dabei zu, wie sie langsam und um Aufmerksamkeit heischend hinter den Fassaden von Wien unterging. Die Zeit verging wie im Flug und als Alex auf die Uhr sah, war es nach zehn. Er machte es sich auf der Couch bequem, nicht ohne sich noch einmal dafür zu bedanken, dass ich sie ihm so großzügig überlassen hatte.

Na warte, dachte ich. Noch war das Wochenende nicht vorbei. Er führte, aber nicht mehr lange.

*

20. Juni, vier Uhr morgens, Gewicht: keine Ahnung, mir doch egal

Verschlafen und mit verkniffenen Augen stand ich in einer alten Fabrikhalle. Geschäftige Leute mit Scheinwerfern in der Hand und aufgedrehte Make-Up-Artists liefen um mich herum.

»Was für ein Magazin ist das nochmal, für das du hier posierst?« fragte ich Alex mürrisch.

»Nichts so bombastisches wie New York Times, die du abonniert hast. Nennt sich GQ, weiß nicht, ist ein kleines Magazin.«

Scherzkeks. Von einem kleinen Magazin hatte er auch gestern beim Abendessen gesprochen. Das Ding hatte eine Auflage von hunderttausend pro Ausgabe.

»Und warum musste ich nochmal mit?«

Er wandte sich zur Seite, damit die Visagistin seine Wange pudern konnte.

»Weil wir dann gleich von hier aus zum Wettbewerb müssen und ich die Tickets habe.«

Müde blickte ich nach links und rechts, in der Hoffnung, irgendwo Kaffee in freier Wildbahn auszumachen.

»Warum hast du mir die Tickets nicht einfach gegeben, anstatt mich hierher zu schleppen? Herrgott, es ist vier Uhr morgens!«

»Deswegen sind wir ja früh ins Bett.«

Wie konnte der Typ nur so fit sein? Was stimmte nicht mit ihm? Ich lehnte mich gegen einen verrosteten Pfeiler und sah verdrießlich weiter zu, wie er zurecht gemacht wurde. Nach fünfzehn Minuten kamen Leute mit einem mobilen Kleiderständer an und fachsimpelten, welches Blau wohl besser zu seinen Augen passen würde. Türkis oder doch lieber Ägyptisch Blau? Die Diskussion erstreckte sich über fünfzehn Minuten. Fünfzehn Minuten!

Ich roch Kaffee und schlich mich davon, dem Geruch hinterher.

Auf einem Klapptisch standen eine Thermoskanne und Pappbecher. Ich frohlockte, goss mir ein und machte mich deutlich entspannter auf den Rückweg. Hoffentlich hatte die Farbdiskussion inzwischen ein Ende gefunden.

Eine schlanke, blonde Frau in einem adretten Kostüm stand bei Alex und unterhielt sich lebhaft mit ihm. Als ich mich dazugesellte, warf sie mir einen irritierten Blick zu und nahm mir meinen Kaffee aus der Hand. Sie schielte kurz in den Becher und gab ihn mir genervt zurück.

»Ich habe gesagt, ohne Milch. Warum schickt Sheela mir immer Leute, die sich rein gar nichts merken können?«, fragte sie und schüttelte den Kopf.

Ich trank von dem Kaffee, bevor ich antwortete:

»Weiß nicht. Vielleicht denkt Sheela, du solltest dir deinen Kaffee am besten selbst holen. Dann passiert sowas nicht.«

Ihre Kinnlade klappte nach unten.

»Tanja. Das ist Katharina, sie begleitet mich dieses Wochenende.« Alex deutete auf mich. »Und sie trinkt ihren Kaffee gern mit Milch. Katha«, er zeigte nun auf Tanja, »das ist Tanja. Sie macht eine Keto-Diät und trinkt ihren Kaffee schwarz.«

Ich reichte Tanja die Hand. Sie schloss den Mund wieder, ergriff sie und sagte:

»Sorry, ich dachte, du bist meine Assistentin für heute. Claudia ist leider krank geworden und Sheela hat mir schnellen Ersatz versprochen.«

»Schon okay«, winkte ich großzügig ab. »Soll ich dir einen Kaffee holen? Ein Morgen ohne Kaffee ist wie Weihnachten ohne Plätzchen.«

Sie dachte über das Angebot nach, entschied sich jedoch dagegen, weil ihre ihr unbekannte Assistentin irgendwo in der Gegend sein musste und sich hoffentlich um ihren Kaffee kümmerte.

Um fünf Uhr fing endlich das Shooting an. Alex posierte mit unterschiedlichen Outfits in der alten Industriehalle. Mal hatte er einen Anzug an, der ihm außerordentlich gut stand, mal war er oben ohne und trug nur Shorts. Er machte das super, und der Fotograph hatte fast einen Orgasmus, weil ihm jedes Bild gelang.

Mein Magen knurrte und ich wurde unruhiger. Hoffentlich dauerte es nicht mehr lange. Während der Set-Wechsel interviewte Tanja Alex. Sie schien ihn schon länger zu kennen und brachte bei jeder Gelegenheit Insider-Witze an. Ich setzte mich gelangweilt in einen der Klappstühle und starrte an die Decke.

»War Fitnesstrainer immer schon dein Traumjob, wie bei anderen kleinen Jungs Feuerwehrmann oder Polizist?«, fragte Tanja und platzierte ein Diktiergerät zwischen sich und Alex.

Was für eine dumme Frage. Welcher kleine Junge denkt sich mit acht: »Eines Tages werde ich Fitnesstrainer«?

Alex lachte charmant und schüttelte den Kopf.

»Ich wollte ursprünglich Martial Arts machen. Wie Bruce Lee. Doch meine Eltern hatten andere Pläne. Mein Vater hat gehofft, ich werde Architekt wie er. Meine Mutter wollte eine Prima Ballerina aus mir machen. Als ich in die Pubertät kam, kam für mich weder das eine noch das andere in Frage. Ich träumte von einer Kampfkunstkarriere.«

Gebannt hörte ich zu, während ich tat, als würde mich das alles langweilen.

»Und wie lief diese Karriere so für dich?«, hakte Tanja, ganz die Investigativ-Journalistin, die sie war, kritisch nach.

Alex lachte erneut, als er daran zurückdachte.

»Nicht gut. Ich war nicht besonders ehrgeizig und baute lieber hübsche Muskeln auf, als mich mit der Technik zu beschäftigen.«

»Und dabei hast du erkannt, dass du auch anderen dabei helfen wolltest, fit zu werden?«

Einspruch, euer Ehren. Suggestivfrage. Unzulässig. Schlechter Journalismus, tz, tz.

»Ja und nein. Fitnesstrainer wurde ich aus der Not heraus, um mein Architekturstudium zu finanzieren. Als ich dann fertig war, habe ich an meinem ersten Arbeitstag gemerkt, dass ich die Vorstellung nicht ertrage, den Rest meines Lebens hinter einem Schreibtisch zu sitzen, und gekündigt. Am nächsten Morgen habe ich mich als Trainer selbständig gemacht.«

Ich war sprachlos. Hieß das, Alex war ausgebildeter Architekt? Wie peinlich, ich hatte gedacht, dass er mit Kiesler nichts anfangen konnte und dieser wissende Gesichtsausdruck nur Show war. Er musste mich seit diesem Tag nicht nur für eingebildet und doof, sondern noch dazu für doof und eingebildet halten.

Alex wurde wieder ans Set gerufen. Jetzt sollte er sich in schicke Ausgehklamotten schmeißen. Tanja und ich beobachten ihn dabei, wie er sich in Szene setzte.

»Und du begleitest Alex«, stellte sie mehr fest, als dass sie mich fragte. »Wie lange seid ihr denn zusammen?«

»Kommt das auch ins Interview?«, wollte ich wissen und nippte an meinem mittlerweile kalten Kaffee.

Sie lachte. »Nein, natürlich nicht. Ich frage nur aus Neugier. Seit ich Alex kenne, und ich kenne ihn schon drei Jahre –«

»Glückwunsch.«

Sie sprach ungerührt weiter: »– hatte er immer nur kurze Affären, die nie lange hielten. Nach einem Wochenende war immer Schluss.«

Autsch. Das war nicht nett, Tanja, du packst große Kanonen aus. Na gut, es war an der Zeit, die Bazooka aus der Tasche zu holen. Andächtig sahen wir Alex dabei zu, wie er sich gekonnt an die Hauswand lehnte. Ich ließ einen Moment verstreichen und sagte dann beiläufig:

»Wir kennen uns seit letztem Dezember und sehen uns beinahe täglich.« Das genügte, um sie zum Schweigen zu bringen.

Als Alex fertig war, mussten wir uns beeilen. Auf dem Weg zum Crossfit-Studio holte er belegte Brötchen. Ein No-Go, doch wir hatten keine Zeit und keine Möglichkeit, etwas Gesünderes zu besorgen. Mit leerem Magen konnten wir auch nicht starten, der Körper brauchte Energie. Ich fragte mich generell, wie Alex gedachte, das alles zu handhaben. Wegen des Shootings hatte er die letzten Tage kaum etwas Vernünftiges gegessen. Seine Energiereserven waren sicher aufgebraucht. Das waren nicht die besten Voraussetzungen, um anzutreten.

*

Ich war sehr aufgeregt, als wir endlich ankamen. Schnell zog ich mich um und holte meine Startnummer ab. Die Halle war riesig und überall waren Trainingsstationen aufgebaut, die es zu absolvieren galt. Links und rechts von mir reihte sich meine Konkurrenz auf. Ihre Körper schüchterten mich ein. Die meisten waren super fit und gut trainiert. Zwei sahen aus, als hätten sie jeden Morgen Anabolika zum Frühstück. Oberschenkel, breit wie meine Hüfte. Gegen die hatte ich ja null Chancen.

Die Herren waren zuerst dran. Ziel war es, in einer Art Marathon alle Stationen nacheinander abzuklappern und jeweils eine bestimmte Zahl von Wiederholungen zu absolvieren. Wer alle Übung richtig machte und dabei am schnellsten war, gewann. Alex hatte Startnummer Achtzehn und kam in der zweiten Runde dran. Anders als die gedrungenen, breiten Gegner zu seiner Linken und Rechten, war er hochgewachsen und schlank. Bei Eigengewicht-Übungen war er damit klar im Vorteil, weil er nicht so viel stemmen musste. Bei Übungen mit Hanteln und Gewichten war er im Nachteil, weil er mit diesen Muskelpaketen einfach nicht mithalten konnte. Seine Chance lag also darin, sich durch Schnelligkeit einen Vorsprung bis zu den Deadlifts zu erarbeiten, für die er sicher mehr Zeit brauchen würde.

Die erste Station waren Kniebeugen mit Gewichten. Ein Schiedsrichter zählte mit und ließ einen erst gehen, wenn man fünfzig geschafft hatte. Alex war unter den ersten drei. Als nächstes gab es Box-Jumps. Fünfzehn Mal aus dem Stand auf eine Box und wieder runter. Wer das einmal gemacht hatte, wusste, wie hart es sein konnte. Dann zwanzig Burpees. Alex war zweiter. Dann Knees-to-Elbows, Pull-Ups und Push-Ups. Ich war schon vom Zusehen fertig.

Er hatte einen guten Vorsprung, doch nun kamen die Übungen mit Gewichten. Ich hoffte, die Sekunden würden genügen, die er sich erarbeitet hatte.

Seine Konkurrenz war gut in Form. Die Deadlifts kosteten ihn Zeit. Nun war er dritter. Jetzt galt es, einen großen LKW-Reifen einmal quer durch die Halle zu bewegen. Alex hatte eine gute Technik, dass sah ich sofort, und holte sich den zweiten Platz zurück. Am Ende galt es, einen riesigen Medizinball an einen markierten Punkt an der Wand zu werfen. Das sah zwar witzig und einfach aus, war aber verdammt schwer. Insbesondere, wenn man sich zuvor auf das Dreckigste ausgepowert hatte.

Alex wurde Dritter. Ich fand seine Leistung unglaublich und jubelte aus voller Kehle. Wäre nicht das Fotoshooting davor gewesen, hätte er mehr Energie generieren können und nicht so ausgelaugt antreten müssen. Dass er in beinahe verhungertem Zustand den dritten Platz gemacht hatte, war wirklich beachtlich. Ich wollte zu ihm und ihm gratulieren, aber nachdem die Gewichte schnell ausgetauscht worden waren, waren jetzt die Frauen an der Reihe und ich war gleich in der ersten Gruppe. Zum Glück machte ich bereits seit einem Monat Crossfit. Ohne diesen Background hätte ich nicht gewusst, was von mir erwartet wurde.

Squats – Kniebeugen – waren für mich kein Problem, die konnte ich mittlerweile im Schlaf. Auch Box-Jumps machten mich nicht müde. Soweit ich es überblicken konnte, war ich noch unter den ersten fünf. Burpees, auch nicht der Rede wert. Ich war so motiviert von dem, was ich bei Alex gesehen hatte, dass ich richtig Spaß hatte und die Anstrengung kaum spürte. Problematisch wurden natürlich die Knees-to-Elbows und Pull-Ups. Arme waren noch immer meine große Schwäche. Ich spürte, wie der Schweiß auf meinem Rücken zum Wasserfall wurde. Die Push-Ups gaben mir den Rest. Gerade, als ich ernsthaft überlegte, aufzuhören, hörte ich Alex' schneidend-strenge Stimme: »*Katha!*«

Ich rappelte mich wieder auf.

Die Deadlifts kosteten mich am meisten Zeit. Die machte ich noch nicht lange und meine Technik war dementsprechend schlecht. Mit den Reifen ging es besser. Als ich beim Medizinball ankam, war ich so aus der Puste, dass ich einfach zusammenbrechen und nicht mehr aufstehen wollte. Im Nachhinein konnte ich mich nicht mehr erinnern, wie ich es geschafft hatte, das Ding zwanzig Mal an die Wand zu werfen und dabei auch noch das Ziel zu treffen.

Total erledigt lag ich da und starrte an die Hallendecke. Alex beugte sich über mich und reichte mir Wasser.

»Nicht schlecht. Du hast durchgehalten und du warst nicht die

Letzte.«

Ich öffnete die Flasche und ließ das Wasser einfach über mich laufen. Mühsam richtete ich mich auf und schüttelte den Kopf wie ein nasser Hund.

»Wirklich? Ich war nicht die Letzte?«

»Achte von zehn.« Er setzte sich neben mich und grinste von einem Ohr zum anderen. »Ich hege die Hoffnung, meine Wette mit Benji zu gewinnen. Erzähl ihm nichts davon, sonst macht er noch einen Rückzieher.«

Ich kicherte, hatte aber einen Einwand.

»Ich bin achte in meiner Gruppe. Die anderen kommen erst noch. Kann gut sein, dass ich am Ende achtundzwanzigste von dreißig bin. Das wäre dann keine Leistung.«

Alex trank einen Schluck aus seiner Flasche.

»Es wäre immer noch eine Leistung. Du hast durchgehalten. Außerdem glaube ich, dass in den zwei Gruppen, die jetzt kommen, noch ein paar Untrainierte dabei sind. Du hast gute Chancen, unter die besten zwanzig zu kommen.«

Das wäre der Hammer. Ich stand auf und wir sahen uns die nächste Runde an. Tatsächlich gab es einige, die schlechter waren als ich. Ich machte den neunzehnten Platz und war ganz aus dem Häuschen.

Anders als Alex, der auf dem dritten Platz gelandet war, bekam ich keinen Preis. Doch das war mir egal. Ich befand mich in einer Art Delirium und strahlte durchgehend vor mich hin.

Irgendwann nachmittags fanden wir uns in der Wohnung wieder. Erschöpft, aber unendlich glücklich, sank ich auf die Coach.

Unter leichtem Stöhnen setzte Alex seine Sporttasche und die riesige Flasche Sekt ab, die er neben einem Hundert-Euro-Gutschein bekommen hatte. Ich zeigte auf die Flasche.

»Wir sollten sie sofort köpfen und leeren.«

»Da weiß ich was Besseres«, sagte er und massierte mit schmerzverzerrtem Gesicht seine Schulter. »Wir gehen essen. Alles.«

Ruckartig setzte ich mich auf. Ich traute meinen Ohren nicht. »Du meinst, wir essen auch Nudeln und was Süßes zum Nachtisch?«

Alex nickte und grinste mir verschwörerisch zu. »Du darfst das niemandem verraten!«

»Niemals!«, schwor ich. Meine Hochstimmung wurde schnell gedämpft.

»Was ist?«, fragte er, als er mein Gesicht sah.

»Alle meine Sachen stinken und ich habe außer einem Dutzend Unterhöschen und Socken nichts mehr dabei.«

Verwundert setzte Alex sich neben mich, noch immer mit seiner Schulter beschäftigt.

»Wie packst du denn? Ich sagte doch drei Tage.«

Ich sah auf die Uhr, sprang auf und zog mein Shirt aus. Das verwirrte ihn.

»Was wird das?«

»Keine Sorge«, beruhigte ich ihn. »Ich habe nicht vor, dich zu verführen und deiner Jungfräulichkeit zu berauben. Man erzählt sich, dafür ist es sowieso zu spät.«

Schnell entledigte ich mich meiner Jeans, eilte ins Bad, machte die Dusche an und rief, bevor ich die Tür schloss:

»Ich dusche und gehe mir was zum Anziehen kaufen, bevor hier alles zumacht. Bis gleich.«

Zu meinem Glück begann ein paar Straßen weiter Wiens Einkaufsmeile und eine Boutique reihte sich an die nächste. Etwas hilflos suchte ich nach einem Laden, der meiner Preiskategorie entsprach. Ein weißes Kleid in einem Schaufenster mit leichtem Petticoat und hübschem Blumenmuster am Rand erregte meine Aufmerksamkeit. Für gewöhnlich war ich kein Fan von Kleidern, sondern bevorzugte Hosen. Doch heute war mir nach Festlichkeit zumute. Ich betrat den Laden und sah mich nach einer Verkäuferin um.

»Ich würde gern das weiße Kleid im Schaufenster anprobieren.« Die Verkäuferin nickte.

»In welcher Größe?«

»Äh, vierzig, glaube ich.«

Sie sah mich zweifelnd an.

»Doch eher achtunddreißig. Oder sechsunddreißig«, sagte sie, zog von dannen und ließ mich perplex zurück. Sie hatte recht. Ich wog unter siebzig und trug schon lange keine Vierzig mehr. Meine Stimmung erreichte ein neues Level. Nach ein paar Sekunden kam sie mit dem Kleid in acht- und sechsunddreißig wieder und zeigte mir die Kabinen.

Es passte wie angegossen. Ich kam in die Achtunddreißig, ohne dass etwas seltsam aussah oder unangenehm überquoll. Begeistert drehte ich mich vor dem Spiegel. Sogar die Sechsunddreißig passte, zwickte jedoch an der Hüfte. Ich entschied mich für die Achtunddreißig. Schuhe gab es leider nicht, also ging ich in das Geschäft gegenüber und ergatterte weiße Sandaletten mit einem pfiffigen Verschluss. Dazu noch eine kleine längliche Ledertasche, ebenfalls weiß, und schließlich Wimperntusche im Drogeriemarkt.

Zufrieden machte ich mich auf den Rückweg. Alex saß gelangweilt in seinem Anzug auf der Couch und blätterte in einem Buch.

»Bin gleich fertig«, rief ich und eilte an ihm vorbei ins Schlafzimmer. Da ich Unterwäsche für sieben Tage dabeihatte – man konnte nie genug Unterwäsche dabeihaben – fand ich sofort etwas Passendes. Ich schlüpfte in das Kleid, stellte erfreut fest, dass es mir in der Wohnung ebenso gut stand wie im Geschäft und formte meine Haare zu einer unkomplizierten Hochsteckfrisur. Wimperntusche und Schuhe, tadaaa, fertig war ich. Freudig betrat ich das Wohnzimmer. Alex tat, als wäre er auf der Couch eingeschlafen. Ich räusperte mich. Er sah auf und wollte sich darüber beschweren, dass ich so lange gebraucht hatte. Doch er verstummte.

»Ha! Da staunst du!«

»Allerdings«, gestand er überrumpelt. »Siehst gut aus.«

»Ich weiß!« Begeistert drehte ich mich im Kreis. »Schau mal, meine Taille und die Beine.« Ich zog das Kleid bis zur Hüfte hoch und präsentierte meine Beine.

Er wurde rot und hustete verlegen.

»Ach, stell dich nicht so an, Alex. Beim Training habe ich viel weniger an!«

Er zog es vor, aufzustehen und seine Schuhe anzuziehen, anstatt darauf einzugehen. Auch gut. Ich posierte vor dem hohen Flurspiegel und beschäftigte mich mit mir selbst. Deshalb bekam ich nicht mit, dass er längst fertig war und mir amüsiert dabei zusah, wie ich mich im Spiegel anschmachtete.

»Du bist ziemlich selbstverliebt«, kommentierte er und öffnete die Wohnungstür. Ich warf meinem Spiegelbild eine Kusshand zu und ging an ihm vorbei ins Treppenhaus.

»Habe ich je was anderes behauptet?«, fragte ich kokett und klimperte mit den Wimpern. Alex stöhnte, schüttelte den Kopf und schloss die Tür.

Zwischen schönen Fassaden und gut gekleideten Menschen gingen wir die Straße entlang. Ich griff seine Bemerkung von oben wieder auf.

»Immer heißt es, dass man sich mögen soll, und nur wer sich selbst liebt, ist auch liebenswert. Sobald man aber, wie ich, aufrichtige und innige Gefühle für sich selbst entwickelt und sie auch zeigt, kommt irgendjemand mit erhobenem Zeigefinger daher und verlangt Zurückhaltung und Bescheidenheit.«

Alex sah mich von der Seite an und fragte:

»Was heißt, jemand wie du?«

»Na, so jemand wie ich halt. Fast dreißig, dick, ledig und ohne vorzeigbare berufliche Erfolge. Die Leute wollen nicht, dass man sich mag, solange man nicht hat, was man ihrer Meinung nach braucht, um glücklich zu sein.«

Er dachte nach.

»Jung, schlank, in einer Beziehung und erfolgreich?«, schlug er vor.

Ich nickte.

»Und ich gehöre zu den Leuten, die glauben, dass man sich erst mögen darf, wenn man das alles hat?«

Ich überlegte. »Das habe ich nicht gesagt.«

Er zog eine Augenbraue hoch.

Ich versuchte, mich zu erklären: »Erzähl mir nicht, dass du der Meinung bist, jeder sollte nach seiner Façon selig werden. Du lebst doch davon, dass Menschen unglücklich mit sich selbst sind!«, verteidigte ich meinen Vorwurf.

Vor einem schicken kleinen italienischen Lokal in einer der Nebengassen blieben wir stehen. Ich hatte nicht auf den Weg geachtet. Wir waren im ältesten Teil von Wien. Durch den Wirtsraum gelangten wir in einen kleinen Biergarten. Ein Kellner, der klassisch ein weißes Tuch über dem Arm trug, kam auf uns zu. Da es noch recht früh am Abend war, konnten wir uns einen Platz aussuchen und wählten ein kleines Tischchen leicht abseits. Alexander rückte mir den Stuhl zurecht, nahm Platz und setzte das unterbrochene Gespräch fort:

»Ich lebe nicht davon, dass Menschen mit sich unglücklich sind. Bitte nicht, das wäre ja traurig.«

»Ach nein? Und wovon lebst du dann?« Gespannt beugte ich mich vor. Er nahm die Karten entgegen und wartete, bis der Kellner sich wieder entfernt hatte.

»Ich lebe davon, dass Mensch sich verändern und aus alten Gewohnheiten ausbrechen wollen. So wie du.« Er sah von der Karte auf und mir in die Augen. »Du bist auf mich zu gekommen. Nicht, weil du unglücklich warst, sondern weil du eine Chance gesehen hast, dein Leben zum Besseren zu wenden. Daher kommt die größte Motivation. Nicht aus Unzufriedenheit. Die hemmt nur. Aus Hoffnung.«

Schnell versteckte ich mich hinter der Karte, damit Alexander nicht sehen konnte, dass seine Worte mich verlegen gemacht hatten.

»Na gut«, lenkte ich ein und betrachtete die Weinauswahl. »Du lebst von Hoffnung.«

»Schon besser«, pflichtete er mir bei und blieb seinerseits am Wein hängen. »Weiß oder rot?«

Innerlich frohlockte ich. Ich hatte auf Alkohol gehofft, aber nicht gewusst, wie Alex nach meinen letzten Exzessen dazu stand.

»Weiß«, und fügte hinzu: »Trocken, wenn es geht.«

Er bestellte Wasser und eine Flasche trockenen Weißwein. Wir vertieften uns in die Essensauswahl. Ich konnte mich nicht zwischen Spaghetti Carbonara und Spaghetti Vongole entscheiden.

Viele Nudeln mit Eiern, Speck und Parmesan oder doch lieber viele Nudeln mit Olivenöl und Muscheln? Am liebsten hätte ich beides bestellt und gleichzeitig gegessen. Alex klappte seine Karte zu und legte sie beiseite.

»Was isst du denn?«, vielleicht erleichterte seine Wahl mir die Entscheidung.

»Pizza. Pizza Salami«, sagte er so inbrünstig, dass ich darüber lachen musste.

»Wie lange hast du dir das verweigert?«

»Vier Monate.«

»Vier Monate?«, rief ich. »Du hast einen Verbrauch wie ein Scheunendrescher und könntest locker zwei Pizzen am Tag essen, ohne Konsequenzen zu fürchten. Warum zur Hölle tust du das nicht?«

Alex nippte an seinem Wein, nickte anerkennend und zuckte dann mit den Schultern.

»Könnte ich, möchte ich aber nicht. Ich erwarte von anderen, dass sie sich diszipliniert verhalten und tue es selbst nicht? Ich würde mir wie ein Heuchler vorkommen.«

Ich sah ihn verständnislos an.

»Außerdem«, fügte er hinzu, »erhöht das den Druck auf meine Klienten. Sie sollen mir nacheifern und nicht glauben, dass Pizza jeden Tag okay ist, nur weil ich jeden Tag eine esse.«

Nach dieser kurzen Rede brauchte ich einen großen Schluck Wein.

»Das ist ja unerträglich«, erwiderte ich. »So macht das Leben keinen Spaß. Werden deine Kinder jemals Pizza und Burger zu Gesicht bekommen? Müssen die sich immer nachts von zu Hause wegschleichen, um heimlich zu McDonalds zu gehen, statt Drogen zu nehmen wie jeder normale Teenie?«

Er lachte.

»Wenn ich eines Tages Kinder habe, dürfen sie essen, was sie wollen. Sie sind ja keine Fitnesstrainer.«

»Du nimmst deinen Job sehr ernst.«

»Ja, tue ich.«

Der Kellner kam, um unsere Bestellung aufzunehmen. Spontan

entschied ich mich für Carbonara. Gott, wie ich Nudeln und Speck vermisst hatte. Alex bestellte noch extra Käse auf seiner Pizza.

»Ich habe dich in der Hand.«

»Weil du mich Pizza mit extra Käse essen sehen wirst?«

Mein Handy war in meiner neuen Tasche und ich holte es heraus.

»Ich werde ein Foto machen und dich damit erpressen.«

Er runzelte die Stirn, sagte aber nichts dazu.

»Ist das ein Sprung?«, fragte er einige Sekunden später und deutete auf mein altes Samsung.

»Ja, ist mir runtergefallen.«

Er sah interessiert darauf. »Sieht übel aus. Darf ich mal sehen?«

Ich reichte es ihm, was ich bereute, sobald er es in der Hand hielt. Er grinste und ließ das Gerät in seine Hosentasche gleiten.

»Hey! Das ist ja unverschämt. Du bist so fies!«

Wie ein schadenfroher kleiner Junge lachte er in sein Weinglas. »Keine Fotos. So steht es Aussage gegen Aussage.«

Wir hatten die Flasche fast geleert, als das Essen kam, und ich schwöre, noch nie hatte ein Gericht geschmeckt wie an diesem Abend. Ich kostete jeden Bissen voll aus. Alexander war witzig, charmant und großzügig. Er bestellte noch eine Flasche und es gab Dessert.

Ich betrachtete meine Creme Brulée wie die Bundeslade. Ehrfürchtig näherte ich mich ihr mit dem Löffel und als ich sie schmeckte, verspürte ich den Drang, Geräusche zu machen wie bei einem Orgasmus. Alex blieb ohne Nachtisch.

»Ich stehe nicht auf Süßes.«

Das machte mich misstrauisch. Welcher Mensch bei Verstand stand nicht auf Nachtisch?

»Nicht mal Kekse? Torten? Pralinen?« Ich steigerte mich richtig rein. »Lebkuchen? Zuckerwatte?«

Er schüttelte den Kopf.

»Keine Zuckerwatte?«, wiederholte ich.

»Keine Zuckerwatte.«

»Das finde ich unheimlich. Ich bin sicher, bei einer Umfrage im

Hochsicherheitstrakt, ob die ganzen Serienkiller auf Süßes stehen, würde deine Antwort nicht auffallen.«

»Menschen, die ungern Süßes essen, werden Massenmörder? Eine steile These.«

Ich nahm noch einen Löffel Creme Brulée und zerging innerlich. »Eine logische Schlussfolgerung. Menschen, die Freude an Schokolade haben, morden nicht.«

Der Wein wirkte. Ich fing an, Nonsens zu erzählen.

Es war eine laue Sommernacht in einer der schönsten europäischen Städte und man musste wahrhaftig unglücklich und gefühllos sein, wenn man davon unberührt blieb. Gut gelaunt und satt verließen wir das Lokal und machten uns gemächlich auf den Rückweg. Ich langweilte Alex mit Anekdoten über Künstler und ihre Musen. Er revanchierte sich mit peinlichen Stories aus seiner Kindheit.

In der Wohnung angekommen, war keinem von uns nach Schlafengehen. Mit einem breiten Grinsen stand ich vor der übergroßen Flasche Sekt.

»Katha, ich will dir nicht zu nahe treten, aber was Alkohol angeht, fehlen dir alle Grenzen«, sagte Alex, der hinter mir in die Küche gekommen war.

»Das stimmt«, nickte ich. »Du solltest mir zu nahe treten, denn ich rieche gut. Vor paar Wochen habe ich so ein Duschgel entdeckt, Kokos-Mandel-Honig, ich bekomme nicht genug davon. Riech mal.« Ich beugte mich zu ihm vor.

Er schüttelte den Kopf und machte sich daran, den Sekt zu öffnen. Erfreut machte ich mich auf die Suche nach Gläsern. Der Korken knallte und wir erschraken furchtbar. Er hatte sich in die Decke gebohrt und war steckengeblieben. Wir sahen verdutzt zu ihm nach oben.

»Damit hättest du jemanden töten können«, sagte ich und reichte Alex ein Küchentuch, damit er seine vom Sekt durchnässte Hose trocknen konnte.

»War auch mein Plan. Wollte es wie einen Unfall aussehen lassen.« Er zwinkerte. »Du weißt ja, ich mag keine Schokolade.«

Ich ging nicht darauf ein, sondern betrachtete den großen,

dunklen Fleck auf seiner Hose.

»Das bekommst du nicht mehr trocken. Zieh sie lieber aus.«

»Versuchst du, mich auf diese Weise zu verführen und ins Bett zu bekommen?«, fragte er und machte sich am Reißverschluss zu schaffen. Ich goss etwas von dem verbliebenen Sekt in die Gläser.

»So ist es. Aber vorher füll ich dich so richtig ab.« Ich reichte ihm ein Glas.

Alex stand in engen Shorts und seinem weißen Hemd in der Küche, prostete mir zu und trank.

»Wir müssen diese Flasche leeren«, verkündete ich resigniert und warf noch einen Blick nach oben zum Korken. »Wir können sie nicht wieder verschließen. Und der Sekt schmeckt so billig, dass es eine Schande wäre, ihn nicht auszutrinken.«

Lachend ging Alex ins Wohnzimmer, in einer Hand sein Glas, in der anderen die Hose.

»Mit dir wird einem nicht langweilig, Katharina. Schon mal überlegt, ins Showbusiness zu gehen?«

Ich folgte ihm und setzte mich auf die Couch.

»Ja, aber sofort wieder verworfen.«

»Weshalb?«

»Nun«, begann ich und machte eine dramatische Pause. »Ich sehe gut aus. Dank dir«, ich prostete ihm zu, »und bin dazu auch noch klug und witzig. Damit bin ich sowohl für Männer als auch für Frauen eine einzige Enttäuschung.«

Alex lachte. »Da hast du recht. Wir sollten darauf trinken. Auf Katha, die Enttäuschung.« Er schenkte mir sein charmantestes Lächeln.

Ich lächelte süffisant zurück und nippte an meinem Sekt.

»Dich habe ich auch enttäuscht.«

»Wirklich?« Während Alex im Rucksack nach seiner Jeans kramte, sah er überrascht in meine Richtung. »Wann denn das? Bis jetzt hältst du dich doch ganz gut. Nimmst schnell ab und wirst immer fitter.«

»Nein, nicht so. Ich meine den Abend, an dem ich nicht an dein Höschen wollte. Da wirktest du enttäuscht auf mich.«

Er stöhnte, als er daran zurückdachte.

»Lass uns nicht darüber reden. Mich interessiert viel mehr, wie du es geschafft hast, Lady Washington so zu mästen.« Er zog seine Jeans an und setzte sich neben mich.

»Also«, fing ich an, »als wir Lady Washington aus dem Tierheim holten –«

Wir unterhielten uns eine Stunde lang über alles Mögliche und leerten nebenbei den Sekt. Alex war dermaßen witzig, ich pinkelte mir vor Lachen mehrmals fast in den Petticoat. Irgendwann war die Flasche leer und wir beide voll. Für einen kurzen Moment herrschte angenehme Stille. Ich genoss sie, weil ich den Eindruck hatte, dass sie okay war und auch dazu gehörte. Müde streckte ich die Beine aus und sah hinüber zu Alex, der mich ruhig betrachtete.

»Was denkst du?«, fragte er.

Eigentlich gar nichts. Irgendetwas Unwichtiges. Ein Kopf voll schwindeliger Leere. Doch »in meinem Kopf ist gerade Luft« war mir nicht witzig genug.

»An dich. Nackt. Den ganzen Tag schon.«

Oh Gott, hatte ich das gerade gesagt?

Alex grinste. »Verständlich. Würde ich an deiner Stelle auch.«

Seine unverschämt selbstbewusste Reaktion provozierte mich.

»Andererseits mussten die dich heute eine Stunde lang schminken«, wandte ich ein und rieb mir nachdenklich das Kinn. »Die Frage lautet, ob du ungeschminkt auch so gut aussiehst. Wer kennt das nicht«, sagte ich und wechselte die Position, um meine eingeschlafenen Beine zu entlasten. »Man schleppt im Club so einen heißen Typen ab, nimmt ihn mit heim, wacht am nächsten Morgen auf und merkt, dass der Six-Pack angemalt und der Hosenstall nur ausgestopft war. Vielleicht bist du auch so eine Mogelpackung.«

Er lachte und dehnte sich auf dem Sofa.

»Soll ich dir etwa das Gegenteil beweisen, indem ich mich vor dir ausziehe?«

Für einen kurzen Moment dachte ich ernsthaft darüber nach.

»Also, ich bin mir ziemlich sicher, dass die meisten deiner Bilder Photoshop gesehen haben. Besonders das eine in schwarz-weiß, bei dem man deinen Rücken und den entblößten Hintern sieht. Niemand hat in echt so einen knackigen Po.«

Alex verschluckte sich an seinem Sekt und musste husten.

»Woher kennst du dieses Bild?«, fragte er, als er wieder einigermaßen sprechen konnte. Ich sah ihn an und überlegte, ob ich es ihm sagen sollte, entschied mich aber dagegen. »Darf ich nicht verraten.«

»Benji hat es dir erzählt!«

Ich schüttelte den Kopf.

»Darf ich dir nicht sagen.« Nach einer kurzen Pause lenkte ich ein. »Aber ich kenne jemanden, der den Kalender noch unter seinem Kinderbett zu Hause hat und ihn bald nach Berlin geschickt bekommt, um ihn ins Bad zu hängen.« Ich lachte. »Mr. Hintern April 2009.«

Alex sprang auf. »Das machst du nicht! Untersteh dich!«

»Doch. Kein Grund, dich zu schämen. Ist ein klasse Bild und ich verstehe es. Du warst jung und brauchtest das Geld. Da lässt man auch mal seinen Hintern ablichten. Ich verurteile dich nicht.«

Alex fuhr sich durch die Haare.

»Wenn ich den Drecksack in die Hände bekomme«, murmelte er.

»Es ist nicht Benji, von dem ich es weiß.«

»Wenn ich dieses Miststück in die Hände bekomme –« Mist, jetzt hatte er erraten, dass ich es von Franziska wusste.

»Immerhin muss man erstmal wissen, dass du es bist. Es könnten ja der Arsch und der Rücken von sonst wem sein. Erinnere mich daran, deinen Namen darunterzuschreiben, damit sich nicht jeder wundert, warum ich einen veralteten Kalender neben das Klo hänge.«

Sein Gesichtsausdruck brachte mich dermaßen zum Lachen, dass ich von der Couch fiel und auf dem Boden landete. Ich hielt mir die Seite, weil ich Seitenstechen bekam.

»Hach«, sagte ich, als ich wieder atmen konnte. »Langsam musst du dich doch daran gewöhnt haben. Ich kenne eine aus dem Fitnessstudio, die hat dich oben ohne als Bildschirmhintergrund auf dem Handy.«

»Ja, die kenne ich auch«, antwortete er genervt. »Ich weiß nicht, ob man sich daran gewöhnen muss. Man tut es wegen der Klicks, aber ich komme mir oft albern vor.«

»Warum ziehst du dir dann nichts an?«, fragte ich, räumte aber gleich ein, dass er das nicht musste. Er zuckte mit den Schultern.

Wir waren uns näher als vorher. Ich konnte Alex riechen. Er roch immer so gut nach sich selbst und Aftershave. Ich hatte keine andere Wahl, als mich vorzubeugen und an ihm zu schnuppern.

Er sah mich belustigt an. »Riechst du gerade an mir?«

»Ja«, gestand ich wiederwillig. »Ich kann nichts dafür. Du riechst so gut.«

»Du auch«, antwortete er. Für einen Moment waren wir still. Die Situation war prickelnd, ohne Frage. Wir sahen uns in die Augen und ich konnte es nur wiederholen: Er roch unglaublich gut. Wirklich unglaublich gut. Entweder, wir küssten uns jetzt und fielen wie wilde Tiere übereinander her oder ich musste gleich lachen.

Ich lachte. Der Moment war vorbei.

Mühsam erhob ich mich, darum bemüht, einen stabilen Eindruck zu machen. Ich scheiterte und fiel fast über den Couchtisch.

»Ich gehe ins Bett«, lallte ich und stolzierte auf das Schlafzimmer zu.

»Hey!«, rief mir Alex hinterher.

Hoffnungsvoll drehte ich mich um und fragte mit rauer Stimme: »Ja?«

Vielleicht wollte er doch mit mir rummachen. Oder mir beweisen, dass sein Arsch in natura genauso aussah wie auf dem Kalenderbild.

»Willst du nicht deine Zähne putzen?«

»Hä?« Wollte er, dass ich in seinen Hintern beiße?

»Na, du kannst doch nicht ins Bett, ohne Zähne zu putzen.« Er war ehrlich schockiert.

Mit einem Blick auf die Uhr rechnete ich aus, wie lange es dauerte, bis wir wieder wach sein mussten.

»Wir stehen in fünf Stunden auf. Da kann ich sie auch gleich morgen putzen. Außerdem ist es keine sieben Stunden her, seit ich sie zum letzten Mal geputzt habe! Hicks.«

Alex verschränkte die Arme. »Katha, ist doch eklig, ins Bett zu gehen ohne seine Zähne zu putzen!«

Ich rollte mit den Augen.

»Mutter! Ich putze immer meine Zähne. Aber jetzt bin ich so betrunken, dass ich mir vielleicht aus Versehen die Zahnbürste ins Auge ramme und erblinde.« Ich machte eine kreative Pause und überlegte, was ihn ablenken könnte. »Weißt du, was noch ekliger ist, als ohne geputzte Zähne ins Bett zu gehen?«

Misstrauisch sah Alex mich an. »Ich weiß nicht, ob ich das wissen will.«

Mir egal. Ich hatte mir etwas überlegt und jetzt musste es raus.

»Beim Duschen zu pinkeln. Das ist eklig!« Ich drehte mich um und ging ins Schlafzimmer.

»Bedeutet dieser kontextlose Satz, dass du in die Dusche von fremden Menschen gepinkelt hast? Diese Wohnung ist normalerweise bewohnt!«

Bevor ich die Tür zuzog, steckte ich den Kopf noch einmal ins Wohnzimmer.

»Das habe ich nicht gesagt! Beweis mir das erstmal! Gute Nacht.«

*

Mein Kater am nächsten Morgen war größer als der Bauch von Lady Washington. Alex stand fröhlich in der Küche und bereitete Frühstück zu, als ich wie ein Zombie aus dem Schlafzimmer in die Küche kam. Er war schon fertig angezogen. Mit einem Lächeln reichte er mir einen Teller mit Omelett und kleingeschnippeltem Gemüse und eine Tasse Tee.

Ich warf ihm einen verquollenen Blick zu und flehte um Kaffee. Zwei Minuten später hatten wir uns deswegen in den Haaren. Auf dem Weg zur U-Bahn stritten wir über die Ausrichtung meiner Diät, weil ich Kohlenhydrate gänzlich streichen wollte, er aber anderer Meinung war und von Keto oder Low-Carb bei fortgeschrittenem Kraftsport nichts hielt. Am Flughafen waren wir so fertig von der Diskussion, dass wir es vorzogen, nicht mehr miteinander zu reden.

Zurück in Berlin am Flughafen verabschiedeten wir uns unterkühlt und Alex ging davon. Ich wollte mich schon wegdrehen, als ich es mir anders überlegte und ihm noch einmal hinterherlief.

»Hey«, rief ich ihm nach.

Er blieb stehen, drehte sich um – die Sonne im Rücken, schick und modisch gekleidet, stand er da wie ein junger Apoll – und sah mich an.

»Danke, dass du mich mitgenommen hast«, sagte ich. »Das war ein wirklich tolles Wochenende.«

Er lächelte unwiderstehlich und für einen kurzen Moment blieb mein Herz stehen.

»Fand ich auch. Beinahe unvergesslich.«

Diesmal umarmten wir uns, bevor wir endgültig auseinandergingen.

KAPITEL IX

Verrückter Sommer.

23. Juli, 68 Kilo

Mit einem Ruck hob ich die schwere Kiste mit den Bierkrügen an und trug sie hinter die Theke. Jessie war gerade dabei, die Teller auszupacken, die wir heute benötigen würden, und Wasser ins Waschbecken einzulassen.

Irina lief hektisch an uns vorbei in die Küche, um die ersten vorgekochten Speisen auf der Metalltheke anzurichten. Ihr folgten Thomas und Dimi, die heute aushalfen. Die Veranstaltung soll über acht Stunden gehen und es war Dauerbewirtung vorgesehen. Zum Glück hatte der Saal eine eigene Küche, so dass wir immer wieder spülen und die Tabletts neu belegen konnten.

Die zwei Jungs brachten weitere Kisten herein. Ich half Jessie. Sie blickte vom Waschbecken auf und fragte:

»Wie lief es mit deinem Prof?«

Ich war nun dreimal bei Krause in der Sprechstunde gewesen und meine Masterarbeit nahm immer mehr Gestalt an.

»Ganz gut. Er mag meine Arbeit und meinen Stil. Hat mir auch viel Literatur gegeben, die ich noch nicht kannte.«

Ich holte Bierkrüge aus der Kiste und platzierte sie auf einem Geschirrtuch.

»Ich glaube, er hat mich heute früh angegraben, aber so ganz sicher bin ich mir nicht.«

Jessie drehte den Wasserhahn zu und sah zu mir rüber.

»Hat er dir an den Arsch gegrabscht?«

»Subtiler«, antwortete ich und runzelte die Stirn. »Hat mich zu sich eingeladen, zu einem Kaffee. Meinte, dass man sich auf seiner Terrasse besser unterhalten könnte als in seinem Büro, wo ständig jeder ein und aus geht.«

»Klingt doch ganz nett. Vielleicht will er wirklich mit dir über deine Arbeit sprechen.«

Ich dachte darüber nach. »Ja, vielleicht hast du recht. Andererseits gibt es Gerüchte.«

Interessiert sah Jessie mich an. Sie mochte Gerüchte.

»Über Affären mit Doktorandinnen und Noten, die nicht die geleistete Arbeit widerspiegeln.«

»Oha«, sagte sie und hakte nach. »Weil sie zu gut waren oder zu schlecht?«

»Beides«, erwiderte ich. »Einige Arbeiten wurden zu gut bewertet, andere zu schlecht. Juli hat da was erwähnt, ich habe aber nur mit halbem Ohr zugehört. Sie wollte ihre Doktorarbeit –«

Gestresst kam Irina wieder hereingerauscht. Sie hatte mit Thomas und Dimi die letzten Sachen aus dem Sprinter geholt.

»Zwei Leute sind mit Tabletts unterwegs und räumen ab, zwei spülen und richten an. Mir egal, wer was macht, klärt das unter euch«, verkündete sie und rauschte wieder davon.

Jessie schlug vor, wir sollten halbe-halbe machen. Vier Stunden Spülen für uns, vier für die Jungs.

Dimitri schüttelte den Kopf.

»Nee, wir gehen den ganzen Abend raus und ihr spült.«

Thomas nickte zur Bestätigung.

»Warum das denn?«, wollte ich wissen.

»Na, weil Spülen Frauensache ist«, sagte er und lachte dreckig. Als er unsere Gesichter sah, lenkte er ein. »Nee, war nur ein Witz. Spaß. Die Tabletts mit den ganzen Tellern sind schwer. Das hält ja keine Frau aus. Wir machen die schwere Arbeit und ihr könnt anrichten und euch entspannen.«

Er sah uns erwartungsvoll an. Offensichtlich erwartete er, wir würden ihm dafür danken. Jessie und ich wechselten einen Blick und waren uns ohne Worte einig.

»Wir schaffen das schon. Außerdem wollten wir es splitten, so dass es nur vier Stunden sind und nicht acht«, sagte sie.

Thomas seufzte laut und wollte auch noch seinen Senf dazu geben.

»Ihr müsst euch da nicht als Wonder Women aufspielen. Dimi und ich haben da Erfahrung. Bei solchen Veranstaltungen gibt es halt richtig viel zu tragen. Erfahrungsgemäß machen die Mädels ziemlich schnell schlapp und sind nach zwei Stunden zu nichts mehr zu gebrauchen. Lasst uns einfach die Tabletts tragen und gut ist.«

Die beiden provozierten mich. Jessie auch. Ich konnte ihr ansehen, wie angespannt und wütend sie wurde. Die Jungs dachten, sie würden uns einen Gefallen tun, doch so fühlte es sich nicht an.

»Wir beide sind topfit.« Ich deutete auf Jessie und mich. »Das wird uns schon nicht passieren.«

Dimi verzog das Gesicht und schüttelte den Kopf.

»Ja, waren die anderen auch. Haben trotzdem nicht durchgehalten. Schaut mal, Thomas und ich machen das schon lange. Und Fakt ist, dass Frauen weder genug Ausdauer noch genug Muskeln haben, um stundenlang kiloweise Geschirr herumzutragen.«

Was laberte der Typ da nur für einen Stuss? Ich fühlte, wie ich innerlich zu kochen begann. Jessie verschränkte die Arme und sah die beiden abschätzig an.

»Ihr zwei Pflaumen wollt uns erzählen, dass man uns nicht körperlich belasten kann, weil wir Frauen sind? Seid ihr aus dem Fünfzigern oder woher habt ihr eure verkorkste Weltsicht?«

Dimi lachte. »Musst ja nicht gleich zickig werden. Wir sprechen nur aus Erfahrung.« Er zeigte auf sich. »Ich zum Beispiel mache seit Jahren Krafttraining mit schweren Gewichten und trainiere auch mit Frauen. Die meisten können machen, was sie wollen. Ab einem gewissen Level ist bei denen Schicht im Schacht. Ist halt so. Dafür kann ich nichts. Beschwer dich bei Mutter Natur oder Gott.«

Ich konnte nicht glauben, was ich da hörte, und sah mir die Krone der Schöpfung genauer an.

Dass er seit Jahren trainierte, glaubte ich ihm aufs Wort. Seine Arme waren dicker als meine Oberschenkel. So bekam man die nur mit richtig viel Gewicht und anabolischer Unterstützung hin. Allerdings wirkten sie oben Richtung Nacken und auch zum Unterarm hin merkwürdig verkürzt. Die Masse schränkte die Beweglichkeit ein. Überhaupt wirkte Dimi im Ganzen nicht nur aufgepumpt, sondern auch ziemlich sperrig. Er wog definitiv hundertzwanzig, vielleicht hundertvierzig. Am Ende sogar noch mehr, so groß wie er war. Die Kilos musste man erstmal in Bewegung setzen.

»Du meinst also, du hast mehr Kraft und Ausdauer als eine Frau, weil du bessere körperliche Vorrausetzungen hast?«, fragte ich ihn.

Er nickte. Thomas tat, als wäre das das Offensichtlichste auf der Welt.

»Dann kriegst du ja locker mehr Klimmzüge hin als ich!«, stellte ich fest.

Bei der Vorstellung, sich mit mir in Klimmzügen zu messen, mussten die beiden albern kichern. Ihr Bitches, dachte ich. Euch wird das Lachen noch vergehen.

»Vor dem Haus ist eine Stange, da hängen ein paar Laternen dran, die man schnell abkriegt.« Ich deutete durch die offene Tür. »Was hältst du von einer Wette, Dimi?«

»Um was wetten wir denn?«, wollte er wissen und musterte mich anzüglich. Alter, der Typ ging so gar nicht. Wo trieb Irina nur immer diese Macker auf?

»Wir beide machen Klimmzüge. Wer gewinnt, entscheidet über die Aufgabenverteilung für den Abend.«

Sie lachten laut, Thomas hatte Tränen in den Augen. »Lass mal. Ich will hier niemanden zum Weinen bringen.«

Jessie sah mich überrascht von der Seite an, kam zu dem Schluss, dass ich schon wusste, was ich tat, und wandte sich an Dimi.

»Was los, hast du etwa Schiss, zu verlieren oder was? Bricht deine Welt zusammen, wenn ein Mädchen mehr Klimmzüge schafft als du?«

Ihre provokante Art wirkte immer. Amüsiert sah Dimitri zu Thomas, der mit den Schultern zuckte.

»Notfalls hebe ich sie hoch, damit es nicht ganz so blamabel wird«, meinte Thomas gönnerisch.

Ich löste die lange schwarze Schürze und ging nach draußen. Die anderen folgten mir. Während Jessie die Laternen von der Stange entfernte, zog ich mein weißes Hemd aus, um es nicht voll zu schwitzen. Weil es etwas durchsichtig war, trug ich wie immer ein Unterhemd. Dimi entledigte sich seines Shirts und ließ die Brustmuskeln spielen.

Erstaunt stupste Thomas ihn an, als ich beim Dehnen meinen Trizeps anspannte. Mit dem Anblick hatte er nicht gerechnet. Das Fett hatte sich in den letzten Wochen sichtbar weiter zurückgezogen und meine Muskeln kamen richtig gut zur Geltung.

Anders als Thomas ließ sich Dimi davon nicht beeindrucken. Er wärmte sich ebenfalls auf.

Wir stellten uns nebeneinander unter die Stange und sprangen hoch. Thomas und Jessie sollten laut zählen, Thomas bei mir, Jessie bei Dimitri. Ich schielte zur Seite und konnte sehen, dass Dimis Gelenke diese Belastung nicht kannten. Mehrfach änderte er seinen Griff, weil es ihn schmerzte, so zu hängen. Bei Bodybuildern, die nur an Geräten trainierten, kam das oft vor. Diese Belastung war nicht nur kurz, sondern dauerte an. Auf seinen Händen lasteten gerade permanent mehr als hundertzwanzig Kilo. Außerdem war, anders als bei Deadlifts oder ähnlichem, nur die Kraft seiner Arme von Bedeutung. Alles andere war unnützer Ballast.

Ich war mit meinen achtundsechzig Kilo klar im Vorteil. Und das wusste ich. Auf drei ging es los.

»Eins, zwei, drei, vier, … zwölf.«

Bis jetzt waren wir gleichauf. Ich hörte jedoch an seinem Atem, dass er nicht nur aus der Puste kam, sondern auch ein unbekanntes und schmerzhaftes Ziehen in den Armen verspürte. Das brachte ihn aus dem Takt. Seine Atmung wurde stoßartiger.

»vierzehn, fünfzehn, sechzehn … zwanzig.«

Dimi stöhnte mehr und mehr. Er wurde langsamer. Auch ich spürte jetzt Müdigkeit und Schmerzen. Mein persönlicher Rekord lag bei dreiundzwanzig. Doch ich wusste, dass ich heute mehr schaffen würde. Die beiden Typen hatten mich wütend gemacht und damit so gepusht, dass ich jetzt nicht anders konnte als zu gewinnen.

»Zweiundzwanzig.«

Dimi kam nicht mehr ganz hoch. Ich wartete und schaukelte hin und her. An der Stange zu hängen, machte mir nach den letzten Monaten nichts mehr aus. Meine Hände waren voller Schwielen, ich hatte die notwendige Hornhaut entwickelt.

»Vierundzwanzig.«

Er brauchte jetzt doppelt so viel Zeit pro Pull-Up wie am Anfang, wollte aber nicht aufgeben.

»Sechsundzwanzig.«

»Siebenundzwanzig.«

Es wurde eng für mich. Zum Glück hatte ich in Alex einen sehr guten Trainer. Von ihm wusste ich, wie ich durch Gewichtsverlagerung Kraft einsparen konnte.

»Achtundzwanzig.«

Endlich ließ er los. Ich jubelte innerlich, während Jessie begeistert aufschrie. Ich machte Nummer neunundzwanzig und dreißig, bevor ich mich fallen ließ. Ich hatte dreißig Klimmzüge geschafft. Das war mein persönlicher Rekord.

Eiligen Schritts kam Irina zu uns heraus.

»Da seid ihr ja. Ich suche euch die ganze Zeit. Habt ihr geklärt, wer was übernimmt?«, fragte sie und stemmte die Hände in die Hüften.

Ich sah Dimitri an, der unter der Stange kniete, schwer atmete und nicht richtig antworten konnte, während Thomas sich auffällig ruhig verhielt.

»Die Jungs servieren und räumen die ersten vier Stunden ab, während Jessie und ich spülen. Dann wechseln wir«, antwortete ich.

»Gut, gut«, sagte sie und winkte uns herein. »Es geht los.«

Ich setzte mich in Bewegung. Jessie kam mir hinterher und wir gingen zusammen durch die Tür.

»Katha, Alter, wärst du nicht hetero, ich würde dir die Kleider vom Leib reißen. Das war der Wahnsinn.«

Ich grinste sie an. »Ich weiß. Ich bin so high davon, ich kann es nicht beschreiben.«

*

30. Juli, 68 Kilo

Juli war zu spät. Genervt sah ich auf mein Handy. Ich wartete seit über einer halben Stunde ohne eine Nachricht von ihr. Die Sonne schien senkrecht herunter und brachte mich zum Schwitzen. Meine neuen blauen Jeans waren eindeutig nicht die richtige Wahl für einen Hochsommertag gewesen. Ich hatte sie trotzdem tragen wollen. Sie waren skinny und passten wie angegossen. Unauffällig schnüffelte ich an meinen Achseln. Es war eine Frage der Zeit bis mein Deo versagte.

Der junge Kellner des Bistros kam vorbei, sah, dass meine Tasse leer war und fragte, ob ich noch einen Kaffee wollte. Ich überlegte und nickte dann. Er lächelte mich an, einen Tick zu lang, und ging wieder hinein.

Ein paar Minuten später kam er zurück und reichte mir den Kaffee. Dazu gab es ein kleines Törtchen aufs Haus.

»Oh, danke, womit habe ich das verdient?«, fragte ich und blickte zu ihm hoch. Er grinste verlegen.

»Ich dachte, wenn ich später meine Handynummer auf die Rechnung schreibe, rufst du so wahrscheinlicher an.«

Mit einem Zwinkern rauschte er davon und ließ mich sprachlos zurück. War ich gerade von einem Zwanzigjährigen angebaggert worden? Verdutzt nahm ich das Schokotörchen mit Sahnehäubchen unter die Lupe.

Wie ärgerlich. Ich durfte mein Anmachtörtchen nicht essen. Dabei wollte ich es so sehr. Es war ein harter Kampf, der beinahe zu Gunsten des Törtchens ausgegangen wäre, wenn meine Vernunft nicht im letzten Moment richtig argumentiert hätte. Die Anmache verdankte ich aller Wahrscheinlichkeit nach dem Verzicht auf Törtchen. Wenn ich also das Törtchen aß, führte das konsequenter Weise zum Verzicht auf die Anmache. Enttäuscht schob ich es zur Seite. Zum Glück tauchte Juli schnellen Schrittes und außer Atem auf.

»Sorry, sorry, sorry«, sie holte tief Luft. »Die S-Bahn war so voll, weil die zwei davor ausgefallen sind. Bei der Menge an Menschen bin ich nicht rausgekommen und musste eine Station weiterfahren.«

Sie strich ihr hübsches Sommerkleid glatt und setzte sich mir gegenüber.

»Schon okay«, sagte ich und schob ihr das Törtchen hin. »Zur Strafe musst du das hier auf der Stelle essen.«

Sie lachte, winkte den Kellner herbei und bestellte einen Eiskaffee. Mit Erstaunen und Ehrfurcht beobachtete ich, wie sie sich über das Törtchen hermachte und dabei ihren Eiskaffee trank, der vor Vanilleeis nur so überquoll. Wie hielt sie mit diesem Essverhalten ihre Figur? Hätte ich so gegessen, hätte das in spontaner Aufblähung und sofortigem Konfektionsgrößenwechsel resultiert.

»Mhhhhh, tut das gut«, sagte sie mit vollem Mund. »Wie geht es dir, Katha? Wie läuft es mit der Masterarbeit?«

Ich faltete meine Hände auf dem Tisch und sah sie ernst an.

»Deswegen wollte ich mit dir reden.«

Juli kaute zu Ende.

»Das habe ich befürchtet.« Sie spülte mit einem Schluck Eiskaffee nach. »Es geht um Krause, oder?«

Ich nickte und sah sie vorwurfsvoll an. »Warum hast du nichts gesagt?«

Sie sah beschämt auf ihren Teller.

»Ich dachte, du wüsstest es! Fast alle wissen es«, flüsterte sie und sah sich verstohlen um, als hätte sie Angst, Krause wäre in der Nähe. »Man munkelt schon länger, dass er sich an Studentinnen ranmacht.«

»Wenn man das munkelt und es scheinbar jeder weiß, warum hast du angefangen, deinen Doktor bei ihm zu schreiben?«

Verbittert lachte sie auf.

»Ich wollte es nicht glauben, bis er, naja, bis ich bei ihm in der Wohnung war –«

Sie sprach nicht weiter, sondern spielte lieber an ihrem Armband herum.

»Was war in seiner Wohnung?«, hakte ich nach, obwohl ich es nicht wissen wollte.

Sie drehte das Armband mehrfach um ihr Handgelenk, bevor sie leise antwortete: »Er wollte, dass ich meine Unterwäsche ausziehe.«

»*Er wollte was?*« Schockiert sah ich sie an.

Leicht beschämt rieb sie ihre Stirn.

»Das hast du doch nicht gemacht?«

Sie stöhnte auf.

»Du hast es gemacht? Warum denn das?«

Entschuldigend blickte sie mich an. Als hätte sie etwas verbockt und müsste sich dafür rechtfertigen.

»Er sagte, ich könne mir seiner engen Betreuung und seiner vollen Aufmerksamkeit sicher sein, wenn ich die Zeit in seiner Wohnung und in seinen Sprechstunden ohne Höschen verbringe. Ich könne alles anlassen, wenn ich will, solange ich –« Sie sprach nicht weiter.

Ich brauchte es nicht zu wissen. Ich ahnte, worauf das hinauslief.

»Solange ich es vor seinen Augen ausziehe und so in seiner Sprechstunde sitze. Die Idee genügt ihm, sagte er.«

Schockiert und sprachlos saß ich da, ohne zu wissen, was ich dazu sagen sollte.

»Ich war so überrumpelt«, erklärte Juli weiter. »Dass ich es tatsächlich gemacht habe. Das eine Mal. Und seither bin ich nicht mehr hin.« In ihren Augen sammelten sich Tränen. Sie versuchte, sie zurückzuhalten, doch eine lief bereits ihre Wange herunter.

»Oh mein Gott«, flüsterte ich und stand auf, um sie in den Arm zu nehmen. Ich drückte sie fest an mich. Sie hatte schon immer große Ambitionen gehabt. Seit ich sie im ersten Semester kennengelernt hatte, hatte das Thema der Doktorarbeit festgestanden, die sie eines Tages unter allen Umständen schreiben wollte. Sie arbeitete seit dem ersten Mastersemester daran. Jetzt hatte sich Professor Krause zwischen sie und ihr Ziel gedrängt. Wut stieg in mir hoch. Was für ein scheiß Drecksack war dieser Typ eigentlich? Wie konnte er seine Position dermaßen schändlich ausnutzen, Juli so überrumpeln und ihr all ihre Ziele und Ambitionen nehmen?

»Es tut mir leid«, schluchzte sie, »dass ich dir nichts davon gesagt habe, als du mich gefragt hast, wie er so drauf ist.«

Ich setzte mich wieder hin und strich ihr über den Arm.

»Schon okay, bei mir war es nur verbal und völlig harmlos.«

Eine zweite Träne lief ihr über die Wange.

»Ich dachte, du wärst nicht sein Typ und deshalb nicht betroffen.« Juli schniefte laut in ihre Serviette. »Aber dann hast du auf einmal angefangen, abzunehmen –«

»Pst«, beruhigte ich sie. »Es ist nicht deine Schuld. Nicht das mit dem Höschen und auch nicht das mit mir. Er ist ein beschissenes Arschloch, das gefeuert gehört. Und angezeigt.«

Juli stöhnte leise und schüttelte den Kopf. »Er wurde schon einmal angezeigt und es stand Aussage gegen Aussage. Die ganze Fakultät hat sich hinter ihn gestellt, obwohl alle Bescheid wissen. Die Sache wurde eingestellt.«

»Warum decken die ihn?« Ich konnte nicht glauben, was ich da hörte. Wir lebten im einundzwanzigsten Jahrhundert und aufgeklärte Wissenschaftler, die jeden Scheißdreck genderten, eine Triggerwarnung nach der anderen herausgaben und nicht einmal Bilder mit nackten Brüsten in der Mensa duldeten, deckten einen übergriffigen Drecksack.

Nach ein paar Minuten hatte Juli sich wieder gefangen. Offenbar war das das erste Mal gewesen, dass sie darüber sprechen konnte. Es musste sie sehr belastet haben. Ihre Hände zitterten noch ein wenig, als sie sie um den Eiskaffeebecher legte.

Wir wechselten das Thema und sprachen über Belangloses. Nach und nach wurde sie wieder die alte Juli, die mir detailreiche Stories über Leute erzählte, von denen ich noch nie gehört hatte. Die Zeit verging wie im Flug, bis ich erschrocken feststellte, dass ich in einer dreiviertel Stunde in Marienfelde mit Alex verabredet war.

Als unsere Rechnungen kamen, hatte der Kellner auf beide seine Nummer geschrieben. Offenbar hatte er sich nicht entscheiden können, von wem er lieber angerufen werden wollte. Wir mussten herzlich lachen, bevor wir uns verabschiedeten. Für einen kurzen Moment hatte ich heute einen Blick auf eine andere Juli erhascht. Eine Juli, die hinter den vielen Geschichten, dem Namedropping und den ganzen Oberflächlichkeiten eine sensible und verletzliche Person war.

*

Außer Atem und völlig fertig, wie Juli Stunden zuvor, kam ich am Crossfit-Studio an. Alex erwartete mich ungeduldig.

»Tut mir leid. Der S-Bahn wurden Schienen geklaut und deswegen fallen viele Züge aus«, redete ich mich heraus und biss mir verärgert auf die Zunge.

Warum sagte ich nicht einfach die Wahrheit? Man konnte doch die Zeit aus den Augen verlieren, so schlimm war das nicht. Bei Alex fühlte ich mich immer wie ein kleines Mädchen, das bloß nicht zu viel sagen sollte, um nicht zu offenbaren, was für albernen Unsinn es im Kopf hatte. Dabei war ich eine gestandene Frau, die in zwei Wochen dreißig wurde.

Er schüttelte den Kopf und ging auf die Klimmzugstangen zu. Erleichtert darüber, dass mir eine Grundsatzdiskussion über Pünktlichkeit erspart blieb, folgte ich ihm.

Wie immer war das Training kein Zuckerschlecken. Alex zog an. Er erwartete inzwischen mehr von mir. Ich musste mehrmals mit mir kämpfen, um nicht auf die Knie zu gehen und ihn um Gnade anzuflehen. Doch jedes Mal, wenn es vorbei war, fühlte ich mich wie neugeboren.

Alex hatte parallel zu mir trainiert. Er setzte sich neben mich und trank sein Wasser. Von der Seite beobachtete ich seine Brust dabei, wie sie sich mit jedem Schluck hob und senkte. Er war so unverschämt hübsch und makellos. Zwei junge Frauen gingen an uns vorbei und kicherten verlegen, während sie ihn aus dem Augenwinkel beobachteten. Ich konnte ihnen nicht verübeln, dass sie seine Aufmerksamkeit wollten. Ich selbst wollte sie auch, obwohl ich das weder mir noch ihm eingestanden hätte. Alex ignorierte die beiden, wie so viele, wenn wir außerhalb meiner Wohnung trainierten. Anders als Benji, der jede Frau, die Interesse an ihm zeigte, mit noch mehr Aufmerksamkeit belohnte, war Alex stets auf mich konzentriert und ließ sich von nichts und niemandem ablenken.

Gedankenverloren starrte ich ihn an und bemerkte erst nach einer Weile, dass er meinen Blick erwiderte.

»Entschuldigung, ich war gerade in Betrachtung vertieft.«

»Das habe ich bemerkt.« Er spielte mit seinem Trizeps, um anzudeuten, dass er das Objekt meiner Betrachtung genau kannte.

Es brachte mir nichts, zu tun, als läge er falsch.

»Meinst du, ich bekomme sie auch so hin?« fragte ich mit Blick auf die Muskeln.

Er dachte nach.

»Nach vier, fünf Jahren regelmäßigem Training und guter Ernährung. Vielleicht« Er wiegte den Kopf. »Würde bei deinem Körperbau anders aussehen und andere Proportionen annehmen, aber das spielt keine Rolle. Das Level an Fitness sollte kein Problem sein.«

Stöhnend ließ ich mich zurück auf die Matte fallen.

»Vier bis fünf Jahre. Das ist ja eine Ewigkeit!«

Alex reichte mir die Hand, um mir wieder aufzuhelfen. Ich ergriff sie und er zog mich mit einem Ruck hoch.

»Nein, das ist kaum mehr als ein Wimpernschlag. Und der lohnt sich. Wenn du am Ball bleibst, Katha, wirst du spitze aussehen.« Er sah mir in die Augen. »Was du eh schon längst tust.«

Oh, oh, mir wurde ganz schwummrig in der Magengegend. Alex fand, ich sah jetzt schon spitze aus. Wenn er mir noch einmal diesen Schlafzimmerblick zuwarf, würde ich sofort über ihn herfallen.

Herrgott nochmal, was dachte ich da? Verlegen machte ich einen Schritt zurück und räusperte mich.

»Natürlich tue ich das«, erwiderte ich selbstbewusst. »Selbst, wenn ich total verschwitzt bin und rieche wie ein drei Tage alter Kadaver in der Wüste.«

Schnell weg hier, bevor ich ihm noch steckte, dass ich gern Sex mit ihm hätte. Ungeduscht.

»Ich geh lieber duschen«, beschloss ich und machte mich auf den Weg. Katha, sagte ich zu mir, nicht umdrehen. Du fragst ihn nicht, ob er mit dir duschen will. Geh einfach geradeaus zur Umkleidekabine.

Als ich die Tür zur Umkleide hinter mir zugezogen hatte, atmete ich erleichtert auf. Gedankenverloren ging ich zu meinem Spind. Ich war mir nicht im Klaren darüber, was genau das alles sollte. Ich ermahnte mich, nicht über Alex nachzudenken. Der Typ ging gar nicht. Ich mochte ihn nicht. Er mochte mich auch nicht und außerdem liebte ich heimlich noch immer Johannes.

Einfach nicht an Alex denken.

Alex, nackt.

Vertieft in den inneren Kampf gegen meine pornographische Fantasie, wäre ich beinahe gegen jemand gerannt. Im letzten Moment wich ich aus.

»Tut mir leid«, entschuldigte ich mich. Die junge Frau, die in einem Handtuch aus der Dusche kam, winkte ab.

»Schon gut«, sagte sie.

Verwundert sah ich ihr hinterher. Irgendwoher kannte ich sie. Als sie das Handtuch abstreifte und zu Boden gleiten ließ, wusste ich, woher.

»Wie kommt man zu so einem Bauch?«, fragte ich und zeigte auf ihren Eight-Pack.

Sie sah an sich herunter und spannte ihn für mich an. »Mehrere Jahre Training, Gene und richtige Ernährung.«

Am liebsten hätte ich ihren Bauch angefasst. Sie war wahnsinnig gut trainiert, aber nicht so wuchtig und massig wie ein Bodybuilder. Wie hatte sie das geschafft?

Als hätte sie meine Gedanken gelesen, antwortete sie:

»Ich mache Kampfsport. Da braucht man nicht nur Kraft, sondern auch Geschwindigkeit.«

»Du stemmst keine Gewichte?«

Sie schüttelte den Kopf und zog sich an, während sie weitersprach.

»Nein. Nur das eigene Körpergewicht. Ab und zu trainiere ich mit einer Gewichtweste. Das ist alles.«

»Wie lange machst du Kampfsport?«

Sie zog sich ihr Shirt über den Kopf. »Seit ich vor drei Jahren in der Armee war.«

Mein überraschter Gesichtsausdruck verriet ihr, dass ich keine Ahnung hatte, wovon sie sprach.

»Ich komme aus Israel. Dort herrscht Wehrpflicht, auch für Frauen. Zur Ausbildung gehört auch Krav Maga. Das ist ein Nahkampfsystem, das in Israel entwickelt wurde.«

Das war ja interessant.

»Also musstest du so richtig ran. Mit Waffe auf Patrouille und mit Gepäck durch die Wüste? Das ganze Programm?«

Sie nickte. »Das ganze Programm.«

Ich setzte mich auf die Bank ihr gegenüber. Sie faszinierte mich. »Und seitdem machst du, wie heißt das nochmal?«

»Krav Maga.«

»Und daher hast du deinen Bauch?«

Gekonnt warf sie ihren Rucksack über die Schulter und sah aus wie eine ganz normale Mittzwanzigerin. Kein Mensch konnte erahnen, dass sich unter dem T-Shirt und der Jeans ein Terminator versteckte.

»Unter anderem. Ich variiere und habe jetzt Muay Thai dazu genommen.«

Beeindruckt sah ich sie an. Sie winkte, wünschte mir noch einen schönen Tag und verließ die Umkleide.

Wow. Ich beneidete sie darum, dass sie das alles konnte. Vielleicht sollte ich mich auch zu so etwas anmelden. Die Vorstellung, wie Bruce Lee jeden mit einem gezielten Schlag außer Gefecht setzen zu können, gefiel mir.

*

10. August, 67 Kilo

»Warum hast du das behauptet?«, fragte mich Alex zum wiederholten Mal, während er in Benjis Büro auf und ab lief. Ich hatte ihn schon angepisst, genervt, gelangweilt und müde erlebt, aber noch nie so. Zum ersten Mal sah ich Alex richtig wütend. Und das auch noch auf mich.

»Ich habe nicht behauptet, deine Freundin zu sein«, erwiderte ich kleinlaut und versank in meinem Sessel, während er wie ein wütender Stier herumstampfte und mit der neuen Ausgabe der GQ wedelte.

Er blieb stehen und warf mir einen Blick zu, bei dem mir angst und bange wurde. Wie bei Herrn Sänger, meinem Lateinlehrer in der elften Klasse.

»Heißt das, dass Tanja mich gestern angelogen hat, als ich sie angerufen und gefragt habe, woher sie die Information nimmt«, er zitierte: »wir kennen uns schon seit Dezember und sehen uns fast täglich? Sie sagte nämlich, sie hätte das von dir. Und ganz ehrlich, ich wüsste nicht, warum ich daran zweifeln sollte!«

Ich saß ganz schön in der Scheiße.

»Ich habe nicht behauptet, deine Freundin zu sein«, wiederholte ich.

»Aber du hast es suggeriert«, erwiderte er. Ich zog es vor, nicht zu antworten. Frustriert ließ sich Alex in einen Sessel fallen und vergrub den Kopf in den Händen.

Benji hatte alles vom Schreibtisch aus beobachtet und sprang mir bei. »Dann ist sie halt deine Freundin, Alex, du meine Güte. Du musst sie ja nicht gleich heiraten. Mach Schluss mit ihr und gut ist.«

Alex bedachte ihn mit einem vernichtenden Blick, was Benji nicht aus der Ruhe brachte. Er zuckte mit den Schultern und lehnte sich zurück.

»Weißt du, wer das alles schon gelesen hat?«, wollte Alex von ihm wissen. Benji seufzte und faltete lässig die Hände hinter dem Kopf. Sein Verhalten machte Alexander nur noch rasender.

»Sag deiner Mutter, dass das ein Missverständnis war. Tanja hat da was falsch verstanden. Diese Katrina, wie sie sie genannt hat, war nicht deine Freundin, sondern irgendeine Frau, die zufällig mit am Set war. Was habt ihr beide eigentlich in Wien gemacht?«

Tanja, dieser hinterhältige Blumenkohl, hatte in ihrem kleinen Porträt über Alex nicht nur behauptet, er sei seit Dezember vergeben, sondern auch noch meinen Namen falsch geschrieben. Sie schrieb von einer Katrina, die zwar nicht so sportlich wie Alex, dafür aber umso lebhafter und quasseliger war. Ihrer Meinung nach waren Alex und ich der lebende Beweis für die alte Weisheit, dass Gegensätze einander anzogen. Kurz hatte ich darüber nachgedacht, den nächsten Flug nach Wien zu nehmen, sie an eine Rakete zu binden und ins All zu schießen.

»Meine Mutter«, presste Alex mühsam heraus, ohne auf die letzte Frage einzugehen, »redet zurzeit nicht mit mir. Sie ist der Meinung, dass ich meine Freundin absichtlich von ihr fernhalte, weil ich mich für sie und meine Familie schäme.«

»Sie beruhigt sich schon wieder«, beschwichtigte Benji. »Zum Glück hat Tanja Kathas Namen falsch geschrieben. Einen direkten Zusammenhang kann man nicht herstellen.«

Alex stand auf und warf die GQ auf den Tisch.

»Mir ist heute nicht nach Training«, verkündete er und warf sich seine Sporttasche über die Schulter. »Ihr könnt ohne mich weitermachen.«

Offensichtlich hatte er weder Bock auf mich, noch auf Benji, der ihn ungerührt beobachtete. Alex nickte ihm zum Abschied zu und verließ das Büro, ohne mich noch eines Blickes zu würdigen.

Ich konnte seine Wut gut nachvollziehen. Die Reaktion war trotzdem ziemlich übertrieben. Er musste doch nicht gleich das Training sausen lassen, nur weil diese Tanja alias Rita Kimmkorn behauptete, er sei mit mir zusammen. Es gab wirklich schlimmere Gerüchte.

Ratlos sahen Benji und ich zuerst auf die Tür und dann uns an. Nach ein paar sprachlosen Sekunden erhob er sich motiviert.

»Elvis hat das Gebäude verlassen« sprach er und klatschte geschäftig in die Hände. »Wir haben keine Wahl, Katha, wir müssen heute ohne unsere Herzkönigin trainieren.«

Ich musste lachen und stand nur zu bereitwillig auf. In der letzten Woche hatte ich mir eine Zerrung zugezogen, die mir eine Zwangspause abverlangt hatte. Das war unerträglich gewesen. Nach meiner eigenen Diagnose war ich mittlerweile offiziell sportsüchtig. Eine Woche ohne Training machte mich genauso nervös wie einen Junkie drei drogenfreie Tage.

Dementsprechend begeistert ging ich ins Training. Benji gab sich alle Mühe, Alex zu ersetzen und hetzte mich von einem Gerät zum anderen.

In seinem Fitnessstudio zu trainieren war ganz nett, auch wenn ich es eher gewohnt war, mich durch viele Wiederholung auszupowern, als durch kurzes Gewichte-Stemmen. Müde wurde ich davon nicht, nur ins Schwitzen kam ich.

Nach einer Stunde war Schluss. Wir saßen gemeinsam im Aufenthaltsraum des Studios und tranken unsere Proteinshakes. Hier war ich vor einem dreiviertel Jahr unfreiwillig Zeugin des Streits geworden, der alles verändert hatte.

»Meinst du, Alex ist lange sauer mit mir?«

Benji schüttelte den Kopf. »Er beruhigt sich schnell wieder. Ich würde mir da keinen Kopf machen. Er ist halt gern single und will das auch bleiben. Da ärgert es ihn, wenn der Stress mit seiner Mom wieder losgeht.«

Fragend zog ich eine Augenbraue hoch.

»Will sie etwa Enkelkinder?«

»Ja, unbedingt. Sie macht da richtig Druck auf ihn und will ihn ständig mit allen möglichen Frauen verkuppeln. Er will aber für die nächsten Jahre keine feste Bindung eingehen. Wenn es darum geht, ist er schnell genervt.«

Er machte eine Pause, überlegte, ob er weitersprechen sollte, entschied sich dafür und beugte sich verschwörerisch vor.

»Einmal, das ist schon zwei Jahre her, waren wir beide mit Melissa unterwegs. Sie war die zweite Trainerin hier. Irgendwann war sie hackedicht, sie konnte sich kaum mehr auf den Beinen halten. Alex nahm sie trotzdem mit nach Hause und hatte was mit ihr. Hätte ich an seiner Stelle nicht gemacht, sie war ziemlich anhänglich und auch nüchtern anstrengend. Naja, egal. Jedenfalls musste sich Franziska als seine Freundin ausgeben und eine riesen Szene machen, damit Alex Melissa wieder loswurde. Einen Tag später hatte sie gekündigt.«

Mit offenem Mund starrte ich ihn an. Ich konnte es nicht glauben. So hatte ich Alex nie und nimmer eingeschätzt. Dass er kein Kind von Traurigkeit war, glaubte ich sofort. Aber, dass er sich dermaßen danebenbenahm?

»Wirklich?«

»Ist halt Alex. Er ist zweifellos ein guter Trainer, aber mit Frauen hat er es nicht so. Liegt vielleicht daran, dass sein Vater starb, als er klein war, und er dann mit seiner Mutter allein über die Runden kommen musste. Vielleicht hat er eine Art Mutterkomplex entwickelt, so wie Norman Bates in Psycho.«

Zum Glück habe ich Alex nicht gebeten, mit mir Duschen zu gehen. In meiner Fantasie spritze gerade Blut ulkige Muster auf einen weißen Duschvorhang.

»Na, hoffentlich nicht! Betreibt er eine Pension, von der wir nichts wissen?«, fragte ich lachend.

Wie konnte ich mich so in Alex getäuscht haben? In Wien war er so anständig zu mir gewesen. Benji lächelte liebenswürdig. So unschuldig und vertrauenswürdig, wie er aussah, erzählte er mir sicher keinen Quark. Ich hatte den Eindruck, er wollte mich mit dieser Geschichte warnen.

Wir wechselten das Thema und kamen auf Filme und Musik zu sprechen. Mit Benjamin zu reden, war so einfach. Fast wie Urlaub. Zu allem hatte er eine witzige Anekdote oder eine interessierte Nachfrage. Unser Gespräch dauerte länger als das Training.

Erst beim Duschen dachte ich wieder an das, was ich heute über Alex erfahren hatte. Sein Verhalten mir gegenüber war oft wechselhaft und nicht nachvollziehbar gewesen. Manchmal war er die Liebenswürdigkeit in Person, manchmal führte er sich auf wie ein sadistischer Gefängniswärter. Dann wieder war er wie Severus Snape gegenüber Harry Potter. Ich nannte es liebevolles Quälen.

Ansonsten war sein Benehmen tadellos, besonders anderen Gegenüber. Jedenfalls in meiner Nähe. Würde so jemand eine total besoffene Kollegin mit nachhause nehmen und mit ihr schlafen, um sie am nächsten Tag auf solch unfaire Weise wieder los zu werden? Irgendwie konnte ich das nicht glauben. Allerdings hätte ich auch von Professor Krause nie gedacht, dass er sich Juli gegenüber so verhalten hatte. Und, dass Johannes mich über ein Jahr hinweg mit meiner Cousine betrogen hatte, die auch noch meine beste Freundin war …

Vielleicht verstand ich einfach nichts von Männern und war hoffnungslos naiv.

*

»Klick endlich auf den Button«, forderte ich meine Mutter am Telefon auf, während ich Irinas Laden betrat und die Tür mit dem Fuß zudrückte. In einer Hand hielt ich mein Handy, in der anderen zwei volle Shoppingtaschen.

In drei Tagen würde ich Geburtstag feiern. Dafür hatte ich Klamotten eingekauft. Jessie saß gelangweilt hinter der Theke und tippte auf ihrem Telefon rum.

»Hast du die Flüge endlich gebucht?«

»Ja, Liebes, es gibt kein Zurück mehr. Drei Tickets nach Italien. Eins für dich, eins für Harald und eins für mich.« Sie klang so aufgeregt, als hätte ich sie darum gebeten, im Darknet Drogen für uns alle zu bestellen.

Ich nickte Jessie zu, die fröhlich zurückwinkte und sich dann wieder ihrem Handy widmete.

»Dann ist es offiziell«, frohlockte ich. »Wir fliegen zur Hochzeit.«

»Wie du dich freust. Ich weiß noch immer nicht, ob das eine gute Idee ist.« Mom machte eine Pause, weil Harald im Hintergrund etwas sagte. »Harald meint, es ist ein Fehler.«

»Sag ihm, statt des Karibikurlaubs das Saunahäuschen in den Garten zu stellen, das ihr jetzt nie benutzt, *das* war ein Fehler«, antwortete ich.

Sie lachte. »Karibik. Du wolltest uns damals doch nur loswerden, um sturmfrei zu haben und ungestört mit Christoph Boxhauser knutschen zu können!«

»Nein«, verteidigte ich mich. »Ich wollte, dass ihr euch am Strand erholt, statt euch dieses Ungetüm in den Garten zu zimmern.«

Aus der Küche kam ein lauter Fluch. Das musste Irina sein. Es klirrte laut. Ich sah fragend zur Jessie, die nur mit den Schultern zuckte und den Kopf schüttelte.

»Mom, ich muss aufhören. Übrigens habe ich einen Winter später an Boxi meine Unschuld verloren. In dem Saunading.« Ich hörte, wie sie schockiert die Luft einsog, musste lachen und legte auf.

»An wen hast du wo deine Unschuld verloren?«, fragte Jessie und klimperte anzüglich mit den Wimpern. Kichernd legte ich meine Einkäufe auf dem Tresen ab.

»An Boxi. Christoph Boxhauser. In einem Saunahäuschen im Garten meiner Eltern.«

»Du Luder!«, rief sie gespielt schockiert. Wieder ertönten laute

Flüche aus der Küche.

»Was ist los?«, flüsterte ich und schielte vorsichtig um die Ecke.

Jessie stellte sich hinter mich, sah über meine Schulter und flüsterte zurück: »Irina ist extrem schlecht drauf. Keine Ahnung, weshalb. Traue mich nicht, nachzufragen.«

Ich überlegte, ob ich in die Küche gehen und versuchen sollte, es herauszufinden. Doch Irina malträtierte den Teig derart aggressiv, dass ich darauf verzichtete. Stattdessen drehte ich mich zu Jessie um. Sie war längst damit beschäftigt, meine Taschen zu durchwühlen und meine Ausbeute zu begutachten.

»Was bekomme ich von dir zum Geburtstag?«, fragte ich und nahm ihr meine neue Unterwäsche aus der Hand.

*

13. August, 67 Kilo

Einst hatte der Vater einer Freundin die Dreißiger als die beste Zeit seines Lebens bezeichnet. Man wurde selbstbewusster, die Unsicherheiten der Zwanziger waren überwunden. Man wusste, was man wollte und mit wem. Man fühlte sich wohler in seiner Haut.

Was die ersten Punkte anging, trafen sie ganz sicher nicht auf mich zu. Ich zweifelte ständig an mir, sogar beim Brötchenkauf, hatte noch immer keinen Abschluss und studierte ein geisteswissenschaftliches Fach, das mich zum Taxifahrer qualifizierte. Außerdem wusste ich noch immer nicht, was ich wollte oder mit wem. Johannes, hatte ich acht Jahre lang gedacht. Aber der hatte das offensichtlich ganz anders gesehen. Der letzte Punkt jedoch – man fühlt sich wohler in seiner Haut –, der traf durchaus zu.

Zufrieden begutachtete ich mich und mein neues Kleid im Spiegel. Es war ein kleines Schwarzes mit feiner Spitze am Rock. Es saß wie eine zweite Haut und fühlte sich wirklich gut an. War aber auch teuer gewesen. Doch ich hatte nicht widerstehen können. Auch den Schuhen nicht. Neue schwarze Pumps. Meine alten fuhren vermutlich noch immer Taxi durch Berlin.

Der Grund dafür, dass ich mit meiner Partyvorbereitung jetzt so spät dran war, war meine neue Liebe: Ich.

Ich war in mich verliebt, und jedes Mal, wenn ich an einem der Spiegel in Flur, Schlafzimmer oder Bad vorbeilief, blieb ich stehen und schmachtete mich minutenlang an. Diese neue Liebe kostete mich viel Zeit.

Der *Maman* hatte ich ein schickes Partyhütchen aufgesetzt. Dafür hatte ich extra eine Leiter aus dem Keller holen müssen. In der Küche gab es lauter ungesundes Zeug und ein Geheimversteck mit teuren Nüssen für mich. Die Sportsachen hatte ich im Wandschrank verstaut, unter der großen Skulptur eine Tanzfläche gezaubert und daneben eine Art improvisierte Bar errichtet. Eigentlich wollte ich noch Luftballons für mich selbst aufblasen, Girlanden aufhängen und einen Kuchen backen, doch wie gesagt: Mein Spiegelbild war mir dazwischengekommen.

Jetzt war es kurz vor acht und ich erwartete die ersten Gäste.

Ich widerstand dem Drang, mich vor den Spiegel zu stellen, schenkte mir schonmal ein Glas Sekt ein, setzte mich in meinen Sessel und rief Lady Washington zu mir. Sie bummelte gemächlich auf mich zu und sah unglaublich süß aus. Zur Feier des Tages hatte ich für sie ein kleines Katzenkrönchen erworben, das sie natürlich nicht ausstehen konnte und ständig abzuwerfen versuchte. Gerade hing es leicht schräg auf ihrem Kopf und ließ sie aussehen wie die lässigste Katzenkönigin der Welt. Mit einem Satz hüpfte sie auf meinen Schoß. Sie war schlanker als vor einem Jahr. Ein bisschen. Nicht viel, aber doch genug, um wieder von allein auf kleine Anhöhen zu springen. Ich nahm ihre Pfoten in die Hand, was sie hasste, und grub mein Gesicht in ihr Fell.

»Ich bin stolz auf dich, du kleine dicke Königin. Ganz arg stolz auf dich.« Sie mochte das nicht. Nach zwei Sekunden war sie wieder weg.

Ich wollte ihr hinterher, um das Krönchen zu richten, als es klingelte. Es waren Jessie und Franziska mit drei Flaschen Sekt, einem Wodka, zwei Tüten Chips und noch mehr Partyhüten.

Wir verloren keine Zeit und leerten als erstes meine angebrochene Flasche. Dann gab es eine Runde Partyhütchen-Selfies, denn noch sahen wir alle gut aus und waren bei klarem Bewusstsein.

Die beiden hatten eine kleine Überraschung für mich. Fünfzehn Einwegkameras, eine für jeden Gast. Wie auch immer der Abend verlaufen würde, die entwickelten Fotos würden es einige Tage später verraten.

Wir jagten Lady Washington, um ihr das Krönchen zu richten und auch mit ihr Fotos zu machen, als es erneut klingelte.

Diesmal war es Clemens, und er war nicht alleine. Er hatte zwei Bandkollegen im Schlepptau, die haargenau aussahen wie er, nur dass einer etwas kleiner, einer etwas größer war als er. Wir waren uns gestern im Treppenhaus begegnet und ich hatte ihn spontan eingeladen. Zu meiner Überraschung hatte er angenommen und gefragt, ob er jemand mitbringen konnte. Ich dachte, es ginge vielleicht um eine Freundin, aber nein. Er brachte seine Bandkollegen mit.

Diese wiederum brachten nach zehnminütigem Genörgel Clemens' Anlage aus seiner Wohnung herunter, weil ihnen weder mein schicker pinker Ghettoblaster gefiel, noch die Musik, die aus ihm herauskam. Der kleine Clemens warf sogar eine Decke über das Ding und schlug vor, es später anzuzünden. Das Pink machte ihn nervös.

Lady Washington verzog sich ins Bad, setzte sich auf den geschlossenen Klodeckel und posierte für die ersten dreißig Einwegkamerabilder.

Clemens' großer Bandkollege war gerade dabei, mir langatmig zu erzählen, wo er schon überall auf Tour gewesen war – ich hatte darum nicht gebeten, sondern nur unschuldig nach seinem Namen gefragt – als die Türklingel sich wieder meldete.

Es waren Juli – mit Natascha im Gepäck –, Thes und Stella. Als sie sich alle im Wohnzimmer eingefunden hatten, stellte ich fest, dass ich verdammt viele hübsche Menschen kannte. Zufrieden, dass jeder irgendwen zu Quatschen fand und sich nicht langweilte, schenkte ich mir ein neues Glas ein und kaute ein paar Nüsse. Clemens' namenloser Bandkollege visierte mich an und kam auf mich zu, als es erneut klingelte.

Alex.

»Hi«, sagte ich.

Herzklopfen.

»Hi.«

Zurzeit redeten wir nicht viel miteinander, weil er offiziell sauer auf mich war. Aber offensichtlich nicht sauer genug, um meiner Party fernzubleiben. Wir standen uns gegenüber und sagten erst einmal nichts, bis er ein Geschenk aus einer hübschen Tasche holte. Es war rechtwinklig, etwa vierzig Zentimeter hoch und in glänzend rotes Papier gepackt, das von einem silbernen Band zusammengehalten wurde. Freudig nahm ich es entgegen. Alex hatte ein Geschenk für mich. Er hatte ein Geschenk für mich!

Ich ließ ihn ein und packte es noch im Gang aus, während er Lady Washington, die königliche Herrscherin des Badezimmers, um seine obligatorische Audienz ersuchte.

Sprachlos und mit offenem Mund hielt ich eine Miniaturversion des Doryphoros von Polyklet in der Hand. Vor zwei Monaten hatte ich Alex' Figur mit der berühmten Skulptur verglichen und sie mir ins Wohnzimmer gewünscht. Ich hatte sogar gesagt, dass dafür die *Maman* weichen würde. Und nun war der Doryphoros hier.

Alex kam aus dem Bad. Er hielt die kleine goldene Krone in der Hand.

»Irgendein Scherzkeks hat Lady Washington dieses alberne Ding aufgesetzt.« Er hielt die Krone hoch und schüttelte den Kopf. »Ich habe sie davon befreit.«

Er ging in die Küche und sah sich missbilligend um.

»Hey, das ist für die Gäste«, rechtfertigte ich mich, als er mir einen skeptischen Blick wegen der ungesunden Snacks zuwarf und zeigte ihm mein geheimes Versteck mit dem Superfood. Er ließ sich überzeugen und goss sich ein Wasser ein.

»Danke für die Skulptur.« Glücklich drückte ich den Doryphoros an mich. »Die ist der Wahnsinn.«

»Gern geschehen«, sagte er. »Ich –«

»Alexander!«, hörte ich Thes hinter mir. »Wie cool, dich wiederzusehen! Das letzte Mal hast du dich heimlich davongeschlichen, du fiese Type!«

Thes umrundete mich und nahm ihn sofort in Beschlag.

»Ich habe dein letztes Video gesehen. Das war mega. Du machst die besten Videos auf YouTube.« Alex bat mich mit den Augen um Beistand, doch ich grinste nur und verließ mit meinem großartigen Geschenk vergnügt die Küche.

Zufrieden brachte ich die Skulptur im Schlafzimmer vor der Partymeute in Sicherheit. Stella hatte Alexander ebenfalls entdeckt und nötigte ihn, ihr ein paar Übungen zu zeigen, die ihren Hintern straffen würden. Geduldig und charmant erklärte er den Zwillingen die richtige Körperhaltung bei Kniebeugen. Ich trank meinen Sekt und sah den dreien zu, als es schon wieder klingelte. Ich war nur mit Begrüßen beschäftigt.

Benji. Er strahlte wie der Weihnachtsbaum am Rockefeller Center. Freudig ließ ich ihn ein. Er lief direkt in Julis Arme, die auf dem Weg in die Küche war und ihn sofort erkannte.

Zufrieden, dass sich niemand langweilte, ging ich ins Wohnzimmer und gesellte mich zu Franziska und Jessie. Sie hielten ganz süß Händchen und schmachteten sich verliebt an. Ich freute mich riesig für die beiden, auch wenn ihr Glück mir einen kleinen Stich versetzte. Solch eine genügsame Eintracht wünschte ich mir auch. Ich war immer davon ausgegangen, dass ich meinen dreißigsten Geburtstag mit Johannes in Florenz feiern würde. Oder Barcelona. Zu zweit und ganz romantisch. Ich vermisste uns.

Die beiden bemerkten, dass ich sie beobachtete, und kicherten wie kleine ertappte Mädchen.

»Jessie hat mir gerade erzählt, wie ihr beide euch kennengelernt habt«, klärte mich Franziska auf.

Ich stöhnte. »Bitte nicht.«

Als ich dazu ansetzte, meine Version der Geschichte zu erzählen, klingelte es schon wieder. Noch ein Bandkollege von Clemens. Man hatte ihm gesagt, es gebe hier eine coole Party und heiße Chicks. Er präsentierte zwei riesige Bacardiflaschen, die mich überzeugten, ihm den Weg freizumachen.

Ich musste mit jedem auf meinen Dreißigsten anstoßen, was mich schnell betrunken machte. Clemens sah mich besorgt von der Seite an und machte ein paar Andeutungen zu unserer letzten alkoholbedingten Begegnung, die sich in seiner Wohnung abgespielt hatte.

»Pst, Clemens. Du darfst nicht darüber reden!«

Verstohlen blickte ich mich um, doch abgesehen von Thes, die sich nicht dafür interessierte, hatte niemand seine Bemerkung gehört.

Ich trank mit Clemens auf mein Wohl und schlenderte weiter. Aus dem Augenwinkel sah ich, dass Alex sich mit Natascha unterhielt. Als ich näherkam, verstand ich kein Wort. Lag womöglich daran, dass es kein Deutsch war. Zum Glück. Für einen Moment dachte ich, ich sei so betrunken, dass ich nicht mal mehr begriff, was die Leute um mich herum sprachen. Seit wann konnte Alexander Russisch? Ein kleiner Verdacht kam auf und ich wollte ihm nachgehen. Konnte es sein, dass …

Lady Washington hüpfte auf den Couchtisch und steckte die Nase in eine Torte, die jemand mitgebracht haben musste. Erschrocken eilte ich zu ihr und wäre beinahe mit Alex zusammengestoßen. Wir hatten das Gleiche im Sinn: die Rettung der Katze vor dem Zuckerschock.

Er nahm mein Moppelchen in den Arm, während ich das angeleckte Stück Sünde in die Küche trug. Alex hob Lady Washington auf das Küchenregal und reichte ihr ein paar Leckerlis nach oben. Sie machte es sich bequem und knabberte daran herum, während ich ein Glas Wasser trank, um den Alkohol in meinem Blutkreislauf zu verdünnen.

»Bist du immer noch sauer auf mich?«, wollte ich zwischen den Schlucken wissen.

»Ja.«

»Ich könnte deine Mom anrufen und es ihr erklären.«

Er sah mich schockiert an und stöhnte bei dem Gedanken. »Bitte nicht. Das halte ich für eine sehr schlechte Idee.«

Ich zuckte mit den Schultern. »Dann nicht. Auf jeden Fall tut es mir leid. Ehrlich. Tanja hat mich provoziert und ich habe mir nichts dabei gedacht. Ich konnte doch nicht ahnen, dass sie das schreibt. Und, dass du allein wegen der Vorstellung, mit mir in einer Beziehung zu sein, so ausrastest.«

Alex rollte mit den Augen.

»Es ist nicht die Vorstellung, mit dir in einer Beziehung zu sein, die mich so wütend gemacht hat.«

Großzügig winkte ich ab. »Ist schon okay. Ich weiß ja, dass du dieses Single-Image für dein Geschäft brauchst.«

»Katharina«, fing er an.

»Alexander«, erwiderte ich genauso streng.

»Ich brauche kein Single-Image für mein Geschäft. Das läuft auch so gut.«

Mit schiefgelegtem Kopf sah ihn zweifelnd an.

»Schämst du dich etwa für mich und bist sauer, weil jetzt alle Welt denkt, dass du mit jemandem zusammen bist, der dicker ist, als ein Sägeblatt?«

Er sah mich sprachlos an: »Glaubst du wirklich, dass das für mich eine Rolle spielt?«

Vielleicht.

Ich wollte ernst bleiben, konnte es aber nicht und musste kichern. Ich stellte mein Glas zur Seite und verschränkte die Arme.

»Seien wir mal für einen Moment ehrlich zueinander«, begann ich. »Die Wahrheit ist ja, dass sich die Leute, wenn sie uns sehen, sicher fragen, was diese Hammerbraut mit dem Zweihundert-plus-X-IQ, der Katze mit dem Zweihundert-plus-X-Bauchumfang und dem fast fertigen Masterabschluss an so einem miesepetrigen und eitlen Geck wie dir findet. Hast du mal die Blicke gesehen, die wir kassieren, wenn wir zusammen trainieren?«

Alex verschränkte ebenfalls die Arme vor der Brust und griff sich ans Kinn.

»Jetzt, wo du es sagst. Ich dachte immer, die gucken so komisch, weil du den Arsch auch nach hundert Deadlifts noch rausstreckst wie eine Ente. Aber aus deiner Perspektive betrachtet ergibt das natürlich mehr Sinn!«

Schockiert verpasste ich ihm einen Schlag an die Schulter.

»Wie eine Ente? Ich mache die elegantesten Deadlifts, seit es Deadlifts gibt.« Ich wollte ihn noch einmal schlagen, doch er wich mir lachend aus.

»Sorry für das mit dem Artikel«, sagte ich noch einmal.

»Schon okay. Katha –«

»Ja?«, fragte ich und sah gebannt zu ihm hoch. Küss mich. Jetzt. Ui, war ich betrunken.

»Ich muss mit dir Schluss machen«, sagte er. Das verwirrte mich. Warum machte er mit mir Schluss? Es lief ja gar nichts zwischen uns.

»Aber wir haben noch nicht mal miteinander rumgemacht!«

Er war irritiert. Zu meinem Glück wusste er nicht, was in meinem Kopf vorging und hielt das für einen Witz.

»Bedeutet das, ich kann erst mit dir Schluss machen, nachdem ich mit dir rumgemacht habe?«, fragte er überrascht.

»Das wäre das Mindeste«, erwiderte ich nickend. »Sonst hätte ja keiner von uns was von dieser Beziehung gehabt.«

»Verstehe«, sagte er und beugte sich zu mir. Seine Lippen berührten die meinen. Es kam unerwartet und traf mich wie ein Blitz. Ich hatte mit allem gerechnet, nur nicht damit.

Alex fühlte sich so gut an. Ich erwiderte seinen Kuss und stellte mich auf die Zehenspitzen, um mehr davon zu bekommen. Als er sich von mir löste, hatte ich die Augen noch geschlossen. Ich war noch lange nicht fertig.

In diesem Moment war mir seine Vorgeschichte egal gewesen, obwohl sie es nicht sein sollte. Vielleicht war er ein Arschloch und behandelte Frauen scheiße. Aber küssen konnte er.

»So, jetzt aber. Ich muss mit dir Schluss machen.«

Sprachlos sah ich ihn an.

»Du Schuft! Ich dachte, das mit uns wäre für die Ewigkeit.« Melodramatisch griff ich mir ans Herz und bedeckte meine Augen mit der anderen Hand. Jessie kam in die Küche gerauscht und sah meine theatralische Geste.

»Was ist denn hier los?«, fragte sie misstrauisch.

»Alexander hat unsere imaginäre Beziehung beendet und mir das Herz gebrochen.«

Jessie stemmte die Hände in die Hüften und sah ihn böse an.

»Na toll, Alex, hast du nichts Besseres zu tun?« Sie wartete seine Antwort nicht ab, sondern schnappte sich eine Schüssel Chips. Alex zuckte mit den Schultern.

»Nein, stand heute ganz oben auf meiner Agenda«, erwiderte er und zwinkerte mir zu.

KAPITEL X

Golfgeschichten

15. September, 67 Kilo

»Wenn du dein Gewicht auf die Beine verlagerst, kannst du mehr und ausgeglichener stemmen«, sagte Alex oberlehrerhaft.

»Ich verlagere alles auf die Beine, was ich verlagern kann!«, presste ich mühsam hervor und ging mit der Langhantel in die Knie. Meine Beine zitterten und ich atmete stoßweise.

Er ließ sich neben mir auf die Matte nieder. Jack lief an uns vorbei. Er hatte zwei junge Männer im Schlepptau, die sich für Crossfit interessierten und eine Schnupperstunde belegen wollten. Sie sahen mir neugierig bei den Deadlifts zu. In ihren Gesichtern las ich Bewunderung für meine Leistung und sonnte mich darin.

»Hörst du mir zu?«, fragte Alex.

»Klar«, log ich.

»Was habe ich gesagt?«, wollte er wissen und sah mich genervt an.

»Dass du der Meinung bist, Harry und Hermine wären das bessere Paar gewesen.« Ich ließ die Langhantel zu Boden fallen. Er schüttelte den Kopf und warf mir eine Wasserflasche zu.

»Nein, der Meinung bin ich nicht. Ich mag Ron.«

Erschöpft setzte ich mich zu ihm und schraubte die Flasche auf. »Was hast du denn gesagt?«

»Dass du dich die drei Tage bis zum Wettbewerb nur noch dehnen und deine Glykogenspeicher auffüllen sollst.«

»Ich darf Spaghetti essen?«, fragte ich erfreut, führte die Flasche zum Mund und trank.

»Nein. Du darfst Süßkartoffeln essen«, antwortete Alex und nahm mir die Flasche ab, um selbst einen Schluck zu nehmen.

Ich ließ mich auf die Matte fallen und streckte mich. »Ich fasse es nicht. Nur noch zwei Tage, dann ist es soweit. Das Jahr ging so schnell rum. Es fühlt sich an, als hätten wir erst gestern mit dem Training angefangen.«

»Wirklich? Ich habe den Eindruck, ich bin seit Jahren in einer

Schleife gefangen, in der ich immer wieder das Gleiche sage und du trotzdem nicht dazulernst.«

»Sei froh! Die Schleife ist bald vorbei. Du darfst wieder andere Leute quälen und musst mich nicht mehr wiedersehen.«

Ich erschrak. Im Laufe der letzten Monate war Alex ein fester Bestandteil meines Lebens geworden. Wenn er mich nicht mit Sport und Ernährung terrorisierte, wusste ich gar nichts mehr mit mir anzufangen. Ich hatte erwartet, ihn erleichtert darüber zu sehen, dass er mich bald nicht mehr an der Backe hatte, doch er antwortete nicht. Schweigend drehte er die leere Wasserflasche in seinen Händen hin und her. Ich sah ihm eine Weile dabei zu, stöhnte ungeduldig und stand auf.

»Machen wir heute was Besonderes? Zu Feier des Tages. Immerhin ist das das letzte Training.«

Alex sah zu mir hoch. »Was schwebt dir denn vor?«

Ich zuckte mit den Schultern und sah mich in der Crossfit-Halle um. »Weiß nicht, was Besonderes halt. Sumo-Ringen, Baumstammwerfen oder Eierlauf?«

Er stand ebenfalls auf und ging an mir vorbei. »Schnapp dir deine Sachen. Ich weiß schon was.«

Ich hüpfte vor Freude. Was war ihm jetzt auf die Schnelle eingefallen? Hoffentlich gingen wir wieder Klettern. Das hatte schon beim letzten Mal richtig Spaß gemacht. Jetzt hatte ich noch mehr Muskeln und stemmte mein Gewicht mühelos. Das würde den Kick noch vergrößern.

*

Ich wartete seit zwanzig Minuten, als Alex endlich geduscht und umgezogen zur Tür herauskam. Erstaunt sah ich ihn an.

»Ich dachte, wir machen was Sportliches.«

»Machen wir auch«, antwortete er und ging zu unseren Fahrrädern. Ich folgte ihm, schnallte meine Tasche auf den Rücken und schwang mich auf den Sattel. Nach einer halben Stunde waren wir aus Berlin heraus und fuhren durch Brandenburg, vorbei an Feldern, Wiesen, Seen und schmalen Flüssen. Ich kam in der Sonne so richtig ins Schwitzen.

An einem unscheinbaren Häuschen in einem langen Zaun hielten wir an. Ich sah weit und breit nichts Besonderes, außer die vielen teuren Autos, die auf einem ungepflasterten Parkplatz mitten in der Pampa standen.

»Wo sind wir hier?«, fragte ich und sah mich neugierig um. Alex schloss unsere Räder an. Ohne zu antworten, bedeutete er mir, ihm zu folgen.

Wir passierten das Tor. Dem Wächter, der in dem Häuschen saß, zeigte Alex eine Karte. Gelangweilt winkte er uns durch und widmete sich wieder dem Rennspiel auf seinem Handy.

»Ist das eine geheime Militärbasis? Gibt es hier einen Schießstand?«, mutmaßte ich.

»Nein.«

Enttäuscht verzog ich das Gesicht. Erst mit dem ersten Golfcart ging mir ein Licht auf.

»Das ist ein Golfplatz!«

»Richtig.«

»Ich habe nicht das passende Outfit an.« Ich deutete auf meine kurzen Sportshorts und mein weißes Muskelshirt. Mein Outfit und ich sahen nicht nach Golfen aus. Ganz anders Alex, der eine lässige Stoffhose und ein Poloshirt trug.

»Das macht nichts«, erwiderte er und sah sich um. »Uns wird so oder so hier keiner beachten. Da entlang.«

Nach einem strammen Marsch erreichten wir das einzige Gebäude weit und breit. Es war eine hübsche Gründerzeitvilla mit einer großen Terrasse. Wir betraten den Empfangsraum. In der Tat würdigten uns die anwesenden Golfer keines Blickes.

Alex ging an die Rezeption und kam nach ein paar Minuten mit einem Schlüssel und einer Tasche voller Golfschläger zurück.

»Wir müssen uns die Schläger teilen«, sagte er und warf mir den Schlüssel zu.

»Ich wusste gar nicht, dass du Golf spielen kannst.«

Er grinste. »Ich auch nicht. Das ist mein erstes Mal.«

»Was? Warum hast du dann einen Mitgliedsausweis?«

»Das ist ein Geschenk einer Kundin. Sie ist Miteigentümerin

und wollte mich animieren, Golf zu lernen und so meine Reichweite als Coach zu erhöhen.«

»Ich bin sicher, dass du hier was reißen kannst«, antwortete ich und sah den beiden älteren Ladies hinterher, die gerade an uns vorbeigelaufen waren und ihn ungeniert angestarrt hatten.

»Hm«, sagte Alex und studierte die Karte in seiner Hand. »Soweit ich diesen Plan richtig deute, ist das erste Loch ganz schön weit draußen. Du fährst, ich navigiere.«

»Oh ja!«, rief ich begeistert. Schon immer hatte ich eines dieser kleinen Golfautos fahren wollen. Auf dem Parkplatz vor der Villa gab es zehn davon. Unseres stand leicht abseits und war schlammverkrustet. Jemand musste es mit teuflischer Freude durch mehrere Pfützen gejagt haben. Auf dem Rücksitz fand ich eine Kühltasche mit Getränken. Bier, Cola und Wasser. Was wollte man mehr?

Ein Bier in der einen, das Lenkrad in der anderen Hand, fuhr ich los, während Alex noch versuchte, auf der Karte Norden und Süden auszumachen. Wir verfuhren uns und drehten eine lange Ehrenrunde um den Park, bis wir uns endlich am ersten Loch wiederfanden.

Ratlos standen wir vor den dutzenden Schlägern.

»Vielleicht gibt es eine Golf-App, die wir zu Rate ziehen können«, schlug ich vor, nachdem Alex einige davon aus der Tasche gezogen und wieder zurückgesteckt hatte. Er schüttelte den Kopf und entschied sich für einen Schläger, der ihm gut in der Hand lag.

»Wo bleibt da der Spaß?«, fragte er, trank einen Schluck Bier und reichte mir die Flasche zurück. Er positionierte den Ball auf einer kleinen Stütze, sah zu der Fahne in der Ferne, holte aus und schwang am Ball vorbei.

»Wow«, ich applaudierte. »Das sah richtig gut aus. Und jetzt mit Ball!«

Er ignorierte mich und holte erneut aus. Diesmal traf er. Der Ball beschrieb einen hohen Bogen und kam circa siebzig Grad nordöstlich von der Fahne zum Liegen.

»Nicht schlecht. Wenn du das nächste Mal auch noch zielst,

hast du gute Chancen, heute einzulochen.«

Er warf mir den Schläger zu. »Versuch du mal dein Glück, Miss Vorlaut.«

»Wie traurig würde es dich machen, wenn ich das hier besser könnte als du?«, fragte ich und legte meinen Ball auf das Tee.

»Unbeschreiblich traurig. Mein Ego könnte daran zerbrechen.«

»Wenn das so ist, gebe ich mir besonders viel Mühe!« Ich vollführte ein paar Drehungen, bevor ich mich an den Ball traute. Sorgsam visierte ich ihn an, holte aus und traf – nicht. Auch beim zweiten und dritten Mal nicht. Alex sagte nichts, sondern pfiff vor sich hin und sah in den Himmel. Mir blieb keine andere Wahl, als mir das halbvolle Bier zu schnappen, es hinunterzustürzen und dem Ball dann Gewalt anzutun. Beim vierten Versuch war es soweit. Ich schoss deutlich über das Ziel hinaus. Der Ball verschwand hinter einem Hügel.

»Schön. Du bist zweifellos ein Naturtalent«, kommentierte Alex, griff nach der Schlägertasche und machte sich auf den Weg zum Cart.

»Lach du nur«, rief ich ihm hinterher. »Der letzte Schlag ist noch nicht geschlagen!«

»Das fürchte ich auch. Zum Glück haben die hier bis weit nach Mitternacht offen.« Er wartete, bis ich mich in den Wagen gesetzt hatte und fuhr dann in Richtung seines Balls. Ich fühlte mich so richtig dekadent, weil wir die kurze Strecke nicht liefen.

*

Golf war für Nicht-Golfer eine sehr frustrierende Sportart. Ich traf einfach nicht. Und wenn doch, flog der Ball nicht in die Richtung, in der ich ihn haben wollte. Wir standen seit einer halben Stunde am ersten Loch herum.

»Können wir nicht einfach weiter?«, fragte ich. »Ist das nicht wie beim Minigolf, wo man nach sieben Schlägen weiterzieht?«

Alex ignorierte meine Frage und konzentrierte sich auf seinen Ball. Nur noch drei Meter vom Loch entfernt, gab er sich ehrgeizig. Ich selbst hatte keine Ahnung, wo mein Ball sich in diesem

Moment befand. Kontrolliert holte er aus und traf. Der Ball rollte ins Loch.

»Fünf«, sagte er zufrieden. »Wie viele sind es bei dir bis jetzt? Neun?«

»Ich will nicht darüber reden.« Wir gingen zum Wagen.

»Sag bloß, es macht dir keinen Spaß?«

»Hmpf, es macht mehr Spaß als das letzte Mal, als ich auf einem Golfplatz war«

»Ich dachte, heute wäre auch dein erstes Mal.«

»Technisch gesehen, ja. Ich spiele heute zum ersten Mal Golf. Aber auf einem Golfplatz war ich schon vor zehn Jahren. Aus Versehen.«

»Wie kommt man aus Versehen auf einen Golfplatz?«, fragte Alex und wies mir den Weg zum nächsten Abschlagplatz.

Ich musste lachen, als ich mich daran erinnerte. »Wir wurden dort ausgesetzt, auf Gran Canaria, und wären fast ums Leben gekommen.«

Er sah mich schockiert an.

»Klingt schlimmer, als es in Wahrheit war. Eigentlich war es ganz witzig. Jedenfalls im Nachhinein.«

»Ich weiß nicht, ob ich diese Geschichte hören will«, sagte er und bedeutete mir, neben einer Sandbank zu halten.

»Du hast keine Wahl. Ich erzähle sie dir jetzt nämlich bis ins kleinste Detail.«

Er stöhnte und griff sich die Golftasche. Ich öffnete ein zweites Bier und lief neben ihm her.

»Ich war mit meinen beiden Cousinen auf Gran Canaria. Mit Caroline, der Schrecklichen, und Melanie, der Prinzessin. Es war der dritte Tag von zehn und wir wollten Schnorcheln gehen. In der Umgebung unseres Hotels gab es keine guten Orte dafür, aber ein paar Kilometer außerhalb lag eine Bucht, die im Internet als Geheimtipp angepriesen wurde. Wir nahmen ein Taxi, sagten dem Fahrer, wohin wir wollten und lehnten uns zurück.«

Alex hörte mir zu, während er seinen Ball platzierte, sich in Position brachte und einige Male testweise den Schläger schwang.

»Leider gab es ein kleines Problem. Zwischen dieser Bucht und uns lag eine kleine Privatsiedlung, die nur Anwohner betreten durften. Wir wurden an der Einfahrt abgewiesen. So leicht wollten wir aber nicht aufgeben. Also fuhren wir außenherum. Es gab einen engen asphaltierten Weg an der Siedlung vorbei, doch irgendwann kamen dem Taxifahrer Bedenken und naja, lange Rede kurzer Sinn: Es kam zum Streit, er warf uns aus dem Taxi und ließ uns irgendwo im Nirgendwo zwischen grünen Hügeln stehen.«

Alex nahm Schwung und traf.

»Guter Schlag«, kommentierte ich. »Wolltest du, dass der Ball am Ziel vorbeifliegt, um es spannender zu machen?«

Ich nahm einen neuen Ball und legte ihn auf das Tee. »Die Landschaft war gar nicht so anders als hier. Nur war das Meer ganz in der Nähe. Wir beschlossen, zum Strand zu laufen und machten uns auf den Weg.«

»Hast du vor, auch mal zu schlagen?«, unterbrach er mich.

»Hey, ich erzähle dir gerade, wie ich knapp dem Tod entronnen bin, und du denkst nur an dein doofes Golfspiel.« Vorwurfsvoll sah ich ihn an, holte aus und traf den Ball auf Anhieb. Er machte eine wunderschöne Kurve und kam kurz vor dem Loch zum Liegen.

»Na, also! Nenn mich Tiger Kath!«

Wir machten uns auf den Weg zu unseren Bällen und ich fuhr fort:

»Wir irrten fünfzehn Minuten herum. Melanie schleppte einen riesigen, offenen Strandschirm mit sich herum, weil sie Angst um ihre weiße Haut hatte. Wir alle trugen Strandkleidung, Flipflops und hatten große Taschen dabei. So stapften wir über die Wiese. Irgendwann fuhren die ersten Golfcarts an uns vorbei. Wir kassierten verwunderte Blicke, ließen uns aber nicht beirren. Wir hatten ein Ziel und das war der Strand hinter dem Golfplatz.«

Ich konzentrierte mich auf meinen Ball und holte aus. Ich traf ihn, doch er wollte nicht ins Loch. Er hörte nicht auf zu rollen, sondern rollte und rollte den Hügel hinunter.

»Jedenfalls kamen wir an eine Art Klippe«, erzählte ich weiter, »und ein kleiner, echt steiler Weg führte zu einer verborgenen

Bucht. Bingo, dachten wir, ein ganzer Strand nur für uns. Caroline und ich zogen sofort unsere Ausrüstung an. Melanie blieb am Strand. Ihr war nicht nach Schnorcheln, sie wollte lieber lesen.«

»Wirklich sehr spannend«, kommentierte Alex und sah demonstrativ auf die Uhr, weil ich mir Zeit ließ und herumstand.

Ich schwang meinen Schläger nach ihm. »Warte doch mal ab, es wird noch spannend«, sagte ich und schlug erneut am Ball vorbei. Beim zweiten Mal traf ich und wir liefen den Hügel wieder nach oben.

»Es ging circa zweihundert Meter ganz seicht rein, bis zu einem Plateau aus flachem Gestein und kleinen Felsen. Da mussten wir drüber, bevor es in die Tiefe ging. Also schnappten wir unsere Flossen und wateten vorsichtig los. Die kleinen Schnecken, die überall am Gestein klebten, taten höllisch weh an den nackten Sohlen und wir kamen nur langsam voran. Plötzlich meinte Caroline, ich solle mal hochsehen. Ich tat, was sie sagte, blickte auf das Meer hinaus und sah eine Wand aus Wasser. Fünf Minuten vorher war das Meer sanft gewesen wie ein Bach, jetzt rollte eine Riesenwelle auf uns zu. Von Caroline kamen ganz komische Panik-Geräusche. Ich drehte mich zu ihr um. Ich wollte ihr zurufen, sich festzuhalten, sah aber nur noch ihre Gliedmaßen, die von der Welle herumgewirbelt wurden.«

»Sag nicht, euch hat ein Tsunami erwischt.»

»Genau!«

Alex sah mich zweifelnd an.

»Es war ein Mini-Tsunami, aber es war einer. Jedenfalls hat die Welle eine Sekunde später auch mich getroffen. Ich wurde unter Wasser gedrückt, es war echt verrückt. Wir haben versucht, uns an irgendwas festzukrallen, aber es gab nur die spitzen Felsen mit diesen Schnecken dran. Wir wurden hin und hergeworfen wie in einer Waschmaschine und rieben uns an den Felsen alles auf.«

Er versenkte seinen Ball im Loch und wandte sich zu mir. »Und dann?«

»Wir bekamen die volle Breitseite ab und nach drei, vier ähnlichen Wellen war das Meer auf einmal wieder friedlich und tat, als könnte es kein Wässerchen trüben.«

»Also habt ihr euch geschüttelt und seid tapfer losgeschnorchelt?«

»Ha! Die Geschichte fängt erst an!«

Ich ignorierte, wie er mit den Augen rollte, weil ich schon wieder nur herumstand und das Golfspiel links liegenließ. »Unsere Schnorchel-Ausrüstung war weg, mit den Wellen auf und davon. Sobald wir auf unseren wackeligen Knien wieder stehen konnten, sind wir zurück an den Strand geeilt. Caroline hatte eine echt fiese Beule an der Stirn und mein Schienbein tat höllisch weh. Wir kamen aus dem Wasser und gingen auf Melanie zu, die nichts ahnend in ihrem Buch las. Sie hatte gar nichts mitgekriegt. Als sie aufblickte, bekam sie den Schrecken ihres Lebens. Die Felsen und ihre Schnecken hatten uns echt übel zugesetzt. Wir waren blutüberströmt und müssen echt zum Fürchten ausgesehen haben.«

Alex trank einen Schluck Bier.

»Das muss fies wehgetan haben, mit dem ganzen Salzwasser in den Wunden.«

»Es war grauenhaft«, bestätigte ich. »Caro bekam eine Heulattacke, weil sie der Meinung war, wir seien gerade dem Tod von der Schippe gesprungen. Sie wollte sofort zurück zum Hotel. Wir konnten das Blut nicht abwaschen, dafür tat es zu sehr weh. Also ließen wir es trocknen, packten unsere Sachen und stiegen den steilen Abhang wieder hoch. Unterwegs ging einer von Melanies Flip-Flops kaputt. Der Boden war so heiß von der Sonne, dass sie nicht barfuß auftreten konnte. Also hat sie sich ein Handtuch um den Fuß gewickelt und humpelte uns mit ihrem Schirm hinterher.«

Alex schüttelte den Kopf und versenkte seinen Ball erneut im gleichen Loch, während er mir zuhörte.

»Wir waren also wieder auf dem Golfplatz. Diesmal fuhren die Golf-Carts ganz langsam an uns vorbei. Da wir nicht wussten, wohin, keine Handys bei uns hatten und Caro kurz vor dem Nervenzusammenbruch stand –«

»Du nicht?«

»Natürlich nicht. Ich habe das alles mit Würde getragen.«

»Klar, wie auch sonst?«, sagte Alex und reichte mir den Schläger.

»Jedenfalls hatten wir keine Ahnung, wo wir eigentlich waren, und sind eine Stunde lang ziellos über das Gelände geirrt, bis wir zu dem einzigen Gebäude weit und breit gekommen sind. Das war das Clubhaus. Wir waren sicher ein seltsamer Anblick. Zwei von uns mit verkrusteten Wunden auf dem ganzen Körper, die dritte feuerrot von der Sonne und mit Handtuch um den Fuß. Die Leute am Empfang starrten uns mit offenen Mündern an.«

Er lachte. Auch ich musste grinsen, als ich daran zurückdachte.

»Sie haben ein Taxi gerufen, um uns so schnell wie möglich loszuwerden. Das kam dann auch schon nach fünf Minuten. Eine Limousine mit kleinen Fernsehern in den Kopfstützen. Sehr schick. Die brachte uns dann zurück zum Hotel.«

»Passiert dir so etwas öfters?«, fragte Alex und sah mich nachdenklich an.

»Nein, bis jetzt wurde ich nur dieses eine Mal vom Atlantik angegriffen.«

»Mein Gefühl sagt mir, dass du das Chaos anziehst.«

»Dein Gefühl soll nicht so einen Stuss daherreden. Wo ist mein Ball?« Ich suchte die Wiese ab. Er zuckte mit den Schultern und gab mir einen neuen.

»Du golfst, wie du Crossfit machst. Mit dem Kopf in den Wolken.«

Ohne etwas zu erwidern, sah ich ihn an und warf lässig meinen Golfball in die Luft. Ich wollte ihn geschickt wieder auffangen, doch das Ding fiel mir auf den Kopf.

»Autsch«, sagte ich und rieb die schmerzende Stelle. Alex hob den Ball auf. Lachend ging er zurück zum Abschlagplatz.

»Habe ich dir schon die Geschichte erzählt, wie ich und meine Cousinen nach Paris wollten und in Texas gelandet sind?«, fragte ich und lief ihm hinterher.

*

Wir golften, bis man fast nichts mehr sehen konnte. Es war nach einundzwanzig Uhr, als wir wieder auf unseren Fahrrädern saßen und über einsame brandenburgische Alleen zurück nach Berlin radelten. Der Abend war angenehm warm und die Grillen laut. Ich genoss den Fahrtwind und fühlte mich noch immer warm von der Tagessonne und erholt von der frischen Luft. Es enttäuschte mich, dass wir so schnell vor meiner Tür standen. Ich wäre gern noch weitergefahren.

Alex stieg von seinem Rad und schloss es an, während ich nach meinem Schlüssel suchte.

»Denk dran: Viel Schlaf, gute Kohlenhydrate und kein Alkohol. Das Bier heute war eine Ausnahme«, ermahnte er mich.

»Ja, Meister Miyagi«, erwiderte ich, legte die Hände vor der Brust zusammen und verbeugte mich.

Als ich wieder aufblickte, stand er vor mir und sah mich nachdenklich an.

»Ähm«, sagte ich nach einer langen Pause, »ich gehe dann mal rein. Danke für den witzigen Nachmittag. Können wir gerne wiederholen.«

Was redete ich da? Das hatte geklungen, als wären wir auf einem Date gewesen. Zugegebenermaßen hatte sich das Golfen wie ein Date angefühlt. Und auch der Abschied gerade, inklusive der peinlichen Pause, trug Züge davon. Davon verwirrt, drehte ich mich zur Tür und schloss auf.

»Können wir machen. Wenn du es beim nächsten Mal ernst nimmst«, kam schließlich doch noch von ihm. Typisch Alex, immer nur am Nörgeln.

»Ich habe es ernstgenommen«, erwiderte ich, »und dich gewinnen lassen. Ich weiß doch, wie grantig du wirst, wenn du mal nicht der Sieger bist.«

Er hielt die Tür auf und ich schob mein Rad hindurch.

»Danke, dass du auf mein Ego achtest. Bei dem kommenden Wettbewerb mache ich nicht mit. Dort gibt es also keinen Grund für vornehme Zurückhaltung.«

»Keine Sorge! Ich rocke die Halle!«

»Zweifellos«, sagte er überzeugt und ohne Ironie in der Stimme. Wir standen nah beisammen im Eingangsbereich, nur mein Fahrrad zwischen uns. Die Treppenhausleuchte war defekt und ich konnte sein Gesicht nicht richtig erkennen. Er beugte sich zu mir und ich hatte das Gefühl, dass er mich küssen wollte. Oder doch nicht? Hatte ich mir das gerade eingebildet? Wollte ich ihn etwa küssen? Total verdattert stand ich da.

»Bis zum Wettbewerb.« Alex war wieder auf der Straße und schloss sein Fahrrad auf.

»Ja, bis in drei Tagen«, rief ich. Die Tür fiel ins Schloss.

Gedankenverloren schleppte ich mein Fahrrad in den vierten Stock, nur um mich vor meiner Wohnungstür darüber zu wundern. Normalerweise schloss ich das Ding in den Heizungskeller. Alex' seltsames Verhalten hatte mich sowas von durcheinandergebracht. War da gerade ein Kussmoment zwischen uns gewesen?

KAPITEL XI

Große Ereignisse

18. September, 66 Kilo, Wettbewerb

Noch fünf.

Noch vier.

Noch drei.

Ich konnte nicht mehr. Jede Faser meines Körpers schmerzte unendlich. Mein rechtes Handgelenk pochte und knickte weg, als ich die Langhantel nach oben wuchten wollte. Schon vorher war ich bei den Box-Jumps umgeknickt und hatte mir den Knöchel verstaucht. Er tat bei jeder Bewegung höllisch weh.

»Noch zwei, Katha. Noch zwei. Gib nicht auf!« Ich konnte Alex' Stimme aus der Menge heraushören und biss die Zähne zusammen.

Noch einen.

Es war fast wie in der letzten Strophe des Erlkönigs: Mit Müh und Not stemmte ich die Langhantel das letzte Mal nach oben und erreichte den Hof. Doch das Kind in meinen Armen war nicht tot. Im Gegenteil, ich war fertig mit diesem Crossfit-Ritt und fühlte mich durch den Schmerz auf eine perverse Art lebendiger als je zuvor. Benommen taumelte ich nach hinten. Irgendjemand umarmte mich und hüpfte kreischend auf und ab. Jessie.

Das Blut pochte so laut in meinen Ohren, dass ich die Geräusche in meiner Umgebung nur gedämpft und wie aus weiter Ferne wahrnahm. Eine besorgte männliche Stimme sagte:

»Ich glaube, sie fällt gleich in Ohnmacht.«

Ich wollte antworten, dass ich das auch glaubte, doch ich konnte nicht. Ich bekam keine Luft. Meine Knie gaben unter mir nach. Bevor ich zu Boden sinken konnte, griff jemand nach meinem Ellbogen. Mir wurde eine Flasche in die Hand gedrückt und benommen führte ich sie zum Mund.

Es dauerte eine Weile, bis mein Herz nicht mehr aus der Brust springen wollte.

»Kopf zwischen die Beine«, sagte eine vertraute Stimme. Ich tat wie geheißen.

Ich fiel nicht in Ohnmacht, obwohl ich kurz davor gewesen war. Nach und nach trudelten weitere Teilnehmerinnen ein und beendeten die Deadlift-Station. Ich war vor ihnen fertig gewesen, konnte also nicht Letzte sein. Aber wie viele waren vor mir? Alex kniete neben mir und begutachtete meinen Knöchel. Ich verzog das Gesicht, als er daran herumdrückte. Knöchel und Handgelenk konnten gut und gern mich den dritten Platz und ihn seine Wette gekostet haben. Ich sah hinüber zu den Veranstaltern, die die Zeiten zusammentrugen. In wenigen Minuten würden wir erfahren, wie weit ich gekommen war.

»Wäre dieser Box-Jump nicht gewesen –« Ich holte tief Luft, noch immer war ich außer Atem. »Ich wäre viel schneller vorangekommen. Mein Knöchel hat mich ausgebremst.«

Alex sah mich an und nahm mein Handgelenk.

»Du warst super. Es gibt keinen Grund, irgendwelche Entschuldigungen zu suchen. Deine Leistung war phänomenal.«

»Stimmt«, bestätigte Benjamin und sah von seiner Kamera auf. Er hatte den ganzen Tag gefilmt und sich gerade die letzten Minuten noch einmal angesehen.

»Ich habe alles drauf.«

»Na, zum Glück!«, erwiderte ich und versuchte, Alex mein Gelenk zu entziehen, weil auch dieses schmerzte. »Endlich habe ich etwas, was ich meinen Enkeln zeigen kann. Neben dem peinlichen Video von Jana Schneiders siebzehntem Geburtstag, wo wir versucht haben, an einer imaginären Stange Poledance zu machen.«

»Das würde ich ja gerne mal sehen«, sagt Benji und zwinkerte mir zu.

Autsch. Alex drückte immer noch an meinem Gelenk rum. Er sollte das mal lassen. Schließlich war er kein Arzt.

»Nicht nur du. Aber nein, das bekommt keiner zu Gesicht. Außer meine Enkel vielleicht. Zur Abschreckung.«

»Du musst zu einem Arzt. Deine Hand und der Fuß sehen übel aus«, teilte Alex das Ergebnis seiner Untersuchung mit.

Ich verzog den Mund. Das hatte ich bereits geahnt.

»Zuerst die Siegerehrung. Ich muss wissen, welchen Platz ich gemacht habe. Vorher gehe ich nirgendwohin, und wenn du mich gewaltsam hier wegtragen willst«, ich sah Alex an, dass er mit diesem Gedanken spielte, »dann beiße ich!«

Jessie kehrte zurück. Sie hatte Kühl-Akkus für meine Gelenke aufgetrieben und Franziska im Schlepptau, die ob all der halbnackten, athletischen Körper noch immer große Augen machte. Schon vorhin hatte sie mich ganz nebenbei gefragt, ob ich die Eight-Pack-Lady kannte. Ich hatte geantwortet, dass ich an ihrer Stelle nur Augen für Jessie und niemand sonst hätte.

Laila Hirsch, so hieß sie, und ich, waren die Underdogs unter den Frauen. Wir hatten weniger Masse als der Rest. Ich, weil ich erst seit neun Monaten trainierte, sie, weil sie kleiner und drahtiger war als alle anderen. Trotzdem hatte ich mit ihrem Tempo nicht mithalten können. Immer, wenn ich nach vorn geblickt hatte, war sie an einer der Stationen vor mir gewesen. Sie war sicher unter den ersten drei.

Bewegung kam in die Menge. Die Organisatoren waren wiederaufgetaucht und jemand reichte ihnen ein Mikro. Alex half mir auf die Beine. Auf ihn und Benji gestützt, humpelte ich nach vorn. Gespannt warteten wir auf die Bekanntgabe der Platzierungen.

Die Startnummern wurden verlesen, geordnet nach den erzielten Zeiten. Insgesamt fünfundfünfzig Männer und fünfundvierzig Frauen hatten teilgenommen. Die zehn bestplatzierten Männer wurden auf die Bühne gerufen und der Jubel der Menge stieg mit jedem Namen. Die besten drei bekamen einen Gutschein und einen Strauß aus Proteinshake-Tüten, was mich zum Lachen brachte.

Dann waren die Frauen an der Reihe. Startnummer nach Startnummer wurde vorgelesen. Jetzt waren wir bei dreißig. Meine Startnummer, die Siebenundzwanzig, war noch nicht gefallen. Auch nicht zwischen dreißig und einundzwanzig. Ich wurde richtig nervös, schnappte mit meiner gesunden Hand nach der von Alexander und grub meine Fingernägel in seine Handfläche. Das musste schmerzhaft sein. Er zuckte leicht, erwiderte jedoch meinen Druck.

Zwanzig bis elf. Die Siebenundzwanzig war noch immer nicht dabei. Konnte das wahr sein? War ich wirklich unter den besten Zehn? Ich begann, vor Aufregung zu hüpfen, musste aber sofort wieder aufhören, weil ich mein rechtes Bein nicht belasten konnte.

Wer ab jetzt aufgerufen wurde, musste auf die Bühne. Zehnter Platz. Als ich »sieb« hörte, setzte mein Herzschlag kurz aus. Dann fuhr der Moderator fort: »Zehn«.

Platz zehn ging an die Siebzehn. Ich war noch im Rennen. Nummer neun machte Platz neun. Startnummer Vierzig auf Platz acht.

Oh Gott, meine Nummer war noch immer nicht aufgerufen worden. Ich sah zu Alex. Er sah angespannt aus und drückte meine Hand inzwischen fester als ich die seine. Auch er hielt es kaum aus.

Er bemerkte meinen Blick und sah zu mir herunter. Er lächelte und ich lächelte zurück. Ich wollte ihm danken, für alles. Für seine Geduld, für seine Hartnäckigkeit, für Wien. Doch als ich den Mund öffnete, um ihm das zu sagen, ging die Action auf der Bühne weiter und forderte unsere Aufmerksamkeit. Startnummer Dreiunddreißig wurde Siebte. Frenetischer Jubel brach aus. Offenbar hatte die Dreiunddreißig ihren Kegelclub mitgebracht. Der sechste Platz ging an die Einundvierzig. Ich musste unter den letzten fünf sein. Mit offenem Mund starrte ich auf die Bühne. Ich war unter den letzten Fünf!

Ich hörte Jessie hinter mir: »Das ist so spannend.«

Der Moderator machte eine kurze Trinkpause. Es wurde ruhig im Saal. Er griff wieder nach dem Mikro, blickte auf sein Klemmbrett und verkündete:

»Der fünfte Platz geht an Startnummer Siebenundzwanzig. Katharina Kuhn.«

Jessie kreischte, Franziska stimmte ein und Alex umarmte mich.

»Gut gemacht, Katha! Der Wahnsinn«, flüsterte er mir ins Ohr.

War das echt? Träumte ich? Konnte all das überhaupt wahr sein? Der Typ winkte mich auf die Bühne und Alex stützte mich, während Benji mir die Kamera ins Gesicht hielt. Ich hüpfte auf einem Bein nach vorn und hörte den lauten Jubel hinter mir. Die

Leute schrien wegen mir. So, wie ich mit offenem Mund nach links und rechts starrte, musste ich ganz schön bescheuert aussehen.

Jemand drückte mir einen Gutschein in die Hand. Dazu bekam auch ich einen Fake-Blumenstrauß aus Proteinpulvern. Automatisch sagte ich »danke« und war noch immer dabei, die Ereignisse zu verdauen, während die Plätze vier und drei aufgerufen wurden. Erst bei Platz zwei, bei Laila, erwachte ich aus meinem Wachkoma und jubelte, als sie auf die Bühne kam. In aller Ruhe nahm sie ihren Preis entgegen, lächelte mich an und stellte sich neben die Drittplatzierte.

Die Siegerin kannte ich aus Wien. Schon dort hatte ich gegen sie verloren. Ihr Kreuz war breit wie mein Flur lang. Und mein Flur war wirklich lang. Es war ihr vierter Crossfit-Sieg in diesem Jahr. Neidisch beobachtete ich die Österreicherin dabei, wie sie eine riesige Urkunde in Empfang nahm und von allen Seiten bejubelt wurde.

Noch hast du was zu lachen, Miss Austria Breitkreuz, doch bald beginne ich, an deinem Thron zu sägen.

Ich konnte mich meinen Herrschaftsfantasien nicht weiter hingeben, denn Alex, Benji, Jessie und Franziska hatten einen Kreis um mich gebildet und redeten auf mich ein.

»Ich bin so stolz. Ich bin so stolz.« Jessie hüpfte auf und ab und rief die ganze Zeit. »Ich bin so stolz.« Und zwischendurch: »Du bist so stark, unglaublich. Du bist der weibliche Hulk.«

Seit Minuten hatte ich ein permanentes Grinsen im Gesicht. Es war wie eingemeißelt und wollte nicht mehr weggehen.

Obwohl Adrenalin, Glückshormone und eine enorme Portion Selbstzufriedenheit durch meine Venen strömten, spürte ich die Schmerzen mehr und mehr. Stöhnend ließ ich mich auf einen nahen Stuhl sinken.

»Wir müssen das feiern«, verkündete Jessie und sah in die Runde. »Wo wollen wir hin?«

»Zum Arzt«, antwortete Alex und ging davon. Ich sah ihm verdutzt hinterher.

»Wir könnten in die Sansibar«, schlug ich eine Kneipe in meiner

Nähe vor. Franziska und Benji nickten. Wir waren in letzter Zeit öfters dort gewesen und sie hatten Jessies und meine Stammkneipe so gemocht, dass sie sie auch zu ihrer erklärt hatten.

Mit meiner Sporttasche über der Schulter kam Alex zurück.

»Fertig?«, fragte er und reichte mir die Hand.

»Ja.« Stöhnend kam ich hoch. »Wir wollen später in die Sansibar. Willst du mit?«

Er sah mich zweifelnd an.

»Sehen wir dann«, sagte er und bot mir seinen Arm.

*

Okay. Keine Sansibar für mich. Der Arzt hatte eine Quetschung des linken Handgelenks und eine Verstauchung des Fußgelenks diagnostiziert. Jetzt hatte ich zwei Verbände und zwei Krücken.

So saß ich an meinem großen Tag um zwanzig Uhr frustriert allein auf der Couch und aß Nüsse. Toll. Die anderen waren in der Sansibar und feierten ohne mich, weil Doktor Sportarztsoundso mir Ruhe und Schonung verordnet hatte.

Alex, auch bekannt als Mister Ich-tue-alles-was-der-Doktor-sagt, hatte mir bei Strafe verboten, in die Sansibar zu gehen und unter Schmerzmitteleinfluss einen Sekt zu trinken. Dabei würde ich nur einen klitzekleinen Sekt …

Frustriert stellte ich die Nussschale zur Seite und erhob mich umständlich aus dem Sessel. Jetzt wäre eine Couch Gold wert, doch die meine war einer Hantelbank gewichen und stand im Keller herum. Gefolgt von Lady Washington, die auf etwas Leckeres zu Essen hoffte, humpelte ich in die Küche.

Es war heiß in der Wohnung, obwohl Abend war und ich nur mein Elefantenshirt trug, das an mir mittlerweile wie ein Zelt aussah. Mit einem schönen Gürtel darum wäre es locker als Hipster-Kleid durchgegangen. In der Küche gab es nichts als Gemüse, Fleisch und noch mehr Nüsse. Ich überlegte, mir zur Feier des Tages etwas zu bestellen, vielleicht Indisch oder Thai, als es klingelte.

Hoffentlich waren es die anderen. Die Sansibar war ganz in der

Nähe. Sie waren sicher gekommen, um mit mir anzustoßen. Gespannt betätigte ich den Öffner und wartete in der Tür. Als Alex' blonder Schopf um die Ecke bog, war er allein. Überrascht sah ich ihn an.

»Was ist mit den anderen?« Enttäuscht trat ich zur Seite, damit er hineinkommen konnte.

Alex zuckte mit den Schultern. »Keine Ahnung, die waren schon vor zwei Stunden ganz schön breit von Jessies besonderen Zigaretten. Würde mich wundern, wenn sie noch den Weg hierher finden.«

Er legte seine Tasche ab und begrüßte meine Katze, die ihn mit einem freudigen Miau empfing. Lady Washington, das Luder, hatte Männer schon immer lieber gemocht. Während Alex sie kraulte, sah er zu mir hoch und registrierte mein altes Shirt.

»Nostalgie?«, fragte er und deutete auf den Elefanten. »Sieht furchtbar aus.«

Ich humpelte zur Küchentür, lehnte mich in den Rahmen und zog das Shirt glatt, um es anzusehen.

»Ach komm, Alex. Mach mir nichts vor.« Ich sah ihn schelmisch an. »Auf das Shirt bist du immer schon abgefahren. Heimlich.«

Er lachte. »Wie bist du mir auf die Schliche gekommen?«

»Ganz einfach. Immer, wenn ich es beim Training anhatte, konnte ich deine lüsternen Blicke auf mir spüren.«

Ich humpelte in die Küche und hörte, wie er mir folgte. Lasziv beugte ich mich über den Tisch, soweit das mit meinem kaputten Knöchel ging, und sah zu ihm hoch.

»Gib es zu. Am Ende war es das Shirt, dass dich dazu gebracht hat, mich zu trainieren. Du konntest deine Lust nicht mehr bändigen, als ich es aus der Tasche geholt habe.«

Alex lachte und tat, als würde er sein Shirt ausziehen, um über mich herzufallen.

»Zieh es aus!«, witzelte er. »Ich will dieses Stück Stoff.«

Würde ich ja gern, aber dann blieben mir nur noch Höschen und BH. Soweit waren wir noch nicht. Was dachte ich da? Sex mit Alex. Ich musste damit aufhören. Er sah mir das sicher an. Um von meinem Gesicht abzulenken, deutete ich auf die Tasche, die er mitgebracht hatte.

»Was ist da drin?« Mein geschultes Auge erkannte die Umrisse einer Sektflasche.

Mit einem Kopfschütteln und leisem Gemurmel, von dem ich nur »Alkoholikerin« verstand, zauberte er eine Flasche Kindersekt hervor. Begeistert wollte ich in die Hände klatschen, hielt mich aber zurück, weil ich den Schmerz fürchtete.

»Ich dachte mir«, er machte sich am Verschluss zu schaffen, »du hast sicher Lust, auf deinen fünften Platz anzustoßen.«

Und wie ich Lust hatte. Kindersekt hin oder her, die Schmerzmittel machten mich wunderlich genug. Ich wollte unbedingt anstoßen und etwas Süßes trinken.

»Bist du nicht unglücklich?«, fragte ich ihn und nahm ungeduldig das Glas entgegen. »Du hast deine Wette verloren.«

Alex winkte ab. »Benji hat schon vor Monaten beschlossen, den Club umzustrukturieren und einen Seminarraum einzubauen. Dafür werbe ich gern auf YouTube. Endlich Fitness, die ich auch vertreten kann.«

»Dann war das heute just for fun?« Enttäuscht sah ich ihn an. »Für euch stand nichts auf dem Spiel?«

»Es war wichtig für dich. Außerdem ist Benji ganz scharf auf den kleinen Film, den er von deiner Transformation macht.«

Wir stießen an und er sah mir tief in die Augen.

»Auf deine unglaubliche und beeindruckende Leistung.«

»Auf mich!« Ich trank das Glas leer.

»Apropos Video. Ich habe noch was für dich.« Alex kramte in seiner Hosentasche und zauberte einen USB-Stick hervor. »Musste Benji fast verprügeln, damit er das herausrückte.«

Zusammen gingen wir zu meinem Laptop im Wohnzimmer. Lady Washington folgte Alex wie ein Schatten. Was für ein Video meinte er? Etwa das vom Wettbewerb? Gespannt setzte ich mich neben James Deans hochgewachsene Wiedergeburt und sah auf den Bildschirm. Tatsache. Es war das Video von heute. Gebannt beobachtete ich mich beim Aufwärmen.

»Ich sehe so gut aus!« Es überraschte mich immer wieder aufs Neue.

»Stimmt.« Alex nickte. Er blickte ebenso gebannt auf den Bildschirm wie ich. Auch er sah das Video zum ersten Mal.

Benji konnte super mit der Kamera umgehen, das musste man ihm lassen. Schnitt. Nun stand ich mit zehn Anderen an der Startlinie. An der ersten Station Small-Ball-Squads (Kniebeugen mit Ball) schlug ich mich prima. Dann das Seil hoch und runter. Faszinierend sah ich meinen Muskeln dabei zu, wie sie sich bei jedem Griff an- und wieder entspannten. Sah ich trainiert und fit aus. Unglaublich. Jetzt Burpees. Soweit ich es überblicken konnte, war ich noch gleichauf mit Laila, doch dann kam die Box. Beim letzten Sprung kam ich unglücklich auf und knickte um.

»Shit«, sagte ich verärgert. »Das hat mich die ersten drei Plätze gekostet.«

Alex seufzte. »Gut möglich. Beeindruckend, wie du weiter gemacht hast. An dem Punkt dachte ich, dass du das nicht mehr hinbekommst.«

Ich beobachtete mein schlankes, mir immer noch unvertrautes Ich dabei, wie es sich hochkämpfte und weitermachte, als wäre nichts gewesen. Dabei sah man mir die Schmerzen deutlich an. Ich wusste gar nicht mehr, warum ich nicht aufgegeben hatte. Irgendwie war das gar nicht erst in Frage gekommen.

Irritiert verfolgte ich, wie ich mich durch die Stationen quälte. Einmal schrie ich so laut auf, dass ich erschrocken vom Bildschirm zurückwich. Das war ja gruselig. Aber auch sexy. Scheiße. Ich war echt immer noch heiß, trotz des Schweißes und des schmerzverzerrten Gesichtes.

Wir sahen die letzten Deadlifts. Dann hatte Benji aufgehört, zu filmen, weil ich dabei war, umzukippen. Ich musste dieses Video noch einmal sehen. Ich würde den ganzen Abend damit verbringen, es hoch und runter zu spulen.

»Ich kann nicht glauben, dass ich das bin.«

Ich setzte mich in den Sessel gegenüber Alex. Er stand auf, griff nach meinem leeren Glas und ging in die Küche, um es aufzufüllen.

Als er wiederkam, antwortete er: »Ich auch nicht.«

»Hey!«, beschwerte ich mich und trat mit meinem gesunden

Fuß gegen sein Bein. »Mit genug Zeit besiege ich sogar dich.«

Mit einem skeptischen Blick reichte er mir mein Glas.

»Du wirst größenwahnsinnig. Welche Schmerzmittel hat dir der Arzt genau verschrieben? Ich hoffe, du hast nicht alle auf einmal geschluckt. Hört sich nämlich so an.«

Ich erhob mich, um ihm herausfordernd in die Augen zu sehen. »Was hältst du von einer Wette?«, fing ich an.

Weiter kam ich nicht. In diesem Moment küsste Alex mich. Überrumpelt machte ich mit. Passierte das gerade wirklich? Der Kuss fühlte sich echt an. Er fühlte sich sogar verdammt echt und verdammt gut an, doch ich wollte dem nicht trauen.

Er hielt für einen Moment inne und flüsterte in meinen Mund: »Keine Wetten mehr für dieses Jahr«, bevor er mich wieder küsste und eng an sich zog.

Ich konnte nicht agieren. An der einen Hand hatte ich einen Verband, in der anderen hielt ich den Kindersekt. Ich schob Alex mit der verbundenen Hand von mir und sofort hörte er auf.

Sein Gesichtsausdruck verriet mir, dass ihn meine Reaktion irritierte und er Panik bekam, weil er mich geküsst hatte, obwohl ich es vielleicht nicht wollte. Ich musste irre lachen, leerte schnell mein Glas, ließ es fallen und zog ihn zu mir zurück. Endlich hatte ich eine Hand frei, um sie in seinen Oberarm zu krallen. Wahnsinn, so musste sich Superman für Lois Lane anfühlen. Wie Stahl.

Ich könnte jetzt lauter schnulzige Sachen sagen, die diesen Kuss irgendwie beschreiben, aber das lasse ich mal lieber und begnüge mich mit dem Hinweis, dass mein Höschen schon bei dem Geknutschte ganz schön schnell feucht wurde.

»Katha.«

Nach etlichen Minuten Himmel wollte Alex etwas sagen.

Ich legte meinen Finger auf seine Lippen. »Nicht reden. Auch, wenn du gerade in diesem Moment zu dem Schluss gekommen bist, dass du dich von jetzt an bis zur Ehe aufsparen möchtest. Ist mir egal.«

Amüsiert sah er mich an und wehrte meinen Versuch, ihn wieder zu küssen, dennoch ab.

»Wenn wir jetzt weiter machen –«, fing er an.

»Alex«, unterbrach ich ihn genervt. »Ich möchte dich nicht als beste Freundin. Und das Trainerding ist laut dem dämlichen Vertrag, den ich unterschreiben musste, seit heute vorbei. Wenn du also mit mir schläfst, verlierst du weder meine Freundschaft, noch missbrauchst du eine Schutzbefohlene. Falls du dir darüber gerade den Kopf zerbrichst.«

Anstatt zu antworten, hob er mich hoch, umrundete Lady Washington, die mitten im Wohnzimmer lag und machte sich mit mir auf den Weg ins Schlafzimmer.

»Gut, dass wir darüber geredet haben«, stellte er fest und öffnete die Tür.

*

Ich war, was Sex anging, nicht besonders geduldig. Was ich nicht brauchte, waren lange Vorspiele, unnötig in die Länge gezogen durch innige Küsse am ganzen Körper und verhaltene Liebesschwüre, die suggerieren wollten, dass man die Eine oder die Geilste auf Erden war. Sex war in seiner schlichten Form, also auf die schnelle und harte Tour, am vollkommensten. Alles, was darüber hinausging, waren annehmbare Alternativen zum Spieleabend und Beschäftigungstherapien für langjährige Beziehungen.

Zum Glück hielt sich Alex nicht lange mit Herumknutschen auf, sondern warf mich auf mein Bett und zog sein Shirt aus. Ich selbst war wegen meines Handicaps nicht ganz so flexibel und bekam mein Shirt nicht über den Kopf.

Er lachte über meine missglückten Entkleidungsversuche und half mir schließlich. Als ich in BH und Höschen unter ihm lag und nach oben sah, wusste ich, dass er mochte, was er sah. Ich glaubte, Stolz in seinen Augen zu erkennen. Dieser selbstverliebte Typ betrachtete mich wie Pygmalion seine Galatea.

Ich schob das Elefantenshirt zur Seite. Alex folgte ihm mit seinem Blick und tat, als wüsste er nicht, wem er sich zuwenden sollte. Ich schlug beleidigt nach ihm und stopfte das Shirt unter das Kissen.

Gierig tasteten meine Finger seinen Oberkörper ab und zeichneten jede einzelne Wölbung seines Bauches nach. Das hatte ich tun wollen, seit ich ihn auf YouTube zum ersten Mal oben ohne gesehen hatte. Er fühlte sich dermaßen gut an. Seine Haut war straff, glatt und lag eng auf seinen Muskeln. An diesem Körper war kein Gramm überschüssiges Fett. Auch Johannes hatte einen schönen Körper gehabt. Doch mit der kanonischen Perfektion von Alexander war er einfach nicht zu vergleichen. Eiserne Disziplin und Sport hatten geformt, was ich unter meinen Händen spürte. Mittlerweile wusste ich sehr wohl, dass man im Leben nur auf wenige Menschen traf, die sich anfühlen konnten wie er.

Ehrfürchtig tastete ich seine Leistenbänder ab, die wie ein blinkendes V auf das deuteten, was sich unter seiner Jeans verbarg.

Alex zuckte zusammen, weil ich ihn damit kitzelte. Er beschloss, dass die Tasterei ein Ende haben musste. Seiner Ansicht nach hatte ich genug gesehen. Er beugte sich zu mir herunter, küsste mich und zog mir mit einem gekonnten Ruck das Höschen aus. Mit einem weiteren Griff öffnete er den Verschluss meines BHs. Dann machte er sich an seiner Jeans zu schaffen. Etwas pikiert lag ich auf dem Rücken wie ein Käfer, der sich aufgrund diverser Verletzungen und Quetschungen nur beschränkt bewegen konnte. Ich bemühte mich, mich à la Dita von Teese besonders lasziv und erotisch herumzuwälzen, wusste aber, dass das Ergebnis kaum meinen Vorstellungen entsprach und musste kichern.

Alex sah zu mir herunter und bemerkte gespielt beleidigt:

»Hey, ich habe ihn noch nicht mal rausgeholt.«

»Beeil dich«, spornte ich ihn an. »Ich kann den Bauch nicht länger einziehen.«

Er verdrehte die Augen und schlüpfte aus seiner Jeans, gefolgt von seinen Shorts. Dieser Typ war vollkommen. Sogar sein Schwanz sah aus wie aus dem Ei gepellt.

Zum Glück wirkte der alkoholfreie Kindersekt auf mich wie ein Placebo. Berauscht von ihm, den Tabletten und den Ereignissen des Tages zog ich mich mit einem Arm an Alex hoch und setzte mich auf ihn und seinen Schwanz. Er umfasste meine Pobacken mit beiden Händen und zog mich näher zu sich. Während wir uns küssten, bewegte ich mich auf und ab. Alex war heiß, im wörtlichen Sinne, und brachte mich ins Schwitzen.

Sein Mund wanderte langsam meinen Hals entlang und sein Griff an meinem Hintern wurde fester. Ich konnte den Rhythmus nicht lange halten, also bugsierte er mich auf den Rücken und übernahm das Ruder.

Ich schloss die Augen.

»Härter«, verlangte ich und stellte zufrieden fest, dass er meiner »Bitte« Folge leistete. Es wurde härter. Zufrieden stöhnte ich auf und bäumte mein Becken auf, damit ich mehr davon auskosten konnte. Alex drückte mich näher an sich und es wurde heftiger, was ich mochte.

Ich weiß nicht, ob es an dem langen Sexentzug lag oder daran, dass mich gerade der fleischgewordene Doryphoros um den Verstand vögelte. Ich kam schnell und verbiss mich am Ende in Alex' Schulter. Befriedigt ließ ich mich zurückfallen und genoss seine letzten Stöße. Sobald er fertig war, zog ich ihn mit meiner gesunden Hand an mich und küsste ihn. Diesmal wurde es ein langer, inniger Kuss. Nun hatten wir Zeit und konnten sie auch in ein Nachspiel investieren.

Wir lagen eine Weile schweigend nebeneinander, jeder in seine eigenen Gedanken vertieft. Ich starrte an die Decke und grinste breit. Mein Kopf war träge und ich vermochte weder etwas Kluges zu denken, noch etwas Lustiges zu sagen. Auch Alexander war nicht nach Reden zumute, also gaben wir uns der angenehmen Ruhe hin.

Ein kleiner, schwerer Körper hüpfte mit einem Plumps auf das Bett. Alex rollte zu mir, um Lady Washington Platz zu machen. Ich schüttelte den Kopf.

»Sie will auf dich. Einfach ruhig liegen bleiben«, sagte ich. Er tat wie geheißen. Lady Washington kletterte auf seinen Bauch und begann, ihn zu kneten. Sie schnurrte. Ihre Krallen mussten schmerzhaft sein. Alex hielt tapfer durch, bis sie sich endlich zufriedengab und sich einrollte.

»Sie liebt dich mehr als mich.«

»Kann man es ihr verübeln? Katzen haben einen untrüglichen

Instinkt.«

Ich kniff ihm in den Arm und drehte mich zu den beiden auf die Seite. Hinter Alex und Lady Washington auf dem Nachttisch stand sein Geschenk an mich und überstrahlte alles durch seine weiße Farbe und makellose Form. Gedankenverloren betrachtete ich den Doryphoros, während ich mit dem Finger Alexanders Bizeps entlangfuhr.

»Die Athener haben früher Denkmäler für sportliche Leistungen und schöne Körper aufgestellt. Vor Jahren hat man die Skulpturen wieder ausgegraben und irgendwelche Leute stellen sie sich jetzt ins Wohnzimmer. Das ist schon witzig«, bemerkte ich. »Da steht eine nackte Version von einem selbst einfach irgendwo rum.«

Alex stöhnte bei dem Gedanken auf, was mich an etwas erinnerte. Ich lachte, stieg aus dem Bett, zog mir mein Elefantenshirt über und humpelte ins Wohnzimmer. Mit einem A3-Kalender kam ich wieder.

»Nein.« Er setzte sich auf, was Lady Washington dazu zwang, von ihm herunterzuspringen. »Du hast das Ding wirklich.«

Ich legte mich wieder neben ihn und schlug die April-Seite auf. Es offenbarte sich ein Schwarzweißbild, das einen gutgeformten, muskulösen Männerhintern zeigte.

»Du musst dich jetzt umdrehen«, forderte ich ihn auf.

»Ganz sicher nicht. Gib das her.« Alex beugte sich über mich, um mir den Kalender abzunehmen. Ich wich ihm lachend aus.

»Kein Grund, sich zu schämen. Ich will doch nur nachsehen, ob dein Hintern nach all den Jahren noch immer so knackig ist.«

Alex kam näher und zwang mich, an die Bettkante zu rutschen und wieder aufzustehen, um ihm auszuweichen.

»Knackiger. Gib mir den Kalender, Katharina.« Wie eine große Katze schlich er auf mich zu.

»Niemals!«, rief ich und wich abermals aus.

Doch er hatte keinen Verband an Hand und Fuß und war schneller. Er hielt mich fest. Ich kämpfte verbissen, ohne eine reelle Chance zu haben.

»Hey. Das ist meiner!« Ich wollte ihm den Kalender wieder abluchsen, doch ihm genügte eine Hand, um mich auf Abstand zu halten.

»Ich will nur den April, den Rest kannst du behalten.«

Entrüstet widersprach ich: »Ich bin auch am April interessiert. Wenn du mein Eigentum zerstörst, verklage ich dich!«

»Betrachte lieber das Original«, schlug er vor, drehte sich um und präsentierte mir seinen Rücken und Hintern, während er mit einem Ruck die betreffende Seite aus dem Kalender riss.

»Das hast du jetzt nicht gemacht!« Schockiert starrte ich ihn an.

»Doch.« Alex zerknüllte das Papier und kam grinsend auf mich zu. »Zur Entschädigung darfst du an meinen Hintern ran.«

Er nahm meine Hand, legte sie auf seine rechte Pobacke und spannte sie an. Mit seinem Arsch konnte man Nüsse knacken.

»Das ist nicht dasselbe«, protestierte ich. Er beugte sich über mich und seine Lippen erstickten meine Widerworte.

Ich konnte nicht anders, ich musste nachgeben und seinen Kuss erwidern. Seine Körpersprache duldete keinen Widerspruch und von mir war sowieso keiner zu erwarten. Nur zu willig krallte ich meine Hand in seinen Hintern und drückte meine Hüfte an die seine.

Meine Bedenken über seinen Frauenverschleiß schob ich ärgerlich zur Seite. Ich wollte Alexander weder heiraten, noch zur Monogamie bekehren. Nein, ich wollte seinen Körper, sein Begehren und seine Aufmerksamkeit. Er sollte sich nach mir verzehren, wie ich mich nach ihm verzehrte und so mein Ego speisen.

Der perfekte Mann, die Fleischwerdung des Davids von Michelangelo, wollte mich. Dieser Gedanke geilte mich ebenso auf wie der Körper unter meinen Händen. Seine Motive waren mir dabei herzlich egal.

Schlief er mit mir, weil er vögeln wollte, was er über die letzten Monate so mühsam geformt hatte? War es ein Abschiedsfick, bevor er plante, endgültig aus meinem Leben zu verschwinden? Fehlte ich auf seiner Liste oder war gar ein Teil einer neuen, albernen Wette zwischen Benji und ihm? Egal. Ich benutzte ihn genauso wie er mich.

Es dauerte nicht lange, bis er erneut einen Ständer bekam. Mit einem Lächeln löste ich meinen Mund von seinem, schubste ihn aufs Bett und zog mein Shirt aus. Langsam arbeitete ich mich von seinem Hals über die Brustwarzen und den Bauch hinunter. Ich freute mich innerlich über jedes Stöhnen, das ich ihm entlocken konnte. Seine Anspannung, als ich kurz vor dem Ziel verweilte, äußerte sich in seinen Muskeln. Sie verhärteten sich. Langsam wanderten meine Hände die trainierten Oberschenkel hinunter und blieben auf ihnen liegen. Das Stöhnen wurde lauter und mein Grinsen breiter.

Nach ein paar Minuten wurde er unruhiger, zog mich zu sich hoch und drehte mich auf den Rücken. Was mein Mund bei ihm begonnen hatte, setzten seine Finger bei mir fort. Ich musste gestehen, dass er sich dabei extrem gekonnt anstellte. Kurz vor meinem Ende war ihm doch noch nach mehr Körpereinsatz und er drang in mich ein.

Bei mir dauerte es nicht lange und er ließ sich gehen, sobald ich mich erschöpft und erlöst zurücklehnte.

Draußen war es bereits dunkel. Ich machte die Nachttischleuchte an und drehte mich zu Alex, der auf dem Bauch in meinem Bett lag und ruhig ein- und ausatmete. Er spürte, dass ich ihn betrachtete und öffnete seine blauen Augen.

»Bist du immer so schnell oral bei der Sache?«, fragte er mit einem verschmitzten Grinsen.

Ich kicherte.

»Ich war die letzten acht Jahre in einer Beziehung. Da ist am Ende nicht mehr viel gelaufen. Da ich nicht weiß, wie lange es bis zum nächsten Mal dauert, nehme ich heute alles mit, was geht.«

Er drehte sich in meine Richtung. Er sah jünger aus als sonst und die langen Strähnen seines Undercuts standen chaotisch in alle Richtungen. Ich strich sie glatt und wurde verlegen, weil sich diese Geste intimer anfühlte als der Sex zuvor.

Er war überrascht von meiner vertrauten Art, sein Gesicht zu berühren, und wurde ein wenig rot. Wie ein kleiner Junge. Nanu, diesen Zug hatte ich noch nie an ihm erlebt.

»Wie alt bist du eigentlich? Hast du Geschwister? Du könntest verlobt sein und ich ahne nichts davon. Ich weiß ja gar nichts über dich!«, stellte ich erschrocken fest. Ich wusste tatsächlich wenig. Er erzählte nichts von sich. Während Benji mir sein Mittagessen haarklein beschrieb und alles aussprach, was ihm durch den Kopf ging, kam von Alex nie etwas, ohne dass ich es umständlich erfragte.

Es dauerte etwas, bis er antwortete: »Neunundzwanzig.«

»Musstest du erst nachrechnen oder warum hat das so lang gedauert?« Ich setzte mich auf und warf meine Haare nach hinten.

Statt darauf einzugehen, drehte er sich wieder auf den Rücken und starrte an die Decke. Da war er wieder, der komplizierte Alexander. Schade, ich hatte gehofft, der kleine Junge, der schnell rot würde, wenn man zärtlich zu ihm war, würde länger bleiben.

Ein lautes Miauen erklang aus der Küche.

»Oje«, sagte ich und stand auf. »Wir haben die Raubtierfütterung verpasst.«

Das Miauen erklang erneut, diesmal fordernder. Ich streifte mein Shirt wieder über und humpelte in die Küche.

»Schon gut, du kleines Monster. Es gibt gleich Essen.« Lady Washington drehte sich im Kreis und sah mich mit großen Augen an. Natürlich war ihr Napf noch halb voll vom Morgen, doch eine Katze, die etwas auf sich hielt, aß nie etwas Abgestandenes. Für mich bedeutete das: Napf leeren, Napf spülen und neues Essen anrichten. Ich stellte es ihr vor die Füße und wurde mit lautem Schmatzen belohnt. Als ich mich wiederaufrichtete, stand Alex fertig angezogen in der Küchentür. Überrascht sah ich ihn an.

»Willst du schon los?«, fragte ich doof. Natürlich wollte er los und irgendwie ärgerte mich das. Die Nacht war noch jung und ich so gar nicht müde. Im Gegenteil.

»Ja. Ich muss morgen früh nach Brandenburg.«

»Achso.«

Ich wollte mehr sagen als das, doch die Situation war komisch und schreckte mich ab.

Alex kam auf mich zu und für einen Moment hüpfte mein Herz, da ich davon ausging, dass er mich küssen wollte. Stattdessen beugte er sich über Lady Washington und kraulte sie am Ohr. Meine Katze schmatze ungerührt weiter, ohne aufzusehen, als er sich von ihr verabschiedete. Gegen Essen kam nicht einmal Alex an. Ich begleitete ihn zur Tür und für ein paar Sekunden standen wir still da.

»Ich wollte gerade sagen, bis zum Training«, fing ich an und stockte, »aber das Training ist vorbei.«

»Stimmt.« Alex wirkte ebenfalls überrascht von der Erkenntnis. Er hatte sich darüber ebenso wenig Gedanken gemacht wie ich.

»Dann bis bald«, meinte ich verhalten und öffnete die Tür.

»Bis bald«, wiederholte er wie ein Echo und ging hinaus. Du meine Güte, jetzt war es wirklich seltsam zwischen uns, dabei musste das nicht sein. Ich lächelte ihn an, um die eingefrorene Stimmung wenigstens etwas aufzutauen.

»Danke für den Kindersekt«, ich grinste, »und den Rest.«

Er grinste zurück. Es wurde wärmer zwischen uns.

»Gern geschehen.« Alex hob die Hand zum Abschied.

Als er um die Ecke bog, schloss ich die Tür, lehnte mich dagegen und starrte in meinen Flur. Lady Washington kam aus der Küche geschlendert. Sie leckte sich mit der Zunge über die Schnauze, blieb stehen und sah mich fragend an.

»Ich habe keine Ahnung!«, verteidigte ich mich. »Ich wollte nur wissen, wie alt er ist«, klärte ich sie auf. »Das ist eine ganz normale Frage. Die kann man nach fast einem Jahr doch mal stellen.«

Lady Washington legte skeptisch den Kopf schief.

»Ich habe mich ganz normal benommen und bin mir keiner Schuld bewusst!«

Sie drehte sich um und lief ins Wohnzimmer, um sich auf dem Sessel einzurollen. Ich folgte ihr und setzte mich auf die Hantelbank. Genervt starrte ich vor mich hin. Irgendwie belastete es mich, dass Alexander einfach abgehauen war und nicht über Nacht hatte bleiben wollen. Es beleidigte mich sogar. Es war eine Zeit lang her, dass ich neben jemand anderem aufgewacht war. Das vermisste ich am meisten. Die ersten gemeinsamen Stunden zu Beginn des Tages. Alex legte darauf scheinbar keinen Wert.

Verärgert stand ich wieder auf, hob Lady Washington hoch, setzte sie mir auf den Schoß und schaltete den Fernseher an. Sie schnupperte an mir.

»Ich weiß.« Ich streichelte sie geistesabwesend. Sie roch Alex an mir und wunderte sich. Ich roch ihn auch und wunderte mich ebenfalls.

Mein Handy vibrierte auf dem Küchentisch. Ich sah durch den Flur hinüber, wollte aber nicht aufstehen. Stur starrte ich auf den Fernseher. Nach ein paar Minuten vibrierte es erneut. Wahrscheinlich Jessie, die mir betrunkene und bekiffte Liebes- und Freundschaftsschwüre schrieb. Lady Washington hüpfte von meinem Schoß und verschwand.

»Hol mir mein Handy«, rief ich ihr hinterher. Sie scharrte lieber in ihrem Katzenklo herum, als meiner Bitte Folge zu leisten. Noch eine Nachricht. Unter Stöhnen stand ich auf und ging in die Küche.

Alex hatte geschrieben.

00:02 Alex: *Hi, noch wach?*

00:09 Alex: *Sorry für den Abgang.*

00:10 Alex: *Bin noch unten vor deiner Tür, also wenn du noch wach bist …*

00:12 Alex: *Ich sehe das Licht in der Küche.*

Verwundert betrachtete ich den Chatverlauf, humpelte zum Küchenfenster und öffnete es. Tatsächlich lehnte Alex unten an einem Geländer und sah zu mir hoch.

»Du musst morgen früh nach Brandenburg«, rief ich.

»Ja, sehr früh sogar«, schrie er nach oben. »Ich hätte schon längst zu Hause sein müssen.«

Ich antwortete nicht sofort. Wenn ich mich auf Alex einließ, riskierte ich, dass morgen früh Franziska vor meiner Haustür stand und sich als seine Freundin ausgab. Was sicher lustig wäre, aber doch auch ärgerlich. Ich wusste es nämlich besser und sollte es lassen. Wollte ich aber nicht.

»Dann übernachte hier. So gewinnst du Zeit.«

»Ich habe gehofft, dass du das sagst.«

KAPITEL XII

Drama, Baby

2. Oktober, 66 Kilo

Ich zog einige der entwickelten Geburtstagsbilder aus dem Umschlag, um mich abzulenken. Wie immer war eine junge Studentin – für meinen Geschmack schon viel zu lang – bei Professor Krause im Büro. Diesmal war ich nicht genervt, sondern besorgt. Ständig drängten sich mir Bilder auf, was in diesem Zimmer möglicherweise vor sich ging. Es widerte mich an. Besser, ich beschäftigte mich mit etwas anderem.

Im Nachhinein betrachtet, war ich sehr dankbar über die Idee mit den Einwegkameras. Ab einem gewissen Zeitpunkt erinnerte ich mich nur noch schwammig an den Abend und war auf Hilfe angewiesen.

Es waren fünf Fotoumschläge voller Bilder. Ich freute mich darüber und fürchtete mich zugleich. Hoffentlich hatte ich mich in den letzten Stunden meiner eigenen Party nicht danebenbenommen.

Zum Vorschein kamen Bilder von Lady Washington mit Krone auf dem Kopf. Wie süß, ich benötigte eines davon als Poster. Dann die *Maman*, die von einem der Bandtypen mit Klopapier umwickelt wurde. Der war das also gewesen. Die kleine Version von Clemens kam mir nicht mehr ins Haus. Juli und Benji beim Trinken und Selfies machen, Juli und Benji beim Essen und Selfies machen, Thes und Stella mit dem dritten Bandkollegen und der riesigen Bacardiflasche. Thes und der Bandkollege beim Knutschen. Stella und der Bandkollege beim Knutschen. Die drei beim Knutschen. Okay, die Fotos übersprang ich lieber.

Ah, endlich Bilder von mir. Jessie und ich Arm in Arm. Das war der Moment, in dem wir uns ewige Freundschaft geschworen hatten, das wusste ich noch. Jessie, ich und Lady Washington. Alexander und ich beim Armdrücken. Alexander, der tat, als würde seine Hand schmerzen, weil ich so stark gedrückt hatte. Franziska und Jessie beim Knutschen. Gefühlte hundert Fotos von

Franziska und Jessie beim Knutschen. Da hatte aber jemand richtig Bock gehabt, das für die Nachwelt festzuhalten. Musste ich ebenfalls überspringen. Benji, Juli und Clemens. Clemens' Band, die mir a cappella ein Ständchen zum Geburtstag sang. Wieder Jessie und ich. Benji und ich. Benji mit Juli und Natascha. Alexander, der mit Clemens eine hitzige Diskussion führte. Alexander und Clemens beim Schnapstrinken. Ich mit Lady Washington. Lady Washington, ich und Alex. Alex, der mich nachdenklich von der Seite ansah, während ich an Lady Washingtons Bauch Motorboating machte. Wir beide lachend. Ich, wie ich ihm lachend einen Kuss auf die Wange gab. Klo-Selfie von Miniatur-Clemens. Noch eins. Iiiiieh.

Ich blätterte zurück zu den Bildern mit Alex und mir. Circa zwei Wochen waren seit dem Wettbewerb und unserer gemeinsamen Nacht vergangen, die er nach diesem komischen Abschiedsmoment am Ende doch noch bei mir verbracht hatte. Seitdem hatten wir so etwas wie eine heimliche Affäre. Keiner wusste davon. Nicht einmal Jessie, die es sicher sofort Franziska erzählt hätte.

Heute Morgen waren wir sportlich im Park unterwegs gewesen, hatten gefrühstückt und gemeinsam geduscht. Bei der Erinnerung daran spürte ich, wie ich rot wurde. So hatte ich bis jetzt noch nicht geduscht. Wüsste ich es nicht besser, hätte ich meinen können, dass wir mit dem Frühstück vor ein paar Stunden den Affären-Status überwunden hatten.

Ich strich über das Bild mit dem Wangenkuss. Worauf steuerten wir da bloß zu? Hatte ich aus meinen Fehlern nichts gelernt und mir wieder jemanden geangelt, der sich mit nichts zufriedengab und mich bei den ersten Anzeichen von Routine und Alltag sofort in die Wüste schicken würde?

Ich wurde aus meinen Gedanken gerissen. Jemand stand neben mir und räusperte sich laut, um meine Aufmerksamkeit zu erlangen. Es war Laila, die ohne Sportklamotten und außerhalb der Trainingshalle so harmlos und zierlich aussah, dass ich sie fast nicht erkannte. Ohne ihren durchtrainierten Bauch machte sie einen sympathischen und niedlichen Eindruck. Der blaue Hosenanzug stand ihr gut und ließ sie süß aussehen.

»Hi!«, grüßte ich sie überrascht und packte die Bilder weg, um sie zu umarmen. »Was machst du denn hier?«

»Hi.« Sie erwiderte meine Umarmung. »Ich bin die neue Frauenbeauftragte. Ist zwar nicht das, wofür ich mich ursprünglich beworben habe, aber man hat es mir angeboten und ich dachte, wieso nicht?«

Überrascht sah ich sie an. Sie musste dann doch erheblich älter sein, als ich vermutete hatte. Vielleicht sogar in meinem Alter.

»Für was hast du dich beworben?«

»Für eine wissenschaftliche Stelle in der Bio-Chemie. Habe darin einen Doktor. Hat aber nicht geklappt. Zu wenig Lehrerfahrung.« Sie zuckte mit den Achseln. »Mal sehen, wie es läuft.«

Sie beugte sich zu mir vor und flüsterte verschwörerisch: »Ich habe keine Ahnung, was eine Frauenbeauftragte macht.«

Ich lachte. »Das findest du sicher noch heraus. Was machst du denn hier an meiner Fakultät?«

Sie deutete hinter sich den Gang entlang. »Mein Büro ist nicht weit von hier und wir haben gerade ein paar technische Probleme mit unserem Kopierer. Er raucht ganz ungesund und macht Geräusche wie eine Kaffeemaschine.« Sie hielt ein paar Blätter hoch. »Deswegen muss ich euren benutzen.«

»Achso.«

Ich deutete auf die Tür rechts neben Krauses Büro. »Der befindet sich da.«

»Weiß ich schon. Unser Kopierer hat sich schon heute Vormittag als verhinderte Kaffeemaschine geoutet.«

Laila drehte sich um und winkte zum Abschied.

»Bis später vielleicht. Wenn was ist, mit Frauen und so, dann weißt du«, sie grinste, »meine Tür steht dir jederzeit offen.«

Ich setzte mich wieder und wollte mich erneut den Bildern widmen, als Frau Müller, die Sekretärin unseres Instituts, auf mich zukam. Ihr folgte eine junge Frau, die sich nervös umsah.

»Frau Kuhn«, sprach die Sekretärin mich an. »Wissen sie, wer das ist?« Sie deutete auf die geschlossene Tür des Kopierraums. »Ich habe sie noch nie hier gesehen und sie benutzt den ganzen

Tag schon unseren Kopierer. Normalerweise sage ich ja nichts, wenn ihr Studenten da mal rangeht, aber das Ding den ganzen Tag zu besetzen –«

Beruhigend winkte ich ab. »Das ist die neue Frauenbeauftragte, Laila Hirsch. Ihr Kopierer ist gerade defekt, deswegen nutzt sie den hier.«

»Die ist ja ganz schön jung. Hab sie für eine Studentin gehalten.« Ich nickte zustimmend. Ich auch.

Frau Müller wandte sich zu der jungen Frau in ihrem Schlepptau um. »Sobald sie fertig ist, können Sie ihre Unterlagen kopieren. Klopfen sie dann einfach bei mir oder Professor Krause.«

Sie verschwand und ließ die kleine Blonde stehen.

»In welchem Semester bist du denn?«

»Ich bin schon fertig«, antwortete sie leise, aber auch leicht beleidigt. Scheinbar ärgerte es sie, dass man sie für eine Studentin hielt. »Ich komme aus Bremen und schreibe hier meinen Doktor«, klärte sie mich auf. Würde das Mädel lauter sprechen, würde das auch selbstbewusster rüberkommen. So aber klang es nur trotzig.

Ich hörte Flüche aus dem Kopierraum. Womöglich hatte soeben ein weiteres Gerät beschlossen, sein Dasein lieber als Kaffeemaschine fortzusetzen.

»Meinst du, das dauert noch?« Die Bremerin trat von einem Fuß auf den andern. Ich nickte zur Antwort und zeigte in den Gang, auf dem auch Lailas Büro lag.

»Die Toiletten sind in die Richtung.«

»Danke«, hauchte sie leise und verschwand in einem Höllentempo. Mitleidig sah ich ihr hinterher. Sie war ein gefundenes Fressen für Krause.

Sobald man vom Teufel sprach, erschien er auch. Die Bürotür öffnete sich und Krause geleitete eine Studentin heraus. Als er mich sah, verzog er das Gesicht.

»Frau Kuhn, ich muss sie leider schon wieder vertrösten. Ich habe noch ein paar Termine und muss sie bitten, nächsten Freitag wiederzukommen«, sagte er mit unaufrichtigem Bedauern in der Stimme. Das war nun das dritte Mal in Folge. Seit ich ihm durch die Blume zu verstehen gegeben hatte, dass ich kein Interesse an seinen Annäherungsversuchen hatte, ließ er einen Termin nach dem nächsten platzen. Er sah sich um, als würde er jemanden suchen.

»Sie haben nicht zufällig unsere neue Doktorandin gesehen? Ich habe sie noch nicht zu Gesicht bekommen und bin schon sehr neugierig. Sie wäre jetzt eigentlich dran.«

Der Typ war dermaßen unverschämt, ich begann innerlich zu kochen. Ich öffnete den Mund, um ihm die Meinung zu geigen, überlegte es mir in letzter Sekunde jedoch anders. Stattdessen sagte ich:

»Ja, sie ist im Kopierraum und verzweifelt an der Technik.«

Noch immer drangen Lailas gedämpfte Flüche durch die Tür. Krause lachte.

»Dann ist es an der Zeit, dass jemand der Armen die Universitätstechnik erklärt. Bis nächste Woche, Frau Kuhn.« Beschwingt machte er sich auf den Weg zum Kopierraum.

»Übernächste«, rief ich ihm nach. Nächste Woche war ich auf einer Hochzeit in der Toskana. Aber nicht auf meiner, dachte ich bitter. Krause hörte mich nicht mehr. Es interessierte ihn nicht, in Gedanken war er längst bei der Doktorandin und öffnete die Tür.

Skeptisch sah ich, wie er sie hinter sich zuzog, fragte mich, ob das gut gehen konnte und zuckte dann mit den Schultern. Auf dem Weg nach draußen eilte mir die Doktorandin entgegen.

»Musst nicht rennen«, sagte ich. »Krause ist beschäftigt und der Kopierraum ist immer noch besetzt.«

Sie wurde langsamer und lächelte mich erleichtert an. Ich lächelte zurück und ging pfeifend zur Tür hinaus.

In der U-Bahn vibrierte mein Handy. Alex fragte, was ich heute Abend vorhatte. Ich antwortete, dass ich mich erneut an dem versuchte, was ich jeden Abend plante: Die Weltherrschaft an mich zu reißen.

Er erwiderte, ich sei sicher auf die Hilfe eines Masterminds angewiesen, immerhin hatte es bis zum heutigen Tag nicht funktioniert.

Ich musste lachen. Falls er einem Mastermind über den Weg lief, könnte er es ruhig mitbringen.

Er erklärte sich bereit, Ausschau zu halten. Falls sich kein Mastermind auftreiben ließ, könnten wir notfalls die Weltherrschaft verschieben und gemeinsam kochen. Um keine Missverständnisse aufkommen zu lassen, stellte er dann noch klar, dass er kochen würde, während ich mir einen Drink nach dem anderen hinter die Binde kippte. Auf diese Weise riskierten wir bei mir lediglich eine Alkoholvergiftung und sein Magen bliebe verschont.

Solch einem verführerischen Angebot konnte ich nicht widerstehen. Ich sagte zu.

*

Lady Washington saß neben mir auf dem Küchentisch und verfolgte jede Bewegung von Alex. Ich trank mein zweites Glas Wein und bedrängte ihn zum hundertsten Mal, sich auszuziehen.

»Ich wäre viel beeindruckter, wenn du nackt kochen würdest«, sagte ich und stelle das Glas ab. Er drehte sich nicht um, sondern konzentrierte sich auf das Salatdressing.

»Wüsste ich es nicht besser, müsste ich glauben, du bist nur an meinem Körper interessiert.«

Ich lachte. »Scheinbar weißt du mehr als ich. Ich bin tatsächlich nur an deinem Körper interessiert.«

Alex tat, als wäre er zutiefst gekränkt.

»Ihr Frauen seid doch alle gleich.« Er pfefferte, schob das Dressing zur Seite und zog sein weißes Shirt aus. »Es geht euch immer nur um das eine.«

Ich jubelte, als er endlich oben ohne war. Sein Rücken konnte entzücken. Freudig stand ich auf, schlang die Arme um seinen Bauch und legte meine Wange auf sein Schulterblatt.

»Um harten, geilen und animalischen Sex?« schlug ich vor.

Er lachte, bewegte sich zum Herd und schleifte mich notgedrungen mit.

»Ja, darum und um durchgebratene Steaks.«

»Ich hasse es, wenn Blut rausläuft.« Ich machte Würggeräusche in seinen Rücken hinein. »Wehe, das Steak ist noch rosa. Das esse ich nicht.«

Alexander seufzte, beugte sich nach vorn, um in den Backofen zu sehen und hob mich so nach oben, da ich noch an seinem Rücken hing.

»Es schmeckt trocken und verliert jeden Reiz, wenn es durch ist.« Er richtete sich wieder auf und ich spürte den Boden unter meinen Füßen. »Für jemanden, der nicht kochen kann, stellst du ganz schöne Ansprüche an die, die dich bekochen.«

»Ich bin Einzelkind«, redete ich mich heraus und nahm wieder auf dem Küchenstuhl Platz. »Ist dir nicht zu heiß in der Jeans?«

Kopfschüttelnd machte er sich daran, den Salat zu putzen.

»Wolltest du mir nicht helfen?«, fragte er, als ich einen großen Schluck Wein nahm.

Ich verschluckte mich und hustete, bevor ich antworten konnte. »Wann soll ich das denn gesagt haben?«

»Habe ich mir wohl eingebildet.«

»Allerdings. Kochen ist immer noch Männersache. Die besten Köche der Welt sind Männer«, klärte ich ihn auf. »Außerdem kann ich dich im Sitzen viel besser bewundern.«

Als Antwort bekam ich ein paar hübsche Posen zu sehen, bevor er sich wieder dem Salat widmete.

Nach einer kurzen Diskussion darüber, ob es sich für eine Katze gehörte, auf dem Tisch zu bleiben, oder ob Lady Washington hinunter musste – ein Kampf, den sie und ich durch Sturheit und Ausdauer gegen Alex gewannen – gab es endlich Essen. Das Steak war super gewürzt und gut durchgebraten, genau wie ich es mochte. Der Salat war nicht so meins, da war eine Menge hipper und verrückter Sachen drin, die man lieber in eine Praline stecken sollte als in einen Salat. Im Ganzen war es wunderbar, was unter anderem daran lag, dass Alex mir ohne Shirt gegenübersaß und mir ab und zu einen amüsierten Blick zuwarf, weil ich auf das Heftigste mit ihm füßelte.

Nach dem Essen lehnte ich mich in meinem Stuhl zurück und streckte mich.

»Wollen wir tiefsinnige Gespräche über unsere Kindheit führen oder überspringen wir das und haben wilden Sex unter der *Maman*?« Durch Zwinkern wollte ich Alex suggerieren, dass mir nach letzterem zumute war.

Er räumte die Teller ab, schenkte sich noch ein Glas ein und lehnte sich entspannt zurück.

»Ich glaube nicht, dass ich unter dem Ding einen hochbekomme. Jedes Mal, wenn ich es sehe, rechne ich damit, dass es mir den Kopf abbeißt. Wolltest du es nicht wegschaffen, sobald du den Doryphoros hast?«, hakte er nach und beugte sich interessiert vor.

Ich zögerte mit meiner Antwort. Ja, wollte ich. Konnte ich aber nicht. Es war noch immer das beeindruckendste und coolste Geschenk, das mir je jemand gemacht hatte.

Nachdenklich sah ich Alexander an. Ob er mit mir zur Hochzeit fahren würde? Mit ihm im Schlepptau könnte mein Triumph ins Unermessliche steigen. Nur zu gern würde ich Johannes' und Carolines Blicke sehen, wenn ich Arm in Arm mit Alexander auf der Hochzeit antanzte. Ich, erschlankt und sexy, er in vollem Licht an meiner Seite wie der Sonnenkönig.

»Ja, würde ich theoretisch. Aber die *Maman* hat noch kein neues Zuhause.«

»Da finde ich schon was. Benji könnte sie zum Beispiel in den Aufenthaltsraum des Studios stellen.«

Die Idee fand ich doof. Die *Maman* war ein Kunstwerk und kein Dekorationsstück. Ich schüttelte den Kopf und fragte nach seinen Plänen für das nächste Wochenende.

»Ich habe ein paar vereinzelte Termine. Nichts, was sich nicht verschieben lässt. Wieso fragst du?« Neugierig sah er mich an. Hoffentlich sagte er ja. Ich holte tief Luft und sprach schnell die Einladung aus:

»Ich fahre übers Wochenende auf eine Hochzeit in die Toskana. Willst du mich begleiten?«

Den letzten Satz murmelte ich in mein Glas. Erwartungsvoll sah ich zu Alex, der zunächst nicht reagierte. Nach ein paar Sekunden setzte er sein Glas ab und antwortete mit ernster Stimme: »Bist du sicher, dass du da hinwillst?«

Ich nickte verhalten. Warum fragte er so komisch?

»Nein.« Er klang entschlossen. »Ich möchte dich nicht auf diese Hochzeit begleiten.«

»Wieso nicht?« Gerade eben war er noch bereit gewesen, seine Termine zu verschieben. Nun tat er, als hätte ich ihn gefragt, ob er einer Unbekannten eine Niere spenden würde.

Alex schüttelte den Kopf.

»Ist es wegen Hochzeit an sich? Weil das so ein Pärchending ist und du dich mir dann verpflichtet fühlst?« Ratlos sah ich ihn an. »Das Ganze wäre total harmlos. Wie in Wien.«

Entschieden schüttelte er erneut den Kopf und zog sein Shirt wieder an.

»Es geht mir nicht um das Pärchending. Es geht mir um die Hochzeit. Du solltest da auch nicht hin«, stellte er klar.

Misstrauisch sah ich ihn an.

»Auf Hochzeiten allgemein oder auf diese speziell?«

Genervt erwiderte er: »Du solltest nicht auf die Hochzeit deines langjährigen Exfreundes, wegen dem du dich diesen März so grandios abgeschossen hast.«

Ich wollte ihm ins Wort fallen, doch er sprach bestimmt weiter: »Ich war dabei und habe mir das Trauerspiel angesehen. Glaub mir, wenn du das auf der Hochzeitsfeier wiederholst, gibt es für keinen der Beteiligten ein Happy End.«

Unter dem Tisch ballte ich die Hände vor Wut zu Fäusten.

»Woher weißt du, dass es sich um die Hochzeit von Johannes handelt?«

Er verschränkte die Arme.

»Spielt das eine Rolle?«

»Ja, natürlich. Weißt du es von Jessie?« Ich wurde richtig sauer. Jessie hatte mir nach dem Vorfall auf der Party hoch und heilig versprochen, weder Benji noch Alex etwas von der Hochzeit oder meiner Ex-Beziehung zu verraten. Sie hatte es versprochen!

»Nein. Ich weiß es nicht von Jessie.« Er löste seine Arme wieder und beugte sich zu mir vor.

»Katha. Lass es doch gut sein –«

Jessie! Sie hatte es ihm ganz sicher erzählt. Wenn nicht sie, wer dann? Wütend stand ich auf.

»Was hat Jessie dir noch erzählt?« Unruhig ging ich hin und her. »Ich habe Johannes schon längst überwunden. Diese Hochzeit ist auch eine Familienfeier und ich lasse mich nicht ausladen!«

Alex stand ebenfalls auf und versuchte, mich wieder zu beruhigen.

»Ich weiß es nicht von Jessie«, wiederholte er, kam auf mich zu und legte mir die Hände auf die Schultern. Ruhig sah er mir in die Augen.

»Wenn dein Ex dir nichts mehr bedeutet, dann lass diese Hochzeitsfeier aus, Familie hin oder her. Fahr mit mir übers Wochenende irgendwo anders hin. Barcelona, nochmal Wien, in den Schwarzwald. Was weiß ich. Geh nicht dahin.«

Ich sah ihm eine Weile in die Augen und öffnete den Mund, doch was er von mir hören wollte, brachte ich nicht über die Lippen. Ich durfte diese Hochzeit nicht sausen lassen. Ich durfte es einfach nicht. Es ging mir um das Prinzip.

Als ich dem Kopf schüttelte, ließ Alex mich enttäuscht los.

»Ich komme nicht mit«, sagte er schließlich. »Du musst das mit dir allein ausmachen.«

»Offensichtlich«, stellte ich verbittert fest.

»Es hat nichts mit Hochzeiten oder Pärchensachen zu tun«, betonte er noch einmal. »Ich will mir das ganze Drama einfach nicht antun. Und du solltest es auch nicht.«

»Es wird kein Drama geben!« Wütend setzte ich mich wieder. »Ich bin ganz cool. Ich habe die Einladung vor Monaten angenommen. Wie sieht das denn aus, wenn ich jetzt einen Rückzieher mache? Alle werden denken, dass es am Ende doch wegen Johannes ist und ich ihm nachtrauere.«

»Ist doch egal, was die denken. Wenn du einen Rückzieher machst, denke ich, dass es wegen mir ist. Das reicht mir, um zu wissen, dass es dir ernst ist.« Er kam wieder auf mich zu.

Es zerriss mich. Ein Teil von mir ahnte, was er mir damit sagen wollte, ein anderer jedoch wollte keinen Millimeter weichen. Noch nie in meinem Leben hatte ich so gut ausgesehen wie jetzt. Ich fühlte mich so wohl in meiner Haut. Alles in mir wollte diesen Körper vorführen. Sollte Johannes ruhig sehen, was er verpasste und wozu ich in der Lage war. Nicht nur er konnte sich verändern. Auch ich konnte das. Ich antwortete nicht, sondern sah Alexander unschlüssig und unsicher an.

Er resignierte. »Ich verstehe.«

Er ging in den Flur, um seine Schuhe anzuziehen. Panisch folgte ich ihm. Ich wollte nicht, dass er verschwand. Den ganzen Tag hatte ich mich auf seine Gesellschaft gefreut.

»Nein. Du verstehst nicht. Es ist mir wichtig, da zu sein.« Nach einer Pause fügte ich hinzu: »Mit dir.«

Alex antwortete nicht, sondern öffnete die Wohnungstür.

»Gehst du jetzt?«

Er nickte. »Wenn du aus Italien zurück bist und weißt, was du wirklich willst, dann ruf mich an.«

Ich lief ihm wütend hinterher. Warum benahm Alex sich nur so albern? Dieses ganze Verschwinden, dieses Theatralische und Strenge ging mir dermaßen auf den Zeiger. Er machte mich richtig wütend.

»Ich weiß schon, was ich will«, rief ich ihm hinterher. »Ich will niemanden, der sofort die Biege macht, wenn es kompliziert wird.«

Alex wollte etwas dazu sagen, doch ich knallte ihm wütend die Wohnungstür vor der Nase zu. Für ein paar Minuten stand ich im Flur. Ich hoffte, er würde noch einmal klingeln oder mir schreiben, dass es ihm leidtat. Doch es kam nichts.

War ich im Unrecht? Hätte ich nachgeben sollen? Ich hatte die Klinke schon in der Hand, um die Tür zu öffnen und ihm hinterherzulaufen, als ich mich plötzlich an den schlimmsten Tag meines Lebens erinnerte:

Zwei Jahre zuvor, Januar

Meine rechte Hand schmerzte von der Verbrühung. Ich musste die Tür unseres Mietshauses mit links aufschließen. Besonders geschickt stellte ich mich dabei nicht an, doch mit dem zweiten Versuch hatte ich Erfolg und machte mich auf den Weg nach oben.

Wie ärgerlich, dass ich mich ausgerechnet heute an der rechten Hand verbrüht hatte. Irina hatte einen wichtigen Catering-Auftrag an Land gezogen und war auf meine Hilfe angewiesen. Ich war dermaßen in Ge-

danken versunken gewesen, dass ich das Wasser der fertig gekochten Pelmeni nicht in den Abguss, sondern über meine Hand geschüttet hatte.

Mühselig schleppte ich mich die Treppe hoch. Die Erinnerung an gestern Abend hatte mich so abgelenkt, dass ich den Schmerz zunächst gar nicht bemerkte und erst mit dem Aufschrei meiner Chefin zurücksprang. Irina hatte mich gezwungen, ein Taxi ins Krankenhaus zu nehmen und mir verboten, wieder zu Arbeit zu erscheinen.

»Du hast deinen Kopf nicht auf den Schultern, Katjuschka«, hatte sie gesagt und mir haufenweise Eis ins Taxi gepackt, damit ich meine Hand kühlen konnte.

Vor der Wohnungstür blieb ich erschöpft stehen.

Ja, ich hatte den Kopf nicht mehr auf den Schultern. Den ganzen Tag konnte ich an nichts anderes denken, als daran, dass Jo mich gestern vor vollendete Tatsachen gestellt hatte: Für die letzte Station seines Referendariats wollte er drei Monate lang nach München.

Angeblich war das eine echte Topadresse, ein Ableger von Carolines Kanzlei und seine Chance, schon jetzt Fuß zu fassen. Seit wann beschloss er solche Dinge ohne mich? Wir hatten immer für einen Monat nach Asien gewollt, sobald er endlich sein zweites Examen in der Tasche hatte, und nun war davon keine Rede mehr. Stattdessen München, sechshundert Kilometer weit weg von mir.

Langsam drehte ich mit meiner unversehrten Hand den Schlüssel im Schloss und betrat die Wohnung. Jos Schuhe lagen achtlos im Flur verteilt. Seltsam. Vom Krankenhaus aus hatte ich versucht, ihn zu erreichen, doch er war nicht an sein Handy gegangen. Weshalb war er denn schon zu Hause? Egal, vielleicht war ihm etwas dazwischengekommen oder Jessie hatte ihn erreichen können.

Vorsichtig ließ ich meine Tasche auf den Boden gleiten, darauf bedacht die verbundene Hand nicht zu streifen, und zog den Mantel aus. Ich wollte gerade laut rufen, dass ich wieder zuhause war, als ein lautes weibliches Stöhnen mich stutzig machte.

Hatte ich mir das gerade eingebildet? Wie vom Blitz getroffen blieb ich stehen und lauschte. Das Stöhnen wiederholte sich, unterbrochen von rhythmischem Klatschen. Jemand hatte Sex in unserer Wohnung!

Meine Gedanken überschlugen sich. Waren das doch nicht Jos Schu-

he? War jemand in unsere Wohnung eingebrochen, um Sex zu haben? Ich wollte einfach nicht an das Naheliegendste denken. Nie und nimmer würde Johannes mich betrügen. Wir liebten uns doch. Erst heute Morgen hatte er am Frühstückstisch gesagt, dass er ohne mich verloren wäre. Sowas sagte man doch nicht zu jemandem, den man betrügt.

Unentschlossen stand ich vor der halb angelehnten Wohnzimmertür und hörte das Stöhnen. Mein Magen verkrampfte sich und mir wurde schlecht. Sollte ich wieder gehen und tun, als wüsste ich es nicht? Vielleicht war das wirklich ein durchgeknalltes Pärchen, das in fremde Wohnungen einbrach und sich so den Kick holte. Vielleicht träumte ich nur.

Das laute Stöhnen von Johannes riss mich aus meiner Trance. Ich ging einen Schritt auf die Tür zu. Jede Faser meines Körpers wollte nicht hindurch, doch ich wusste, dass ich davor nicht weglaufen durfte. Ich musste sehen, wer die Schlampe war, mit der mich mein verlogener Freund betrog.

Mit der gesunden Hand stieß ich die Tür auf und bekam gerade noch mit, wie Johannes auf der Couch seinen Höhepunkt erreichte. Vor ihm kniete eine blonde Frau, die ihr Gesicht in die Kissen grub und gedämpft weiterstöhnte, während die letzten Stöße kamen. Im Hintergrund ragte bedrohlich die Maman *über den beiden auf und erweckte den Eindruck, als würde sie die beiden nackten Menschen vor sich jeden Moment verschlingen wollen. Bei dem Anblick kam ein hysterisches Lachen in mir hoch und ich fing an, unkontrolliert zu kichern.*

Jo bemerkte mich als erstes und seine Züge entglitten ihm. Er sah aus, als erahnte er den Angriff der Riesenspinne. Ich kicherte lauter und lauter. Unbändige Wut stieg in mir hoch, die sich mit Lachen und Tränen vermischte. Noch nie hatte ich mich so wenig unter Kontrolle gehabt. Die Geräusche, die aus meinem Mund kamen, erregten die Aufmerksamkeit der blonden Frau, die erschrocken ihren Kopf hob.

Caro?

Caro!

Es war Caro, die mich mit großen Augen ansah und in der Bewegung erstarrte, als wäre die Zeit stehengeblieben.

Mein hysterisches Lachen verwandelte sich in einen Schmerzensschrei. Wie ein verwundetes Tier wich ich zurück.

Caroline.

Das Lachen war mir vergangen. Dieser Situation war jede Komik gewichen. Was sich mir bot, war an Tragik nicht zu überbieten. Ich wurde nicht von einem Menschen betrogen, den ich liebte, sondern von zweien zugleich. Meine erste und älteste Freundin, meine liebste Cousine, meine Verbündete seit Kindheitstagen schlief mit meiner großen Liebe.

Langsam ging ich zurück in den Flur. Johannes' Gesichtsausdruck trieb mich in die Flucht. Ich konnte weder Schuldgefühle noch Reue ausmachen. Es war Erleichterung. Er war erleichtert, während mein Herz zerbrach.

Ich nahm die Hand von der Klinke, ohne die Tür zu öffnen.

KAPITEL XIII

Bald

7. Oktober, 65 Kilo, noch zwei Tage bis zur Toskana

Das ständige Vibrieren meines Handys in der Hosentasche lenkte mich von der Arbeit ab. Sogar Jessie hörte es.

»Irgendjemand will dich unbedingt sprechen«, sagte sie und reichte einem Kunden ein Päckchen frischer russischer Spezialitäten über die Theke.

»Ich weiß«, seufzte ich und hoffte auf eine kleine Pause, um nachzusehen, wer mir die ganze Zeit schrieb. Ein Kunde nach dem anderen trat in den kleinen Laden, um mich daran zu hindern.

Zehn Minuten später gab es ein kleines Zeitfenster, die Mittagspause war vorbei und alle waren wieder an ihren Arbeitsplätzen, in dem ich einen kurzen Blick auf das Display werfen konnte. Lauter Nachrichten von Benji. Das enttäuschte mich, denn insgeheim hatte ich gehofft, Alex würde sich melden. Was er nicht tat.

Benji wollte sich unbedingt mit mir treffen, noch heute, wenn es ging. Ich antwortete, dass ich bis sechzehn Uhr arbeiten musste und erst eine Stunde später zu Hause sein würde. Er antwortete sofort, dass er mit einer Riesenüberraschung vor meiner Tür warten würde. Ich sollte mich auf etwas gefasst machen. Verwundert legte ich mein Handy weg und sah Jessie an.

»Was ist los?«

»Benji. Er hat eine Überraschung für mich. Hast du eine Ahnung?«

Sie schüttelte den Kopf. »Nee, hab ihn seit dem Wettbewerb nicht mehr gesehen.«

Sein Verhalten machte mich neugierig, aber auch skeptisch. Hoffentlich geriet ich nicht schon wieder in so eine Sache zwischen ihm und Alex.

»Katjuschka?«, hörte ich Irina in der Küche rufen. Sie brauchte meine Hilfe.

»Ja?« Ich ging in die Küche.

»Kannst du mir diese Kartons von da oben reichen? Ich bin auch mit Leiter zu klein.« Sie deutete auf die Schränke und ging zur Seite, um mir Platz zu machen. Ich hievte einen Karton nach dem anderen nach unten, bis die Ablagefläche frei war und sie sie putzen konnte. Sie war seit einigen Wochen wieder besser drauf und sang vor sich hin.

»Um was geht es in deinem Lied?«, fragte ich und naschte dabei ein Stück Braten.

»Um die Liebe«, antwortete Irina. »In russischen Volksliedern geht es immer um die Liebe.«

Sie wischte, sah zu mir nach unten und sprach weiter: »Die Liebe eines Mädchens zu einem Kosaken, die Liebe eines Kosaken zu einem Mädchen, die Liebe zum Vaterland oder die Liebe der Eltern zu ihren Kindern. In russischen Liedern geht es immer um die Liebe.«

»Wird das denn nicht langweilig?« Ich sah zu ihr hoch. »Es gibt doch mehr als nur die Liebe.«

»Ach? Was gibt es noch?« Irina stieg die Leiter herunter.

Ich überlegte kurz. »Es gibt Freundschaft.«

»Freundschaft ist platonische Liebe«, erwiderte sie und verschob die Leiter, um das nächste Regal zu putzen.

»Was ist mit Arbeit?«, warf ich ein.

Sie lachte. »Nur Deutsche würden ein Lied über die Arbeit singen.«

»Es gibt noch andere Sachen, über die man singen kann, wenn schon nicht über die Arbeit.«

Irina summte ein paar Sekunden, bevor sie antwortete: »Man kann nichts so schön besingen wie die Liebe.«

Jessie kam zu uns nach hinten geschlendert und vergriff sich ebenfalls am Braten. Sie sah zwischen Irina und mir hin und her und fragte: »Über wen tratscht ihr?«

»Über die Liebe«, erwiderte Irina und summte wieder ihre Melodie.

»Oha.« Jessie blickte sie interessiert an. »Bist du etwa verliebt?«

Irina musste laut lachen. »Ich? Nein, ich konnte nur einmal lieben und diese Liebe ist von mir gegangen.« Irina stieg von der Leiter und wrang den Putzlappen aus.

»Aber Sascha ist verliebt«, sagte sie zu Jessie, bevor sie die Leiter wieder hochstieg.

»Sascha? Wirklich? Hat er etwa eine Freundin?« Jessie sah mich mit großen Augen an. Wahrscheinlich ging sie noch immer davon aus, dass Sascha wegen Irinas Kochkünsten zweihundert Kilo wog, nie das Haus verließ und deswegen höchstens eine imaginäre Freundin haben konnte.

»Vielleicht. Mir sagt er nichts. Aber ich bin seine Mutter und merke das sofort.«

Jessie lachte und nickte mir wissend zu.

»Wer wird das wohl sein?«, wollte sie wissen und zwinkerte mir zu. Ich zuckte mit den Schultern. Woher sollte ich wissen, wer die Freundin von Irinas Vorzeigesohn war? Ich gab Jessie durch Körpersprache zu verstehen, dass ich keinen blassen Schimmer hatte, worauf sie hinauswollte. Irina antwortete, weil sie dachte, die Frage wäre an sie gerichtet gewesen.

»Ich habe keine Ahnung und er leugnet alles. Monate schon, doch ich bin sicher, lange kann er sie nicht vor mir verstecken. Ich komme ihm und seiner Freundin schon auf die Schliche.«

Jemand betrat den Laden und Jessie musste nach vorn. Mit einem dreckigen Lachen verließ sie die Küche und ich sah ihr verwundert nach.

Irina sang wieder ihr russisches Liebeslied. Ich sah zu ihr hoch.

»Brauchst du mich noch?«

Sie schüttelte den Kopf und ich folgte Jessie.

»Wie geht es eigentlich Alex?«, fragte mich Jessie im Vorbeigehen, während sie einen Kunden bediente.

»Keine Ahnung. Hast du ihm von Johannes' Hochzeit erzählt?« Das hatte ich die ganze Zeit ansprechen wollen, war aber nie dazu gekommen, da es immer etwas zu tun gegeben hatte. Jessie sah mich überrascht an.

»Abgesehen von dem einen Ausrutscher auf der Party, habe ich kein Wort darüber verloren.«

Zweifelnd sah ich sie an.

»Ehrenwort«, bekräftigte sie.

Irgendwie konnte und wollte ich ihr das nicht glauben. Ich sehnte mich danach, ihr von dem Streit vor fünf Tagen zu berichten, doch dann hätte ich ihr offenbaren müssen, dass ich etwas mit Alexander angefangen hatte. Verärgert biss ich mir auf die Lippe. Immer mehr Leute kamen in den Laden und ich kam nicht mehr dazu, irgendwelche Andeutungen zu machen. Als ich endlich Feierabend hatte, musste ich direkt los, um Benji nicht allzu lang vor meiner Tür warten zu lassen.

*

Ungeduldig saß Benji am Eingang und hielt nach mir Ausschau. Er grinste von einem Ohr zum anderen und sprang sofort auf, als er mich erblickte.

»Endlich.« Begeistert umarmte er mich.

»Was ist los?« Warum war er so gut drauf?

Er zog mich zur Tür, während ich nach dem Schlüssel kramte. »Ich muss dir was zeigen. Beeil dich.«

Ich lachte, weil er sich aufführte wie ein kleines Kind kurz vor der Bescherung.

»Verrätst du mir, was es ist, das du mir zeigen möchtest, oder muss ich warten, bis ich es sehe?«

»Du musst warten.« Er sprintete die Treppen hoch. Neugierig, was auf mich zukam, folgte ich ihm. Kaum hatte ich die Wohnungstür aufgesperrt, quetschte er sich hindurch, rannte ins Wohnzimmer und schaltete meinen Laptop an. Ich streichelte Lady Washington, die sich an meine Beine schmiegte, und sah gebannt auf den Desktop. Benji zog einen Zettel aus der Hosentasche und reichte ihn mir. Ich strich ihn glatt und warf einen Blick darauf, während er den Browser startete.

Auf dem Zettel stand »KathaK« und ein langes, kompliziertes Passwort. Verwundert sah ich ihn an.

»Das Passwort kannst du jederzeit ändern«, sagte er und tippte auf YouTube »Transformation«, »Crossfit« und den Namen seines Fitnessstudios in die Suchleiste. Mich beschlich eine Ahnung. Es gab mehrere Treffer. Ganz oben prangte mein Gesicht. Ich ließ mich neben Benji nieder.

»Du hast die Videos von mir online gestellt?« Ich sah ihn mit offenem Mund an.

Benji schüttelte den Kopf.

»Ich habe einen langen Transformations-Clip daraus gemacht.« Er zeigte auf die Klicks. »Schau mal hier. Fünfunddreißigtausend Leute haben das gesehen. Dabei habe ich es erst heute Morgen hochgeladen. Und du hast jetzt schon einhundertzwanzig Abonnenten.«

Ich war total baff und wusste nicht, was ich davon halten sollte. Langsam bewegte ich den Cursor auf den Play-Button und das Video begann.

»Hi«, hörte ich mich sagen, »ich bin Katha, neunundzwanzig Jahre alt und möchte heute mein Leben verändern.«

Ich klang, als wäre ich bei den Anonymen Alkoholikern. Dann folgten echt unvorteilhafte Fotos von mir und meinen sechsundachtzig Kilo.

«Oh Gott, oh Gott», flüsterte ich schockiert. Das konnte jetzt alle Welt sehen?

Das Video lief weiter. Auf Bilder und Videos von mir beim Training folgten Bilder von den monatlichen Shootings. Dazu wurde die Musik immer dynamischer und schneller.

Ich beim Hanteln-Stemmen, beim Unterarmstütz, Liegestützen und Klimmzügen. Hunderte Squats. Monat für Monat wurde abgespult und meine Veränderung von Benji kommentiert. Ich konnte dem Fett regelrecht in Zeitlupe beim Schmelzen zusehen.

Mein erstes durchgestandenes Crossfit-Training und meine Jubelrufe darüber waren auch dabei. Am Ende, als die Musik sich noch weiter zuspitzte, kam der Wettbewerb. Ich sah, wie Alex mir kurz davor noch Mut zusprach und wie er mich anfeuerte. Dann kam das Video, das ich schon kannte und eine Mehrfachwiederholung meines Sturzes.

Plötzlich schwarzer Bildschirm und Stille. Für einen Moment konnte man glauben, das sei das Ende meiner Fitnesskarriere. Doch dann kam mein Schrei aus dem schwarzen Nichts.

Das war ich, die so verrückt schrie!

Das Video ging weiter. Unter Schmerzen kämpfte ich mich verbissen durch die Stationen. Bis zum bitteren Ende hielt ich durch und kam auf meinen fünften Platz. From zero to hero.

Mit offenem Mund saß ich vor dem Bildschirm. Das Letzte, was man im Abspann sehen konnte, war ein Vorher-Nachher-Bild von mir. Der Unterschied war dermaßen groß, dass man leicht zu dem Schluss kommen konnte, es musste sich um zwei unterschiedliche Personen handeln.

»Was sagst du?« Benji sah mich gebannt an. Ich konnte nicht antworten, so perplex war ich von dem, was ich gerade gesehen hatte. War ich diese KathaK, die ihr Leben grundlegend hatte ändern wollen und es geschafft hatte?

»Was sagst du?« Benji wartete noch immer auf meine Antwort. Glücklich umarmte ich ihn. Tränen kullerten meine Wangen hinunter. Ich war so dankbar, ihm und Alex. Nicht nur für das Training, die Zeit und die Nerven. Nein, ich war auch dankbar für diese Dokumentation. Wann immer ich wieder Zweifel an mir haben würde, musste ich nur dieses Video ansehen, um zu wissen, dass ich alles schaffen konnte, wenn ich es nur wollte.

»Du magst es?«

Ich nickte. »Ich liebe es!«

Erleichtert atmete Benji auf. »Gut. Alex meinte, ich soll es rausnehmen«, sagte er und schüttelte den Kopf darüber. »Dabei war das letztes Jahr noch seine Idee.«

»Du hast es Alex gezeigt?« Nervös sah ich ihn an. »Er wollte es nicht online stellen?«

Benji scrollte durch die vielen Kommentare unter dem Video und zuckte mit den Schultern.

»Keine Ahnung, warum er seine Meinung geändert hat. Du hast einen entsprechenden Vertrag unterschrieben und bis jetzt nichts gesagt, also dachte ich mir, dass du auch nichts dagegen hast.«

Hunderte Kommentare tummelten sich unter dem Video. Viele waren positiv und von meiner Leistung inspiriert.

»Ich glaube, er ist sauer auf mich, weil ich euch belogen habe«, gestand ich und sah Benji schuldbewusst an. Er sah ratlos zurück.

»Wegen meinem Ex«, klärte ich ihn auf. »Ich habe es nicht nur für mich getan.«

Er lachte und winkte großzügig ab. »Spielt es eine Rolle, für wen du das gemacht hast? Du bist weit gekommen. Das ist alles, was zählt.«

Ich konnte nicht anders, als ihn dafür erneut zu umarmen. Überrascht erwiderte er die Umarmung. Zufrieden lehnte ich mich zurück und drückte erneut auf Play.

»Ein tolles Video«, lobte ich ihn. »Du hättest Werbefilmer werden sollen.«

»Habe das studiert und kurz vor dem Ende abgebrochen«, erzählte er und betrachtete zufrieden sein Werk. Als ich ihn ansah, konnte ich nicht anders, als einmal mehr festzustellen, wie hübsch er war. Bevor ich den Gedanken ernsthaft zu Ende gedacht hatte, rutschte es mir heraus:

»Sag mal, Benjamin, was hast du dieses Wochenende vor?«

*

»Aua«, sagte ich zum hundertsten Mal in Folge, während Nadja, die Kosmetikerin meines Vertrauens, mir die Augenbrauen zupfte. Wir kannten uns erst seit einer Stunde und waren bereits intim miteinander gewesen. Es gab keine Stelle an meinem Körper, an der Nadja mit ihren Wachsstreifen und Pinzetten noch nicht gewesen war. Ich fühlte mich wie eine gerupfte Weihnachtsgans.

»Pst«, beruhigte sie mich und kaute laut auf ihrem Kaugummi. »Würdest du das öfters machen, hättest du weniger Schmerzen.«

»Wie oft sollte man, autsch, das denn machen?«

»Mindestens einmal die Woche«, erwiderte sie und wechselte die Augenbraue. Die Vorstellung mich dieser Augenbrauen-Tortur jede Woche auszusetzen, behagte mir gar nicht. Welcher Mensch bei klarem Verstand tat sich das freiwillig an?

Susi, Nadjas Kollegin, saß gelangweilt neben uns und blätterte in einer Zeitschrift. Sie wartete darauf, endlich mit Maniküre und Pediküre anfangen zu können.

Die zwei betrieben einen kleinen Schönheitssalon in meiner

Straße. Seit zwei Jahren lief ich täglich daran vorbei und wunderte mich, wie sich der Laden über Wasser halten konnte. Nach dem Kostenvoranschlag, den ich heute Morgen eingeholt hatte, wusste ich es. Schönheit hatte ihren Preis.

»Soll ich mir die Haare färben?«, fragte ich die beiden und zuckte zusammen, als Nadja wie ein Rasenmäher über meine Augenbraue fuhr. Susi stand auf, ging um mich herum und löste meinen Pferdeschwanz.

»Nee«, sagte sie. »Hast ein schönes Braun, passt gut zu dir. Kräftige Haarstruktur und glänzend. Würde nur die Spitzen schneiden und sie aufrollen, um Schwung reinzubringen.«

Nadja sah auf, nickte und widmete sich schmatzend wieder meiner Augenbraue.

»Bist eine schlechte Kundin«, sagte sie, als sie mit meinen Augen fertig war.

»So? Wie denn das?« Beleidigt sah ich zu ihr hoch. Sie legte ihre Pinzette beiseite und räumte den Platz für Susi.

»Bei dir kann man nicht viel machen, außer bisschen Wimperntusche hier, bisschen Zupfen da. Siehst auch ohne viel Make-Up gut aus. Die Veränderung wäre minimal und lohnt sich nicht.« Sie zündete sich eine Zigarette an und ihr leuchtend rot geschminkter Mund nahm einen langen ersten Zug, bevor sie weitersprach.

»Warum das ganze Paket?«, fragte sie neugierig. »Willst wen verführen?«

»Ich fliege morgen auf die Hochzeit meines Exfreunds«, verkündete ich. »Da will ich so gut wie möglich aussehen.«

Nadja und Susi wechselten Blicke.

»Er hat dich zu seiner Hochzeit eingeladen?«, fragte Susi, während sie meine Nägel feilte.

»Nein, wenn es nach ihm ginge, könnte ich bleiben, wo der Pfeffer wächst«, gestand ich. »Er heiratet meine Cousine. Die hat mich eingeladen.«

Ungläubig sahen sie mich an.

»Das ist ja pervers«, erwiderte Nadja und kreierte eine Kaugummiblase, in die sie hineinbiss. »Und du gehst da auch noch hin?«

»Ist eine Familienfeier und ich lasse mich nicht vergraulen. Die haben mich ein Jahr lang hintergangen und jetzt soll ich allem fernbleiben, als hätte ich was verbrochen? Ganz sicher nicht!«

»Gut so!«, sagte Susi. »Mein Ex hat es mit meiner besten Freundin getrieben. Die hat mich dann gefragt, ob ich sie für ihre Hochzeit mit ihrem damaligen Freund hübsch machen würde. Sie hat gedacht, ich weiß nichts davon.«

Schockiert sah ich sie an. »Ernsthaft?«

Sie nickte. »Ich hab ihr gesagt, sie kann mich mal. Bin aber auf die Hochzeit und als keiner in der Nähe war, hab ich die Torte geklaut.« Sie lachte dreckig und Nadja stimmte ein.

»Das war geil.« Nadja rollte auf ihren Stuhl zu uns herüber. »Wir haben das Ding bei der Heilsarme abgeladen. Nach dreißig Minuten wars aufgegessen.«

»Wie perfide. Eine Hochzeit ohne Torte. Gefällt mir.«

Susi feilte weiter. »Gehst du alleine hin?«

Ich schüttelte den Kopf. »Ein Freund begleitet mich«, antwortete ich und fügte hinzu: »Ein sehr gutaussehender Freund.«

»Das ist gut. Läuft da was? Deswegen die Komplettrasur?« Nadja nahm meine zweite Hand und weichte sie ein.

Wieder schüttelte ich den Kopf. »Nein. Ganz sicher nicht.«

»Weiß er das?« Susi legte die Feile weg. »Ich meine, könnt ja sein, dass er denkt, dass da was läuft und dann hast du ihn an der Backe, willst aber deinen Ex.«

Ich dachte nach und verneinte erneut: »Ich war ehrlich zu Benji und habe ihm gesagt, dass ich ihn nur benutze, um die Party aufzumischen. Meinen Ex will ich auch nicht wieder. Alles, was ich will, ist die Hochzeit zu crashen und besoffen auf jedem Hochzeitsfoto aufzutauchen. Vielleicht nehme ich mir auch ein Beispiel an der Sache mit der Torte, falls sich die Gelegenheit ergibt.«

»Guter Plan.« Nadja nahm ihren Kaugummi heraus und trank einen Schluck Wasser. Susi kicherte und widmete sich wieder meinen Nägeln. Während die beiden an mir feilten und wir uns über untreue Exfreunde austauschten, vibrierte mein Handy in einer Tour. Das Video schoss durch die Decke und wurde ständig geteilt. Dauernd schrieb jemand Kommentare darunter oder stellte Fragen zu Training und Ernährung. Ich kam mit dem Antworten gar nicht hinterher. Vorgestern hatte ich es Mom und Harald geschickt, die es wiederum vor lauter Stolz direkt an die WhatsApp-Familiengruppe weitergeleitet hatten. Damit wusste also nicht nur die ganze Welt von meiner Verwandlung, sondern auch meine Verwandtschaft. Das einzige, womit ich sie noch überraschen konnte, war Benji. Darauf freute ich mich diebisch, auch wenn mir Alex lieber gewesen wäre.

Als Susi mit meinen Händen fertig war und sich zusammen mit Nadja meinen Füßen zuwandte, holte ich mein Telefon heraus. Hunderte E-Mails und Nachrichten. Alle Welt wollte etwas von mir, nur Alex meldete sich nicht. Enttäuscht steckte ich es zurück in die Tasche.

*

Wieder zuhause, war ich zwischen meinen neuen Kleidern hin und hergerissen. Nur zu gern hätte ich Jessie angerufen und sie um Rat gefragt. Doch sie hatte mir gestern, als ich ihr meinen Plan mit Benji erzählte, klar zu verstehen gegeben, dass sie absolut nichts davon hielt. Ihrer Meinung nach sollte ich nicht fahren. Falls ich es doch tat, wollte sie mich nicht dabei unterstützen. Wütend hatte ich aufgelegt und hatte nicht mehr angenommen, als sie wieder anrief. Ich würde fahren, komme, was wolle.

Unentschlossen stand ich im Schlafzimmer, umgeben von Klamotten und unfähig, eine Entscheidung zutreffen. Nach einem langen Gespräch mit Lady Washington, die sich als schlechte Beraterin entpuppte, weil sie zu allem Miau und Amen sagte, beschloss ich, einfach ein Gepäckstück dazu zu buchen. Mit diesem genialen Kniff konnte ich all meine neuen Kleider mitnehmen und meine Garderobe im Stundentakt wechseln.

Aufgeregt ging ich ins Bett, konnte aber nicht einschlafen, weil mich das schlechte Gewissen plagte. Wenn Alex von der Sache mit Benji erfuhr, nahm er mir das sicher übel. Unruhig drehte ich mich um. Dabei hatte er gar keinen Grund dazu. Schließlich hatte ich ihn zuerst gefragt.

Was aber, wenn er es ernst mit mir meinte und es ihn kränken würde, dass ich ihn so schnell ersetzt hatte?

Verärgert schob ich den Gedanken beiseite. Alex war nicht der Typ für ernstere Geschichten. Das wusste ich nicht nur über Jessie von Franzi, sondern auch von Benji und dieser furchtbaren Tanja. Nein, ich schoss mir selbst ins Bein, wenn ich davon ausging, dass ich mir etwas Ernstes mit Alex verbaute, weil ich statt ihm Benji mit nach Italien nahm. Diese Option gab es überhaupt nicht. Also konnte ich sie auch nicht verbauen. Besser war es, wenn ich aufhörte, mir über Alexander etwas vorzumachen. Ich sollte mich lieber auf das Wochenende konzentrieren.

Bevor ich endlich einschlief, holte ich trotzdem mein Handy zu mir ins Bett. Vielleicht schrieb mir Alex doch noch eine Nachricht …

*

Zum Glück stand seit gestern Nachmittag alles gepackt und reisefertig im Flur. Ich hatte verschlafen. Und durch das ganze Gezicke mit Jessie auch noch vergessen, mich um einen Katzensitter zu kümmern. Es kostete mich über eine halbe Stunde, Clemens davon zu überzeugen, zwei Mal am Tag nach Lady Washington zu sehen. Als ich ihn endlich soweit hatte, standen schon Harald und Mom vor der Tür, um mich mit zum Flughafen zu nehmen.

Ich hatte gerade noch Zeit, Zähne zu putzen, während Harald mein Gepäck nach unten trug.

»Du bleibst doch auch nur übers Wochenende, oder planst du, mit Johannes und Caroline in die Flitterwochen zu fliegen?« fragte er, als er die Koffer erblickte.

Ich ignorierte ihn und verabschiedete mich von meiner Lieblingskatze. Zum Glück blieb mir im Auto noch Zeit, mich zu schminken.

»Schätzchen!«, rief meine Mutter begeistert, sobald ich im Auto saß. »Ich habe dein tolles Video schon hundert Mal gesehen.« Sie drehte sich zu mir um und lächelte. »Ich bin so stolz auf dich. Ich wusste gar nicht, dass du so eine Sportskanone bist.«

Ich schnallte mich an und lachte über die Bemerkung.

»Dann bist du also für die vielen Klicks verantwortlich. Ich habe mich schon gefragt, wer sich dieses Video überhaupt ansieht.«

Harald startete den Motor und mischte sich in die Unterhaltung ein: »Du hattest einen guten Trainer. Das sieht man sofort.«

»Hast du es auch gesehen?«

»Harald hat das Video gestern seiner Sportklasse gezeigt, damit die Kids wissen, was man mit Sport alles erreichen kann«, sagte Mom stolz.

»Das hast du nicht!«

Er zuckte mit den Schultern. »Du hast bei diesem Wettbewerb eine gute Leistung abgeliefert, das kann man ruhig zeigen. Einige lassen sich von sowas inspirieren«, antwortete er und sah konzentriert auf die Straße. Ich spürte, dass auch er stolz auf mich war und mir wurde warm ums Herz.

»Danke«, murmelte ich verlegen.

Am Flughafen warteten schon Tante Katja, Moms jüngste Schwester, und ihr zweiter Mann Rashid. Natürlich waren auch Leonie, meine Cousine aus Katjas erster Ehe, und Hamad dabei. Er war Rashids Sohn, also mein angeheirateter Cousin. Die beiden Teenager saßen gelangweilt auf ihren Koffern und tippten auf ihren Handys herum. Als Tante Katja mich sah, lief sie aufgeregt auf mich zu und umarmte mich.

»Katharina Bambina!« Sie gab mir einen Schmatzer links und einen rechts. »Du siehst ja fantastisch aus. Endlich bist du deine Babypfunde los. Ich habe dein Video gesehen. Deine Mutter hat es uns allen geschickt.« Sie zwinkerte mir wissend zu. »Gib's zu, das hast du nicht alles mit Sport gemacht.«

»Doch«, antwortete ich irritiert. »Mit was denn sonst?«

Tante Katja zwinkerte noch einmal. »Na komm, so einen flachen Bauch bekommt man doch nicht allein durch Sport. Schnipp-Schnapp.«

Bevor ich etwas erwidern konnte, eilte sie weiter zu Mom und Harald. Rashid gab mir die Hand und lächelte wie immer freundlich. Ich verstand bis heute nicht, wie so ein ruhiger und entspannter Typ wie er mit meiner Tante Katja zusammenleben konnte, ohne auch nur einmal aus der Haut zu fahren.

Leonie und Hamad sahen nicht einmal auf, als ich sie begrüßte. Hach, Jungsein hatte seine Reize. Man konnte gänzlich auf die Etikette pfeifen.

Tante Katja tauchte wieder an meiner Seite auf und legte mir kumpelhaft einen Arm um die Schulter.

»Toll, dass du dabei bist. Ich dachte zuerst, du kommst nicht mit, weil Johannes, naja, du weißt schon, mit Caroline und so. Aber dann, das habe ich Rashid auch gesagt, also, ich habe zu ihm gesagt, wenn jemand dieser Hochzeit fernbleiben sollte, dann ja wohl Johannes.«

Verdutzt sah ich sie an. »Das ist aber seine Hochzeit, Tante Katja.«

»Na und?«, sie zuckte gleichgültig mit den Schultern. »Wer so eine Schweinerei mit meiner Lieblingsnichte abzieht, der verdient keine Hochzeit.«

»Auch Caroline nicht?«

Tante Katja winkte ab. »Sie schon. Sie gehört ja zur Familie. Johannes nicht.«

Kopfschüttelnd lief Harald mit dem Gepäck an uns vorbei. »In ein paar Tagen gehört er auch dazu«, warf er ein.

»Nein«, rief Tante Katja ihm hinterher. »Ganz sicher nicht.«

Sie gab mir noch einen großen Schmatzer und hakte sich bei Rashid unter. Wir folgten Harald und Mom, als sie sich wieder zu mir wandte und fragte:

»Hast du keine Begleitung? Ich hätte gewettet, dass du nicht alleine kommst.«

»Aber wozu? Ich habe doch dich und Rashid.« Sie lachte und drückte sich enger an Rashid. »Der gehört mir. Du kannst Hamad haben.« Von hinten hörte ich Würggeräusche. Offenbar war ich nicht Hamads Typ.

Wir standen am Check-In und ich sah mich nervös um. Benji und ich hatten ausgemacht, uns am Flughafen zu treffen. Aber weit und breit keine Spur von ihm. Hatte er es sich doch noch anders überlegt oder gar mit Alex gesprochen, der ihm abgeraten hatte?

Enttäuscht blickte ich auf meine kleine Reisegruppe am Schalter. Leonie sah für einen kurzen Moment von ihrem Handy auf. Ihr Blick blieb an etwas oder jemandem haften. Sie machte große Augen und mich damit neugierig genug, um mich wieder umzudrehen.

In der einen Hand eine Tasche, in der anderen seinen Anzug, kam Benji auf uns zu. Seine braunen Haare glänzten gesund und Strähnen fielen ihm ins Gesicht, die er mit einer Kopfbewegung nach hinten warf. Die braune Lederjacke passte ausgezeichnet zu seinen Jeans und dem weißen Shirt, das offenherzig die Konturen seiner Brust und seines Bauches erahnen ließ. Wie in Zeitlupe sah ich ihn ankommen und fragte mich, ob ich mir die imposante Begleitmusik dazu eingebildet hatte oder ob es sie tatsächlich gab.

Die Musik hörte auf, als er sich neben mich stellte und mir einen Kuss auf die Wange gab.

»Tut mir leid für die Verspätung. Die S-Bahn fiel aus«, sagte er entschuldigend und ließ seine Tasche zu Boden gleiten.

Hinter mir entfuhr es Tante Katja: »Ja, Herr Jesus Christus!«

KAPITEL XIV

Die Sache mit der Toskana

9. Oktober, 65 Kilo

Die Sonne stand im Zenit, als wir mit dem Taxi über kurvige toskanische Straßen fuhren. Zypressen reihten sich zu endlosen Alleen aneinander wie Soldaten. Kleine Lücken zwischen ihnen offenbarten liebliche Weinfelder und vereinzelte Villen auf grünen Hügeln. Das Wochenende versprach spätsommerliche Temperaturen. Verträumt blickte ich nach draußen und seufzte. Perfektes Wetter für eine perfekte Hochzeit, die die meine hätte sein sollen.

Benji saß neben dem Fahrer, während Mom, Harald und ich uns den Rücksitz teilten. Im Taxi vor uns saßen Tante Katja und Rashid mit Leonie und Hamad. Harald und Benji waren seit einer gefühlten Ewigkeit in eine Diskussion über Kraftsport verstrickt, die kein Ende nehmen wollte. Mom rollte neben mir mit den Augen. Sie konnte Sporttalk nichts abgewinnen und langweilte sich dabei, obwohl sie und Harald viel zusammen unternahmen. Wandern, Klettern, Tennis. Alles Mögliche, nur reden wollte sie nicht darüber.

Harald kommentierte trocken die Leistung eines Sportlers aus den Achtzigern, Benji lachte und wandte sich nach hinten, um zu antworten. Mom beobachtete ihn fasziniert und warf mir einen vielsagenden Blick zu.

»Woher hast du diesen Mann?«, schienen ihre Augen zu fragen.

Ich grinste wie die Sphinx. »Sag ich nicht.«

Von weitem war das Tal mit der Villa auszumachen. Ein weiteres Stöhnen entwich mir. Das letzte Mal war ich mit Johannes hier gewesen. Ich verspürte ein Ziehen in der Brust. Jahrelang hatte ich mir dutzende Male die Wiederkehr zu diesem malerischen Fleckchen Erde ausgemalt, doch nun, als sie zum Greifen nah war, fühlte ich mich verloren.

»Ist das der Ort?« fragte Mom und beugte sich nach vorne zwischen den Fahrer und Benji, um besser sehen zu können.

Ich nickte. Zwischen zwei Hügeln hindurch fuhren wir in das kleine Tal. Die Sonne schien auf das Haus und den dazugehörigen Hof und verwandelte die Landschaft in ein schnulziges Gemälde.

»Du meine Güte«, Mom ließ sich wieder in den Sitz zurückfallen. »Das ist ja kitschig.«

»Ja«, sagte ich und fand es trotzdem schön.

»Damit ich das richtig verstehe«, fing Benjamin an. »Dein Ex wollte dich an diesem Ort heiraten, heiratet aber stattdessen deine Cousine und hat dich und deine Eltern dazu eingeladen?«

Ich hatte den halben Flug damit verbracht, ihn auf das Wochenende vorzubereiten. Einige Punkte wollte er mir immer noch nicht glauben, weil sie ihm so abwegig erschienen.

»Caroline ist meine Patentochter«, erklärte Mom. Sie dachte über diese irrwitzige Situation nach, als ihr einfiel: »Oh Gott. Liebes, Hilde und Bernhard werden ja auch da sein!«

Ich zog scharf die Luft ein. »Scheiße. Daran habe ich gar nicht mehr gedacht.«

»Wer sind Hilde und Bernhard?« Benji drehte sich wieder zu uns um.

»Meine Schwiegereltern in spe. Naja, meine ehemaligen Schwiegereltern in spe.«

Harald brummte: »Hoffentlich gibt es auf diesem Gut ausreichend Wein.«

Ich lachte. Das letzte Mal, als wir auf Hilde und Bernhard getroffen waren – das war ein gemeinsamer Ostseeurlaub gewesen – hatten sich Harald und Bernhard nach wenigen Minuten über alles Mögliche in den Haaren gehabt. Die beiden fanden kein Thema, bei dem sie gleicher Meinung waren. Auf Dauer war das Ganze für uns alle so unerträglich gewesen, dass Mom und Hilde ihnen zunächst verboten hatten, bei Tisch zu reden und das irgendwann auf den gleichzeitigen Aufenthalt im selben Raum erweitert hatten.

»Johannes' Großeltern sind sicher auch da«, mutmaßte ich.

Harald vergrub sein Gesicht in den Händen. »Auch das noch. Der Wehrmachtsopa lebt ja immer noch.«

Benji fand das alles amüsant. »Habe ich mich auf eine Komödie oder auf eine Tragödie eingelassen?«

»Weder noch. Es wird eher ein sommerlicher Blockbuster, frei nach Michael Bays Transformers. Viel Dreck und Schutt, wenig zusammenhängende Dialoge, überzogene Dramatik, unglaubliche Verwandlungen und eine an den Haaren herbeigezogene Liebesgeschichte.«

Das brachte ihn zum Lachen. »Auf wessen Seite sind wir?«

»Na, wir sind die Autobots und die anderen die Decepticons!«, stellte ich klar.

Benji hob seine Augenbraue. »Sehen die das auch so?«

Ich nickte überzeugt. »Ohne Zweifel. Ich bin Optimus Prime und Caroline ist Megatron.«

»Schätzchen, ich weiß nicht, wovon ihr beide redet, aber es hört sich nicht besonders wichtig an.« Mom legte mir eine Hand auf den Arm. »Klärt das doch später, ja? Ich sehe schon Melanie, die uns in Empfang nehmen möchte.«

Wir fuhren langsam die Auffahrt hinauf und unser Taxi blieb hinter dem anderen Taxi stehen. Tante Katja und Rashid holten ihre Koffer aus dem Auto, während Leonie und Hamad Melanie bedrängten. Wahrscheinlich fragte sie sie nach dem W-Lan-Schlüssel. Die zwei waren seit drei Stunden ohne Internet und um die fünfhundert WhatsApp-Nachrichten warteten im luftleeren Raum auf sie.

Sobald das Auto zum Halten kam, stieg ich aus und sog die vertraute mediterrane Luft ein. Ich hatte Italien schon immer gemocht. Nicht nur wegen der Kunst, sondern auch wegen der Mentalität und des Klimas. Hier konnte man einfach so viel leichter sein. Melanie kam in einem hübschen blauen Kleid mit weißen Punkten und mit einem Lächeln auf uns zugeeilt.

»Katha!«, schrie sie begeistert in mein Ohr, als sie mich umarmte. »Was hast du denn gemacht?«

Sie trat einen Schritt zurück und begutachtete meine Figur.

»Bitte stell mir deinen Fitnesstrainer vor. Ich möchte auf der Stelle wieder mit dem Sport anfangen.«

»Kein Problem«, erwiderte ich und wandte mich zu Benji um,

der mit meinen Koffern an meiner Seite auftauchte. »Das lässt sich einrichten.« Ich deutete auf ihn und dann auf meine Cousine. »Melanie, das ist Benjamin. Einer meiner Fitnesstrainer.«

Benji reichte ihr die Hand und lächelte, als wäre er einer Colgate-Werbung entsprungen. »Benjamin, das ist meine Cousine Melanie, die jüngere Schwester der Braut.«

Sprachlos sah Melanie zu ihm hoch und schüttelte automatisch seine Hand.

»Du hast deinen Trainer mitgebracht?«

Benji lachte und strich sich die Haarsträhnen aus dem Gesicht. »Nein. Die Trainingszeit ist vorbei. Was das angeht, gehen Katha und ich wieder getrennte Wege. Ich bin privat hier.«

Ich konnte nicht anders, als ihn dafür zu bewundern, wie geschickt er seine Körpersprache einsetzte. Er hätte auch sagen können: »Ich mache mir regelmäßig in die Hosen und schieße einmal im Monat an der mexikanischen Grenze auf illegale Einwanderer.« Die Reaktion wäre noch immer ausgesprochen positiv ausgefallen.

»Privat?«, wiederholte Melanie. »Ah, du bist mit Katha hier!« Sie kicherte, sah mich schelmisch an und beugte sich zu mir, um mir ins Ohr zu flüstern:

»Ich habe mir schon Gedanken gemacht, wie ich dich von Johannes fernhalte, damit du ihn nicht auf dumme Gedanken bringst und meine ganze Hochzeitsplanung ruinierst. Aber jetzt«, Melanie lachte dreckig, »jetzt muss ich mir Gedanken darüber machen, wie ich Caroline von deiner Begleitung fernhalte, damit sie nicht auf dumme Gedanken kommt. Was schleppst du aber auch immer für Typen an?«

»Bekomme ich keine Umarmung?«, fragte Mom ungeduldig hinter mir. Melanie warf mir noch einen Wow-du-siehst-Hammer-aus-Blick zu und begrüßte dann die anderen.

Zufrieden nahm ich meinen Koffer. Gefolgt von Benjamin, der sich neugierig umsah, betrat ich die Villa. Im Foyer, das einem großen, kuscheligen Empfangsraum mit Landhausatmosphäre glich, wartete schon ein Angestellter, der uns die Schlüssel zu unserem Zimmer reichte.

Benjamin musste sich mein Einzelzimmer mit mir teilen, weil ich ihn zu spät ankündigt hatte und alle anderen Räume bereits vergeben waren. Zum Glück hatte jemand für ein zusätzliches Klappbett gesorgt, denn auf dem kleinen toskanischen Himmelbett hätten wir kaum beide Platz gefunden. An die Intimität, die möglicherweise zwischen uns aufgekommen wäre, wollte ich erst gar nicht denken. Zwei Betten waren optimal.

»Ich kann auf dem Ersatzbett schlafen«, schlug ich vor. Benji musterte das Ding misstrauisch. Es musste aus den Neunzigern stammen und wirkte schon von weitem extrem ungemütlich.

»Ich fürchte, ich muss auf dein Angebot eingehen. Ich weiß gar nicht, ob ich da drauf passe.« Er legte seine Sachen ab und begutachtete das Zimmer.

»Hübsch hier«, stellte er fest und öffnete die Tür zum Balkon. Die Aussicht war der Wahnsinn. Ich legte meinen Koffer auf das Klappbett, das wie ein angeschossenes Wildschwein quietschte – na, das konnte ja heiter werden – und gesellte mich zu ihm.

»Oh ja. Ein perfekter Ort zum Heiraten.«

Wenig später ging ich wieder hinein. Ich musste mich frisch machen und etwas Unbequemes anziehen. Zum Glück war Benjamin an meiner Seite. Er hatte ein Händchen für Stilfragen. Als er mein ratloses Gesicht sah, half er mir bei der schwierigsten Entscheidung meines bisherigen Lebens, indem er ein Outfit für mich aussuchte. Ich zwang mich sofort in das enge grüne Kleid. Es reichte mir bis zu den Knien, hatte dafür aber einen beeindruckenden Seitenschlitz und ließ viel Rücken frei.

»Vorne Business, hinten oh, là là«, kommentierte Benji. Dazu wählten wir hohe weiße Sandaletten, die zwar höllisch schmerzten, aber meine Beinlänge verdoppelten. Ich steckte meine Haare hoch und schmückte mich mit Perlenohrringen.

Als ich aus dem kleinen Badezimmer trat, stellte Benji grinsend fest, dass ich fast so gut aussah wie er. Er hatte tatsächlich recht. Sein Anzug saß wie angegossen. Wow, diesem Typen konnte nur einer das Wasser reichen, und über diesen einen wollte ich jetzt nicht nachdenken.

Leicht nervös, ganz, als wäre diese Feier für mich bestimmt, ging ich mit Benjamin nach unten. Als wir uns der Terrasse näherten, auf der die Willkommensgetränke serviert wurden, bot er mir seinen Arm und ich hakte mich unter.

Die Party konnte beginnen.

*

Johannes stand mit dem Rücken zu mir und unterhielt sich mit Onkel Georg, Tante Tinas Mann und seinem zukünftigen Schwiegervater. Caroline war an seiner Seite. Beide trugen beige und weiß, er einen Anzug, sie ein Kleid. Sie sahen braungebrannt und erholt aus wie in einem sommerlichen Strandurlaub. Ich stellte mich hinter sie und räusperte mich, um ihre Aufmerksamkeit zu erlangen. Johannes drehte sich um und mir wurde sofort flau im Magen. Bis zu diesem Moment hatte ich mir vormachen können, dass ich hier Spaß haben und mit meiner Anwesenheit diese untreuen Blumenkohle verärgern könnte. Als die beiden mich ansahen, wurde mir schlagartig klar, wie wenig von meinen Gefühlen mir eigentlich bewusst war.

Unfähig, zu reagieren, wechselten Caroline und Johannes einen peinlich berührten Blick. Auch sie mussten nun realisieren, dass ich meine Ankündigung wahrgemacht hatte.

Durchtrieben, wie Melanie nun einmal war, hatte sie sie nicht vorgewarnt. Niemand sprach ein Wort, bis Benji neben mir die Initiative ergriff und Johannes die Hand reichte.

»Wir kennen uns doch«, stellte er fest. »Von Thes' und Stellas Party, nicht? Ich bin Benjamin.«

Wie in Trance ergriff Johannes seine ausgestreckte Hand.

»Stimmt. Du warst mit Katha da«, bekam er schließlich heraus und lächelte uns nervös an. »Johannes. Ich bin der Bräutigam und das ist Caroline, meine Braut.«

Benji lächelte charmant, reichte auch Caroline die Hand und beglückwünschte die beiden zu ihrem Entschluss, zu heiraten. Ich beobachtete Caroline und Benji und übersah beinahe Johannes' Hand, die er mir endlich zur Begrüßung hinhielt. Ich reichte ihm meine Hand. Er schüttelte sie zaghaft, bis ich ihn genervt an mich zog und richtig umarmte.

»Herzlichen Glückwunsch«, sagte ich so laut und deutlich, dass alle Umstehenden es hören konnten. »Ich freue mich riesig für euch.«

Ich umarmte auch meine Cousine, die immer noch benommen und leicht desorientiert vor mir stand. Hätten die beiden nicht wilden und unanständigen Sex in meinem Wohnzimmer gehabt, ich hätte in diesem Moment Mitleid mit ihnen empfunden.

»Ich habe mir erlaubt, Melanies Vorschlagsliste zu ignorieren und mich für ein persönlicheres Geschenk entschieden.« Ich kramte ein kleines Päckchen aus meiner weißen Tasche. In dem kleinen Schmuckschächtelchen hatten sich ursprünglich die Perlenohrringe befunden, die ich gerade trug. Nun hatte ich es umfunktioniert und eine rote Schleife darumgebunden.

Verdutzt nahm Caroline mein kleines Präsent entgegen und bedankte sich, während Johannes scharf die Luft einsog.

»Keine Sorge, Jo.« Ich glaubte zu erraten, was er dachte. »Das ist nicht die Kette, die du mir zu unserem Fünfjährigen geschenkt hast«, beruhigte ich ihn. »Die habe ich auf dem Flohmarkt verhökert. Sag aber Oma Gertrud nichts davon.«

Ich befürchtete, sie könnte es gehört haben, und sah mich vorsichtig um. Es war ihre Kette gewesen. Das einzige Schmuckstück, das ihre Mutter aus Königsberg hatte retten können, als sie nach Deutschland geflohen waren. Ich hatte sie natürlich noch und wollte sie ihr klammheimlich zurückgeben, ohne es Johannes zu verraten.

Caroline zog an der Schleife und machte das Schächtelchen vorsichtig auf.

»Du hast sie *wo* verkauft?«, zischte Johannes.

»Willst du das jetzt klären?«, fragte ich herausfordernd, was ihn sofort zum Verstummen brachte.

Caroline sog scharf die Luft ein, als sie die schwarze Plastikspinne in dem Schmuckkästchen erblickte. Fröhlich klatschte ich in die Hände.

»Ich schenke euch die *Maman*. Ich habe keine Verwendung mehr für sie und ich dachte, dass sie sich bei euch sicher wohler fühlt. In eurem Haus hat sie einfach viel mehr Platz.«

Begeistert sah ich von Caroline zu Johannes und wieder zurück. Sie hatten sichtlich Mühe, meine Freude zu teilen.

Okay, man konnte zu dem Schluss kommen, ich war ein schlechter Verlierer und tat alles, um die beiden in Verlegenheit zu bringen. Eventuell hatte man recht damit, doch fairerweise musste man mir zugestehen, dass dieses Geschenk irgendwie witziger und persönlicher war als irgendein teurer und kitschiger Kerzenleuchter auf Melanies Geschenkeliste.

Caroline, die sich bis zu diesem Moment still und zurückhaltend gegeben hatte – wahrscheinlich hatte sie vor Benji, der nicht zur Familie gehörte, keine Szene machen wollen –, zeigte endlich ihre Krallen.

»Katha, das ist doch nicht dein Ernst. Ich kenne eure Story zu diesem Ding.«

Das »Ding« sprach sie so komisch aus, als wäre die *Maman* ein ekliges Insekt, dass man erschlagen sollte.

»Und genau deshalb schenke ich sie euch. Jetzt kann es eure Story sein. Du und ich haben schon so viel miteinander geteilt. Die Familie, den Freund und nun die *Maman*. Dieses Geschenk kommt tief aus meinem Innersten.« Ich lächelte so liebenswürdig wie möglich.

»Ich habe dir gesagt, dass das keiner lustig finden wird, Liebes«, hörte ich meine Mutter hinter mir. Sie umrundete mich und umarmte ihre Patentochter herzlich.

»Du siehst so hübsch aus, Caro. Du wirst morgen eine wunderschöne Braut sein.« Sie gab Caroline ein Küsschen rechts und eines links, sah zu Johannes hinüber und beschloss, ihn nicht zu grüßen. Armer Johannes, dachte ich beinahe, doch dann drängten sich die Bilder von ihm und Caroline auf unserer Couch in mein Gedächtnis.

Harald nickte beiden im Vorbeigehen zu, als er sich der Bar näherte. Er war derjenige, der am meisten unter dieser Hochzeit zu leiden hatte. Er mochte Familienfeiern im Allgemeinen nicht und verabscheute die unseren ganz speziell.

Tante Tina und Onkel Georg beschlossen, Caroline und Johannes von mir zu befreien, indem sie mich und Benji in Beschlag nahmen.

»Gut siehst du aus, Katha«, meinte Tante Tina und zog mich von dem Brautpaar weg. »Scheinst dein Essverhalten ja endlich in den Griff bekommen zu haben.«

Tante Tina, die meiner Mutter auf unheimliche Weise wie ein Zwilling glich – wie ein böser Zwilling – war Ernährungsberaterin von Beruf und gab mir, seit ich klein und pummelig gewesen war, bei jeder Gelegenheit ungefragt Ernährungstipps.

»Danke Tante Tina, ich habe angefangen, genau das Gegenteil von dem zu machen, was du mir immer gepredigt hast. Und siehe da, es hat funktioniert.« Ich winkte Benjamin heran. »Darf ich euch Benjamin vorstellen?«

»Sie sind sehr stattlich, junger Mann«, stellte Tante Tina fest und schüttelte ihm begeistert die Hand. »Wie lange seid ihr beide liiert?«

»Seit Dezember«, antwortete er und grinste mich von der Seite an. Auf Benji war Verlass, er wusste genau, was ich aus seinem Mund hören wollte.

»So lange schon!« Sie warf Onkel Georg einen bedeutungsschweren Blick zu, der am liebsten Harald an der Bar Gesellschaft geleistet hätte. »Wie schön, dass du so schnell eine neue Liebe finden konntest.«

Ich erwiderte ihr gönnerhaftes Lächeln auf die gleiche falsche Weise.

»Das war nicht so schwer. Man kommt schnell über eine Trennung hinweg, wenn man realisiert, dass man ohne Johannes viel besser dran ist.«

Bei dieser Gelegenheit beschloss Onkel Georg, Benjamin die Bar zu zeigen, der ihm dankbar folgte. Nun war ich mit Tante Tina allein. Sie trat näher zu mir und ergriff unsanft meinen Ellenbogen.

»Katharina, ich kenne dich, seit du ganz klein warst, kaum einen Tag alt.«

»So ein Zufall«, erwiderte ich. »Ich kenne dich, seit du schon groß und alt warst, Tante Tina.« Ich klimperte unschuldig mit den

Wimpern, was sie dazu brachte, den Griff an meinem Ellenbogen zu verstärken.

»Ich weiß, was für ein Dickschädel du bist«, zischte sie mir ins Ohr, während sie nebenbei lächelnd den in einiger Entfernung ankommenden Gästen zuwinkte. »Ich weiß auch, dass du keine Ruhe gibst, bis alles nach deiner Pfeife tanzt und du deinen Willen bekommst.«

Ich wollte widersprechen, doch sie fiel mir ins Wort.

»Das hier ist Carolines Hochzeit. Egal, was sie vorher gemacht und was sie dir angetan hat, sie soll die schönsten drei Tage ihres Lebens haben. Und ich lasse nicht zu, dass du diese Hochzeit mit deiner kleinlichen Ader ruinierst.«

Bedacht löste ich ihre Hand von meinem Ellbogen und sah ihr in die Augen.

»Das hatte ich nicht vor«, versicherte ich ihr. »Aber wenn du so weiter machst, überlege ich es mir anders und rufe mir all die Sachen in Erinnerung, die ich die letzten Monate erfolgreich verdrängt habe.« Ich ließ ihre Hand fallen und beugte mich zu ihr. »Wie zum Beispiel die Nachhilfestunden, die Johannes bei unserer Staranwältin Caroline genommen hat, damit sein Jurastudium besser läuft. Hast du gewusst, dass er mit sexuellen Dienstleistungen bezahlt hat, während ich zwei Nebenjobs gemacht habe, um unsere Miete zu zahlen? Er konnte vor lauter Lernstress ja nicht arbeiten.«

Ich trat einen Schritt hinter sie und hauchte ihr im Vorbeigehen zu: »Meine kleinliche Ader sollte von deiner hinterfotzigen Art, die du deiner ältesten Tochter offenbar in die Wiege gelegt hast, besser nicht provoziert werden.«

Ein Kellner kam mit Sektgläsern vorbei. Ich schnappte mir eines, sah Tante Tina mahnend an, ganz nach dem Motto »ich beobachte dich«, und machte mich auf den Weg zu Harald und Benji, die von Onkel Georg bestens unterhalten wurden.

Benji legte den Arm um meine Hüfte und drückte mich an sich. Tapfer und dankbar lächelte ich ihn an. Innerlich kochte ich vor Wut. Familie war an sich unerträglich. Man war an Menschen gebunden, mit denen man abgesehen vom Namen nichts als die

Großeltern gemeinsam hatte. Meine Familie war zusätzlich zu diesem Grundsatzproblem durchsetzt von hinterlistigen Kampfschiffen wie Tante Tina, grässlichen Antifeministen wie Oma Anneliese und neurotischen Großonkeln mit Weltverschwörungstheorien als Ersatzreligion. Um das hier durchzustehen, benötigte ich Verbündete. Ich war froh, dass Mom und Harald an meiner Seite waren. Sie würden mich nicht im Stich lassen, wenn es ausufern sollte.

Onkel Georg erzählte Anekdoten aus seinem letzten Portugalurlaub, als ich hinter mir eine wohlvertraute, kratzige Stimme hörte:

»Bist du das, Katha?«

»Oma!« Ich drehte mich erfreut um. Meine Großmutter mütterlicherseits war eine robuste Person im höchsten Alter und mit zementierten Ansichten.

»Du siehst ja mager aus. Machst du diese neue Diät? Wie heißt das nochmal? Bulimie?«

Ich lachte und umarmte sie, auch wenn ich wusste, dass sie in spätestens drei Stunden drohen würde, mich zu enterben.

»Nein, ich habe es mit Sport und Fleisch versucht.« Ich posierte, damit sie einen besseren Blick auf meine Wandlung werfen konnte.

Oma Anneliese musterte mich skeptisch von oben bis unten, bevor sie einen vorbeilaufenden Kellner am Arm packte und ein Bier bestellte.

»Ein Helles«, sagte sie, charmant wie immer, ohne Bitte und Danke. Der Kellner, offensichtlich Italiener, sah sie verdutzt an.

»Birra, per favore«, sagte ich. Er nickte und verschwand.

»Heutzutage versteht keiner mehr die einfachsten Sachen. Wie wollen sich die Leute integrieren, wenn sie kein Deutsch sprechen?«

Ich hörte Benji hinter mir lachen. Auf meinen panischen Blick hin wandelte er es in ein Husten um. Ich holte Oma einen Stuhl, auf dem sie sich erleichtert niederließ.

»Ich glaube, dass Italiener in Italien mit Italienisch gute Integrationschancen haben, auch wenn sie kein Deutsch sprechen.«

»Pah. Als ich vor einem halben Jahrhundert hier Urlaub gemacht habe, konnten alle Italiener Deutsch. Die Leute werden einfach immer dümmer.«

»Vielleicht wurde Englisch nach zwei verlorenen Weltkriegen beliebter, weil man lieber mit Siegern spricht? Ich bin sicher, der Kellner kann sehr gut Englisch.«

Oma warf mir den ersten bösen Blick zu. Sie hasste es, wenn ich Witze über die verlorenen Weltkriege machte. Ich war nah dran, aus dem Testament gestrichen zu werden. Doch überraschender Weise wechselte sie das Thema.

»Bist du bereit?«, fragte sie mich unvermittelt.

»Für was?« Ich wusste nicht, was sie meinte.

»Na, für die Ehe!«, sagte sie, als wäre ich total bedeppert und begriffsstutzig.

Oh, oh. Mich beschlich der Verdacht, dass man Oma Anneliese nicht über den Brautwechsel informiert hatte. Ich blickte zu Onkel Georg, der einen langen Schluck Bier nahm und wegsah.

»Oma, ich heirate nicht«, stellte ich klar. »Caroline heiratet.«

»Caroline?« Sie suchte die Terrasse nach ihrer ältesten Enkelin ab. »Wen heiratet Caroline?«

»Johannes.« Wie kann das sein, das ausgerechnet ich diejenige war, die ihr das erklären musste?

»Welchen Johannes? Ich dachte, dein Johannes heiratet.« Sie suchte noch immer nach Caroline.

»Ja, das tut er. Er heiratet Caroline.«

Harald nahm dem Kellner das Bier ab und reichte es Anneliese. Wir sahen uns an, er verstand sofort und bestellte an der Bar ein paar Schnäpse.

»Warum heiratete Caroline deinen Freund?« Oma nippte am Bier und fand es schrecklich. Sie stellte es beiseite und stand umständlich aus ihrem Stuhl auf.

»Eine gute Frage.« Ich nahm einen Schnaps von Harald entgegen. Oma setzte sich in Bewegung. Vermutlich wollte sie die Frage auch Caroline stellen. Vielleicht hatte ich diesmal Glück und zur Abwechslung wurde jemand anderes enterbt.

*

Angeblich hatte Tante Tina Oma Anneliese von dem Brautwechsel erzählt. Das behauptete sie zumindest. Oma war sich sicher, zum ersten Mal davon zu hören, hielt das Ganze für eine Farce und mochte auch das zweite Bier nicht. Am Ende einer hitzigen Diskussion stand fest, dass Tante Tina enterbt wurde und Oma kein Trinkgeld geben würde.

Ich nippte an meinem ersten Cocktail und flüsterte Benjamin pikante Details über Personen in unserem Blickfeld ins Ohr, als Melanie neben mir auftauchte und mich um ein Gespräch unter vier Augen bat.

»Was ist los?« Schuldbewusst verteidigte ich mich sofort: »Tante Tina hat angefangen.«

Melanie schüttelte den Kopf. »Vergiss meine Mutter, die dreht seit Monaten am Rad und treibt auch mich in den Wahnsinn. Es geht um heute Nacht.«

»Was ist mit heute Nacht?«

»Hast du das Programm nicht gelesen?« Angespannt verfolgte sie aus dem Augenwinkel, wie Tante Tina und Oma Anneliese sich weiter ankeiften.

»Nein«, gestand ich. »Ich wollte mich überraschen lassen. Außerdem habe ich eine ungefähre Ahnung, was den Ablauf angeht.«

Melanie runzelte die Stirn, als die Diskussion vor uns lauter wurde, wollte jedoch noch nicht eingreifen.

»Heute finden die Junggesellenabschiede statt.« Sie winkte einen Kellner herbei.

»Von beiden? In der Nacht vor der Trauung?«

Sie nickte und bat den Kellner in akzentfreiem Italienisch, unserer Großmutter nur noch alkoholfreies Bier zu bringen. Dann wandte sie sich wieder zu mir.

»Caroline würde sich freuen, wenn du mit von der Partie wärst.«

Ich verschluckte mich an meinem Drink.

»Ich? Bei Carolines Junggesellinnenabschied? Ist das ein Scherz? Willst du dich immer noch an ihr rächen, weil sie deine Malibu-Barbie verschlampt hat?«

Sie rollte mit den Augen.

»Sie hat sie nicht verschlampt. Sie hat sie gestohlen und versteckt. Aber nein, die Einladung kommt von ihr.«

»Warum fragt sie mich nicht persönlich?«

Tante Tina gab es auf, mit Oma Anneliese zu streiten und stampfte davon. Ihrer Streitpartnerin beraubt, suchte Oma Anneliese die Umgebung nach einem neuen Opfer ab. Ihr Blick blieb an Benjamin hängen und sie ging langsam auf ihn zu.

»Oh, oh«, sagte ich, während ich Oma beobachtete. »Ich komme. Habe ja nichts zu tun. Wundern tut mich das aber schon.« Meine Neugierde hinderte mich daran, abzusagen.

»Keine Ahnung, warum ich dich fragen sollte. Sie wälzt sowas halt gerne auf mich ab. Kennst sie ja. Du solltest deiner Begleitung beistehen, Oma läuft heute auf Hochtouren.«

Ich war schon unterwegs, als sie das sagte und traf zeitgleich mit meiner Großmutter bei Benji ein.

Sie ließ es sich nicht nehmen, ihn darüber aufzuklären, dass Johannes ursprünglich mein Freund gewesen war. Acht Jahre lang. Sie hatte die Befürchtung, man hätte ihn ebenfalls im Unklaren gelassen. Panisch sah ich mich nach Mom um, die sofort erkannte, dass ich Hilfe benötigte und herüberkam, um mit Oma über ihre Gicht zu sprechen. Die beste Taktik, Omas von einem Thema abzulenken, bestand darin, dass man sie auf ihre Gebrechen ansprach. Alte Menschen philosophierten stundenlang euphorisch über Krankheiten. Dabei spielte es keine Rolle, ob es sich um ihre Krankheiten handelte oder um Krankheiten anderer.

Als wir alle bereits nachmittags angeheitert waren, gab es im Hof endlich etwas zu essen. Benji und ich wurden an den Kumpels- und Freundinnentisch platziert.

Freunde, die uns misstrauisch beäugten. Ich ließ mich von ihrer Kälte nicht aus der Ruhe bringen und vollführte mit dem Fischmesser wahre Kunststücke an meiner Forelle.

Das betretene Schweigen an unserem Tisch gefiel mir und wenn es nach mir gegangen wäre, hätte ich es beibehalten, doch Benjamin war ein viel zu geselliger Mensch. Nach ein paar Minuten begann er, alle in ein Gespräch zu verwickeln, das sich am Ende um seine Person drehte.

Kerstin und Susanne, die besten Freundinnen der Braut, waren hin und weg. Sobald sie herausgefunden hatten, dass Benjamin stolzer Betreiber eines Fitnessstudios war, bombardierten sie ihn mit Fragen. Irgendwann kamen wir an den Punkt, wo er allen mein YouTube-Video zeigte. Natürlich protestierte ich halbherzig, um bescheiden und schüchtern zu wirken. Insgeheim war ich froh darum. Sollten sie ruhig sehen, was ich das letzte Jahr über mit meiner Zeit angestellt hatte. Jedenfalls nicht Johannes hinterhergetrauert.

Ich sonnte mich in ihrer Bewunderung und heimste Komplimente ein. Es ärgerte mich, dass Benji Alex mit keinem Wort erwähnte, dabei hatte ich alles ihm zu verdanken. Benji war mehr Assistent als Trainer gewesen.

Sobald wir uns auf unser Zimmer zurückgezogen hatten, um uns frisch zu machen, sprach ich das an. Es wurmte mich irgendwie.

»Du hättest ruhig Alex' Beitrag erwähnen können.« Unter leisem Stöhnen zog ich meine Sandaletten aus. Benji warf sein Jackett aufs Bett und lockerte seine Krawatte.

»Mach ich das nächste Mal«, antwortete er und betrachtete sich im Spiegel.

Das Klappbett quietschte. Ich streckte mich vorsichtig aus, darauf bedacht, nicht allzu viel Lärm zu machen.

»Das ganze Konzept, das war ja von ihm«, rief ich ihm in Erinnerung. Ich wollte nicht lockerlassen und mich mit dem nächsten Mal abspeisen lassen. »Du hast vor einem Jahr noch auf Ausdauersport geschworen.«

»Ich habe meine Meinung geändert« Benji setzte sich mir gegenüber aufs Bett.

»Das will ich hoffen. Ich war zwei Jahre lang Mitglied in deinem Fitnessstudio und immer nur auf dem Crosstrainer. Das hat absolut nichts gebracht.«

Er öffnete die obersten zwei Knöpfe seines Hemds und wedelte sich Luft zu. Der Tag war heiß und die Luft stand in unserem Zimmer.

»Darüber wollte ich noch mit dir reden«, fing er an. »Du hast mittlerweile über zwölftausend Follower. Hast du mal darüber nachgedacht, das Gleiche zu machen wie Alex?«

Überrascht sah ich ihn an. Warum hätte ich mir über sowas Gedanken machen sollen?

»Nein«, erwiderte ich und lachte. »Ich habe doch nur das eine Video online und weiß sonst nicht, was ich den Leuten erzählen soll.«

Benji lehnte sich zurück. »Alles Mögliche. Ich habe Stunden an Videomaterial von dir. Du kannst den Leuten das erzählen, was Alex dir beigebracht hat.«

Zweifelnd sah ich ihn an.

»Das kann Alex doch viel besser als ich. Du solltest dich mit ihm zusammentun und gemeinsam was auf YouTube starten. Als Duo wart ihr doch super. Schau mich an. Ich bin das Resultat.«

Benji sagte dazu nichts und wechselte das Thema.

»Ich wurde zu der Junggesellenparty eingeladen«, eröffnete er mir belustigt. »Darf ich hin?«

Ich lachte. Er also auch. Warum und wieso eigentlich? Steckte dahinter ein heimtückischer Plan?

»Willst du denn hin?« Ich massierte meine gebeutelten Füße.

»Ich weiß nicht. Man munkelt, es soll eine Stripperin geben. Die einzige in diesem kleinen italienischen Dorf, die noch keine Fünfzig ist und bereit war, sich für Geld auszuziehen.«

Das Bett quietschte, als ich mein Gewicht verlagerte.

»Wow. Das kannst du dir echt nicht entgehen lassen!«

Benji grinste und stand auf, um auf den Balkon zu gehen. Ich folgte ihm. Die Sonne war dabei, hinter dem Horizont zu verschwinden. In der Ferne konnte man noch die Umrisse des kleinen Dorfs erkennen.

»Da wollt ihr eine Stripperin herbekommen? Es würde mich wundern, wenn es da ein Lokal gibt, geschweige denn eine Bar.

Oder Strom und fließendes Wasser.«

Er zuckte mit den Schultern. »Irgendwas wird es da schon geben.«

*

Seit vierzig Minuten war ich Teil des langweiligsten Junggesellinnenabschieds meines Lebens. Ich war in den letzten Jahren auf mehreren ähnlichen Veranstaltungen gewesen. Alle auf ihre Art peinlich, katastrophal und chaotisch. Aber noch nie hatte ich mich dermaßen gelangweilt.

Die gleichen Höllenqualen litt neben mir Leonie, der ihre Mutter das Handy abgenommen hatte, damit sie nicht ständig daran hing.

Mit Tante Katja, Mom und Tante Tina, die sich selbst eingeladen hatten, sowie Kerstin und Susanne, die sich extrem abmühten, gute Laune zu verbreiten, war die schräge Runde vollständig.

Jeder aufkommende Spaß prallte an mir ab wie Wasser an Teflon. Leonie zog derweil eine Fresse, die in ihrem zarten Alter nicht einmal ich so hinbekommen hätte. Mein bisheriges Highlight war Tante Katjas großzügiges Angebot an sie, ihr zur Feier des Tages ein Glas Sekt zu erlauben. Wie sie uns aufklärte, war Leonie ja erst fünfzehn und an Alkohol noch nicht gewöhnt.

Ich verkniff mir das Lachen und zollte meiner jüngsten Cousine aufrichtige Bewunderung dafür, dass man ihr die Flasche Sekt, die sie knallhart heimlich getrunken hatte, kein bisschen anmerkte. Konnte auch daran liegen, dass ihre Mimik recht minimalistisch war und sich in folgenden Ausdrücken erschöpfte: Abscheu, Widerwillen, Genervtheit und Langeweile.

Gleich zu Beginn hatte Melanie ein Set Karten ausgepackt, auf denen Aufgaben standen, die man an so einem Abend erfüllen sollte. Den größten Teil davon konnten wir zum Glück nicht in die Tat umsetzen, da dafür fremde Männer vonnöten waren. An denen mangelte es uns. Also verblieben wir bei den Spielen, die mit Alkohol zu tun hatten.

Auf der aktuellen Karte stand: »Dinge, die ich mit der Braut früher oft gemacht habe und nun vermissen werde«.

Tante Tina war als erstes an der Reihe und berichtete ausführlich, wie sie und ihre süße älteste Tochter früher im Streichelzoo gewesen waren und sich Caroline jahrelang gewünscht hatte, eines Tages eine Herde Ziegen zu besitzen. Meiner bescheidenen Meinung nach verstand Tante Tina den Sinn des Spieles nicht, denn das konnten sie ja noch immer machen. Selbst als verheiratete Frau war es Caroline in Deutschland erlaubt, eine Herde Ziegen zu halten. Was Caroline nicht mehr konnte, war, mir meinen Freund auszuspannen, denn ich hatte ja gerade keinen. Ich entschied mich dagegen, das zu erwähnen und kramte eine Geschichte aus unserer Kindheit hervor.

»Ich erinnere mich noch an ein besonderes Ereignis aus unserer Kindheit. Wir haben wie immer alle zusammen Silvester gefeiert. Da war ich, glaube ich, zwölf und Caroline vierzehn. Jedenfalls durften wir länger aufbleiben und beim Feuerwerk zusehen.« Caroline sah verkrampft aus und schielte unauffällig zu Melanie. »Wie jedes Jahr haben wir aus dem Keller Raketen und Böller geklaut und hinter dem Haus gezündet, als alle abgelenkt waren. Dieses Jahr war uns das aber zu langweilig. Also«, ich fing bei der Erinnerung an zu lachen, denn ich wusste ja schon, was kam, »holten wir uns ein paar Sachen, die wir an die Raketen binden konnten.«

Ich begann aufzuzählen: »Moms Lockenbürste!«

Meine Mutter schüttelte den Kopf. »Die hab ich den ganzen Winter über gesucht.«

»Onkel Georgs grässliche Tannenbaumkrawatte.«

»Gott sei Dank. Ich habe das Ding gehasst.« Dankend prostete Tante Tina Caroline und mir zu.

»Melanies Malibu-Barbie.«

Melanie stand erbost auf.

»Ich wusste es! Ich wusste es die ganze Zeit. Du hattest sie!« Wütend sah sie Caroline an.

»Das war nicht meine Idee«, verteidigte sie sich und deutete auf mich.

»Hey, hey!« Ich hob meine Hände und blickte unschuldig in die

Runde. »Ich kann mich nicht erinnern, wessen Idee das war, aber warum sollte ich dir ausgerechnet die Malibu-Barbie wegnehmen?«

Okay, es war meine Idee gewesen. Und ich schämte mich im Nachhinein dafür. Melanie war erst zehn gewesen und hing an der Barbie wie an keinem anderen Spielzeug. Sie hatte zwei Wochen lang geweint, bis Tante Tina ihr eine neue aus den USA bestellte. Und auch die war für sie nicht die gleiche.

Meine beiden Cousinen waren in einem Starr-Battle gefangen und starke negative Schwingungen umgaben uns. Mom sah mich streng an und schüttelte den Kopf. Ich musste die Vernünftige spielen und alles wieder geraderücken.

»Egal jetzt.« Ich griff den Faden wieder auf. »Ich werde das vermissen. Die Zeit, in der man mit dir Pferde stehlen konnte und dabei unglaublich viel Spaß hatte.« Ich erhob mein Sektglas auf Caroline und alle machten artig mit.

Caroline sah mich noch immer böse an. Ich verstand genau, was mir ihre Augen sagen wollten. »Ich weiß, was du vorhast, Katha, ich weiß es. Aber ich lasse mich von dir nicht provozieren.«

Ich lächelte süffisant zurück. »Das werden wir noch sehen.«

Der Abend wurde schlimmer, denn die Spiele wurden dümmer. Leonie war an der zweiten Flasche dran und ich nahm die Schuld auf mich, als Tante Katja fragte, wer den Sekt so schnell leertrank. Zum ersten Mal sah ich im Gesicht meiner kleinen Cousine einen anderen Ausdruck als Missmut. Ich sah Dankbarkeit. Gut so. Ich musste sie mir warmhalten, wer wusste, wen sie mir mal ausspannen würde, wenn sie soweit war. Seit der Sache mit Caroline rechnete ich mit allem.

»Was wohl die anderen so machen?«, fragte Kerstin und sah sehnsüchtig aus dem Fenster des Aufenthaltsraumes. Ich trank den letzten Schluck Sekt aus meinem Glas, stellte es zur Seite und antwortete:

»Sie sehen sich die einzige Stripperin im Umkreis von fünfzig Kilometern an.«

»Wirklich?« Susanne wandte sich zu Melanie. »Warum haben wir keinen Stripper?«

Melanie, die noch immer schmollte, reagierte nur mit einem Schulterzucken. Caroline sah mich zweifelnd an. Sie glaubte mir nicht. »Johannes und ich haben ausgemacht, dass es keine Stripper gibt. Für niemanden.«

»Er wollte schon immer eine Stripperin«, stellte ich klar. »Ich weiß es von Benji, sie haben ihn damit gelockt.«

»Das glaube ich nicht. Johannes hält sich an unsere Vereinbarung.« Caroline sah aus dem Fenster und runzelte die Stirn. In der Ferne sah man die Lichter des Dorfes. Ich stellte mich zu ihr und blickte ebenfalls hinaus in die Dunkelheit.

»Aus Erfahrung kann ich sagen, dass er sich nicht an Vereinbarungen hält.« Ich grinste wie der Grinch. »Was hältst du von einer Wette?«

»Ne! Das könnt ihr vergessen«, mischte sich Melanie ein und quetschte sich zwischen uns. »Das letzte Mal, als ihr beide um irgendwas gewettet habt, standen wir am Ende um Mitternacht im Wald herum und haben uns die Seele aus dem Leib gekreischt. Das war die schlimmste Nacht meines Lebens. Die schlimmste! Den Abend heute lasse ich mir von euch nicht ruinieren.«

»Wie weit ist es bis zum Dorf?«, fragte Caroline, die ihre kleine Schwester wie immer ignorierte, wenn es um mich ging. Ich hatte etwas an mir, dass sie dazu brachte, sich in allem Möglichen mit mir zu messen.

»Nicht weit. Dreißig Minuten zu Fuß.«

Sie starrte eine Weile vor sich hin. »Wenn es keine Stripperin gibt, was bekomme ich?«

Ich lachte, so kannte ich sie. »Mein bestes Benehmen. Meine Schokoseite, und zwar achtundvierzig Stunden lang.«

Melanie wandte sich genervt ab und ließ sich in einen Sessel fallen. »Ich mach da nicht mit!«

»Was bekomme ich, wenn es doch eine Stripperin gibt?«

»Ich nehme dein furchtbares Geschenk an und baue es in unserem Garten auf.«

Ich reichte ihr die Hand und sie ergriff sie sofort.

»Deal.«

»Deal.«

*

Wir waren seit zehn Minuten im Dunklen unterwegs, immer den kleinen Lichtern in der Ferne nach. Leonie und Melanie waren erst gar nicht mitgekommen.

»Ich weiß nicht, ob das eine gute Idee ist, Liebes«, fing Mom wieder an. »Wir wissen gar nicht, wo wir nach den Jungs suchen sollen. Wollt ihr an allen Türen klopfen und fragen, ob jemand eine Horde Deutsche und eine Stripperin bei sich versteckt?«

»*Falls* es eine Stripperin gibt!«, warf Caroline ein.

Ich zuckte mit den Schultern, was keiner sehen konnte, da es stockduster war. »Vielleicht. Wir finden die schon, notfalls so.«

»Ich gehe zurück«, hörte ich Tante Tina, ohne sie zu sehen.

»Ich auch.« Tante Katja tauchte aus dem Nichts hinter mir auf und versetzte mir einen Schrecken. Mom kam näher heran.

»Lasst uns umkehren. Das ist doch unsinnig. Wir können gar nichts sehen und verlaufen uns am Ende noch.«

»Also ich finde diesen kleinen nächtlichen Spaziergang spannender als alles, was uns drinnen erwartet«, widersprach ich und ging weiter. Jemand setzte sich in Bewegung und folgte mir. Ich kniff die Augen zusammen und glaubte, Caroline zu erkennen.

»Ich auch. Außerdem haben Katha und ich noch eine Wette offen.« Ihre Worte überraschten mich. Ich hatte damit gerechnet, sie würde zu schmollen beginnen, weil ich ihren Junggesellinnenabschied beleidigte. Aber nein, sie gab mir recht.

»Wir gehen zurück!«, hörte ich meine Mutter trotzig in der Ferne rufen.

»Macht das«, rief ich ihnen hinterher. Kerstin und Susanne blieben noch bei uns, darum bemüht, mit Caroline und mir Schritt zu halten. Ich hörte, wie sie verhalten flüsterten.

Irgendwann zogen Wolken vor den Mond und der Weg war kaum noch auszumachen. Ich trat mit meinen Ballerinas auf ein Feld und knickte beinahe um, konnte mich aber gerade noch halten.

»Wo ist der Weg hin?« Ich kniff die Augen zusammen, doch es half nichts. Unter mir, neben mir und vor mir nur Schwärze.

»Keine Ahnung«, flüsterte Caro neben mir und stolperte über etwas. Ich hörte sie »autsch« rufen.

»Hey!«, schrie Kerstin irgendwo in der Schwärze. »Wo seid ihr hin?«

»Wir sind hier!«, schrie ich zurück. Ich sah, wie die beiden ihre Handys herauskramten, um sich den Weg zu leuchten.

»Der Weg ist hier.« Ein Lichtkegel tanzte über das Feld. »Und er geht da lang. Ihr seid auf einem Feld.«

Wo auch immer »da lang« sein sollte, es führte uns weg von den Lichtern.

»Wir müssen aber den Lichtern nach«, wandte ich ein und sah auf mein Handy. Ich hatte nur noch fünfzehn Prozent Akku und keinen Empfang.

»Ihr seid aber nicht auf dem Weg.« Kerstin und Susanne machten keine Anstalten, uns zu folgen. »Wir gehen nicht übers Feld.«

Caroline kam in meine Richtung.

»Dann folgt dem Weg und wir treffen uns im Dorf«, schlug sie vor.

»Okay«, kam es von Kerstin. Ihr langgezogenes »Okay« machte klar, dass sie das so gar nicht okay fand.

Ich bewegte mich wieder in Richtung des Dorfs und musste höllisch aufpassen, nicht in ein Hasenloch zu treten. Caroline fluchte hinter mir und hatte ihre liebe Mühe, geradeaus zu laufen. Minutenlang liefen wir schweigend vor uns hin, jeder mit sich selbst beschäftigt, als sie umknickte und laut schrie.

Verdammt. Hoffentlich hatte sie sich nichts gebrochen. Wir hatten hier keinen Empfang und ich wäre gezwungen, sie den ganzen Weg zu tragen. Was ich nicht wollte, aber aus Verwandtschaftsgründen doch tun musste.

»Alles okay?«, rief ich in die Dunkelheit und bewegte mich in Richtung der Flüche.

»Nein«, kam von ihr und noch mehr Fluchen. »Pass auf, wohin –«

Der Boden unter mir gab nach und ich rutschte ab. Verzweifelt versuchte ich, mich an etwas festzuhalten. Doch ich bekam nur Gras zu fassen, während ich in Zeitlupe einen Abhang hinunterschlitterte. Ich landete in etwas Nassem. Das Ganze musste größer sein als eine Pfütze, aber kleiner als ein Bach. Was auch immer es war, ich lag darin. Eine Hand ertastete mein Bein. Caroline war in meiner Nähe. Sie kicherte, während sie sich aufrappelte.

»Warum lachst du?«, maulte ich und setzte mich mühsam auf. Mein hübsches weißes Kleid aus Wien war mit Wasser vollgesogen. Als Caroline meine Frage hörte, lachte sie lauter.

»Ich bin komplett nass. Auch meine Haare«, sagte sie. Es platschte, sie griff nach meinem Arm und hievte mich hoch.

»Danke«, presste ich heraus und spürte, wie sich mehrere kleine Sturzbäche bildeten, die meine Beine hinabliefen.

Vorsichtig bewegte sich meine Cousine zurück zu dem Abhang und versuchte sich am Wiederaufstieg. Sie hatte keinen Erfolg und landete erneut neben mir. Es machte keinen Sinn, meinen Rock auszuwringen. Ich war bis zur Hüfte komplett durchnässt.

»Wir hätten auf dem Weg bleiben sollen«, stellte ich resigniert fest. Caro kicherte.

»Ich wusste es.«

»Du wusstest was?« Es brachte gar nichts, sie in der Dunkelheit genervt anzusehen. Ich tat es trotzdem.

»Das wir so enden. Das war immer schon so. Weißt du noch, als du eine Abkürzung nehmen wolltest, als wir nach Berlin gefahren sind? Wir waren drei Stunden in den abgelegensten Dörfern Thüringens unterwegs. Kilometerweit von jeder Zivilisation entfernt.« Sie wischte über ihr Kleid und ich hörte, wie der nasse Stoff an ihren Händen kleben blieb.

»Willst du sagen, dass hier ist meine Schuld? Du bist hier reingefallen und ich wollte dir nur helfen.«

»Nein, ich will nur sagen, dass nichts, was wir zusammen machen, funktioniert.«

»Das ist nicht wahr!«

»Doch, sehr wahr sogar. Als wir für Oma Eda einen Kuchen backen wollten, haben wir ihre Küche in Brand gesetzt, weil du der Meinung warst, dass man Baiser am besten mit einem kleinen

Flammenwerfer macht. Zu Melanies achtzehntem Geburtstag wollten wir nach Paris und du hast uns Tickets nach Paris in Texas gebucht. Wir sind nach Texas geflogen und hatten nicht mal ein Hotel. Das war ja in Frankreich. Auf Gran Canaria sind wir sogar beinahe ertrunken!«

Wie sie das aufzählte, konnte man meinen, ich war die totale Chaosqueen. So leicht ließ ich mir nicht die Schuld für alles in die Schuhe schieben.

»Du hättest doch nein sagen können. Warum hast du dich überhaupt auf die Wette eingelassen?« Ich stemmte meine Hände in die Hüften, egal, ob Caroline das überhaupt sehen konnte.

»Weil ich nicht glaube, dass Johannes sein Wort bricht. Und weil ich weiß, dass du es mir noch Jahre unter die Nasen reiben würdest. Ich kenne dich!«

Wer mich alles kannte. Scheinbar war ich für viele ein offenes Buch ohne Siegel. Langsam wurde mir kalt, also beschloss ich, mein Glück am Abhang zu versuchen. Während ich vorsichtig hochkletterte, schnaufte ich über Carolines Aussage.

»Ich dachte, ich kenne dich auch. Aber ich habe mich eines Besseren belehren lassen. Vielleicht irrst du dich auch in mir.«

Caroline schloss sich meinem Versuch an, aus der Bachpfütze zu entkommen.

»Es tut mir leid. Wirklich, es tut mir leid. Ich weiß, du glaubst mir das nicht, aber ich habe mich dafür gehasst und es bereut, als du es herausgefunden hast.«

Wut stieg in mir hoch. Toll, dass sie es bereute, aber das machte gar nichts wieder gut.

»Deine Entschuldigung bringt mir nichts. Du hättest es einfach nicht machen sollen.« Ich schlitterte wieder herunter. »Es war ja schlimm genug, dass ihr euch ineinander verliebt habt. Dagegen kann man ja nichts machen. Aber mich ein Jahr betrügen –«

Ich machte eine Pause und schnappte nach Luft, so aufgewühlt und sauer war ich. »Aber mich ein Jahr lang betrügen, das war einfach nicht fair. Was habe ich euch getan?«

Caroline ließ sich heruntergleiten und blieb neben mir stehen.

»Ich weiß«, flüsterte sie und an ihrer weinerlichen Stimme

konnte ich erkennen, dass sie den Tränen nah war. »Katha, ich konnte nicht anders. Ich wollte es dir sagen, aber Johannes war kurz vor dem zweiten Examen und hatte Angst, dass der Ärger ihn nervlich beeinflussen würde.«

»Also habt ihr es lieber auf unserer Couch getrieben und euch dabei erwischen lassen, als ich kurz vor meiner Abschlussprüfung war, die ich bis jetzt noch nicht abgegeben habe, weil ich seit der ganzen Scheiße mit euch kein Wort mehr zu Papier bringen konnte!« Ich schrie in ihre Richtung und ballte meine Fäuste. Auch mir stiegen Tränen in die Augen.

»Es tut mir leid! Ich kann das nicht mehr rückgängig machen.«, war alles, was Caroline zu ihrer Verteidigung einfiel.

»Allerdings«, antwortete ich bitter und machte mich daran, hier endlich wegzukommen. Ich krallte meine Hände in die Erde und hievte mich nach oben. Langsam überwand ich den Abhang und spürte trockene Erde unter den Füßen. Meine Ballerinas waren voller Matsch. Ich blickte zu Caroline, die ich nur verschwommen wahrnehmen konnte. Am liebsten hätte ich sie hiergelassen und wäre einfach nach Berlin zurückgeflogen. Doch sie war noch immer meine Cousine und ich durfte das nicht tun. Ich tat, was man als erwachsener Menschen tun musste und reichte ihr meine Hand. Caroline ergriff sie und ich zog sie hoch. Sie hatte Glück, dass ich das letzte Jahr so viel Sport gemacht hatte. Davor hätte ich das nicht geschafft.

Außer Atem standen wir auf dem Feld. Ich drehte mich im Kreis, um die Lichter des Dorfes auszumachen. Es waren keine zu sehen und auch die Villa war nicht mehr erleuchtet.

»Scheiße«, fluchte ich. »Scheiße, Scheiße.«

»Mist«, schloss Caroline sich an. »Was nun?« Ich hörte ihre Zähne klackern. Mir wurde kalt und ich massierte meine Arme. Vorsichtig lief ich in meinem durchnässten Kleid los.

»Wir müssen rumlaufen, sonst verkühlen wir uns.«

Caroline folgte mir. »Aber wohin?«

»Im Moment egal. Wir laufen solange, bis wir ein Licht sehen, das wir ansteuern können.«

Es war dunkel und ich konnte nichts erkennen. Warum zur

Hölle hatte ich mich nur auf dieses Wochenende eingelassen? Die meiste Zeit waren wir still, jede am Frieren und mit sich selbst beschäftigt. Plötzlich hörte ich Caroline von der Seite:

»Ich habe dein Video auf YouTube gesehen.«

Genervt wollte ich antworten, dass mir das egal war, aber ich biss mir auf die Zunge. Stattdessen fragte ich:

»Und, was sagst du als Sportskanone?«

Sie kam noch näher, ihre Stimme zitterte vor Kälte.

»Ich war ehrlich beeindruckt. Du hast in der kurzen Zeit echt Unglaubliches geleistet. Ich habe dich noch nie so ehrgeizig erlebt wie da.«

»Ich war auch noch nie in meinem Leben so ehrgeizig.« Wieder Stille. Ich dachte über das Gesagte nach und lachte dann leise. »Eigentlich sollte ich dir und Johannes dankbar sein. Und Melanie für die Einladung.«

»Melanie?« Verwundert blieb Caroline stehen und sagte beleidigt: »Ich habe dich eingeladen.«

»Wirklich?« Ich wandte mich zu ihr um. »Warum zur Hölle? Dachtest du ernsthaft, dass ich komme?«

»Nein, ich dachte, dass du nicht kommst, aber ich konnte nicht anders«, antwortete sie ehrlich.

»Ursprünglich wollte ich nicht kommen. Mein erster Gedanke war, euch eine Bombe als Geschenk zu schicken und zu hoffen, dass ihr sie beide zusammen auspackt. Aber dann hatte ich eine bessere Idee.«

»Revenge Body?«, mutmaßte Caroline.

»Revenge Body« bestätigte ich.

»Ich gratuliere, ist dir gelungen. Willst du Johannes wieder?« Die Frage kam unvermittelt und erwischte mich kalt.

»Nein!«, kam aus meinem Mund wie aus der Pistole geschossen. »Ganz sicher nicht. Behalte ihn ruhig.«

»Deine neue Begleitung kann sich ja auch sehen lassen. Mama hat mir gesagt, ihr seid seit letztem Jahr zusammen.«

Caroline rieb ihre Hände aneinander und hauchte sie an.

»Hmmm«, war alles, was ich dazu sagen wollte. Ich wollte Benji nicht. Jeder glaubte, wir hätten etwas. Eigentlich konnte mir das egal sein, aber irgendwie fand ich es nicht richtig. Ich fühlte mich jemand anderem verpflichtet.

»Ich war immer neidisch auf dich«, gestand Caroline und unterbrach meine Gedanken. Was war heute mit ihr los? Hatte ihr jemand ein Wahrheitsserum eingeflößt oder warum schüttete sie ausgerechnet mir ihr Herz aus?

»Schwer zu glauben, Miss Perfect. Du warst doch die von uns beiden, die die Medaillen gewonnen, das Prädikatsexamen in Jura geschrieben und sich auch noch meinen Freund geangelt hat. Worauf kannst du bitte neidisch sein? Mir bleibt ja nichts.«

Ich hielt an und sah mich um. Kein Licht weit und breit, nach dem wir uns richten konnten. Wir waren verloren und mussten erfrieren und verhungern. Morgen früh würden sich Hunde über unsere Körper hermachen und aus der Hochzeit würde eine Beerdigung. Caroline blieb ebenfalls stehen und ich hörte, wie sie versuchte, den Schlamm von ihrem Kleid zu reiben.

»Keine Ahnung. Du konntest machen, was du wolltest. Alle liebten dich. Ich musste immer perfekt sein, die erste in irgendwas, immer gute Noten schreiben. Erst dann bekam ich die ganze Aufmerksamkeit.« Sie rieb weiter herum und gab schließlich frustriert auf. »Du dagegen hast alles einfach so bekommen. Hast dich nie um irgendwas bemüht, warst einfach da, hast was Witziges oder Verrücktes angestellt und dann hieß es, Katharina hat wieder die Welt auf den Kopf gestellt, Katharina ist so lustig, Katharina wird eines Tages jemand ganz Besonderes.«

Ich starrte perplex in ihre Richtung.

»Ich habe absolut nichts auf die Reihe bekommen«, widersprach ich. »Im Gegenteil. Bei mir läuft nichts, wie es sollte. Und jemand Besonderes bin ich auch nicht geworden!«

Sie lachte bitter auf.

»Ach? Und wie kommt es, dass an meinem Hochzeitswochenende alle nur über dich reden?«, fragte sie und wurde lauter, bis sie mich anschrie. »Das sollte mein großer Tag sein. Alle Augen sollten auf mich gerichtet sein. Alle sollten mich bewundern. Und das Einzige, was diese scheiß Familie interessiert, bist du.« Sie war jetzt richtig laut und kam wütend auf mich zu. »Selbst, wenn ich morgen zum Kaiser gekrönt werde. Am Ende fragen sich alle nur, warum Katharina noch nicht Papst ist, sie hätte es doch locker gekonnt!«

Irgendwie tat Caroline mir leid. Vielleicht hatte sie recht damit. Vielleicht war ich jemand, der alle Aufmerksamkeit auf sich zog. Wie an diesem Wochenende, wo es nicht um mich ging, sondern um sie und Johannes. Johannes. Ich erinnerte mich an unseren letzten Streit in der Wohnung, bevor er auszog. Sein Vorwurf hatte sich ähnlich angehört.

»Deswegen hat er mich verlassen, nicht wahr?«, fragte ich traurig. »Weil er keinen Platz neben mir finden konnte.«

Langsam atmete Caroline aus, um sich zu beruhigen. Ein paar Sekunden verstrichen, bevor sie antwortete: »Ihr seid euch einfach zu ähnlich. Beide zu extravagant und auf Publikum angewiesen.«

Ja, da konnte sie recht haben. Johannes und ich hatten immer um das Rampenlicht gekämpft, auch wenn wir unter uns gewesen waren. Ein Wunder, dass wir es so lang zusammen ausgehalten hatten.

»Ich war auch immer eifersüchtig auf dich«, gestand ich.

»Haha.« Sie glaubte mir nicht.

»Doch, wirklich.« Ich rieb den getrockneten Schlamm von meinen Fingen. »Du warst immer diszipliniert und zielorientiert. Wusstest, was du wolltest und hattest Prinzipien.«

Ich kannte noch jemanden, der so war und mir imponierte. Irgendetwas sagte mir, dass ich in letzter Zeit so einiges verbockt hatte. Ich sollte nicht hier sein. Ich wünschte, ich hätte auf Alex gehört und wäre mit ihm verreist, anstatt mich hier mit all dem Familienstress herumzuplagen. So sehr ich Benjis Gesellschaft auch genoss, Alex wäre mir lieber gewesen. Ich vermisste ihn und sein Schweigen war für mich unerträglich.

»Caro, ich will deine Hochzeit nicht ruinieren«, schwor ich. »Ich weiß gar nicht, was ich will. Aber ich will nicht deine Hochzeit ruinieren.«

Doch, ich wusste es. In diesem Moment wollte ich nur Alex. Nur ihn.

Caro schniefte. Weinte sie wegen mir oder lief ihre Nase wegen der Kälte?

»Du warst auch eifersüchtig auf mich?«, wiederholte sie.

Ach, ich konnte Caroline nie lange böse sein. Wir waren von klein auf Spielkameradinnen und Freundinnen gewesen. Melanie nahm uns das bis heute übel. Sie war immer das dritte Rad am Wagen, was mir jetzt ebenfalls einen Stich versetzte. Auch zu ihr war ich nicht immer fair gewesen.

»Komm her, wir sollten kuscheln, um nicht zu erfrieren!«, schlug ich vor und breitete meine Arme aus. Caroline kam erleichtert und überglücklich zu mir und umarmte mich. Für eine Weile standen wir einfach still, bis wir wieder losmussten.

»Du fühlst dich viel, viel dünner an.«

»Geil, oder? Ich war noch nie so heiß wie in den letzten Wochen!«

Auf dem Weg über das Feld zog ich mein Handy aus der Tasche und warf einen Blick darauf. Es war drei Uhr nachts und ich hatte immer noch keinen Empfang. Abgesehen davon war die Batterieleiste fast leer. Nur noch acht Prozent. Ich wollte es schon ausschalten, als auf einmal ein offenes W Lan-Symbol erschien. Sofort blieb ich stehen. Mitten in der Pampa, auf einem toskanischen Feld, gab es unverschlüsseltes W-Lan mit dem Namen »Gigolo«. Wenn das kein Zeichen war, dann wusste ich auch nicht.

»Was ist los? Hast du Empfang?« Caroline blieb stehen.

»Ja.« Ich öffnete den WhatsApp-Messenger. Lauter Nachrichten von Menschen, auf die ich gerade keine Lust hatte. Verrückt, wer alles an einen dachte, wenn man außer Landes war. Nur Alex meldete sich nicht. Ich öffnete unseren Chatverlauf und seufzte.

»Kannst du über Google Maps nachsehen, wo wir sind?«

»Mach ich sofort.«

Schnell tippte ich eine Nachricht an Alex. Soll ich sie abschicken oder nicht? Unsicher blieb mein Finger über dem grünen Pfeil hängen.

»Beeil dich, Katha. Ich kann meine Zehen nicht mehr spüren.«

Ich schickte die Nachricht ab.

03:12 Katha: *Hi, sorry, dass ich mich jetzt erst melde. War eine dumme Idee mit der Hochzeit.*
Wünschte, ich wäre mit dir sonst wohin.
Katha

P.S. Ich glaube, ich habe mich verliebt. In dich. Habe ich gerade erst gecheckt.

Mein Herz schlug bis zum Hals und meine Hände zitterten, als ich Google Maps öffnete und unsere Position bestimmte.

»Scheiße«, fluchte ich, als die Karte geladen war.

»Scheiße?«, wiederholte Caroline und kam auf mich zu. »Was bedeutet das?«

»Laut Google Maps sind wir fünfhundert Meter von der Villa entfernt. Sieht aus, als wären wir einmal um sie rumgelaufen.«

»Scheiße.« Caroline drehte sich im Kreis. »In welche Richtung müssen wir?«

Ich zeigte in die Dunkelheit. »Da lang.«

»Sicher?«

»Nein.«

»Meine Mom bringt dich um, wenn ich morgen nicht zum Frühstück erscheine.« Sie lief vor mir her in die Richtung, in die ich gedeutet hatte.

»Ich weiß!«

Schnell schloss ich mich ihr an und wir liefen nebeneinander schlammverkrustet über das Feld.

*

Zeitgleich mit Johannes und dem Rest kamen wir in der Villa an. Sie waren klug genug gewesen, in ihrem besoffenen Zustand ein Taxi zunehmen. Johannes konnte sich kaum noch auf den Beinen halten. Sein bester Freund Tommy und Benji stützten ihn. Auch sie hatten ihre liebe Mühe, geradeaus zu laufen. Beinahe hätte das seltsame Dreiergespann eine Zimmerpalme und einen Serviertisch mitgenommen. Angesichts der Hindernisse beschlossen sie, wieder zurückzuweichen und kamen schließlich am Eingang der Villa zum Stehen.

Gebannt beobachteten Caroline und ich die Kommunikation zwischen den Männern. Sie konnten sich nicht einigen, ob es besser war, links an der Palme oder rechts am Servierwagen vorbeizugehen. Die Diskussion wurde hitziger und die Fronten zwischen Tommy und Benji verhärteten sich, so dass sie Johannes einfach zu Boden gleiten ließen, um mehr Armfreiheit zum Argumentieren zu haben. Lebhaft fuchtelten sie voreinander herum.

Johannes schaffte es derweil, sich auf alle Viere zu erheben und zwischen den beiden Hindernissen hindurch zu krabbeln. Fasziniert sah ich ihm nach und flüsterte Caroline zu:

»Bist du dir da ganz sicher?« Sie wusste sofort, worauf ich anspielte, und deutete auf den Spiegel an der Wand gegenüber.

»Schau uns mal an. Wäre die Frage andersrum nicht angebrachter?«

Erschrocken näherte ich mich unserem Spiegelbild. Noch war ich nicht in der Lage, zwischen Caro und mir zu unterscheiden. Auch, weil wir beide den gleichen Körperumfang hatten. Noch nie zuvor war das der Fall gewesen.

Überall klebte Schlamm. Unsere Kleider waren grotesk entstellt und vollgesogen mit Dreck und braunem Wasser. Wo auch immer wir hineingefallen waren, es hatte sich nicht um einen Seerosenteich gehandelt.

Vorsichtig roch ich an mir. Es roch modrig und nass. Zum Glück war es keine Gülle. Caro trat neben mich und schniefte wieder. Sie musste sich einen Schnupfen geholt haben. Ihre Haare klebten auf einer Seite in ihrem Gesicht und standen auf der anderen Seite in alle Richtungen ab. Seufzend strich sie sich die Strähnen aus dem Gesicht. Ich zog eine Grimasse und mein Spiegelbild erwiderte sie.

»Das kommt davon, wenn man sich auf dich einlässt« schnaubte Caro und fischte ein Holzstöckchen aus ihrem Dekolletee.

»Hey!«, protestierte ich. »Ist dir schon mal aufgefallen, dass du bei all den Katastrophen dabei warst? Als die Küche brannte, warst du dabei. Als wir aus Versehen nach Texas geflogen sind, warst du dabei. Als wir uns in Thüringen verfahren haben, warst du dabei. Als wir beinahe ertrunken sind, warst du dabei. Und nun«, ich zeigte auf unsere Kleidung, »als wir in einen Tümpel gefallen sind, warst du, was für ein Zufall, auch dabei!«

Sie öffnete den Mund, um zu widersprechen, als eine wehleidige Stimme hinter uns ihren Namen rief.

»Carooooo«, hörte ich Johannes leise hauchen. Er bemühte sich, auf einen Stuhl zu klettern, und hatte Mühe, das Gleichgewicht zu halten. »Caroooo, bist du das?«

Er kniff die Augen zusammen und schielte in unsere Richtung, offensichtlich unfähig, Caro und mich zu unterscheiden, vielleicht sogar überhaupt jemand bekannten zu erkennen.

Caro ging zu ihm. Ihre Schuhe hinterließen kleine Dreckkügelchen auf dem Marmorboden. Sie half ihm auf.

»Du siehst so wundervoll aus«, säuselte Johannes und stützte sich auf sie. Caroline musste lachen.

»Ich liebe dich«, sagte er dankbar zu ihr. Er meinte es ehrlich, das wusste ich. Seltsam, als er die magischen drei Worte aussprach, die ich so oft aus seinem Mund vernommen hatte, machte es mir nichts aus. Beruhigt beobachtete ich die beiden dabei, wie sie darum kämpften, ihr gemeinsames Gleichgewicht zu finden.

»Danke, Schatz. Katha und ich haben uns eine Schlammkur gegönnt.«

»Halte dich von Katharina fern«, flüsterte Johannes ihr in einer Lautstärke zu, dass es für alle Anwesenden zu hören war. Er sah sich verschwörerisch um, bevor er weiterflüsterte:

»Sie liebt mich noch immer und will uns auseinanderbringen.«

Caro warf mir einen amüsierten Blick zu. Ich verdrehte genervt die Augen. »Bist du dir da ganz sicher?«

Sie hievte seinen Arm über ihre Schulter. Gemeinsam schlurften sie an mir vorbei.

»Du warst es dir acht Jahre lang«, antwortete sie, als sie auf meiner Höhe waren.

»Ja. Aber ich bin nicht das Genie in der Familie. Das bist immer noch du.«

Caro lachte und winkte Tommy herbei, damit er ihr mit Johannes half. Auf der Treppe löste sie sich und sah zu mir herunter.

»Danke für, naja. Für was auch immer.« Sie steckte ihren Kopf wieder unter Johannes Arm und das Gespann verschwand um die Ecke.

Kopfschüttelnd stand ich im Foyer und entfernte einen fetten Brocken Schlamm von meinem Oberarm.

»Irgendwas sagt mir, dass euer Abend lustiger war als meiner«, kommentierte Benji mein Outfit.

Ich grinste. »Kommt ganz drauf an, was du mir zu erzählen hast. Gab es eine Stripperin?«

Er lachte dreckig und machte sich auf den Weg zu unserem Zimmer. Gespannt folgte ich ihm.

»Es gab«, er stieß beim Sprechen auf, »einige Verständigungsprobleme, was das anging.«

»So?« Ich lief neben ihm her. »Wollte sie mit euch einen Lesekreis gründen, anstatt zu strippen, oder was genau war missverständlich?«

Vor der Zimmertür blieb er stehen und kramte umständlich nach dem Schlüssel. Wir gingen hinein und ich entledigte mich meiner Ballerinas. Nach einem prüfenden Blick warf ich sie in den Mülleimer.

»Was war jetzt mit der Stripperin?«, rief ich aus dem Badezimmer. Ich hörte, wie Benji sich auf dem Bett damit abmühte, seine Schuhe auszuziehen.

»Es gab keine«, sagte er und warf seine Schuhe in die Ecke. »Tommy wollte eine organisieren, ist aber an der Sprache gescheitert und wir bekamen Laubsägen überreicht. Zwei an der Zahl.«

»Laubsägen?«, wiederholte ich überrascht. Ich glaubte, mich verhört zu haben, und kam aus dem Bad. »Sagtest du Laubsägen?«

Benji lag erschöpft auf dem Bett und lachte vor sich hin.

»Offensichtlich hat das italienische Wort für Stripperin, spogliarellista, irgendwas mit Blättern oder Entblättern oder Laub zu tun. Als Tommy da gestern hin ist – in die einzige Kneipe im Dorf – hat er nach Laub zum Entblättern gefragt und die älteren Herren an der Bar waren sich einig, dass er nur eine Laubsäge meinen konnte.« Mit einem Ruck setzte er sich wieder auf und löste die Knöpfe an seinem Hemd. »Sie haben ihm versprochen, welche zu organisieren. Also bekamen wir heute Abend feierlich zwei Laubsägen überreicht.« Er dachte mit Bedauern darüber nach. »Keine Ahnung, wo die Sägen jetzt sind.«

Ich ging zurück ins Bad und lachte. Also doch keine Stripperin. Schade, ich hätte meine Wette gern noch gewonnen.

»War Johannes arg enttäuscht?«, fragte ich und zog mein Kleid aus, um in die Dusche zu steigen. Es dauerte etwas, bis Benji antwortete. Er war im Kampf mit seiner Hose. Ich hörte es rumsen, als er vom Bett fiel und sich wieder aufraffte.

»Nein, er war erleichtert. Er hat deiner Cousine versprochen, keine Stripperin auf der Party zu haben.«

Verblüfft stand ich unter der Dusche und genoss den warmen Schauer. Hatte ich mich etwa in Johannes geirrt? Oder war er bei Caroline einfach ein ganz anderer Mensch?

Frisch geduscht wie eine Sommerbriese kam ich endlich aus dem Bad und rechnete fest damit, dass Benjamin schon schlief. Er lag in Boxershorts auf dem Bett und tippte auf seinem Handy herum. Irgendwas machte ihn missmutig. Eine tiefe Falte war zwischen seinen Augen aufgetaucht und wollte nicht weichen.

»Alles okay?«, fragte ich und rieb meine Haare mit einem Handtuch.

»Hmmm.« Er legte sein Handy beiseite und betrachtete mich nachdenklich. Ich sah ihn fragend an.

»Hättest du Lust, für mich zu arbeiten?«

Verdutzt legte ich das Handtuch weg.

»Ich? Bei dir im Fitnessstudio?«

Benji nickte. »Als Trainerin zum Beispiel. Seit Melissa weg ist, habe ich keine weibliche Trainerin mehr. Einige Frauen bestehen auf eine Trainerin.«

Mein erster Gedanke war: Ja, wieso denn nicht. Doch die Art, wie er fragte, machte mich misstrauisch.

»Was ist mit Alex? Meinst du nicht, dass er da ein Wörtchen mitzureden hätte? Außerdem bin ich keine ausgebildete Fitnesstrainerin. Ich denke, einige Kunden würde das stören.«

Benji druckste rum, bevor er darauf einging. Müde strich er sich über sein Gesicht und streckte seine Beine aus.

»Seit das mit Alex und Melissa war – sie hat nach dem Vorfall ja gekündigt – ist es mit ihm schwieriger geworden. Ich glaube, dass er nicht mehr lange bleibt und bald sein eigenes Ding machen wird.«

Schockiert setzte ich mich auf das Klappbett, das hundserbärmlich quietschte.

»Du meinst, er lässt dich einfach im Stich? Ich dachte, ihr beide kennt euch ewig und seid mehr als nur Geschäftspartner.«

»Dachte ich auch, aber in den letzten Jahren hat er sich verändert. Ich kann mich nicht mehr auf ihn verlassen. Überlege dir das nochmal, okay?« Benji zog seine Decke hoch und rollte sich ein.

»Gute Nacht«, wünschte er mir und gähnte müde.

»Gute Nacht.«

Mit aller Vorsicht streckte ich mich aus. Sie war vergebens. Mit jeder kleinsten Bewegung verursachte ich einen Heidenlärm. Leises Schnarchen verriet mir, dass Benji das egal war. Er schlief bereits. Ich dagegen bekam kein Auge zu. Immer wieder musste ich über sein Angebot nachdenken.

Seit der Sache mit Melissa verhielt Alex sich seltsam und Benji traute ihm nicht mehr. Wahrscheinlich würde er mich auch nicht mehr einstellen wollen, wenn er von mir und Alex erfuhr.

Ich konnte nicht glauben, dass Alexander jemand war, der Frauen so schlecht behandelte, dass sie daraufhin lieber ihren Job aufgaben, als weiter mit ihm zusammenzuarbeiten. Andererseits war ich mir bei der Wette mit Caroline sicher gewesen, recht zu haben und Johannes besser zu kennen. Männer waren mir nach wie vor Rätsel.

Unruhig drehte ich mich um. Das Bett spielte ein Stück aus Alban Bergs »Wozzeck«. Vielleicht war meine ganze Grübelei umsonst. Spätestens, wenn Alex meine WhatsApp-Nachricht gelesen und erfahren hätte, dass ich mich in ihn verliebt hatte, würde er nichts mehr mit mir zu tun haben wollen. Mit diesem Gedanken schlief ich ein und träumte schlecht.

KAPITEL XV

Die Sache mit der Toskana II

Benji schlief noch, als ich mich am nächsten Tag aus dem Zimmer schlich. Mein Handy hatte sich in der Nacht ausgeschaltet. In all dem Stress der letzten Stunden vor der Abreise hatte ich vergessen, mein Ladekabel einzupacken. Mir blieb nichts anderes übrig, als Hamad oder Leonie um eines anzubetteln, die die gleichen Handys hatten wie ich.

Sobald die Stromzufuhr gesichert war, checkte ich meine Nachrichten. Alex hatte mein kleines Geständnis von gestern Nacht gelesen, aber es nicht für nötig gehalten, zu reagieren. Wütend legte ich das Handy weg und schmollte.

Es war zwölf Uhr mittags. Würde es seltsam wirken, wenn ich mir einen Drink gönnte? Während ich über Pro und Contra eines Besäufnisses zur Mittagszeit nachgrübelte, hielt ein Taxi vor dem Eingang und ich vernahm eine sehr vertraute Stimme. Hilde! Johannes' Mutter und natürlich Bernhard, sein Vater, waren soeben eingetroffen.

Panisch sah ich mich nach einem Versteck um. In den Frühstücksraum konnte ich nicht. Dort würde ich schnurstracks Mom und meinen Tanten in die Arme laufen. Diese Vorstellung war nach dem gestrigen Abend genauso unangenehm wie die Alternative Bernhard und Hilde.

Der Weg zurück ins Zimmer war durch die Neuankömmlinge versperrt. Sie würden mich sehen, sobald ich mich der Treppe näherte. Ich schnappte mir mein Handy und machte mich durch den Innenhof auf den Weg zu dem kleinen Alkoven im Zentrum des kultivierten mediterranen Gartens. Wonach mir gerade so gar nicht der Sinn stand, war die Begegnung mit meinen ehemaligen Beinahe-Schwiegereltern.

Im Inneren des kleinen Pavillons herrschte angenehme Düsternis. Es roch nach dem Wein, der sich an den Wänden und Säulen dieses kleinen architektonischen Kunstwerks emporrankte. Ich stand im kühlen Halbdunkel hinter dem Eingang und verfolgte aus sicherer Entfernung, wie Hilde und Bernhard von Tante Tina in Empfang genommen wurden. Viel zu weit weg, um Gesprochenes zu verstehen oder Gesichtsausdrücke zu lesen. Ich ärgerte mich darüber, dass ausgerechnet ich mich vor Hilde und Bernhard versteckte. Ich hatte mir nichts zu Schulden kommen lassen. Es war ihr Sohn, der mich betrogen und von einem Tag auf den anderen verlassen hatte. Sie sollten sich vor mir verstecken. Gerade, als ich den Entschluss fasste, wieder ins Licht zu treten und den beiden Menschen erhobenen Hauptes entgegen zu treten, die für mein Unglück indirekt verantwortlich waren, rührte sich etwas hinter mir. Erschrocken drehte ich mich um.

»Himmel, Arsch und Zwirn!«, rief ich laut. »Was machst du denn da, Johannes?« Ich legte meine Hand auf die Brust. Mein Herz pochte wie verrückt und machte keine Anstalten, sich zu beruhigen.

»Vor wem versteckst du dich?«, fragte er und stand von der Sitzbank auf, um durch den Eingang zu spähen.

»Vor deinen Eltern«, antwortete ich und warf noch einen Blick ins Haus. Hilde war im Gespräch mit Tante Tina. Georg war dazugekommen, hatte sich Bernhard geschnappt und ihm einen Koffer abgenommen. Ich fragte mich, was Johannes allein hier machte und kam zu dem Schluss, dass ich es am schnellsten herausfand, wenn ich ihn direkt darauf ansprach.

»Interessanter ist ja die Frage, vor wem du dich hier versteckst!« Er stöhnte und setzte sich wieder auf die Bank in den Schatten.

»Vor der Welt«, war seine theatralische Antwort. Ich machte ein abfälliges Geräusch. Mit solchen Plattitüden ließ ich mich nicht abspeisen.

»Geht das genauer?« Ich setzte mich ihm gegenüber. Falls er dachte, ich würde das Feld räumen und ihn in seinem Versteck alleinlassen, irrte er sich. Ich hatte noch ein Hühnchen mit ihm zu rupfen und solange seine Eltern alle Eingänge blockierten, solange konnte ich auch rupfen.

»Geht dich nichts an.« Johannes stand auf, wahrscheinlich, um mir zu entfliehen. Er setzte sich jedoch wieder, als er realisierte, dass seine Eltern dabei waren, den Garten von der Terrasse aus zu bewundern und ihn sofort sehen würden, wenn er aus dem Alkoven trat.

»Auch gut.« Ich zuckte mit den Schultern. »Ist mir egal. Weißt du, was ich über diese Hochzeit denke?«

Er stöhnte und streckte sich auf der Bank.

»Ich finde sie auf eine skurrile Art extrem vertraut. Weiß Caro, dass du diese Feier mit mir schon bis ins kleinste Detail durchgeplant hattest?«

Keine Antwort. Er zog es vor, an die Decke zu starren und mich zu ignorieren.

»Spielst du wieder den Bockigen?«

Ich sah ihn an und erinnerte mich an unsere Beziehung. Bei jedem ernsteren Streit war irgendwann der Punkt gekommen, an dem Johannes gar nichts mehr sagte und nur noch in die Luft starrte. Das hatte mich zusätzlich rasend gemacht. In diesem Augenblick fand ich es nur kindisch. Als ob Probleme – in diesem Fall ich – sich einfach in Luft auflösten, wenn man sie ignorierte und abwartete.

»Ich habe es ihr nicht gesagt. Auch, wenn es mir gestern Nacht mehrfach auf der Zunge lag. Caro weiß nicht, dass sie eine Second-Hand-Hochzeitsfeier bekommt.«

Er lachte bitter. »Sparst du es dir für die Zeremonie auf? Wenn der Priester fragt, ob es Einwände gibt, springst du dann auf und offenbarst, dass das hier deine Hochzeit sein sollte?«

Ich lächelte herablassend. »Nein. Ich spare es mir nicht auf. Diese Hochzeit ist eins der großen Geheimnisse, mit denen man leben muss. Wie: Wer waren die wahren Erbauer der Pyramiden? Oder: Gab es einen Big Bang oder war es am Ende ein besoffener Gott? Wahrscheinlich werde ich diese Fragen in meinem Leben nie beantwortet bekommen. Genauso verhält es sich mit dieser Hochzeit. Keine Ahnung, warum du unsere Hochzeit ausgerechnet mit meiner Cousine feierst.«

Johannes schnaubte. Für lange Zeit sprachen wir nicht mehr, sondern lauschten den fernen Stimmen von Hilde und Tante Tina.

»Wir wollten etwas machen, was über das mit dir und mir hinausgeht«, flüsterte er leise. Beinahe hätte ich es nicht gehört.

»Hä?«, fragte ich verwirrt. Das war mir zu kryptisch, um es auf Anhieb zu verstehen.

»Du und ich haben in den acht Jahren doch alles durchgemacht, was zu einer Beziehung gehört. Gemeinsame Wohnung, gemeinsames Haustier, großer Amerikaurlaub, Studium und Streitereien. Caro wollte Erlebnisse mit mir, die man nicht sofort in Vergleich zu meiner vorherigen Beziehung setzen konnte.« Müde rieb er sich das Gesicht. Ich erahnte den Kater, den er von gestern haben musste.

»Also heiratet ihr, um mich zu überwinden und euer eigenes Ding zu haben?«, wiederholte ich ungläubig. Das machte doch alles keinen Sinn.

»Ja.«

Ich schüttelte den Kopf.

»Warum aber unsere Hochzeit? Warum nicht in Vegas oder auf einer Berghütte? Warum die Hochzeit in dieser – ich meine, ausgerechnet in *dieser* – toskanischen Villa?«

Müde und angestrengt beugte Johannes sich vor und grub das Gesicht in beide Hände.

»Das war ein Versehen. Als ich es vorgeschlagen habe, konnte ich doch nicht damit rechnen, dass Caro die Idee von Italien und Wochenende mag. Die Villa hier hat sie von sich aus gefunden. Sie war sofort Feuer und Flamme.« Er hob den Kopf und setzte sich wieder aufrecht hin. »Ich konnte ihr nicht sagen, dass ich das hier schon mit dir vorhatte. Das habe ich mich einfach nicht getraut. Sie war so begeistert, mit mir einen Schritt weiter zu gehen. Ich konnte ihr nicht gestehen, wie kurz wir davor waren, und das ausgerechnet hier.«

»Alter, Johannes, das ist so bescheuert, dass es mich sprachlos macht. Und das Essen? Warum ausgerechnet unser Essen?« Ich stand auf und suchte den Garten nach Hilde und den anderen ab. Sie waren immer noch auf der Terrasse. Bei meiner Frage brach Johannes in irres Kichern aus.

»Damit habe ich echt nichts zu tun, Katha. Wirklich nicht. Das Essen haben Melanie und Caroline ausgesucht. Ich habe davon erst erfahren, als das Programm für das Wochenende schon verschickt war.«

Mit offenem Mund sah ich Johannes an. Ich glaubte ihm, denn ich kannte ihn lang genug, um ihn wenigstens hier richtig einschätzen zu können.

Ich wollte das aufkommende Lachen unterdrücken, doch ich konnte es nicht. Das Ganze war zu absurd, um wahr zu sein. Dieses Wochenende musste für ihn der reinste Albtraum sein. Er war an diesem Ort gefangen. Mit mir, seiner Exfreundin, der er versprochen hatte, sie hier zu heiraten. Und mit Caroline, seiner Zukünftigen, die bis jetzt glaubte, dass sie in ihrer Beziehung mit Johannes einen Schritt weiter war, als er und ich gewesen waren. Nur ein Wort von mir und dieses Kartenhaus würde in sich zusammenfallen. Wäre ich Johannes, ich hätte mir seit meiner Ankunft permanent in die Hosen gemacht.

»Wir sind quitt.« Ich grinste fies, als ich das sagte. »Ganz ehrlich, ich hätte nicht gedacht, dass wir das jemals sein könnten, aber ja, du und ich sind quitt.«

Überrascht sah er mich an. »Meinst du das ernst?«

Ich nickte. »Kaum zu glauben. Vor einem halben Jahr hätte ich am liebsten diese Bude hier mit allem Drum und Dran über deinem Kopf abgefackelt, aber jetzt ist es mir egal.«

Das war wahr. Ich fühlte mich freier und entspannter. Zwei Jahre lang war ich der Ansicht gewesen, von der Welt um mein Glück betrogen worden zu sein. In diesem Moment spürte ich, dass ich die Chance auf etwas Besseres hatte. Und dieses Bessere war zum Greifen nah. Moment mal, vor wem versteckte sich Johannes denn jetzt eigentlich?

»Was genau machst du hier nochmal?« Ich sah ihn skeptisch an. Er wich meinem Blick aus.

»Du hast Muffensausen! Das kann doch nicht wahr sein!« Ich stemmte die Hände in die Hüften und baute mich vor ihm auf.

»Nein, habe ich nicht!«

»Doch, doch.« Ich machte einen Schritt auf ihn zu. »Ich kenne dieses Gesicht. Das hast du auch gemacht, als du kurz vor dem ersten Examen dein Studium abbrechen wolltest. Und auch vor dem zweiten Examen. Und als du eine Rede halten solltest bei dieser Abschlussfeier. Jo, du willst kneifen und deswegen versteckst du dich hier!«

Das war mal wieder typisch. Dieses Hin und Her hatte ich acht Jahre mitgemacht. Sobald es kompliziert wurde, wollte er abhauen und sich dem Problem entziehen. Es wunderte mich, dass er überhaupt so weit gekommen war, obwohl er wusste, dass ich hier auftauchen würde. Er musste Caro ehrlich lieben, denn ansonsten wäre er seinem Wesen nach längst über alle Berge gewesen.

»Das kannst du vergessen!« Ich pikste ihn mit dem Zeigefinger in die Brust. »Meine Cousine hat viel Ärger riskiert, um mit dir zusammen zu kommen. Du sagst hier gar nichts ab!«

Johannes hob die Hände, als hätte ich eine Waffe auf ihn gerichtet. »Habe ich nicht vor.«

Ich lachte spöttisch. »Natürlich nicht. Du hast keine Wahl mehr. Zieh das jetzt durch.«

Hildes Stimme war noch zu hören, wurde aber immer leiser. Ich wies in die Richtung, aus der sie kam. Er sollte jetzt gefälligst seine Eltern begrüßen und sich für die Trauung fertigmachen. Dass ausgerechnet ich es war, die ihm in den Arsch treten musste, konnte man nur unter Ironie des Schicksals verbuchen.

»Hör auf, dich als die große Macherin aufzuspielen, Katha. Ich habe hier nur für einen Moment etwas Ruhe gesucht. Bis jetzt habe ich alles beendet, was ich angefangen habe. Selbst, wenn ich mich mal davor gefürchtet hatte. Das kann man von dir nicht behaupten.« Wütend stand er auf und ging auf den Ausgang zu.

»Stimmt ja«, rief ich höhnisch. »Ich erinnere mich an deine Standpauke. Übrigens, was deine letzten Worte angeht, bevor du mich verlassen hast: Da bin ich dir noch eine Antwort schuldig.«

Er blieb stehen und sah mich irritiert an. Wahrscheinlich war es ihm so unwichtig gewesen, womit er mich abspeiste, dass er es bereits vergessen hatte.

»Du hast gesagt, dass ich in den acht Jahren nichts auf die Reihe bekommen habe und du jemanden suchst, mit dem du was starten kannst«, erinnerte ich ihn und trat näher an ihn heran. »Das ist nicht ganz richtig. Ich habe dein Leben auf die Reihe bekommen.

Nichts zu danken.«

Triumphierend trat ich an ihm vorbei aus dem Alkoven. Keine Tante Tina oder Hilde in Sicht. Ich machte mich auf den Weg zurück zur Villa, betrat das Foyer von der Gartenseite aus und war fast schon auf der Treppe, als erneut ein Taxi vorfuhr. Neugierig blieb ich stehen. Wer konnte das jetzt noch sein? Es war beinahe vierzehn Uhr und die Hochzeit war schon im Gange.

Eine einzelne männliche Person stieg aus dem Taxi, warf lässig ihre Tasche über den Rücken und beugte sich zum Fahrer vor, um zu bezahlen. Mein Herz setzte für einen Moment aus, als ich begriff, warum mir alles daran so vertraut vorkam.

Alex!

*

Meine Gedanken rasten, als ich Alex dabei beobachtete, wie er auf mich zukam und bezaubernd lächelte, sobald er mich erkannte. Mein Herz war kurz davor, aus der Brust zu springen, auf dem Boden aufzukommen und ohne mich zu ihm zu hopsen. Spätestens jetzt hätte ich checken müssen, dass ich tatsächlich bis über beide Ohren in diesen Mann verliebt war. Ich erwiderte sein Lächeln mit einem panischen Grinsen. Hoffentlich, sah ich nicht so bescheuert aus, wie es sich anfühlte. In meinem Hinterkopf lärmten die Alarmglocken, doch ich schaltete den Ton aus.

»Hi«, sagte ich, als Alex unmittelbar vor mir zum Stehen kam und seine Tasche zu Boden gleiten ließ.

»Hi« antwortete er, nahm mein Gesicht in seine Hände und küsste mich. Gott, fühlte dieser Mann sich gut an. Und wie er roch! Ich saugte ihn förmlich auf und hätte stundenlang weitermachen können, wenn sich nicht hinter mir jemand dezent geräuspert hätte.

Unwillig löste ich mich von ihm. Alex lächelte auf mich herunter und brachte meine Knie zum Wackeln. Waren seine Augen schon immer so blau gewesen? Ich wollte dieser Frage nachgehen, doch das Räuspern wiederholte sich. Ich blickte über die Schulter und sah Melanie, die uns neugierig beobachtete.

»Ich störe ja ungern«, fing sie an und musterte Alex unauffällig, »aber ich habe da so eine Überraschung für Caro vorbereitet, die nach der Trauung stattfinden soll. Nur was Kleines, Witziges. Ich würde gerne mit dir darüber reden. Dauert nicht lange.« Sie lächelte charmant und deutete in Richtung des Aufenthaltsraums.

»Kann das nicht warten?« Bei dem Gedanken, Alex alleinzulassen, war mir unwohl zumute. Was, wenn er Benji über den Weg lief?

Ihr Lächeln wurde etwas steifer und sie schüttelte den Kopf.

»Ich glaube nicht. Ich habe Angst, dass jemand anderes dieselbe Idee hat und es wäre wirklich peinlich, gleich zwei Überraschungen auf einer Hochzeit zu haben.« Melanie versuchte, mir mit den Augen etwas zu sagen. Nach ein paar Sekunden machte es Klick. Mit Bedauern wandte ich mich zu Alex um.

»Ich muss das klären, sonst haben wir ein Überraschungsproblem. Was hältst du davon, uns an der Bar einen Drink zu besorgen? Bin gleich wieder da.«

Ich deutete in Richtung der Bar hinter dem Speisezimmer und gab Alex einen schnellen Kuss, den er innig erwiderte. Als wir uns lösten, war Melanie nähergekommen und reichte Alex ihre Hand.

»Melanie, Katharinas Cousine. Ich heirate heute nicht.«

»Alex. Sehr erfreut.«

Ich zog sie mit mir.

»Bestell mir schon mal einen Cocktail. Überrasch mich mit der Wahl«, rief ich.

»Wer ist das denn?«, fragte sie, sobald wir außer Hörweite waren.

»Mein Fitnesstrainer. Und eine Art Affäre.«

»Sag mal, wie viele Fitnesstrainer hast du?« Sie lugte um die Ecke und beobachtete Alex dabei, wie er sich auf den Weg zur Bar machte. »Und wie viele Affären? Betrügst du Benjamin mit ihm?«

»Nein! Oh Gott, nein! Mit Benjamin bin ich gar nicht zusammen.«

Melanie runzelte die Stirn. »Katha, du hast Mom erzählt, du und Benjamin – der ebenfalls dein Fitnesstrainer ist – seid seit

Dezember ein Paar.« Sie schüttelte den Kopf. »Und nun taucht noch ein Trainer auf, mit dem du was hast. Wussten die beiden, dass sie dich gleichzeitig trainieren und bumsen oder hast du ihnen das verschwiegen?« Bei der Vorstellung, mit Benji und Alex gleichzeitig etwas am Laufen zu haben, lachte ich laut auf.

»Nein. Auch das nicht. Sie haben mich zusammen trainiert und voneinander gewusst.«

»Ja, wirklich? Wissen sie in diesem Moment voneinander?« Melanie wollte mir nicht glauben.

»Äh«, ich ließ resigniert den Kopf hängen. »In diesem Moment stecke ich tief in der Scheiße.«

»Allerdings. Ich brauche jetzt echt kein Drama. Dieses Wochenende dreht sich nicht um dich. Bis jetzt hat gar nichts funktioniert. Den Abend gestern hast du mir grandios ruiniert. Und im Zeitplan bin ich auch nicht. Außerdem, und deswegen wollte ich dich eigentlich sprechen«, sie kam näher und senkte die Stimme, »wird der Bräutigam vermisst. Du hast nicht zufällig eine Ahnung, wo er stecken könnte? Ich wollte Caro nicht verunsichern und komme da lieber zu dir.«

Johannes, das war mal wieder typisch, drehte am Rad. Eigentlich sollte mir das egal sein, doch ich brauchte Melanies Hilfe bei der Geschichte mit Alexander und Benji. Ich schlug ihr einen Deal vor:

»Pass auf. Ich finde diesen feigen Fremdgeher und sorge dafür, dass er am Altar ankommt. Dafür spannst du Benji ein und hältst ihn von mir fern, bis ich Alex ein paar Dinge beichten konnte.«

Sie sah mich durchdringend an. »Du hast mit beiden was.«

»Nein!« Ich schüttelte genervt den Kopf. »Ich habe nur mit beiden trainiert. Mit Alex habe ich was.«

»Ja, ja. Schon okay. Ist mir auch egal. Wir machen das so: Ruf mich, sobald du Johannes auftreiben konntest. Ich kümmere mich um deine Affären.«

Schnellen Schritts ging sie hinaus. Ich atmete langsam ein und aus. Meine Hände zitterten und mein Herz schlug noch immer bis zum Hals. Schnell warf ich einen Blick in den großen Spiegel an der Wand. Aufgeregt glättete ich mein Oberteil und meine beige

Stoffhose, bevor ich mich auf die Suche nach Alex machte.

Es dauerte nicht lange, ihn zu finden. Er saß an der Bar, wie von mir vorgeschlagen, hatte zwei Cocktails vor sich stehen und war in ein Gespräch mit dem Barkeeper vertieft. Als er mich sah, erhob er sich von seinem Hocker und beschleunigte mit einem kleinen Lächeln meinen Puls. Da waren sie wieder, die wackeligen Knie.

Gott, das letzte Mal, als ich mich so gefühlt hatte, war ich fünfzehn gewesen und ganz, ganz schlimm in meinen Nachbarn Paul verliebt. Ich hoffte, dass ich jetzt besser kommunizieren konnte als damals. Bei Begegnungen mit Paul hatte ich nichts als zusammenhanglosen Dadaismus und irres Gekicher zustande gebracht. Er hatte jahrelang gedacht, ich sei unterbelichtet und leicht dämlich veranlagt zur Welt gekommen. Erst viele Jahre später war ich in der Lage gewesen, ein normales Gespräch mit ihm zu führen.

»Konntet ihr die Überraschungsproblematik klären?« Er gab mir einen raschen Kuss auf den Mund. Ich kicherte. Oje, das Paul-Syndrom. Ich spürte, wie es wieder ausbrach. Reiß dich zusammen, Katharina. Sprich in ganzen Sätzen!

»Ja«, antwortete ich und kicherte wieder. Innerlich verdrehte ich die Augen über mein Benehmen. Sobald ich bewusst verliebt war, verwandelte ich mich in ein dummes Huhn. Das Einzige, was mir jetzt noch helfen konnte, war Alkohol. Ich schnappte mir einen der Cocktails und leerte ihn zur Hälfte. Keine Ahnung, was für Getränk das war, doch ich schmeckte dankbar den Wodka heraus.

»Puh, tut das gut«, sagte ich erleichtert und küsste Alex noch einmal. Nur zur Sicherheit, um mich zu vergewissern, dass er wirklich da war. »Woher wusstest du von diesem Ort?«

Er grinste und trank von seinem Drink.

»Der Flyer lag monatelang bei dir auf dem Klo und hatte lauter kleine Löcher, ganz so, als hätte man ihn zum Dartspielen oder als Voodoo-Puppe missbraucht. Ich habe dann eins und eins zusammengezählt.«

»Du bist so klug!«

»Ich weiß«, gab Alexander bescheiden zu. Ich grinste ihn weiter an und musste mich setzen, damit er nicht sah, wie wackelig er meine Knie machte.

»Warum hast du mich nicht vorgewarnt? Hätte ich gewusst, dass du kommst, hätte ich dir ein Zimmer organisiert. Jetzt weiß ich nicht, ob das so auf die Schnelle geht.«

Alex zuckte mit den Schultern.

»Ich schlafe gern bei dir im Bett.«

Schon wieder Kichern.

»Ich wusste nicht, ob ich das hinbekomme. Ich habe gestern Nacht spontan beschlossen, zu fliegen.« Ich versteckte mich hinter einer Cocktailkarte. Lieber nicht ausmalen, was er sich bei meiner Nachricht gedacht haben musste. »Es war schwer, Ersatz zu finden. Ich vertrete dieses Wochenende Benji im Studio. Er musste wegen einer Familienangelegenheit weg. Ich hatte aber Glück, der Empfang war bereit, Überstunden zu machen.«

Er nahm mir die Karte aus der Hand und beugte sich zu mir. »Und nun bin ich hier.« Er küsste mich.

Hach. Alles hätte jetzt perfekt sein können, wäre da nicht die Sache mit Benji. Ich hätte das nicht denken sollen, und überlegte doch kurz, Benjamin zu erschießen und irgendwo zu verscharren. Ich war mir sicher, dass Situationen wie meine jetzige schon viele Morde hervorgebracht hatten.

Während ich Alex' Kuss mit gleicher Leidenschaft erwiderte, betete ich inständig, dass Melanie Benji zu fassen bekam und ihn mit einer Aufgabe außerhalb des Hauses betraute.

Alex löste sich von mir. »Kann ich meine Sachen bei dir unterstellen? Ich habe erfahren«, er deutete auf den Barkeeper, »ich habe keine Chance, ein eigenes Zimmer zu ergattern. Dieses Haus ist ausgebucht.«

»Äh.«

Was sollte ich nur tun? Ich musste ihm die Wahrheit sagen. »Ja, klar. Aber vorher musst du etwas wissen. Das ist wichtig.«

Gespannt sah er mich an. Noch unsicher, wie ich mein Geständnis am besten formulieren sollte, öffnete ich den Mund, als Melanie wieder neben mir auftauchte.

»Ich brauche deine Hilfe jetzt, Katha. Kannst du nach dem sehen, was wir für die Überraschung so dringend brauchen? Ich kümmere mich währenddessen um unseren neuen Gast.«

Erleichtert nickte ich und löste mich von Alex.

»Na gut. Das wird nicht lange dauern.« Hoffte ich. »Ich bin bald wieder da.«

Melanie lächelte mich und Alex an. Ich drehte mich um und machte mich auf den Weg zum Alkoven. Wahrscheinlich war Johannes da noch drin.

*

Johannes war nicht im Alkoven. War ja klar, dass das so lief. Ich überlegte, ob er sich heimlich ein Taxi genommen hatte und schon über alle Berge war, als mein Blick die Zypressen auf dem nahen Hügel streifte. Eine hochgewachsene Person stand zwischen ihnen und sah auf die Villa herunter. Irgendetwas sagte mir, dass es Johannes war, der ganz melancholisch und dramatisch auf unseren Hügel gewandert war, um Abstand zu gewinnen und sich über einiges klar zu werden. Dagegen wäre an sich nichts einzuwenden, wäre heute nicht der Tag seiner Hochzeit gewesen.

Frustriert öffnete ich das kleine verrostete Gartentor und machte mich an den Aufstieg. Ich wappnete mich innerlich für eine unvernünftige und nervige Unterhaltung, doch als Johannes mir auf halbem Weg entgegenkam, wirkte er gefasst und entschlossen. Wir nickten uns zur Begrüßung zu und gingen schweigend gemeinsam zurück. Am Tor angekommen, blieb Johannes stehen und fuhr sich nervös durch das Haar.

»Ist das die richtige Entscheidung?«

Ich lachte. »Das fragst du mich?«

»Als ich mich mit Caro verlobt habe, musste ich dem Drang widerstehen, dich anzurufen und zu fragen, was du davon hältst.«

Ich brach lachend zusammen. Die Vorstellung war urkomisch.

»Ich wäre dir zu dem Zeitpunkt keine große Hilfe gewesen«, antwortete ich ihm, sobald ich wieder atmen konnte. »Heute würde ich sagen: Wieso nicht? Du könntest es schlechter treffen. Sie ist alles, was ich nicht sein konnte und wollte. Ich glaube, sie nimmt dir die Angst. Das konnte ich nie.«

Ich hob die Hand, als er anfing zu protestieren. »Schon okay. Ich meine das nicht böse. Ich verstehe es jetzt.«

Wir gingen weiter und ich wischte mir die Tränen aus den Augen. In den letzten Tagen hatte sich etwas in mir verändert. Wo vorher Wut und der Wunsch nach Rache gewesen waren, spürte ich jetzt ein Bedürfnis nach Frieden und Einheit. Ich konnte endlich verzeihen und war wahrscheinlich diejenige, die am meisten davon profitierte.

Unsere Wege trennten sich auf der Terrasse und ich hielt Ausschau nach Melanie und Alexander. Melanie stand mit Tante Tina und Tante Katja im Speisezimmer. Sie gingen das Hochzeitsmenü durch. Ich gesellte mich dazu.

»Die Überraschung ist wiederaufgetaucht.« Sie dankte mir mit einem kurzen Nicken. Tante Tina und Tante Katja tauschten erleichterte Blicke. Ich wollte mich auf die Suche nach Alex machen, als Tante Tina ganz nah an mich herantrat.

»Sag mal, wer ist denn der junge blonde Schönling, der heute Morgen hier aufgetaucht ist?«

Ich sah zu Melanie, die ohne eine Miene zu verziehen auf ihre Notizen blickte.

»Ein Freund.«

»Aha.« Tante Tinas Tonfall gefiel mir nicht.

»Wo ist er denn jetzt?«, fragte ich Melanie.

Sie sah auf und zuckte mit den Schultern. »Er wollte seine Sachen abstellen und fragte nach deinem Zimmer. Ich habe ihm den Weg gewiesen.«

Hier stimmte etwas ganz und gar nicht. Mir wurde schlecht.

»Wo ist Benjamin?«

Meine Cousine zog es vor, mir nicht in die Augen zu sehen, als sie antwortete: »Vor einer halben Stunde lag er noch im Bett und schlief tief und fest.«

Ich ballte die Fäuste und musste mich beherrschen, sie nicht anzuschreien. Sie hatte mir vorhin gar nicht helfen wollen, dieses Miststück.

»Das hast du mit Absicht gemacht, nicht wahr?« Vor lauter Wut bekam ich die Worte kaum heraus.

Melanie lächelte, schloss ihr Notizbuch und ging an mir vorbei. An der Terrassentür drehte sie sich noch einmal um und sagte nur ein Wort: »Malibu-Barbie.«

Mit viel Wut im Bauch und voller Angst machte ich mich zu meinem Zimmer auf. Ich war gesegnet mit den durchtriebensten und hinterfotzigsten Cousinen dieses Planeten. Hoffentlich war Benji schon wach und frühstückte. Hoffentlich war Alex nicht auf ihn gestoßen. Hoffentlich hatte sich Benji einfach in Luft aufgelöst.

Laute Stimmen und ein dumpfes Geräusch, als würde ein Körper gegen eine Wand geworfen, sagten mir, dass das nicht der Fall war. Alexander und Benjamin hatten sich gefunden.

Vorsichtig stieß ich die Zimmertür auf und linste hinein. Das Klappbett lag auf der Seite, daneben die Bettdecke und die Kissen. Ich hörte, wie zwei Menschen schnauften und miteinander rangen, doch sehen konnte ich nichts.

Schnell trat ich ein. Alex und Benji waren zwischen dem Bett und der Kommode ineinander verkeilt. Benji war noch in Unterwäsche. Wahrscheinlich hatte Alex ihn überrascht.

»Hört auf damit«, sagte ich leise und schloss die Tür hinter mir. Hoffentlich waren alle Gäste unten und keiner meiner Verwandten bekam hiervon etwas mit. Sie reagierten nicht auf mich, sondern würgten einander wie zwei Ringer. Benjis Kopf war bereits rot angelaufen. Kopfschüttelnd machte ich einen Schritt auf die beiden zu und wurde lauter.

»Hört auf damit!« Wut stieg in mir hoch. Diese Situation war nicht nur ärgerlich, sondern auch unnötig.

Immer noch keine Reaktion. Nur Gerangel und wütendes Schnauben von Alex, als Benji sich beinahe aus dem Schwitzkasten befreite und ihm einen Ellenbogen in die Niere rammte. Ich konnte das nicht länger mit ansehen, holte tief Luft und ging dazwischen.

»Das reicht jetzt.« Wütend zog ich an Alex, damit Benji endlich wieder normal atmen konnte. Widerwillig lösten sie sich voneinander.

Misstrauisch beäugten sie einander über mich hinweg, jederzeit bereit, wieder zuzuschlagen.

»Seid ihr noch ganz dicht?« Ich sah von einem zum anderen. »Wir sind hier nicht auf dem Bolzplatz oder in der Kaserne, Herrgott nochmal.«

Benji wischte sich über die Nase, aus der Blut lief. Alex musste ihm einen Schlag ins Gesicht verpasst haben.

»Sag ihm das.« Anklagend deutete er hinter mich und zog das Blut hoch. »Ich habe nicht angefangen. Auf einmal stand er mitten im Zimmer und ging auf mich los.«

Er war von Alex' plötzlichem Auftauchen genauso überrumpelt worden wie ich vor einer Stunde, nur hatte es für ihn keine Küsse, sondern Schläge gegeben. Was ging in Alex' Kopf vor? Auch, wenn er zurecht ungehalten darüber sein durfte, dass ich mit Benji angebandelt hatte – wonach es für ihn aussehen musste – konnte er ihn doch nicht einfach schlagen. Wir lebten nicht mehr in der Steinzeit.

Ich drehte mich zu ihm um. Alex war außer Atem und wischte verärgert über das Blut auf seinem Hemd. Es war nicht das seine.

»Was ist nur mit dir los?«, fragte ich und ballte meine Fäuste. »Du kannst doch nicht einfach Menschen würgen.«

Ich kam mir vor, als schimpfte ich mit einem Sechsjährigen, der im Kindergarten ein anderes Kind geschlagen hatte. Doch genauso kam mir diese alberne Aktion auch vor. Wie im Kindergarten.

Kommentarlos schnappte er sich seine Tasche, ging an mir vorbei und wollte zur Tür hinaus. Doch so einfach kam er mir diesmal nicht davon. Ich war schneller und versperrte ihm den Weg.

»Vergiss es. Du haust jetzt nicht einfach ab wie die letzten Male. Ich will wissen, was das sollte!« Er wollte sich an mir vorbeidrängen, doch ein Blick in mein Gesicht genügte ihm, um zu begreifen, dass ich nicht weichen würde. Hinter uns schniefte Benjamin derweil jammervoll in sein Taschentuch.

Anstatt mir zu antworten, wandte sich Alexander zu ihm um.

»Welche dringlichen Familienangelegenheiten hast du ausgerechnet hier zu erledigen?«

Benji sah ihn verständnislos an. »Ich meinte nicht meine Familienangelegenheiten. Sie hat mich gefragt und ich habe ja gesagt. Eigentlich weiß ich gar nicht, was das Ganze dich überhaupt angeht.«

Alexander lachte bitter.

»Es geht mich insofern etwas an, als ich deinen scheiß Job unentgeltlich übers Wochenende übernehme, während du dich an meine –«

Wütend ließ er seine Tasche wieder fallen und ging auf Benji zu.

»An deine was?«, fragte Benji und spannte sich in der Erwartung an, noch einen Schlag zu kassieren.

Wieder trat ich zwischen die beiden.

»Ich fasse es nicht, dass du ausgerechnet ihn hierher mitgenommen hast.« Vorwurfsvoll und enttäuscht sah mir Alex in die Augen. Ich musste schlucken, denn ich konnte es selbst nicht fassen. Als ich Benjamin vor einer Woche gefragt hatte und er ja sagte, hatte ich gewusst, dass es ein Fehler war. Und doch hatte ich ihn nicht rückgängig gemacht.

Aber warum fühlte ich mich eigentlich schlecht? Er hatte mich nicht begleiten wollen und mir eine Szene gemacht. Jetzt stand er ohne Ankündigung auf der Matte und prügelte sich mit Benji, der mir einen Gefallen hatte tun wollen. Alex war so manipulativ, dass es mich sprachlos machte. Beinahe hätte ich mich auch noch entschuldigt.

»Muss ich dich allen Ernstes daran erinnern, dass du dich geweigert hast, mit mir herzukommen?«, fuhr ich ihn an. »Was glaubst du eigentlich, wer du bist? Zuerst willst du nichts davon wissen und haust ab, nur um jetzt wie aus dem Nichts wiederaufzutauchen, eine Prügelei anzufangen und mir dann auch noch ein schlechtes Gewissen zu machen.«

Seine Miene verhärtete sich.

»Ich habe dich zuerst darum gebeten. Du wollest nicht. Ich wäre viel lieber mit dir hier aufgetaucht.«

Alex machte erneut Anstalten, zu gehen.

»Vergiss es!« Ich versperrte wiederum den Weg. »Ohne geklärte Fronten kommt hier niemand raus.«

Ich sah ihm an, dass er kurz davor war, mich einfach zur Seite zu stoßen, doch irgendetwas hielt ihn noch immer zurück.

»Warum ausgerechnet Benji? Warum so einen Typen? Sich von allen Kerlen, die du hättest mitnehmen können, den größten frauenfeindlichen Deppen auszusuchen, passt doch überhaupt nicht zu dir!«

Mit offenem Mund sah ich ihn an. Hatte ich in letzter Zeit etwas verpasst, oder waren er und Benjamin gar keine Freunde? Mir drängte sich der Eindruck auf, dass zwischen den beiden untergründig etwas ablief, das mir vollständig entgangen sein musste.

Als Benji das hörte, lachte er laut auf und wiederholte erbost: »den größten frauenfeindlichen Deppen?« Er warf ein weiteres mit Blut vollgesogenes Taschentuch zu Boden und lachte erneut.

Verständnislos sah ich von einem zum anderen. Warum trugen sie ausgerechnet hier in der Toskana ihre Zwistigkeiten aus? War das wieder eine Wette, in die ich hineingeraten war? Ungläubig schüttelte ich über Alex' Worte den Kopf.

»Musst du gerade sagen!«, brach es verächtlich aus mir heraus. »Dein Verhalten gegenüber Melissa war ja nicht gerade eine feministische Glanzleistung.«

Das saß. Alex war still. Unangenehm still. Diese Reaktion alarmierte mich mehr als seine Wut vor ein paar Minuten. Langsam drehte er sich zu Benjamin um, der mich warnend anblickte. Das Thema Melissa sollte ich bloß sein lassen.

»Woher weiß sie von Melissa?« fragte Alex und sah Benji gespenstisch ruhig an. Mein Gefühl sagte mir, dass es hier gleich knallte und dabei mehr zu Bruch gehen würde als nur eine Nase.

»Von Franziska!«, rief ich panisch, damit die beiden nicht wieder aufeinander losgingen.

Alex fuhr herum. »Wie bitte?«

Das war wieder so ein Fehler, ähnlich dem mit Benji und der Toskana. Natürlich wusste ich das mit Melissa nicht von Franziska. Ich wusste es von Benji und kombinierte es mit dem, was Jessie mir ganz zu Anfang unserer Bekanntschaft über Alex erzählt hatte, zu einer diffusen Story.

»Wie bitte?«, wiederholte Alexander und machte einen Schritt auf mich zu.

»Tu nicht so unschuldig.« Ich wich einen Schritt zurück. »Ich weiß schon lange, dass du Franzi als Leihfreundin missbrauchst, um die Frauen loszuwerden, die du abschleppst. Das habe ich dir schon damals auf der Party vorgeworfen. Inzwischen weiß ich, dass es dir dabei auch noch scheißegal ist, wie besoffen die Frauen sind.«

Sprachlos sah er mich an und schüttelte den Kopf. Er konnte nicht glauben, was er hörte.

»Und das nicht nur einmal!«, fügte ich hinzu.

Er brauchte einen Moment, um sich zu erholen.

»Das kannst du nicht wirklich glauben.« Er war total überrumpelt davon.

»Wieso sollte sie es nicht glauben?« Benji lachte hämisch im Hintergrund. »Immerhin wolltest du sie vor ein paar Monaten auch nur flachlegen.«

Irgendwie überraschte mich das nicht. Insgeheim war ich sowieso davon ausgegangen. Warum sollte ein Womanizer wie Alex ausgerechnet mit mir etwas Ernsthaftes anfangen? Ich sollte mir da nichts vormachen. Alex ignorierte Benji und konzentrierte sich auf mich.

»Du hast das von Franzi? Nicht von ihm?« Er deutete abfällig auf Benji und sah mich aufmerksam an.

Blut schoss mir in die Wangen und ich hoffte, dass er das als Ausdruck von Wut und nicht von Scham über die Lüge interpretierte.

»Genau«, presste ich hervor und tat, als wäre ich davon extrem angepisst und angewidert. »Ich habe es von deiner Mitbewohnerin. Warum sollte die lügen? Dein Verhalten mir gegenüber spricht schon Bände. Wie kommst du also überhaupt dazu, Benji sowas vorzuwerfen? Du hast ja sowas von kein Recht dazu.«

Ich hörte, wie Benji triumphierte, und konnte meine Augen doch nicht von Alex abwenden. Ich spürte, wie sich etwas zwischen uns veränderte. Sein Blick wurde gleichgültig.

»Ich habe dir mehr Verstand und Menschenkenntnis zugetraut, Katharina.«

Das saß und mein Magen zog sich unangenehm zusammen. Ich wollte einlenken, doch er ging an mir vorbei. Ich ließ ihn ziehen. Ich wusste, dass ich ihn diesmal nicht aufhalten konnte.

Alexander war weg.

Wie von einem Blitz getroffen stand ich da und war nicht in der Lage, all das einzuordnen. Irgendetwas stimmte hier ganz und gar nicht. Doch ich wusste nicht, was. Ein monumentaler Elefant stand im Raum und ich konnte ihn doch nicht benennen. Was war passiert? Warum hatte ich das Gefühl, einen riesengroßen Fehler begangen zu haben?

Benji hatte sein Nasenbluten mittlerweile in den Griff bekommen und zog sich Shirt und Hose über, bevor er sich neben mich stellte und mir einen Arm um die Schultern legte.

»Wow. Du hast ihn verbal ausgeknockt. Mit ein paar echt schnittigen Kinnhaken«, gratulierte er und lachte schadenfroh. Seine unmittelbare Nähe war mir unangenehm und ich entwand mich seiner Umarmung.

»Warum hast du ihm nicht gesagt, dass du mit mir hier bist?«

Er zuckte mit den Schultern.

»Das ging ihn nichts an. Du hast ihm auch nichts davon erzählt.« Das war richtig und ich hatte meine Gründe gehabt. Welche Gründe hatte Benji?

»Egal. Alex ist Geschichte. Du und ich funktionieren besser ohne ihn.« Er klatsche geschäftig in die Hände wie ein Bauarbeiter, der nun ein größeres Projekt plante, und sah mich an. Er irrte sich. Allein würden weder er noch ich etwas auf die Reihe bekommen. Alexander war immer der Motor und die treibende Kraft gewesen. Der Gedanke versetzte mir einen schmerzhaften Stich.

«Ich fürchte, du und ich funktionieren nicht«, sagte ich ruhig und ohne jegliche Anklage. Nicht ich war es gewesen, die Benjamin für ihre Zwecke eingespannt hatte, sondern andersherum. Das begriff ich jetzt. Was auch immer in den letzten Monaten zwischen ihm und Alex vorgefallen war, es war hier und heute besiegelt worden. Und die Gelackmeierte war ohne Zweifel ich.

Meine Antwort machte ihn wütend. Offenbar hatte er mit einer anderen Reaktion gerechnet.

»Dann sollten wir es gleich lassen, wenn es nicht funktioniert«, erwiderte er wie ein trotziges Kind. Er schien zu glauben, ich würde aus Panik, dass er nun auch ginge, zurückrudern. Doch das tat ich nicht. Im Gegenteil. Mir war im Moment nichts lieber, als ihn gehen zu sehen.

»Sollten wir wirklich. Ich ruf dir ein Taxi«, sagte ich und ging hinaus.

KAPITEL XVI

Die Hochzeit

Nach Benjamins beleidigtem Abgang beschloss ich, erst einmal zu duschen. Ich ahnte, dass all das noch ein Nachspiel haben würde. Doch diesen Ängsten wollte ich mich jetzt nicht aussetzen. Falls Melanie und Tante Tina dachten, sie hätten mich mit der Konfrontation meiner beiden Begleiter für die Trauung außer Gefecht gesetzt, so irrten sie sich in mir.

Ich würde mir das Ja-Wort geben.

Diesmal benötigte ich keinen Rat für mein Outfit. Mir war nach feuerrot zumute. Diese Farbe entsprach meiner Gefühlslage: aufgewühlt und aufgeregt.

Noch nie zuvor hatte ich solch ein Kleid getragen. Als ich es im Laden gesehen hatte, erinnerte es mich an die Hollywood-Diven der fünfziger Jahre. Wie ein gefräßiges schwarzes Loch in einer dem Untergang geweihten Galaxie schluckte das volle Rot alle Aufmerksamkeit im Umkreis von einigen hundert Metern. Diese Wirkung der Signalfarbe hatte ich gespürt, sobald ich das Kleid anprobierte.

Meine Haare steckte ich hoch und ließ die wilden Locken genau da, wohin sie fielen. Zwei Perlenohrringe sollten als Schmuck genügen. Nur noch feurigen Lippenstift und die passenden roten High-Heels. Mehr war nicht nötig. Mit einem langen, erleichterten Seufzer trat ich einen Schritt zurück und klimperte meinem verruchten Ich kokett zu.

Nach dem Vorfall mit Benji und Alex würde ich heute so oder so im Mittelpunkt stehen. Es konnte nicht schaden, dabei gut auszusehen und sich auch so zu fühlen. Erhobenen Hauptes schritt ich die Treppe hinunter. Harald und Mom erwarteten mich ungeduldig neben dem Taxi, das uns ins Dorf bringen sollte.

Als sie mich erkannten, musste Harald lachen. Meiner Mutter fiel die Kinnlade herunter. Sie fand die Sprache wieder, als ich vor ihr stand.

»Katharina, Liebes, wurdest du in letzter Zeit von einer Spinne gebissen oder warst irgendwelchen Strahlungen ausgesetzt?« Fassungslos schüttelte sie den Kopf. Ich war begeistert von ihrer gekonnten Popkultur-Anspielung.

»Schlimmer, Mom. Ich bin eine Amazone, die die Welt vor Ares beschützt. Ihr seid heute meine Tarnung, um auf eine Nazihochzeit zu kommen.«

Wir stiegen ins Taxi.

»Du hast doch nichts Schlimmes vor, Kleines, oder?« Sie flüsterte, damit der italienische Taxifahrer sie nicht verstand.

Ich zwinkerte ihr zu. »Ich plane, Spaß zu haben, komme was wolle.«

Aus irgendeinem Grund schien sie das nicht zu beruhigen.

»Was war denn heute Nachmittag in deinem Zimmer los? Tina meinte, du hättest Probleme, deine vielen Liebschaften auseinanderzuhalten.«

Ich wusste, dass Melanie und Tante Tina sich die Gelegenheit nicht entgehen lassen konnten, mich als blöde Bitch darzustellen, damit Caroline wieder glänzte. Ich schluckte meine Wut herunter und lächelte Mom beruhigend an.

»Es gab da ein kleines Missverständnis. Am Ende habe ich beschlossen, es wäre besser für uns alle, wenn ich ohne Begleitung antanze.«

Harald murmelte: »Ist auch besser so.«

Die Fahrt war kurz. In unserem Rücken ging erhaben die Sonne unter, als wir aus dem Auto stiegen. Mein Kleid verfehlte seine Wirkung nicht. Viele Köpfe drehten sich nach mir um. Oma Anneliese erkannte mich und kam in Zeitlupe auf uns zu.

»Sophia Loren war schon immer eine schlechte Schauspielerin, die nur durch die Zurschaustellung ihrer Titten berühmt wurde«, eröffnete sie mir, sobald sie nah genug war.

»Danke, Oma.« Ich nickte huldvoll. »Ich nehme das als Kompliment.«

»Dann muss ich es falsch ausgedrückt haben«, stellte sie bissig fest. Langsam glaubte ich, zu wissen, von wem ich meine charmante Art hatte. Ich hakte mich bei ihr unter, damit sie sich auf mich stützen konnte. Zusammen gingen wir gemächlich den gepflasterten Weg zur Kirche hinauf. Hilde und Bernhard, Johannes' Eltern, überholten uns. Ich nickte ihnen zur Begrüßung freundlich zu. Nicht sicher, ob ich es wirklich war, drehten sie sich immer wieder zu uns um. Innerlich lachte ich dreckig darüber.

»Was sind das für komische Leute?«, fragte Oma so laut, dass es für alle zu hören war. »Haben die noch nie eine alte Frau einen Berg hochgehen sehen?«

Hilde lief rot an und ging schneller.

»Das sind die Eltern des Bräutigams, Oma.«

»Du meine Güte. Caroline heiratet in eine Familie von Gaffern ein.«

Hach, ich konnte das wärmende Gefühl nicht beschreiben, das sich in meiner Brust breitmachte. Ich fühlte mich wieder mit Menschen verbunden und war dankbar für ihre Anwesenheit. Warum hatte ich die letzten Jahre über verdrängt, dass ich nicht allein auf dieser Welt war? Mein Leben lang stärkten mir Menschen den Rücken, die mich liebten. Wie Mom und Harald hinter uns, die wie kleine Kinder über das Schauspiel kicherten und von Oma, die alles abfing. Sie war wie der große Energieschild eines Raumschiffs im All.

Acht Jahre lang war ich vollständig auf Johannes fixiert gewesen. Am Ende unserer Beziehung hatte ich mich fürchterlich einsam gefühlt und weder begreifen können noch wollen, dass ich in Wahrheit nicht für einen Moment wirklich allein gewesen war.

Oma und ich traten durch das Tor der kleinen alten Kirche. Ursprünglich hatte ich mir das anders ausgemalt. Die Idee war gewesen, die Party mit einem schönen Mann an meiner Seite zu sprengen und alle Blicke auf mich zu ziehen. Immerhin letzteres war mir gelungen. Von allen Seiten drehten sich Leute nach mir um und flüsterten. Doch meine Hand hielt weder ein hübscher blonder Hüne, noch ein verwegener brünetter Cowboy, sondern eine alte, gebeutelte Frau, die sich lauthals über die schlechte Luft und das viel zu kleine Kirchenschiff beklagte. Man bekam im Leben nicht alles, was man wollte. In diesem Moment war ich nicht unglücklich darüber.

Wir schritten durch den Mittelgang nach vorn und setzten uns in die zweite Reihe, hinter Tante Tina und Onkel Georg. Tina bedachte mich mit einem genervten Blick. Ich erwiderte diesen mit einem Zwinkern, das ihr signalisieren sollte: »Du wirst mich nicht los, Schätzchen. Und ich habe Oma an meiner Seite.«

Johannes zappelte vor dem Altar herum und war so nervös, dass er mich gar nicht beachtete. Meine ältere Begleitung hatte noch viel mehr zu meckern, doch sobald die Orgel erklang, verstummte auch sie. Wir alle standen auf und wandten uns nach Caroline um, als sie die Kirche betrat. Ihr Kleid ähnelte dem von Audrey Hepburn auf dem königlichen Empfang in »My Fair Lady« und ich musste mir neidvoll eingestehen, dass es ihr ausgezeichnet stand. Sie schwebte an uns vorbei und ergriff die zittrige Hand ihres Bräutigams, der sie wie verrückt angrinste. Caroline grinste genauso irre zurück.

Sie liebten sich wirklich.

Diese Erkenntnis versetzte mir einen Stich. Nicht, weil ich Johannes noch immer nachtrauerte, sondern weil ich die beiden um das beneidete, was sie aneinander hatten.

Die Trauung war schön und auf Italienisch. Das sorgte zunächst für Irritation, doch man gewöhnte sich schnell daran, so wie man es womöglich auch bei einer lateinischen Messe tun würde. Skurrilerweise mussten Tante Katja, Mom, Tante Tina sowie einige Gäste aus Johannes' Familie weinen, obwohl sie nichts von dem verstanden, was der Priester mit salbungsvoller Stimme zum Besten gab.

Oma Anneliese flüsterte laut in mein Ohr:

»Dieser Priester nuschelt so schlimm, ich verstehe kein Wort. Er könnte auch Italienisch sprechen. Käme für mich auf das Gleiche raus.«

Ich lachte und kassierte dafür einige Blicke und ein »Pst«.

Endlich kam der Moment, in dem die beiden sich das Ja-Wort gaben. Als der Priester in die Runde blickte und eine Frage stellte, die verdächtig nach dem obligatorischen »Und wer glaubt, dass die beiden nicht zusammengehören, soll sich jetzt erheben oder für immer schweigen« klang, spürte ich die Blicke auf mir. Ich setzte ein unschuldiges Gesicht auf.

Als wir nach dem Brautpaar nach draußen traten, war die Sonne längst untergegangen. Der Pfad nach unten wurde von Fackeln gesäumt. Die Nacht war traumhaft und roch verheißungsvoll nach Abenteuer. Vergnügt machte man sich teils zu Fuß, teils mit Taxis auf den Rückweg.

Das Speisezimmer war in unserer Abwesenheit umdekoriert worden. Seine Pracht und Wucht hauten selbst mich um. Formal hatte diese Hochzeit Stil, das musste ich Melanie lassen.

Und natürlich schmeckte das Essen vorzüglich. Ich kannte es schon und musste kurz über den Zufall lachen, dass ausgerechnet meine Cousinen sich für das gleiche Menü entschieden hatten wie Johannes und ich damals. Das hatte ihm sicher einige schlaflose Nächte verursacht.

Selbst der Wein war ausgezeichnet und ich ließ mir schon zum vierten Mal nachschenken, was meine Mom besorgt zur Kenntnis nahm. Ich machte ein unbekümmertes Gesicht und nippte fröhlich, als Tommy mit einer Gabel an sein Glas tippte und um Aufmerksamkeit bat. Ich konnte ihm nur mit halbem Ohr dabei zuhören, wie er zotige Witze über Johannes riss und Caroline grenzwertige Komplimente machte. Meine Gedanken schweiften zu Alexander und Benjamin ab. Bewusst hatte ich mein Handy im Zimmer gelassen, um nicht immer wieder in der Hoffnung darauf zu starren, Alexander hätte sich vielleicht gemeldet. Ich wusste, dass er das nicht tun würde. Es war nicht seine Art. Und doch sehnte ich mich insgeheim danach. Ich überlegte gerade, ob ich es doch holen sollte, um ihm zu schreiben, weil ich nicht anders konnte als an ihn zu denken, als Melanie das Wort ergriff.

»Liebe Caroline, lieber Johannes«, begann sie ihre kleine Rede. »Ich freue mich sehr, dass ihr beide zueinander gefunden habt. Schon als Caroline klein war, wollte sie immer einen witzigen Typen, der sie zum Lachen bringen würde. Das war ihre einzige Bedingung. Bei allem anderen war sie anspruchslos. Äußerlichkeiten sind ihr egal. Zu unserem Glück entsprichst du, Johannes, äußerlich nicht deinen Vorgängern, sondern übertriffst sie bei weitem.« Nanu, sprach sie von der Caroline, die ich kannte? »Ich bin froh, dass sie dich gefunden hat, denn ich habe dich als eine fröhliche, lebensfrohe Person kennengelernt, die meiner Schwester jederzeit ein Lächeln auf die Lippen zaubern kann.«

Johannes? Lebensfroh und fröhlich? Das war Melanies Einschätzung dazu, warum Caroline Johannes zum Ehemann hatte nehmen wollen und ich lachte laut, weil ich dachte, sie hätte einen Witz gemacht. Tante Tina gab sich alle Mühe, mich mit ihren Augen umzubringen.

»Ihr seid perfekt zusammen, denn ihr teilt die gleichen Vorlieben und auch eure Berufung, was für eine Beziehung unersetzlich ist. Auf solch einer breiten Basis kann man aufbauen.«

Die Rede war kaum zu ertragen. Sie war unpersönlich und in einigen Punkten falsch. Man konnte fast meinen, Melanie kannte weder ihren neuen Schwager noch ihre Schwester. Auch wenn sie die Feier perfekt organisiert und dekoriert hatte, die Ansprache empfand ich als enttäuschend. Hätte Caroline nicht zufällig meinen Ex geehelicht, wäre ich die Brautjungfer geworden. Das wusste ich. Und das wusste auch Melanie.

»Deswegen erhebt eure Gläser auf die beste Schwester, auf meinen neuen Bruder und auf ihre Liebe.«

Ich erhob mein Glas und schüttelte den Kopf über die Leere der Worte. Alle tranken auf das Brautpaar. Ich nutzte die Stille, um meinerseits aufzustehen und mein Glas zum Klirren zu bringen.

Meine Mutter sah erschrocken zu mir hoch. Aus dem Augenwinkel sah ich, wie Harald sein volles Glas leerte, weil er das, was nun kam, nur betrunken zu ertragen fürchtete. Tante Tina zischte durch den Raum, ich solle mich wieder setzen, doch ich dachte nicht daran. Alle Augen waren auf mich gerichtet und ich lächelte Caroline aufmunternd an, als ich den panischen Blickwechsel zwischen ihr und Johannes sah.

»Wie ihr sicher wisst«, fing ich an und wunderte mich darüber, wie gefestigt und selbstbewusst meine Stimme klang, »waren Johannes und ich für acht Jahre zusammen, bevor er es sich anders überlegte.«

Die Anspannung im Raum war körperlich zu spüren. Alle warteten darauf, dass ich es den beiden nun heimzahlte. Onkel Georg hatte Mühe, seine Frau auf dem Stuhl zu halten.

»Und ich muss sagen, ich bin aufrichtig froh darüber. Nicht, weil Johannes sich als untreu und verlogen entpuppt hat«, ich prostete ihm zu, »und Caroline als hinterhältig und schäbig.« Auch ihr prostete ich zu.

»Nein.« Meine Stimme wurde lauter. »Nein. Ich bin froh darum, weil ich weiß – und es dauerte etwas, bis diese Erkenntnis in mir reifte – dass sie füreinander geschaffen sind.«

Ich hörte, wie Mom panisch die Luft einsog. Sie rechnete mit dem Schlimmsten. Das frischgetraute Paar starrte mich mit offenen Mündern an.

»Ich kenne Caroline schon seit meiner Geburt. Sie war meine erste Freundin und meine Partnerin in Crime, wenn es um Schabernack und Streiche ging. Auf jeder Familienfeier waren wir es, die alles abräumten, Tante Tina in den Wahnsinn trieben und lustvoll Schrecken und Panik verbreiteten.«

Einige lachten, wenige nickten und die meisten erinnerten sich grimmig daran. Ich zwinkerte Caroline zu und fuhr fort.

»Ich weiß noch«, sagte ich zu ihr, »wie du mir – da warst du erst zehn oder elf – von deinem Plan erzählt hast, Anwältin zu werden. Du wolltest sein wie Matt Damon in *Rainmaker* und Menschen verteidigen, denen Unrecht widerfährt. Ich musste mir diesen Film gefühlte hundert Mal mit dir zusammen ansehen. Du hast ihn abgöttisch geliebt und aus tiefstem Herzen über das Leid und das traurige Ende geweint.«

Caro erinnerte sich. Sie wusste, was nun kam. Tränen stiegen ihr in die Augen und ich spürte, dass auch ich kurz davor war.

»Ich habe dich gefragt, ob du nicht lieber einen Mann und eine Familie haben möchtest, als Karriere zu machen. Schließlich meinte Oma Anneliese immer, dass wir nicht alles haben können, also sollten wir klug sein und uns für das entscheiden, bei dem wir weniger arbeiten müssen.«

Wieder Lachen. Ich glaubte, Oma Anneliese am lautesten herauszuhören.

»Doch du hast gesagt: Nein. Du willst das Richtige tun, und ein Mann würde dir da nur im Weg stehen.«

Sie nickte und grinste.

»Zum Glück warst du bereit, eine Ausnahme zu machen.« Gespannt sahen mich alle an. »Du würdest mich heiraten, wenn ich mich einer Geschlechtsumwandlung unterziehe. Schließlich – das waren deine Worte – war ich deine beste Freundin und mit mir an deiner Seite konnte sich dir nichts und niemand in den Weg stellen.«

Eine Träne lief über Caros Wange. Meine Hände zitterten etwas und deswegen stellte ich mein Glas zur Seite.

»Dann beschlossen wir, uns direkt an die erste gute Tat zu machen und die fünfundzwanzig Hühner von Großonkel Rudolf in die Freiheit zu entlassen.«

Jemand schnappte empört nach Luft. »Ihr wart das also!«

Mist, Großonkel Rudolf lebte also noch. Ich sprach schnell weiter, hoffentlich war er dement und vergaß das gleich wieder.

»Aus meiner Geschlechtsumwandlung wurde nichts. Doch aus dir wurde etwas. Du bist tatsächlich eine Topanwältin, die sich für das Richtige einsetzt und von allen Menschen in unserer Familie bin ich auf dich am stolzesten.«

Meine Augen wanderten zu Johannes und er sah mich gespannt an, noch immer unsicher, was ich bezweckte.

»Caro, heute hast du jemanden zum Ehemann genommen, den ich schon sehr lange kenne und über den ich viel weiß. Auch viel Peinliches.« Ich grinste fies. »Die Geschichten erzähle ich aber vielleicht später, wenn die Kleinen im Bett sind.«

Die einzigen, die darüber lachen konnten, waren Onkel Georg und Harald.

»Keinen Menschen in diesem Raum kenne ich besser als Johannes. Deswegen bin ich auch fähig und befugt, dir Folgendes zu sagen: du hast nun jemanden an deiner Seite, der mit dir bis ans Ende der Welt gehen wird. Johannes ist ein Freund, der sich immer wieder selbst überwindet und über sich hinauswächst. Auch, wenn er sich davor fürchtet. Und er fürchtet sich oft. Ich weiß das, denn ich hatte das Vergnügen, ihm viele Male dabei zu beobachten, wie er stets von neuem das größte Hindernis überwand, das es für uns auf dieser Welt gibt: uns selbst. Ich habe viel von ihm gelernt. Auch, wenn ich das vor kurzem erst begriffen habe.«

Ich griff nach meinem Glas.

»Getrennt wart ihr erfolgreich und hattet eine glanzvolle Zukunft vor euch, doch gemeinsam gibt es nichts und niemanden auf dieser Welt, der sich euch in den Weg stellen kann. Ihr seid perfekt zusammen. Denn du, Caroline, hast ein nobles Ziel und du, Johannes, wirst immer mit ihr Schritt halten, an ihr wachsen und nicht von ihrer Seite weichen. Ich weiß, dass du sie liebst. Ich sehe das. Aus keinem geringeren Grund als diesem gehört ihr zusammen.«

Ich lächelte Johannes nachsichtig an, senkte meine Stimme etwas und wandte mich gezielt an ihn.

»Ich weiß, dass du nicht gegangen bist, weil ich dir nicht gut genug war. Ich habe das mittlerweile verstanden. Du bist gegangen, weil du jemanden gefunden hast, mit dem du vollkommen bist. Wir beide waren so lange damit beschäftigt, miteinander zu konkurrieren, dass wir nie so zu einander finden konnten wie du und Caroline. Ihr ergänzt euch und das erfreut mein Herz.«

Schwungvoll hob ich mein Glas.

»Auf das Brautpaar«, sprach ich und trank.

Die anwesenden Gäste wiederholten meinen letzten Satz, während Caroline auf mich zueilte und mich mit verheultem Gesicht umarmte.

»Jetzt hast du meine Hochzeit doch noch ruiniert. Mein Make-Up ist verlaufen und ich sehe furchtbar aus«, flüsterte sie.

»Das war die ganze Zeit mein finsterer Plan«, antwortete ich und erwiderte die Umarmung.

Ich spürte, wie eine dritte, große Person uns von hinten umarmte. Es war Johannes, der die Nähe dazu nutzte, mir das Versprechen abzuluchsen, die angekündigten Geschichten ohne Jugendfreigabe für mich zu behalten. Als ich mich wieder von dem Brautpaar gelöst hatte, gab es ein Küsschen auf die Wange von meiner Mom.

»Das war eine wundervolle Rede, Liebes«, meinte sie stolz.

»Ich weiß.« Ich prostete Melanie aus der Ferne zu. So wird das gemacht, Bitch.

Im Nachhinein – ich konnte es noch Jahre später kaum glauben – war die Hochzeit von Caroline und Johannes eine der besten Familienfeiern, auf der ich je war. Als ich mich um fünf Uhr früh total betrunken und tiefenentspannt ins Bett fallen ließ, vergaß ich, auf mein Handy zu sehen. Das war auch gut so, denn der Ärger fing gerade erst an.

KAPITEL XVII

Das Trauerspiel

Die erste Nachricht aus der letzten Nacht stammte von Franzi. Von ihrer Seite blieb es bei dieser einen. Nach ein paar Stunden blockte sie mich vollständig aus ihrem digitalen Leben. Sie schickte nur drei Buchstaben: *WTF?*

Mehr nicht. Diese kleine Nachricht machte mich am Sonntagmorgen nervös. Doch die anderen neun, die von Jessie kamen, versetzten mich in Panik.

20:01 Jessie: *Katha? Was ist bei dir los?*
20:05 Jessie: *Ruf mich bitte an.*
20:30 Jessie: *Katha!*
20:45 Jessie: *Was hast du Alex erzählt?*
21:00 Jessie: *Was zur Hölle hast du Alex erzählt?*
22:00 Jessie: *Ich habe gerade Stress mit Franziska, was hast du zu Alex gesagt?*
22:15 Jessie: *Katha! Ruf mich an!*
23:30 Jessie: *Okay, was auch immer in Italien vorgefallen ist, ich glaube, Franzi hat sich deswegen von mir getrennt.*
01:20 Jessie: *Katharina?*

Gleich nach dem Aufwachen versuchte ich, Jessie zu erreichen. Sie ging nicht ans Telefon. Mein Herz schnürte sich zusammen und von Stunde zu Stunde fühlte ich mich elender und unglücklicher. Was hatte Alex zu Franziska gesagt, dass sie sofort mit Jessie Schluss gemacht und mich geblockt hatte?

Bevor ich ins Flugzeug stieg, schrieb ich Jessie meine Ankunftszeit und wann ich circa zu Hause sein würde, damit sie sich sofort bei mir meldete. Ich malte mir die schlimmsten Schreckensszenarien aus. Vielleicht stürzte sie sich in diesem Moment vor Verzweiflung in die Spree oder lag mit einer Tablettenüberdosis in ihrer Wohnung. Warum ging sie nicht an ihr Handy? Mom fragte mich während des Flugs ständig, ob alles okay war. Mein Gesichtsausdruck alarmierte sie. Ich wusste nichts Beruhigendes darauf zu antworten. Offensichtlich war nichts okay.

Zum Glück wartete Haralds Auto in der Nähe des Flughafens und wir waren eine halbe Stunde nach der Landung bei mir. Während der Fahrt versuchte ich immer wieder, Jessie zu erreichen, doch ihr Telefon war aus.

Als ich meine Wohnungstür aufschloss, spürte ich sofort, dass jemand hier war. Vorsichtig spähte ich in den Flur und schnupperte. Der Geruch kam mir bekannt vor und die Anspannung der letzten Stunden wich von mir, als ich ihre Schuhe erblickte. Jessie war hier.

Gefolgt von Lady Washington kam sie aus dem Wohnzimmer, sobald sie mich hörte und sah ganz und gar nicht gut aus. Die Nacht musste lang gewesen sein. Unter schwarzen Haaren, die strähnig herunterhingen, sahen mich ihre Augen müde an.

»Hi«, sagte ich vorsichtig und unsicher, wie sie auf mich zu sprechen war.

Nicht besonders gut. Sie ging wortlos ins Wohnzimmer zurück und erwartete von mir, ihr zu folgen. Ich ließ die vielen Taschen zu Boden gleiten und trat ein. Jessie saß im Sessel und sah zu, wie ich ihr gegenüber auf der Hantelbank Platz nahm, bevor sie zu sprechen begann.

»Wie war die Hochzeit?«, fragte sie beiläufig.

»Ganz nett«, antwortete ich. »Was ist los?«

Sie antwortete nicht sofort, sondern entfernte in aller Ruhe Katzenhaare von ihrer dunklen Jeans.

»Katha. Ich spare mir jetzt dieses Ich-habe-es-dir-ja-gesagt-Gelaber und will auch nicht wirklich im Detail wissen, was zwischen dir, Alex und Benji vorgefallen ist. Ist mir ehrlich gesagt scheißegal.«

Sie sah mir in die Augen. Bei ihrem Blick wurde mir richtig mulmig. Ich ahnte, was sie wissen wollte, und ich wusste, dass sie die Antwort darauf schon kannte.

»Hast du gegenüber Alexander behauptet, Franziska hätte dir erzählt, er würde betrunkene Frauen mit nach Hause nehmen, mit ihnen schlafen und Franzi am nächsten Morgen benutzen, um sie wieder loszuwerden?«

Ihre ruhige Art versetzte mich in Panik. Am liebsten hätte ich alles geleugnet, doch es war mehr oder weniger genau das, was ich Alexander zu verstehen gegeben hatte.

»Ja«, gestand ich resigniert. Jessie stöhnte laut auf. Ich spürte ihre Enttäuschung und ich gab mir gegenüber zu, dass ich da ernsthaften Bockmist gebaut hatte. Doch ich wollte die Schuld daran nicht allein tragen.

»Ja«, wiederholte ich. »Aber du bist nicht ganz unschuldig daran.«

Überrascht öffnete sie den Mund und bekam ihn für ein paar Sekunden nicht mehr zu.

»Ich?« Sie zeigte auf sich. »Was habe ich damit zu tun?«

»Du hast mir von Franzi und der Wingman-Sache erzählt. Und du hast angedeutet, dass das mehrfach passiert ist!« Ich stand auf und ballte die Fäuste. Genau so war es. Sie hatte mich erst auf diesen Gedanken gebracht.

»Ich habe dir das im Vertrauen erzählt. Und den letzten Teil habe ich selbst dazuerfunden. Für mich war das nur Gossip! Am allerwenigsten hätte ich damit gerechnet, dass du sofort zu Alex läufst und ihm das auf die Nase bindest. Was hast du dir dabei gedacht?«

»Was ich mir dabei gedacht habe?« Ich fühlte mich wie ein Echo. »Was ich mir dabei gedacht habe?« Meine Stimme wurde bei der zweiten Wiederholung schriller. »Ich sag dir, was ich mir dabei gedacht habe!«

»Na, da bin ich ja gespannt.«

»Ich habe Alex die Meinung gegeigt und ihn mit seinem Verhalten konfrontiert. Er kann nicht einfach jeden wie Scheiße behandeln und ernsthaft glauben, damit durchzukommen.«

Jessie beugte sich vor und kniff die Augen zu Schlitzen zusammen.

»Verstehe ich dich richtig, Katharina? Du und Alex, ihr hattet was. Schon vor der Toskana. Ganz nebenbei bin ich schwer beleidigt, dass ich das von Franziska erfahren habe und nicht von dir. Und er wollte nicht mit auf die Hochzeit von Johannes, weil er das, wie wir alle, für eine Schnapsidee gehalten hat? Daraufhin hast du seine derzeitige Erznemesis gefragt. Benjamin, mit dem er aus geschäftlichen Gründen nicht brechen kann, obwohl er es gern würde –«, ich wollte sie unterbrechen, doch Jessie sprach schnell weiter.

»Ich bin noch nicht fertig«, sagte sie und fuhr ungerührt fort: »Als du dann in Italien warst, ist er dir doch noch hinterhergeflogen, warum auch immer, um dich dann mit Benji in einem Zimmer zu erwischen. Und du findest sein Verhalten scheiße? Bist du noch ganz dicht?«

»Er hat mich nicht mit Benji in einem Zimmer erwischt!«

»Mir egal, er hat auf jeden Fall gecheckt, dass du was mit Benji hattest.«

Diesmal war es an mir, sie mit offenem Mund anzustarren.

»Ich hatte nichts mit Benji!«

»Ja? Soweit ich das verstanden habe, was Franzi mir erzählt hat – solange sie noch mit mir reden wollte – hat Benji in Italien gegenüber Alexander behauptet, mit dir was am Laufen zu haben.«

»Das ist aber nicht wahr!«

»Weißt du, was ebenfalls nicht wahr ist?« Sie lehnte sich wieder zurück und sah mich wütend an. »Dass Franziska dir den ganzen Dreck über Alex erzählt haben soll. Denn so, wie du es ihm vorgehalten hast, hat es sich nicht zugetragen. Und jetzt kommen wir wieder zu der Frage, was du dir eigentlich dabei gedacht hast. Er reist dir hinterher, erwischt dich mit Benji und zum Dank stellst du ihn als Arschloch hin, das willenlose Frauen zu seiner sexuellen Befriedigung ausnutzt.«

»Ich hatte dafür meine Gründe.« Obwohl ich mir nicht sicher war, ob ich an diesen Gründen noch festhalten konnte.

»Genau das habe ich zu Franzi auch gesagt. Ich habe dich ihr gegenüber verteidigt, als Alex nach seiner Rückkehr die Taschen gepackt hat und schnurstracks ausgezogen ist.« Müde rieb sie sich die Stirn, schüttelte den Kopf und sah fürchterlich niedergeschlagen aus.

»Er ist was?« Fassungslos ließ ich mich wieder auf die Hantelbank fallen.

»Er ist nach einem üblen und lauten Streit ausgezogen und hat Franziska die Freundschaft gekündigt, weil sie ihm dermaßen in den Rücken gefallen ist. Er glaubt dir nämlich, dass du die Informationen von Franzi hattest.« Jessie sah mich traurig an. »Dabei hat sie nichts gemacht und dir nichts gesagt.«

Langsam, aber sicher, wurde mir das Ausmaß der Folgen meiner Worte bewusst. Nichts fügte sich zusammen oder ergab irgendeinen Sinn. Alex verhielt sich eher wie jemand, der hintergangen worden war, als wie ein Schuft, der sich an jede Frau ranschmiss und dann weiterzog.

»Okay, okay. Das alles ist mir zu viel. Ich habe versucht, Alex daran zu hindern, Benji noch eine zu verpassen und die Sache mit Melissa ins Spiel gebracht. Und ich habe behauptet, das von Franzi zu wissen. Das war zugegebenermaßen nicht meine Glanzstunde. Aber ich konnte doch nicht ahnen, dass Melissa Alex so viel bedeutet hat. Jedenfalls klang es nicht danach, als Benji mir davon erzählt hat.«

Jessie sog scharf die Luft ein und sah mich an, als würde sie an meinem gesunden Menschenverstand zweifeln.

»Du hast Benji geglaubt?«

»Hatte ich Gründe, es nicht zu tun?«

Jessie schüttelte den Kopf. »Sag mal, hast du gar keine Menschenkenntnis?«

Was sollte diese Frage? »Scheinbar nicht. Wärst du denn so gnädig, mich aufzuklären? Offenbar weißt du mehr als ich, rückst aber nicht mit der Sprache raus.« Ich warf ihr einen anklagenden Blick zu. Sie seufzte und kämpfte innerlich mit sich.

»Ich darf es dir nicht sagen, aber da Franziska auch mit mir Schluss gemacht hat und mich mit dir zum Teufel wünscht, ich meine, schlimmer als das geht es sowieso nicht mehr.«

Franziska hatte was? Ich konnte nicht glauben, dass sie Jessie wegen dieser Sache in den Wind schoss. Verständlich, wenn sie auf mich sauer war, doch Jessie hatte ja gar nichts damit zu tun.

»Warum hat sie das gemacht?«

»Ich war gestern felsenfest davon überzeugt, dass Alex und Franzi dir unrecht taten und habe dich verteidigt.«

Ich konnte nicht anders, als sie zu umarmen. Obwohl sie es zuließ, spürte ich ihre Distanziertheit und Kälte. Was das Unrecht anging, musste sie ihre Meinung geändert haben. Unsicher setzte ich mich wieder auf die Hantelbank.

»Was war mit dieser Melissa und Alex?«

Jessie versank wieder im Sessel und seufzte.

»Gar nichts.«

»Verstehe ich nicht. Warum kündigt sie, wenn zwischen ihr und Alex nichts war?« Warum konnte niemand hier einfach Klartext reden? Warum musste alles ein Rätsel sein?

»So richtig blicke ich da auch nicht durch«, gestand Jessie. »Melissa scheint in Benji verknallt gewesen zu sein. Sie müssen monatelang was gehabt haben. Er sah das aber nicht so eng und hatte noch andere Sachen am Start. Die drei, also Alex, Benji und Melissa gingen aus, ein paar Berliner Clubs, und Benji flirtete vor ihren Augen fremd. Sie hat mehr getrunken als sie sollte. Aus Frust.« Jessie sortierte ihre Gedanken. »Ich habe das nicht mehr so gut in Erinnerung, ich wollte gestern nichts davon hören und war felsenfest davon überzeugt, dass du deine Gründe gehabten haben musst, Alex anzugehen. Naja, egal. Also, diese Melissa kippt sich einen Drink nach dem anderen hinter die Binde, während Benji vor ihrer Nase jemand anderen aufreißt. Irgendwann wird sie ihm zu anstrengend und er lädt sie bei Alex ab, um sich mit seiner neuesten Eroberung davonzumachen.«

Jessie musste nicht weitersprechen. Den Rest konnte ich mir selbst zusammenreimen. Ich fühlte mich elendig und wünschte, sie würde einfach aufhören, zu reden. Doch sie dachte nicht daran.

»Alex war also mit Melissa allein in einem Club irgendwo im Wedding oder wo auch immer und wusste nicht, was er mit ihr anfangen sollte. Scheinbar konnte sie sich nicht mehr richtig auf den Beinen halten und er wollte sie nicht sich selbst überlassen. Sie wäre für jeden Typen eine leichte Beute gewesen. Er hätte sie gern in ein Taxi gesetzt, aber Melissa hatte ihre komplette Tasche inklusive Schlüssel verloren. Also blieb ihm keine andere Wahl, als sie mit nach Hause zu nehmen.«

»Oje.«

»Sie hat die ganze Taxifahrt über rumgeheult, dass sie nicht hübsch und sexy genug ist und niemand sie will. Alex hat widersprochen und versucht, sie zu trösten. Ist ihm gelungen. Aber dann hat sie sich an ihn rangeschmissen und als er signalisiert hat, keine Lust auf Sex zu haben, fing das Geheule von vorn an. Ich hätte mich da nicht so reingestresst, sie einfach auf dem Sofa geparkt, ihr die Nummer von einem Schlüsseldienst in die Hand gedrückt und sie nachhause geschickt, aber Alex hatte wohl Mitleid mit ihr. Er hat ihr versichert, er würde mit ihr schlafen, weil sie hübsch und klug ist und so weiter, aber er hätte eine Freundin, die er nicht betrügen wollte.«

»Hatte er denn eine?«

Jessie schüttelte den Kopf.

»Melissa hat das in ihrem Suff irgendwie verstanden und sich beruhigen lassen. Sie hat auf das Sofa von Franzi und Alex gekotzt und ist dann darauf eingeschlafen. Am nächsten Morgen fühlte sie sich furchtbar. Nicht, weil sie das Sofa vollgesaut oder Alex die halbe Nacht mit ihrem Problem wachgehalten hat. Nein, sie war der Meinung, Alex hätte die Freundin erfunden, weil er sie nicht attraktiv genug fand. Also ging alles von vorne los. Daraufhin schrieb Alex Franzi, die noch in ihrem Zimmer geschlafen hat, sie soll sich heimlich rausschleichen, wieder in die Wohnung kommen und seine Freundin spielen. Irgendwie so lief das ab.«

Es herrschte Stille. Ich brauchte Zeit, um das zu verdauen. Ich war so naiv gewesen, unglaublich.

»Benjamin hat bei seiner Version wichtige Punkte ausgelassen. Er hat mich absichtlich belogen, um Alex als Arschloch dastehen zu lassen und mich so gegen ihn ausgespielt. Wenn ich diesen Wichser zu fassen bekomme –«

Jessie stand auf und ging in den Flur. Überrascht folgte ich ihr. »Hey, wo willst du hin?«

Sie zog ihre Schuhe an und öffnete die Haustür.

»Ich muss mich bei Franzi entschuldigen. Ich habe ihr die Scheiße mit eingebrockt und ihr dann nicht einmal geglaubt, als sie sagte, dass du Unsinn erzählst und Alex nicht.«

Es tat mir leid, dass sie wegen mir gestritten haben.

»Wenn du willst, schreibe ich ihr und erkläre alles. Es war ganz allein meine Schuld. Und es tut mir leid.«

Sie blieb im Treppenhaus stehen und schüttelte den Kopf.

»Lass das bleiben. Du hast genug Chaos angerichtet. Nimm mir das nicht übel, aber es wäre mir lieber, wenn du dich da raushältst.« Ohne ein Abschiedswort wandte sie sich um und ging die Treppen hinunter.

Unfähig, all die Informationen zu verarbeiten, blieb ich im Türrahmen stehen. Wie konnte es sein, dass vor zwei Wochen noch alles in Ordnung gewesen war, mein Leben sich wieder auf der Sonnenseite des Mondes befunden hatte und nur ein paar unbedachte Entscheidungen später alles vor die Hunde ging? Müde lehnte ich mich an die Wand und spürte, wie Tränen über meine Wangen liefen. Wie immer tat ich mir selbst am meisten leid und hasste mich dafür. Ich hatte keine Ahnung, wie ich das mit Alex wieder in Ordnung bringen sollte und wollte mir gar nicht erst ausmalen, wie viel Schaden meine Freundschaft mit Jessie genommen hatte.

KAPITEL XVIII

Alles auf Anfang

02. Dezember, 65 Kilo

Ich ermahnte mich, nicht zu lauschen. Es gehörte sich nicht, fremde Gespräche mitzuhören. Andererseits war das hier ein Café und kein Beichtstuhl und ich konnte nichts für die hitzige Diskussion der beiden Herren hinter mir.

Ich trank in Ruhe meinen Tee und hörte ihnen gespannt dabei zu, wie sie heftig über die richtige Ernährung bei Kraftsport stritten. Selten legten Menschen so viel Leidenschaft in einen Disput. Die Frage nach Kohlenhydraten mutierte zu einem Religionskrieg in der Fitnesscommunity. Nur der Nahost-Konflikt konnte die Gemüter noch heftiger bewegen.

Während ich auf Juli wartete, die sich mal wieder verspätete, übermannte mich eine Melancholie, der ich nicht entkommen konnte. Vor genau einem Jahr hatte ich ein ähnliches Gespräch belauscht. Danach hatte mein Leben sich dermaßen schnell verändert, dass ich es kaum greifen konnte, bevor alles wieder in Scherben lag. Ich seufzte und stellte meine Tasse ab. Noch immer lag alles in Scherben. Doch diesmal konnte ich nicht Johannes dafür verantwortlich machen. Es gab nur eine Schuldige und die war ich.

Gedankenverloren nahm ich den eingepackten Keks von der Untertasse und wog ab, ob ich ihn essen oder es lassen sollte. Ich entschied mich dagegen. Keine Kekse für mich.

Zur Strafe für mein furchtbares Verhalten gegenüber Alex hielt ich mich seit Oktober an meine Diät und machte regelmäßig Sport. Mein Körper und der Doryphoros waren alles, was mir von ihm geblieben war.

Die Jungs hinter mir hatten das Thema gewechselt und ich langweilte mich wieder. Noch immer keine Juli weit und breit. Sobald ich zur Ruhe kam, drängte sich die Sache mit Alex in meinen Kopf. Ich konnte nicht anders, als immer wieder daran zu denken. Was wäre, wenn?

Ich seufzte erneut. Alex hatte auf keine meiner Nachrichten und Entschuldigungen per WhatsApp und Facebook reagiert. Ich hatte ihm sogar aufgelauert, doch an diese Begegnung vor vier Wochen wollte ich gar nicht mehr denken. Das war mir dann doch zu peinlich. Auch mit Jessie lief es nicht besonders gut. Sie und Franzi hatten sich wieder angenähert. Das vermutete ich jedenfalls, Jessie sprach mit mir nicht darüber. Zwischen uns hatte sich vieles geändert. Bei der Arbeit begegnete sie mir freundlich, aber distanziert. Immerhin.

Vielleicht sollte ich den Keks doch essen, mir war gerade danach. Ich griff nach ihm. Nur Julis plötzliches Auftauchen bewahrte mich davor, meine Selbstbestrafung durch Zuckerentzug zu durchbrechen.

»Puh.« Juli setzte sich neben mich. Sie zog sich ihren Mantel aus und klopfte sich den Schnee von der Mütze. »Draußen herrscht ein Chaos. Heute gab es eine Unwetterwarnung, fast hätte ich dir abgesagt.«

Ich winkte den Kellner herbei und wir bestellten Getränke. Für mich gab es noch einen Tee, für sie eine heiße Schokolade mit extra Sahne.

»Du siehst fantastisch aus, Katha.« Juli strahlte mich an. »Kein Vergleich zu letztem Jahr, nicht wiederzuerkennen.«

»Ich weiß. Ich kann mich immer noch nicht daran gewöhnen. Immer wieder erwische ich mich dabei, wie ich Kleidung in Größe Zweiundvierzig raussuche, weil ich vergesse, dass mir das nicht mehr passt.«

Juli lachte und schnappte sich meinen alten und unsere beiden neuen Kekse. Während sie sie nacheinander aß, berichtete sie mir fröhlich von ihren letzten Monaten. Von Natascha und Frau Petrova, von Tony und seinem neuen Freund Christian. Die erste halbe Stunde verging wie im Flug. Mir schwirrte schon der Kopf von den ganzen Geschichten über Menschen, denen ich noch nie in meinem Leben begegnet war, als sie ganz nebenbei fragte, ob ich bei der nächsten Ausstellung von Petrova für sie einspringen konnte.

»Hä?«

Ich war so mit Nicken und »Hm«-Sagen beschäftigt gewesen, dass sie ihre Frage wiederholen musste.

»Ich fange mit meiner Doktorarbeit an und kann die Ausstellung nicht betreuen.« Juli orderte noch eine Schokolade und sah mich an. »Und da du das schon vor Jahren doch auch schon gemacht hast, und irgendwie einen Draht zu diesen Sowjetmenschen besitzt, dachte ich mir, du könntest einspringen. Wird gut bezahlt.«

Überrumpelt sagte ich zu.

Sie lächelte mich liebenswürdig an, um dann mit einer Geschichte über ihre neue Nachbarin fortzufahren. Die hatte ihr eine Topfpflanze geschenkt, die sie innerhalb weniger Wochen ertränkt hatte. Ich war immer noch so geplättet von ihrem Angebot, dass ich nur mit einem Ohr zuhörte.

Sie fing wieder mit ihrer Doktorarbeit an. Bedeutete das, dass sie sich mit Krause arrangieren musste?

»Was ist mit Krause?«, unterbrach ich sie.

»Was soll mit ihm sein? Ach so.« Sie lachte. »Weißt du das noch gar nicht?«

»Weiß ich was nicht?«

»Krause wurde suspendiert und hat ein Disziplinarverfahren am Hals.« Juli beugte über den Tisch und grinste breit. »Er hat sich vor ein paar Monaten an die Falsche rangemacht.«

»Nein? Erzähl!«

Sie lachte schadenfroh, bevor sie sprach. »Er hat die neue Frauenbeauftragte mit einer Studentin verwechselt und sich ihr unsittlich genähert.« Ihr Grinsen wurde breiter. »Sie hat seine Annäherung als das aufgefasst, was sie war und ihm beim dritten Nein das Handgelenk gebrochen.«

»Wirklich?« Ich lachte. Ich hatte gewusst, dass Laila wehrhaft war, doch dafür hatte meine Phantasie nicht gereicht.

»Ja, wirklich. Dann wollte er sie anzeigen und behauptete, sie nicht angefasst zu haben, doch sie ließ sich nicht einschüchtern und machte einfach ihren Job. Deswegen ist Professor Schwarz auch vorzeitig aus seinem Forschungssemester zurückgekommen.« Zufrieden lehnte Juli sich wieder zurück.

»Das erklärt, warum ich eine Mail von Schwarz bekommen habe. Habe sie noch nicht aufgemacht, aber ich gehe mal davon aus, dass er meine Masterarbeit wieder betreut.«

»Darauf kannst du wetten«, bestätigte Juli.

Wir tauschten noch einige Anekdoten und Erinnerungen aus, bevor ich zur Arbeit musste. Immerhin hatten Juli und ich dieses Jahr Freundschaft geschlossen. Wenigstens eine positive Entwicklung, die ich noch nicht in eine Katastrophe verwandelt hatte.

*

Ich zog den Mantel enger um mich. Draußen stürmte der Schnee und eisiger Wind brachte meine Wangen zum Glühen. Der Weg zu Irinas Laden war eine Tortur und ich sehnte mich nachhause zu meiner kuscheligen Katze zurück.

Die Glocken über der Tür klingelten, als ich eintrat. Jessie hob den Kopf und nickte mir zu. Sie war gerade dabei, die Vitrine mit den russischen Süßigkeiten zum Putzen auszuräumen. Vor genau einem Jahr waren wir noch Freundinnen gewesen, heute waren wir bestenfalls gute Kolleginnen. Ich ging an ihr vorbei, um mich umzuziehen. Irina machte wie immer furchtbaren Krach und ich lächelte über ihre russischen Flüche. In der Küche herrschte Chaos.

»Katjuschka!«, frohlockte Irina, als sie mich sah. »Ein Glück, dass du schon da bist. Ich brauche deine starken Arme.«

Ich lachte und spannte meinen Bizeps an.

»Das glaube ich dir sofort. Was hast du denn hier angestellt?« Ich stieg auf eine Leiter, um den schweren Topf vom Regal zu holen, den sie haben wollte.

»Etwas Unordnung!«, untertrieb sie, während sie den Topf entgegennahm. »Ich koche das Catering für Samstag und für heute. Das ist mehr Arbeit als gedacht.«

»Für heute?« Ich sah sie erstaunt an. »Aber heute ist doch nichts. Habe ich was verpasst?«

Sie winkte ab und kippte literweise Öl in den Topf. »Nein, nein, keine Sorge. Heute Abend gibt es eine kleine Familienfeier bei mir, mein Bruder und seine Frau sind mit meinen Nichten und Neffen da. Ich habe gesagt, dass ich koche, und nun muss ich das hier im Laden machen, weil ich später keine Zeit habe.«

»Ach so.« Ich reichte ihr einen weiteren Topf. »Dann soll ich die Sachen für Samstag vorbereiten?«

Irina schüttelte den Kopf. »Nein, nein, das habe ich schon heute früh fertiggemacht. Du musst nur spülen und mir zur Hand gehen.«

»Aye, Aye, Admiral.« Ich salutierte.

»Sascha wird heute auch bei der Feier sein«, erwähnte Irina beiläufig. Oh nein, sie fing schon wieder damit an. Die letzten Monate war Ruhe gewesen, weil sie geglaubt hatte, ihr Sascha hätte eine Freundin. Offenbar war die Beziehung nicht optimal verlaufen.

»Wie schön« erwiderte ich und tat, als würde mich der angebrannte Topf ganz und gar in Beschlag nehmen.

»Du und Jessie seid auch eingeladen. Wir könnten daraus eine kleine Betriebsweihnachtsfeier machen.«

»Äh.« Ich benötigte dringend eine Ausrede. Jessie musste ihren Namen gehört haben. Sie steckte den Kopf durch die Tür.

»Was ist mit mir?«

»Ich habe Katharina und dich zu einer kleinen Feier heute Abend bei mir zuhause eingeladen.«

»Ich kann nicht«, sagte Jessie mit aufrichtigem Bedauern. »Franzi und ich feiern unsere erste Begegnung. Wir haben quasi Einjähriges.«

»Feiert doch bei mir«, schlug Irina vor.

Jessie schüttelte den Kopf. »Wir haben leider Karten für ein avantgardistisches Theaterstück.«

Irina sah sie traurig an, was Jessie dazu bewegte, schnell von sich abzulenken und auf mich zu zeigen. »Aber Katharina kann. Sie hat nichts vor.«

Ich starrte sie mit offenem Mund an. Woher wollte sie das wissen? Ich hatte wirklich nichts vor, aber das bedeutete nicht, dass ich mit zu Irina gehen und mich mit ihrem dicken Sohn verkuppeln lassen musste.

»Ich«, fing ich an, doch Jessie fiel mir sofort ins Wort.

»Katha geht mit.« Ihr Blick war streng und duldete keinen Widerspruch, also schloss ich den Mund. Was sollte das?

»Wie schön.« Irina war begeistert. »Ich nehme dich nach Feierabend mit, dann musst du nicht extra mit der S-Bahn rausfahren.«

»Ich würde mich gern umziehen«, wandte ich ein und überlegte fieberhaft, ob ich dem Ganzen noch irgendwie entkommen konnte.

»Was? Warum? Du siehst gut aus. Nein, nein, du kommst mit dem Auto mit und kannst mir beim Einladen helfen.«

Jessie grinste und verschwand wieder im Verkaufsraum. Ich trocknete mir die Hände ab, entschuldigte mich kurz bei Irina und folgte ihr.

»Sag mal, was war das gerade eben?«

Ruhig legte sie ihren Lappen beiseite und begann, die Auslage wieder einzuräumen. Ohne aufzusehen, antwortete sie:

»Ich weiß nicht, was du meinst. Du hast heute nichts vor und Irina freut sich, wenn du kommst.«

Ihr Verhalten machte mich wütend und verwirrte mich zugleich. Ein unerträglicher Zustand.

»Ich entscheide gerne selbst, wann ich wohin gehe. Außerdem habe ich keine Lust, ihren dicken Sohn zu ehelichen.«

Jessie verdrehte die Augen.

»Erstens warst du vor einem Jahr auch dick, zweitens weißt du gar nicht, ob Sascha dick ist und drittens solltest du aufhören, davon auszugehen, dass die Welt sich immer um dich dreht.« Sie wandte sich zu mir um und sah mir in die Augen. »Vielleicht hat dieser Sascha gar keinen Bock auf dich? Ist dir der Gedanke schonmal gekommen?«

Sie machte mich sprachlos. Ich wusste, dass ich vieles verkackt hatte, doch das gab ihr nicht das Recht, so mit mir zu reden.

»Mir ist gerade nach niemandem zumute! Auch nicht nach einem Sascha, dick hin oder her.«

»Nochmal, Katha, es geht hier nicht um dich. Irina will, dass du zu ihrer Feier kommst, weil sie dich schätzt und mag. Kannst du ihr nicht die Freude machen, anstatt an dich zu denken und lieber auf dem Sofa zu versacken?«

Mein erster Gedanke war: Nein, konnte ich nicht. Ich wollte da nicht hin. Doch Jessie hatte recht und ich seufzte resigniert. Vielleicht sollte ich einfach mitkommen und Irina bei ihrer Feier zur Hand gehen. So schlimm konnte es ja nicht werden.

»Na gut«, lenkte ich ein. »Ich mach das wegen Irina.«

Ich drehte mich um und ging zurück in die Küche.

»Viel Spaß«, rief mir Jessie hinterher.

*

Der Schnee wehte in eisigen Böen an uns vorbei. Auch wenn Irinas Scheibenwischer unaufhörlich von links nach rechts schoss und die frischen Schneeflocken vertrieb, waren Stadt und Straße kaum zu erkennen. Wir kniffen die Augen zusammen und versuchten bei Schritttempo, uns zu orientieren. Beinahe wären wir in das Auto vor uns hineingefahren. Erschrocken wollte ich fluchen, denn es fuhr ohne Licht. Dann aber bemerkte ich, dass das Auto geparkt und vom Schnee beinahe vollständig verschluckt worden war.

»Bist du sicher, dass wir aus der Stadt raussollten?«, fragte ich zum wiederholten Male und spähte in die weiße Wüste. »Wir könnten umkehren und es uns bei mir gemütlich machen.«

Irina schüttelte den Kopf und bremste mehrmals vorsichtig, um die Glätte der Straße zu testen.

»Ich bin in Russland schon in viel schlimmere Stürme geraten.« Sie gab etwas mehr Gas, als mir lieb war. »Da stand der Schnee meterhoch auf der Straße und ich musste das Auto stehen lassen und mir einen Tunnel graben.«

Zweifelnd sah ich sie von der Seite an.

»Wirklich?« Irgendwie konnte ich ihr das nicht glauben. Zwar malte ich mir Russland ziemlich wild aus und traute Irina einiges zu. Doch ich würde nicht so weit gehen und ihr abkaufen, dass sie Tunnel in frisch gefallenen Schnee buddelte.

»Ja, ja, wirklich. Und dabei hatte ich einen Rock und hohe Schuhe an.« Irina lachte. »Früher, als ich jung war, habe ich mich gerne schick gemacht. Egal, bei wie viel Grad minus.«

Ich schüttelte den Kopf. Irina war das personifizierte Russlandklischee.

»Was sollte ich denn tun? Das Auto fuhr nicht und ich hatte eine Verabredung mit Saschas Vater. Ich musste zu ihm.«

»Hieß er zufällig Wladimir Nikolajewitsch und wollte dich heimlich treffen, doch ein Schneesturm kam dazwischen und er ging stattdessen zur Armee?«

Irina sah mich überrascht an, bevor sie sich wieder auf die Straße konzentrieren musste.

»Du kennst den ›Schneesturm‹ von Alexander Puschkin?«, stellte sie erfreut fest. »Wie schön, Sascha mag diese Geschichte sehr. Ich habe sie ihm früher vorgelesen. Das ist eine gute Geschichte!«

»Findest du?« Mittlerweile hatten wir Berlin hinter uns gelassen und standen auf der Landstraße im Stau. Die Straße war so glatt, dass man nicht vorankam. »Ich finde sie traurig. Immerhin stirbt Wladimir und Marja heiratet aus Versehen Burmin, der sich dann aus dem Staub macht.«

Irina sah auf die Uhr im Armaturenbrett und stöhnte genervt. »Ja, aber am Ende finden Marja und Burmin heraus, dass sie beide es waren, die in jener stürmischen Nacht aus puren Zufall zusammengefunden haben, vom Schicksal getrennt wurden und sich wieder begegnet sind. Das Ende mochte Sascha am liebsten. Wenn sich alles offenbart und die beiden Liebenden erkennen, dass sie schon lange vorher zusammengehörten.«

Manchmal kamen Leute nicht zusammen, obwohl sie zusammengehören, dachte ich missmutig, zog es aber vor, nicht weiter darauf einzugehen. In Schneckentempo bewegten wir uns durch die Dunkelheit, die nur von der weißen Landschaft im Lichtkegel der Scheinwerfer unterbrochen wurde. Das gleichmäßige Geräusch der Scheibenwischer lullte mich ein.

»Wie viele Leute sind denn eingeladen?«, fragte ich Irina, um uns vor dem Einschlafen zu bewahren. Sie dachte darüber nach.

»Zehn oder zwölf Personen. Nichts Großes. Nur ein paar nette Menschen.«

»Hm.«

Besorgt sah ich aus dem Fenster. Wenn es die ganze Nacht so weiter schneite, würde es schwer für mich, nachhause zu kommen. »Ich hoffe, du hast Platz für alle. Vielleicht müssen wir bei dir übernachten.«

»Natürlich. Ich habe ein großes Haus mit Gästezimmern und einer sehr bequemen Couch.«

Gefühlte Stunden später bogen wir nach rechts ab und fuhren an verschneiten Häusern mit kleinen Gärten vorbei. Wir waren in der Pampa und weit weg von jeglicher Zivilisation. Plötzlich blieb das Auto stehen und ich blickte mich erstaunt um. Außer Dunkelheit war nichts zu sehen.

»Endlich.« Irina öffnete ihre Tür und stieg aus.

Ich tat es ihr gleich und eisiger Wind erfasste mich. Gott verdammt, war das kalt. Als ich mich auf den Weg zum Kofferraum machte, um das viele Essen herauszuholen, das eine römische Legion für einige Monate hätte versorgen können, hielt Irina mich zurück.

»Komm rein Katjuschka, lass die Männer das Zeug ins Haus holen. Wir haben gekocht.«

Ich wollte widersprechen, immerhin hatten wir die Hände leer und konnten ein paar Sachen mitnehmen. Doch Irina wollte nichts davon hören und zog mich mit sich. Sie öffnete die Haustür und wir betraten einen hell erleuchteten Flur. Durch die Wärme des Hauses wurde mir bewusst, wie kalt und kribbelig meine Wangen waren. Erleichtert zog ich meine Handschuhe aus und rieb mir das Gesicht, während ich mich umsah.

Irinas Flur war riesig, vollgestellt mit Möbeln, Gartenwerkzeug und Krimskrams. An den Wänden hingen unzählige kleine und große Bilder. Einige waren schwarz-weiß und vergilbt, die Menschen darauf lange nicht mehr unter den Lebenden. Andere waren neuer und glänzten farbenfroh. Ich zog meinen Mantel aus und betrachtete die Fotografien. Ein Bild in der Mitte, das sehr zentral hing und größer war als viele anderen, kam mir bekannt vor.

»Das sind ja wir!« Überrascht trat ich näher. Irina, Jessie und ich standen in unseren Schürzen vor dem Laden und lächelten in die

Kamera. Jessie hatte noch kurze Haare und ich war viel molliger.

»Meine Mädchen und ich«, sagte Irina stolz und gesellte sich zu mir. Das Foto musste älter als ein Jahr sein. Ich war kaum wiederzuerkennen.

»Wie lange hängt das denn hier?« Seit dieses Bild aufgenommen worden war, war so viel vorgefallen. Es kam mir vor wie ein Echo einer längst vergangenen Zeit.

Irina legte den Kopf schräg und strich über den Bilderrahmen.

»Ich habe es sofort aufgehängt, als es mit der Post kam. Zwei Jahre vielleicht. Du und Jessie seht da noch ganz jung aus.«

»Hey! Wir sind immer noch jung«, widersprach ich entrüstet. Bei ihr klang das, als wären wir zu Mumien mutiert und würden bald zu Staub zerfallen.

»Natürlich, aber keine Mädchen mehr.« Sie nahm mir den Mantel ab und hängte ihn an die Garderobe. Ein Dutzend anderer Bilder hing daneben. Während ich meinen Schal abnahm, betrachtete ich jedes einzelne.

Ein blonder Junge von neun oder zehn Jahren mit einer unglaublichen dicken roten Katze auf dem Arm ließ mich innehalten. Der Kleine mühte sich ab, die Katze zu stemmen und lachte fröhlich in die Kamera. Die Katze sah extrem genervt und unzufrieden drein. Ich musste lachen und grinste den unbekannten Jungen an, der mir so seltsam vertraut vorkam. Die kleinen Grübchen und die blauen Augen berührten mich irgendwie. Ich strich ihm über die wilden blonden Haare und erschrak, als Irina plötzlich neben mir stand. Sie musste von meinem Lachen angelockt worden sein.

»Das ist Sascha mit Graf Tolstoi, seinem Kater. Er hat ihn nach Lew Nikolajewitsch Graf Tolstoi benannt.«

»Der ist ja furchtbar dick!« Ich konnte meine Augen nicht von den beiden lassen.

»Sascha hat diesen Kater geliebt.« Irina nahm das Bild von der Wand und reichte es mir. »Und dieser Kater ihn. Graf Tolstoi wich Sascha nie von der Seite. Immer war er in seiner Nähe.« Gedankenversunken sah sie auf die Fotografie in meiner Hand.

»Das war ein hartes Jahr, als der Graf starb. Ein paar Wochen zuvor ist Saschas Papa auf dem Bau verunglückt. Und dann der Graf. Das hat Sascha sehr mitgenommen. Danach wollte er keine neue Katze mehr.«

Traurig reichte ich Irina das Bild zurück. Sie nahm es entgegen und hängte es wieder auf, während sie weitersprach:

»Als ich ihm vorschlug, wenigstens einer anderen Katze ein Zuhause zu geben, wenn schon sein Vater nicht mehr ersetzt werden konnte, sagte Sascha: Es gibt nur einen Papa und es gibt nur einen Grafen.«

Tapfer lächelte sie mich an und ich lächelte zurück. In meinem Kopf rumorte es und kleine Puzzleteile setzten sich zusammen. Ich konnte die Ähnlichkeit zwischen Sascha und einer anderen Person, die mir sehr vertraut war, nicht länger leugnen. Mein Magen war weiter als mein Gehirn. Ihm wurde gerade so richtig schlecht.

Irina ging durch eine Tür und bedeutete mir, ihr zu folgen. Ich blieb stehen und fasste mir an den Bauch. Jemand begrüßte Irina freudig auf Russisch. Eine zweite männliche Stimme kam dazu und lachte über ihre Antwort. Obwohl diese zweite Person nicht Deutsch sprach und in meinen Ohren alles fremd klang, was sie sagte, wusste ich genau, wer da gerade mit Irina sprach. Ich würde seine Stimme aus tausenden anderen heraushören. Mein Magen verkrampfte sich noch mehr.

Alexander!

KAPITEL XIX

Die Sache mit Sascha

Für einen schwachen Moment wollte ich mir meinen Mantel schnappen und in die Schneewehen hinausstürmen. Das würde allerdings meinen sicheren Tod bedeuten und allen Anwesenden unnötig den Abend verderben. Die Gelegenheit verstrich und Irina kam zurück.

»Wo bleibst du denn?« Sie deutete ins Wohnzimmer und rief zu den anderen hinein: »Ich habe einen Überraschungsgast!«

Sie kam einen Schritt auf mich zu und schob mich durch die Tür. Viele Augen sahen neugierig auf uns und ich vermied es tunlichst, den Kopf nach rechts zu drehen, wo ich Sascha alias Alexander vermutete. Irina stellte mich in blumigen Wort vor, während wir reihumgingen. Als erstes lernte ich ihren Bruder kennen, einen älteren Herrn, vielleicht Anfang sechzig, mit dem Namen Wladimir. Seine Frau Ola war offensichtlich um einiges jünger. Sie reichten mir die Hand und sagten:

»Dobrej Wetscher.« Oder so ähnlich. Ich wiederholte das und sagte es offensichtlich falsch, denn alle kicherten.

»Mein ältester Bruder und seine Frau kommen aus St. Petersburg und verstehen kein Deutsch. Aber das macht nichts. Spätestens, wenn Menschen betrunken sind, sprechen wir alle eine Universalsprache mit unseren Händen.«

Ich nickte und hatte absolut keine Ahnung, was sie mir damit sagen wollte. In meinem Kopf ging es gerade drunter und drüber. In wenigen Sekunden würde ich Alex gegenüberstehen. Er würde mir entweder den Kopf abreißen, weil ich die Frechheit hatte, hier bei ihm zuhause aufzutauchen, oder er – und das würde mir das Herz brechen – ignorierte mich und tat, als würde er mich nicht kennen. Schlimmstenfalls würde er ersteres tun und mich dann hinauswerfen, was mir vor Irina und ihren Verwanden peinlich wäre.

Ich war gerade dabei, mir dieses Szenario vor meinem inneren Auge auszumalen, als Irina mich weiterschob und ihrem Neffen vorstellte. Die Furcht verflüchtigte sich für einen Augenblick.

»Iwan Iwanowitsch«, sagte er, stand auf und reichte mir fröhlich die Hand, bevor Irina etwas sagen konnte. »Aber in dieser Familie nennt man mich nur Iwan, den Kleinen.«

Überrascht musterte ich ihn von oben bis unten. Er musste zwei Meter groß sein.

»So klein bist du doch gar nicht.«

»Sein Vater, mein kleiner Bruder, heißt auch Iwan.« Irina musste erahnen, dass mich das irritierte, und führte näher aus: »Wir unterscheiden die beiden dadurch, dass wir den Älteren den Großen und den Jüngeren den Kleinen nennen. Unser Großvater hieß ebenfalls Iwan. Deshalb tragen sie beide den Namen Iwan Iwanowitsch.«

Ergab das Sinn? Warum hießen in dieser Familie alle gleich?

»Gab es in der Sowjetunion neben dem Versorgungsengpass mit Bananen, Orangen und Klopapier auch akuten Namensmangel?« Ich sah zwischen Iwan und Irina hin und her. Meine Frage amüsierte ihn.

»Schlimmer. Die Partei hat nur drei Namen erlaubt. Wladimir, Iwan und Alexander. Wer sich nicht daran hielt, wurde in den Gulag gesteckt.«

Irina kniff ihren Neffen in den Arm.

»Hör auf, der armen Katharina so einen Unsinn zu erzählen.« Sie blickte ihn streng an, wandte sich zu mir und sagte: »Wir durften die Jungs auch noch Igor nennen. Es waren also vier.«

Die zwei Scherzkekse lachten über mein verblüfftes Gesicht. Diese Familie hatte Humor und ich konnte nicht anders, als mitzulachen.

Kinder liefen an uns vorbei. Ein Mädchen und ein Junge, die mich ignorierten und auch nicht auf Irina hören wollten, die ihnen etwas auf Russisch zurief. Sie verdrehte die Augen und flüsterte mir ins Ohr:

»Wladimirs Kinder. Ich habe sie wirklich gern, aber sie können nicht für eine Sekunde stillsitzen. Es ist furchtbar. Er wurde ganz spät Vater und verwöhnt sie den ganzen Tag.«

Aus der Küche kamen noch mehr Stimmen und ich sah neugierig durch die offene Tür, um bloß nicht in Alexanders Richtung zu sehen. Irina schob mich gnadenlos weiter und ich spürte, dass ich als nächstes ihm gegenüberstehen würde. Mein Herz versank tief in meiner Unterhose.

»Hier ist jemand, den ich dir schon sehr lange vorstellen wollte.« Irina klang erfreut und aufgeregt zugleich. Ich bemühte mich um einen neutralen und entspannten Gesichtsausdruck, wusste aber, dass mir das nicht gelingen konnte. Als ich zu ihm hochsah, verzerrte sich mein Gesicht zu einer Grimasse.

»Katjuschka, das ist mein Sohn Sascha.«

»Hi«, sagte ich und reichte Alex die Hand. Er verzog keine Miene, ergriff sie, schüttelte sie kurz und erwiderte ganz trocken: »Hi.«

Gespannt sah Irina zwischen uns hin und her. Sie schien zu erwarten, dass nun etwas Aufregendes und Besonderes passierte, wie ein spontaner Heiratsantrag inklusive Feuerwerk.

Doch es geschah einfach nichts.

Wir schwiegen uns an. Ich vermied Alex' Blick. Er konnte kaum besonders begeistert sein. Irina trat näher an ihn heran und ich sah aus dem Augenwinkel, wie sie ihm heimlich auf den Fuß trat, damit er etwas sagte. Ich lachte und wandelte es gerade noch rechtzeitig in ein Husten um.

Die Stille wurde auch mir peinlich und ich nötigte mir ein »Schön dich endlich kennen zu lernen« ab.

Alex hob eine Augenbraue. Sein Gesicht sagte mehr als tausend Worte und ich wurde rot, weil ich gelogen hatte. Wir kannten uns ja schon.

»Nun, ihr beide solltet euch unbedingt unterhalten.« Irina versuchte, die Situation zu retten. »Sascha ist Sporttrainer und kennt sich super mit Ernährung aus«, teilte sie mir mit, sah zu ihrem Sohn hoch und eröffnete mit bedeutungsschwerer Stimme:

»Katharina macht auch Sport und hat dieses Jahr sogar an einem Wettbewerb teilgenommen. Ihr habt viel gemeinsam.«

Erneut musste ich ein panisches Lachen unterdrücken, verschluckte mich und bekam diesmal wirklich Husten. Besorgt klopfte Irina mir auf den Rücken und eilte davon, um mir ein

Glas Wasser zu holen. Während ich mich bemühte, wieder normal zu atmen, beugte Alex sich zu mir und flüsterte in mein Ohr:

»Was soll das? Was willst du hier?«

Ich hörte ihm an, dass meine Anwesenheit nicht erwünscht war. Das versetzte mir einen Stich und kränkte mich. Er mochte mich nicht mehr und gab sich keine Mühe, das zu verbergen. Sprachlos und unendlich traurig schwieg ich, bis Irina mit dem Wasser auftauchte. Sie bedachte Alex mit einem mahnenden Blick und forderte die Männer auf, das Essen ins Haus zu schaffen.

Sie nahm mich mit in die Küche und stellte mich noch einigen weiteren Menschen vor, die mich herzlichst begrüßten. Ich nickte freundlich, konnte mir aber weder ihre Namen merken noch mich auf sie konzentrieren. Die Begegnung mit Alex hatte mir jeden Nerv geraubt und ich stellte hastig mein Glas ab, als ich bemerkte, dass meine Hand zitterte.

»Was willst du hier?«, hatte er mich gefragt. »Dich«, wäre meine ehrliche Antwort gewesen. Doch darüber hätte er nur gelacht. Wenn überhaupt.

Auf der anderen Seite der Küche befand sich ein großes Esszimmer. Die anderen verteilten das Essen nach und nach auf große Teller und ich half ihnen mechanisch dabei. In Gedanken war ich noch immer bei der Frage, was ich hier wollte.

Seltsame Frage. Ich konnte ja nicht ahnen, dass er hier war. Woher auch? Ich hatte mich nicht eingeladen. Wütend hielt ich inne. Er konnte doch nicht ernsthaft annehmen, ich sei wegen ihm hier!

Oder doch?

Er wusste sicher schon die ganze Zeit, dass ich für seine Mutter arbeitete. Immerhin hing seit mehr als zwei Jahren ein Bild von mir in ihrem Flur. Dachte er, ich war absichtlich hier, um ihm aufzulauern?

»Komm, lass das die anderen machen. Du bist heute Gast.« Irina zog mich ins Esszimmer. Energischer, als man es einer so kleinen Person zugetraut hätte, platzierte sie mich auf einen der Stühle und schenkte mir ein Glas Wein ein, das ich dankend annahm. Ich wollte protestieren und ihr anbieten zu helfen, doch sie schüttelte den Kopf und kommandierte die anderen herum.

Ich nippte an dem Wein. Er war für meinen Geschmack zu süß. Trotzdem trank ich einen langen Schluck. Meine Nerven hatten es nötig.

In Windeseile wurde der Tisch mit allen möglichen Leckereien vollgepackt, bis er unter der Last ächzte. Einiges kam aus dem Laden, anderes muss aus dieser Küche stammen. Mein Magen meldete sich zu Wort. Ich hatte seit zehn Stunden nichts gegessen und heute Mittag sogar den Keks verschmäht. Andererseits war mir übel. Zur Beruhigung trank ich noch einen Schluck und kassierte einen strengen Blick von Alex, der mir gegenüber Platz nahm, obwohl seine Mutter ihn an meine Seite winkte.

Aus Trotz trank ich mein Glas leer und stellte es demonstrativ vor seiner Nase ab. Was ging es ihn an, ob ich über meinen Durst trank?

Iwan, der Kleine, setzte sich zu meiner Linken. Rechts von mir saß Ola, die Frau von Irinas Bruder. Sie sprach kein Wort Deutsch, aber lächelte mich so liebenswürdig an, dass ich sie sofort ins Herz schloss.

Irinas Neffe bemühte sich um meine Aufmerksamkeit, indem er auf das viele Essen zeigte und sich als kulinarischer Berater anbot.

»Ich kenne mich bestens mit der russischen Cuisine aus«, sagte er und schenkte mir aufmerksam Wein nach. Ich nickte dankbar, wollte das Beratungsangebot aber ausschlagen, als Irina mir zuvorkam:

»Sie braucht deine Hilfe nicht, Iwan. Katharina hat das heute Nachmittag mit mir gekocht und kennt die russische Küche besser als du. Sie isst das alles nämlich nicht nur, sondern weiß auch, wie man es zubereitet.«

Ich trank erneut einen Schluck und nickte bescheiden. Irina fuhr fort, ausführlich und maßlos übertreibend zu erklären, was für eine unersetzliche Hilfe ich ihr sei und wie gut ich selbst kochte. Verblüfft lauschte ich ihren Ausführungen. Sie hatte es vor Jahren schon aufgegeben, mir etwas beizubringen, und meine Talente im Spülen und dem Tragen schwerer Dinge von A nach B entdeckt. Nun stellte sie mich vor ihrer Verwandtschaft als ein Kochgenie dar, ohne dabei rot zu werden.

»Stimmt das?« Iwan sah mich bewundernd an.

»Äh.« Anders als Irina wurde ich auf der Stelle rot beim Lügen. »Irina übertreibt etwas. Ich gehe ihr meist nur zur Hand«, gestand ich und musste gleichzeitig daran denken, dass Alex haargenau wusste, was für eine Niete ich in der Küche war, und sich bei den Ausführungen seiner Mutter sonst was denken.

»Pah! Sie ist nur bescheiden«, widersprach Irina und reichte einem der Kinder einen Teller, den sie mit Pirogge beladen hatte. Iwan schnappte sich eingelegte Sprotten und legte mir ungefragt ebenfalls welche auf den Teller. Irritiert sah ich ihm zu.

»Hast du einen Freund?« fragte er unvermittelt und reichte mir Weißbrot. Total überrumpelt antwortete ich ehrlich: »Nein«.

Er grinste zufrieden. »So ein Zufall. Ich auch nicht.«

»Wirklich? So jemand Hübsches wie du hat doch sicher an jedem Finger einen hinreißenden Mann«, sagte ich und kaute auf dem Brot herum. Seit Monaten hatte ich kein Weißbrot im Mund gehabt. Ich schloss für einen Moment die Augen und genoss den Geschmack des Weizenmehls. Was für ein Genuss!

Iwan reagierte pikiert und legte beleidigt seine Gabel mitsamt der aufgespießten Sprotte weg.

»Ich bin nicht schwul, aber immer noch solo«, korrigierte er mich.

»Wie ist das möglich?«, erwiderte ich kauend und sah ihn schockiert an.

Irina musste unsere Unterhaltung belauscht haben. Sie sagte etwas auf Russisch zu Iwan und deutete dabei auf Alex, der sie wütend anfunkelte. Ungerührt nahm Iwan seine Gabel wieder in die Hand und verspeiste die Sprotte samt Kopf und Schwanz, bevor er seiner Tante auf Deutsch antwortete:

»Warum sollte ich? Im Gegensatz zu mir hat Alex schon eine Freundin. Er kann nicht alle haben.«

Okay, daraus konnte ich mir zusammenreimen, was Irina gesagt haben musste. Ich versank in meinem Stuhl. Wäre ich bloß in den Sturm gerannt.

Jemand trat gegen mein Knie.

»Autsch!« Ich zog meine Beine zurück. »Verdammt, was zur Hölle?«, fluchte ich, rieb die schmerzende Stelle und sah Alex wütend an.

»Sorry. Ich wollte ihn treffen.« Alex zeigte auf Iwan, der völlig gelassen seine Sprotten aß. Ich schüttelte erbost den Kopf und rückte etwas nach hinten, um nicht mehr in seiner Reichweite zu sein.

»Sag mal, Sascha, wie läuft es mit«, Iwan überlegte einen Moment. »Wie hieß sie noch mal? Katrina?«

Alex zog es vor, nicht zu antworten, sondern seinen Cousin wütend anzusehen. Ich versteckte mich hinter meinem Weinglas und hielt mich daran fest wie eine Ertrinkende an einem treibenden Ast. Die Stille am Tisch war unangenehm, bis Wladimir etwas auf Russisch fragte, das alle zum Lachen brachte und das Eis brach. Wie auf ein unsichtbares Kommando hin begannen alle, fröhlich zu essen und zu schwatzen.

Ich verschanzte mich hinter einem Berg aus russischem Wintersalat. Iwan machte weiter Konversation mit mir. Da ich stets den Mund voll hatte, begnügte ich mich mit »hm« und »aha« und überließ ihm das Reden.

Falls ich jemals einen Ratgeber schreiben musste, wie man am interessantesten auf Männer wirkte, wäre mein erster und wichtigster Tipp der Folgende: »Lass ihn reden und sieh ihn ab und an aufmerksam an.«

Nach ein paar Minuten gestand Iwan, dass er schon jetzt nach der kurzen Zeit unserer Bekanntschaft wusste, dass ich mit Abstand die interessanteste Frau war, die ihm in den letzten Jahren über den Weg gelaufen war.

Das Lustige war: Ich hatte keinerlei Gelegenheit gehabt, etwas über mich zu offenbaren, und ihm somit gänzlich das Wort überlassen. Unsere Unterhaltung, die sich ausschließlich um ihn drehte, beeindruckte ihn nachhaltig und verleitete ihn dazu, mich mit Komplimenten zu überhäufen. Ich sagte zu allem brav »danke« und trank meinen Wein.

Da Iwan das Reden für uns beide übernahm, nutzte ich die Gelegenheit, mich durch alles zu fressen, was sich in meiner Reichweite fand. Die letzten Wochen hatte ich mich zur Bestrafung gequält und mir alles verboten, was auch nur ansatzweise gut schmeckte. Doch unter all dem Alexander-Stress konnte ich mich nicht mehr zurückhalten und langte kräftig zu.

Iwan fiel mein gesunder Appetit auf.

»Du musst tolle Gene haben, wenn du so viel essen kannst und deine Figur dabei hältst«, kommentierte er und fuhr fort, von seinen Noten aus der dritten Klasse zu berichten.

Resigniert ließ ich die Gabel sinken und entschied mich gegen noch mehr Braten und Weißbrot. Zufällig streiften meine Augen Alex, der Iwan und mich ruhig und belustigt beobachtete. Als er meinen Blick bemerkte, setzte er ein grimmiges Gesicht auf und warf Blitze in meine Richtung. Ich konnte nicht anders, als ihm schnell die Zunge herauszustrecken wie ein kleines Kind, bevor ich mich mit einem interessierten »aha« wieder Iwans Ausführungen widmete.

Russische Familienfeiern wie diese hier fanden am Esstisch und auf einer improvisierten Tanzfläche statt. Entweder unterhielt man sich und aß immerzu, oder man ging Tanzen, kam wieder, stieß auf das Wohl aller an, hielt eine kleine Rede und aß einen Happen, um dann gestärkt weiter zu tanzen.

Erheitert und überfressen betrachtete ich das fröhliche Treiben. Alex tanzte ausgelassen mit seiner kleinen Cousine, die sich auf seine Füße stellen musste, weil sie ihm nicht einmal bis zur Hüfte reichte.

Heimlich beobachtete ich ihn und wünschte mir, zwischen uns wäre alles in Ordnung. Dieser Abend hätte perfekt sein können, stünden nicht Benji, die Hochzeit und einige Missverständnisse zwischen uns. Gerade, als ich mich dazu aufraffen wollte, Alexander anzusprechen und um ein kleines Gespräch zu bitten, kam mir Iwan in die Quere.

Er wollte unbedingt mit mir tanzen. Ich konnte mich kaum dagegen wehren und Irina musste mir beispringen, indem sie ihm die Bedeutung des Wortes »Nein« erklärte. Dennoch bekam ich ihn nicht vom Hals. Nach einer Stunde Iwan wusste ich, dass zwischen uns selbst dann nichts laufen würde, wenn wir die letzten Menschen in einem Raumschiff wären und die Menschheit nur durch gemeinsamen Coitus vor dem Aussterben bewahren könnten.

Panisch sah ich mich nach jemandem um, den ich in unser Gespräch einbeziehen konnte, um mich vor Iwan, dem Schrecklich-Selbstbezogenen, zu retten. Doch kein Retter in Sicht. Außer Alex, der ruhig am Tisch saß, seinem Onkel mit halbem Ohr zu hörte und mich und Iwan gedankenverloren ansah.

Ich versuchte, seine Aufmerksamkeit zu erregen. Das war nicht leicht. Als er checkte, dass ich ihn dabei beobachtete, wie er mich beobachtete, wandte er sich sofort zu seinem Onkel um. Lange konnte er sich nicht auf ihn konzentrieren. Immer wieder schweiften seine Augen zu mir ab.

Ich machte unauffällig eine Grimasse, sagte »hm« zu Iwan, der mir selbstversunken Handyfotos von seiner Wohnung zeigte, und flehte Alex durch Pantomime an, mir zu helfen. Er legte den Kopf schief und tat, als müsste er darüber nachdenken. Das brachte mich dazu, die Augen zu rollen, was Iwan als Geste der Ablehnung seiner Küche missverstand.

»Sie ist recht altbacken, aber mit jemandem an meiner Seite, der wirklich kochen kann, würde ich sofort eine neue einbauen lassen«, versicherte er und zeigte mir ein Foto seines Motorrads.

Alex erbarmte sich meiner und erhob sich, doch zu meinem Bedauern war Irina schneller.

»Kannst du schnell die Matratzen von oben holen und sie im Gästezimmer aufstellen?«, bat sie Iwan und drückte mir zugleich ein volles Weinglas in die Hand.

»Kann das nicht Sascha machen?«, fragte er missmutig.

Irina schüttelte den Kopf.

»Er ist gerade beschäftigt«, sagte sie und wir alle blickten zu Alex, der mitten im Wohnzimmer stand und sich wunderte, warum wir ihn ansahen. Iwan schüttelte den Kopf, ging aber brav die Treppe hinauf, nachdem Irina ein langes »Bitte« hinterhergeschoben hatte.

»Du musst über Nacht bleiben. Draußen stürmt es noch immer und die Straßen sind nicht gestreut.« Irina winkte Alex heran.

»Wärst du so nett und zeigst Katharina dein Kinderzimmer?«, fragte sie ihn. Völlig überrumpelt, starrte er sie sprachlos an.

»Wieso?« Oje, er sah genervt aus. Ich trank schnell noch einen Schluck Wein und starrte peinlich berührt in eine andere Richtung. In was war ich da nur wieder reingeschlittert?

»Wieso?«, wiederholte Irina. »Katharina ist hier Gast und kann doch nicht einfach auf der Couch schlafen. Du überlässt ihr für eine Nacht dein Zimmer und schläfst hier unten. Du musst ihr nur Zimmer und Bettwäsche zeigen.«

Alex war alles andere als begeistert, entschied sich jedoch gegen eine Diskussion mit seiner Mutter und ging an mir vorbei. Als ich ihm nicht folgte, drehte er sich am Treppenabsatz um und sah mich ungeduldig an. Mit meinem noch vollen Weinglas eilte ich ihm hinterher.

An der Treppenwand hingen noch mehr Fotos. Neugierig blieb ich stehen und betrachtete den jugendlichen Alex, der tat, als würde er mit der Handkante ein Stück Holz zerschlagen. Ein Bild weiter war er in Badehose und noch ganz schlaksig. Er konnte nicht älter als siebzehn oder achtzehn gewesen sein. Ein Räuspern riss mich aus der Betrachtung und ich lief die restlichen Treppen hinauf.

Alex stand in seinem Zimmer. Es war mehr Kinderzimmer als befürchtet und ich lachte, als ich eintrat. An der Decke hing noch eine Galaxie, an der Wand Fußballer und Bikinimädchen. Auf dem Regal standen ein paar Power-Rangers. Fasziniert stellte ich mein Weinglas ab und griff nach einer der Figuren.

»Nichts anfassen«, sagte Alex, nahm sie mir weg und stellte sie zurück.

»Hey«, protestierte ich und holte sie mir zurück. »Die habe ich auch alle. In der großen Pause durfte ich immer den gelben Ranger spielen.«

Er nahm mir die Figur erneut ab, sah mir tief in die Augen und wiederholte: »Nichts anfassen.«

Traurig blickte ich zu ihm hoch. Er gab sich wirklich Mühe, gemein und unnahbar zu sein. Vielleicht hatte ich das verdient. Und doch wollte ich nicht, dass er so zu mir war. Seit Stunden dachte ich an nichts anderes als daran, in seine Arme zu springen, meine Lippen auf die seinen zu pressen und mich unanständig an ihm zu vergehen.

Er hatte andere Pläne, zog das Bett ab und drückte mir frische Laken in die Hand.

»Falls du eine Zahnbürste brauchst, wir haben im Gästebad noch verpackte im Spiegelschrank.« Ohne mich direkt anzusehen, wollte er wieder zur Tür hinaus.

»Halt«, sagte ich hastig. Das war vielleicht meine einzige Möglichkeit, mich nochmals bei ihm zu entschuldigen. Alex wartete. Wo sollte ich anfangen? Ich hatte so viel falsch gemacht, dass ich nicht wusste, wofür ich mich als erstes rechtfertigen sollte.

»Ja?« Alex sah mich ungeduldig an.

»Ich hatte nichts mit Benji. Nicht mal einen Kuss«, sagte ich ganz schnell und sah ihm im die Augen. Hoffentlich glaubte er mir. Ich hatte ihm all das schon per Facebook geschrieben. Lange Nachrichten, in denen ich meine Fehler haarklein eingestand, Franzi in Schutz nahm und hunderte Male um Verzeihung bat. Bis heute hatte ich keine Antwort erhalten. Vielleicht hatte er die Nachrichten nicht einmal gelesen? »Ich will, dass du das weißt.«

Er ließ mich einfach stehen und ging hinaus. Für ein paar Minuten tat ich nichts anderes als den Rudi Völler der Neunziger anzustarren. Ich setzte mich aufs Bett und spürte, wie eine Träne über meine Wange lief. Ich hatte es verkackt. Das musste ich spätestens jetzt akzeptieren.

Irgendwann war ich soweit, wieder zurück zur Feier zu gehen. Doch hielt ich nicht mehr lang durch. Der Tag hatte mich so geschafft, dass ich beinahe am Tisch eingeschlafen wäre. Nach dem Zähneputzen und vielen fröhlichen Gute-Nacht-Wünschen war ich wieder in Alex' Zimmer.

Mir war seltsam zumute. Wehmut über die verlorene Chance, glücklich zu werden, übermannte mich und während von unten fröhliche Stimmen zu mir drangen, schlief ich traurig ein.

*

Mitten in der Nacht weckte mich meine volle Blase. Ich war zu faul, um aufzustehen, doch sie machte eine Menge Druck. In meinem Höschen und einem Shirt aus Alex' Schrank schlich ich auf den Gang hinaus. Die Toilette im ersten Stock war besetzt. Jemand kämpfte mit seinem Magen. Da sich das nach etwas Längerem anhörte, musste ich die im Erdgeschoss benutzen. Ich wusste nicht, wo der Lichtschalter war und tastete mich langsam vor. Beinahe wäre ich die Treppe hinuntergefallen. Nach langem Hin und Her fand ich das Bad und die ersehnte Erleichterung.

Mein Mund fühlte sich ganz fusselig an und ich beschloss, mir in der Küche noch ein Glas Wasser zu holen.

Erneut fand ich mich auf der Suche nach einem Lichtschalter wieder. Als ich ihn endlich ertastet hatte und die Deckenlampe in der Küche aufleuchtete, entfuhr mir ein kleiner Ausruf des Triumphs, der sich schnell in einen Schrei verwandelte. Jemand stand still in der Küche und jagte mir einen Mordsschrecken ein.

Ich erholte mich schnell, als ich Alex erkannte, und atmete mehrfach tief ein und aus, um mich zu beruhigen. Er trug nur Boxershorts und lehnte lässig an der Anrichte.

»Verdammte Scheiße, hast du mich erschreckt!« Ich griff mir an die Brust. Was machte er ohne Licht in der Küche? Verwundert sah ich ihn an. Er verzog keine Miene, sondern starrte einfach weiter vor sich hin. Ich schüttelte den Kopf. Mein Herz klopfte noch immer bis zum Hals.

»Was machst du hier?«, fragte ich und lehnte mich ebenfalls an die Anrichte. Keine Antwort. Falls er vorhatte, mich mit diesem Verhalten auf die Palme zu bringen, gelang ihm das meisterlich. Ich schnappte mir ein Glas und füllte es mit Leitungswasser.

»Du hättest es besser wissen können«, hörte ich Alex sagen und wandte mich verwundert zu ihm um. Was meinte er damit? Ich runzelte die Stirn und sah ihn fragend an.

»Du hättest das mit mir und Melissa besser wissen müssen«, erläuterte er.

Ich nickte. »Ja, du hast recht und es tut mir leid. Ich war zu leichtgläubig.«

Er schüttelte den Kopf. So wollte er das nicht hinnehmen.

»Wie hätte ich ahnen können, dass er mich absichtlich belogen hat?« Ich machte einen Schritt auf ihn zu. »Warum hast du mich nicht vor ihm gewarnt?«

»Ich dachte, du wärst klug genug, von allein draufzukommen.«

Ich musste lachen.

»Tut mir leid, aber manchmal bin ich eben nicht die Hellste. Für etwas Hilfestellung und vielleicht eine kleine Andeutung wie ›Benji ist ein Arschloch und verlogen‹ wäre ich dir sehr dankbar gewesen.«

Er fuhr sich durchs Haar und wirkte unsicher, wie er mit der Situation umgehen sollte.

»Das mit der Hochzeit war eine blöde Idee«, sagte er schließlich.

Ich nickte, sah in mein Glas und erwiderte: »Ja, im Nachhinein wäre ich lieber nochmal mit dir nach Wien.«

Alex nahm mir das Glas ab und stellte es zur Seite. Irritiert sah ich zu ihm hoch und spürte seinen Lippen auf den meinen. Wirklich mit allem hatte ich heute gerechnet, nur damit nicht. Ich erwiderte seinen Kuss mit der gleichen Leidenschaft und war enttäuscht, als er mich mit beiden Händen an der Schulter packte und von sich schob. Benommen sah ich ihn an.

»Ich finde dein Verhalten in der ganzen Sache unmöglich. Und ich bin so wütend, ich würde dich am liebsten –«

Er sprach nicht weiter. Dafür war er zu aufgebracht. Ich wollte keine Standpauke, ich wollte noch einmal geküsst werden. Doch er dachte nicht daran, sondern fuhr fort:

»Du hättest wissen müssen, dass Benji dich anlügt und ich nie und nimmer jemanden dermaßen ausnutzen könnte. Du hättest nicht Franziska reinziehen sollen und verdammt nochmal nicht zu der Hochzeit deines Exfreunds fahren dürfen! Ich weiß gar nicht, was von alldem mich am rasendsten macht!«

Ich nickte. Was er mir auch vorwarf, ich hätte es abgesegnet und jede Schuld auf mich genommen, solange er mich wieder küsste.

»Es ist unvernünftig, aber ich liebe dich, obwohl ich weiß, dass du mir das Herz brechen wirst.«

Meine Kinnlade klappte nach unten, als er das sagte. Ich fühlte mich ganz benommen. Fantasierte ich?

»Bitte was?«, fragte ich und fasste ihn ganz fest am Unterarm, damit er nicht weglief, bevor er das wiederholt hatte.

»Ich liebe dich, aber ich glaube, dass es dir da nicht so geht und du mir das Herz brechen wirst«, wiederholte er ganz langsam und ernst.

Ich wusste darauf keine Antwort. Wie ein Fisch auf dem Trockenen öffnete und schloss ich den Mund. Er liebte mich? Mich? Ich konnte es nicht glauben.

»Mich?« Um ganz sicher zu gehen, zeigte ich mit dem Finger auf mich.

Er verzog das Gesicht. »Ist hier noch jemand im Raum, der sich angesprochen fühlen könnte?«

»Und du glaubst. Also du. Du glaubst, ich könnte dir das Herz brechen! Ich? Die Frau mit dem Elefantenshirt?« Mein Gehirn konnte es nicht verarbeiten. Ich musste nachhaken.

Er zog es vor, nicht zu antworten und beschränkte sich auf ein Kopfschütteln. Aus meinem Innersten stieg ein Lachflash nach oben und ich konnte mich nicht beherrschen. Ich hielt mir den Bauch und lachte so laut, dass Alex meinen Mund mit der Hand bedeckte, damit ich nicht das ganze Haus aufweckte.

»Pst, Katha.«

Mein Körper bebte vor Lachen und brauchte Zeit, um sich zu beruhigen. Alexander sah mich wütend und irritiert zugleich an, nicht fähig, meine Reaktion richtig einzuordnen. Ich schüttelte den Kopf und legte ihm den Zeigefinger auf die Brust.

»Das musst ausgerechnet du sagen.« Ich bohrte meinen Finger tiefer in seinen Brustmuskel. »Du wusstest die ganze Zeit, dass ich mit deiner Mutter zusammenarbeite, und hast kein Wort gesagt.« Ich sah ihm böse in die Augen und erst jetzt kam mir der Gedanke, dass er am Anfang absichtlich gemein und unbarmherzig gewesen war. »Du hast mich sofort erkannt. Wegen des Fotos, nicht wahr? Letztes Jahr am Fahrradständer. Du hast genau gewusst, wer ich war!«, rief ich aus und erschrak selbst über die Erkenntnis. Erst jetzt ergab sein Verhalten einen Sinn!

»Du wusstest, wer ich war und wolltest mich vergraulen, weil du dachtest, deine Mutter hätte mich geschickt! Sie wollte uns schon seit Jahren verkuppeln.«

Sein Gesicht verriet mir, dass ich richtig lag.

»Und deswegen hast du mich die ersten Monate so gequält. Um mich loszuwerden!«

Sauer tippte ich auf seiner Brust herum. »Als du dann gecheckt hast, dass ich nichts von dir wollte und gänzlich anderes im Sinn hatte, hast du dich an mich rangemacht und wollest was mit mir anfangen, obwohl du spätestens dann wusstest, dass ich noch an Johannes hing. Also wolltest du nur Sex!«

Ich steigerte mich immer mehr hinein. In den letzten Wochen hatte sich unendlich viel Wut in mir aufgestaut, die jetzt hinauswollte.

»Du hast mich nicht vor Benji gewarnt, den du mit deiner blöden Wette überhaupt erst in die ganze Geschichte reingezogen hast. Was hatte ich vorher mit Benji zu tun? Nichts! Dazu kommt, dass du mir die meiste Zeit extrem arrogant und herablassend begegnet bist. Außerdem«, ich musste Luft holen, »außerdem läufst du immer weg, wenn es kompliziert, ernst oder emotional wird. Man kann keinen vernünftigen Streit mit dir führen!«

Wütend sah ich ihm in die Augen.

»Die einzige Person, die hier ihr Herz riskiert, bin ja wohl ich! Und falls du es noch nicht gecheckt hast, ich habe es schon vor Monaten verloren und bis jetzt bist du nicht besonders sorgfältig damit umgegang–«

Ich kam nicht dazu, den Satz zu beenden. Alex erstickte ihn mit einem Kuss. Wütend erwiderte ich ihn, drückte mich fest an ihn. Er roch so gut und fühlte sich einfach so unfassbar gut an. Ich wusste nicht, wohin zuerst mit meinen Händen.

»Ich liebe dich«, flüsterte Alex in meinen Hals und hinterließ kleine Küsse auf dem Weg von meinem Ohr zur Brust.

»Ich liebe dich mehr«, antwortete ich trotzig und ließ mich nur allzu willig von ihm hochheben. Ich krallte mich in seine Oberarme und wollte mit dem Küssen nicht mehr aufhören.

In der Dunkelheit wären wir beinahe über etwas gestolpert, doch Alex schaffte es gerade noch, das Gleichgewicht zu halten. Er legte mich auf dem Sofa ab und zog mir das Shirt über den Kopf. Kurz darauf waren wir nackt. Den Rest kann man sich denken.

– ENDE –

EPILOG

Ich wachte benommen auf und sah mich in der Dunkelheit um. Nackt, wie Gott ihn geschaffen hatte, lag Alex neben mir auf der großen Couch und atmete leise ein und aus. Bei der Erinnerung an die vergangenen Stunden lächelte ich.

Er liebte mich und hatte Angst, ich würde ihm das Herz brechen. Ich lachte leise. Es war urkomisch. Vorsichtig ertastete ich meine Umgebung und fand mein Shirt und das Höschen. Ich wusste, dass ich nicht mehr würde einschlafen können und es machte mir nichts aus. Es gab so viel, worüber ich mir klar werden musste und ich wollte die Stille des frühen Morgens dafür nutzen. Ich zog mich leise an und bedeckte Alex' Hintern mit der Decke. In der Küche machte ich mir einen Kaffee. Ich schlich an das große Wohnzimmerfenster und sah hinaus.

Der Sturm war vergangen und hatte himmlischen Frieden hinterlassen. Am Horizont ging die Sonne auf und färbte die Umgebung rosarot. Mit großer Vorfreude beobachtete ich, wie sie langsam die Landschaft erhellte und alles zum Strahlen brachte. Bäume, Felder, Häuser lagen unter einer hohen Decke Schnee und kein Dreck oder Fußabdruck störte die winterliche Perfektion. Meine Brust fühlte sich zum ersten Mal seit langem frei zum Atmen und federleicht an. Als wäre mir eine schwere Weste abgenommen worden, die ich mit mir herumgetragen hatte, bis ich sie vergaß und nicht mehr ablegen konnte.

Ich stellte meine Tasse ab, ging zurück in Alex' Zimmer und griff nach meinem Handy. Es war eine Weile her, seit ich mit Jessie geschrieben hatte. Unsere letzte WhatsApp-Konversation lag über zwei Monate zurück.

08:00 Katha: *Danke.*

In Nachhinein ergaben Jessies Anspielungen auf Sascha Sinn. Ihrer gestrigen Sturheit hatte ich es zu verdanken, dass ich heute hier war. Vielleicht war unsere Freundschaft doch nicht am Ende. Vielleicht war sie gar nicht mehr sauer auf mich.

Das Display leuchtete auf. Jessie. Wie kam es, dass sie um die Zeit wach war?

8:03 Jessie: *Nichts zu Danken.*

Glücklich legte ich das Handy weg und ging zurück nach unten.

Lieber Leser,

ich hoffe, mein zweiter Roman hat dich unterhalten. Wenn ja, dann hinterlasse mir doch eine Rezension oder besuche meine Facebookseite und teile mir deine positive oder auch kritische Meinung mit.
Mein nächstes Projekt ist:

»Fit Me Up 2 – Boxis Geschichte«.

Ich bin bereits dran und freue mich riesig, wenn es diesen Winter am 01.12.2018 veröffentlicht wird. Weitere Infos dazu gibt es hier.

Liebe Grüße

Leah Hasjak

England, 19. Jahrhundert.

Mit dem Tod ihres Vaters wird Judith alleinige Erbin eines großen Vermögens. Noch nicht volljährig, ist sie der Willkür ihres angeheirateten Onkels ausgeliefert, der sie mit seinem jüngsten Sohn vermählen möchte. Um seiner Vormundschaft zu entkommen und frei über ihr Geld verfügen zu können, entschließt sie sich, einen fremden schottischen Lord zu heiraten.

Er ist bereit, einen Ehevertrag zu unterzeichnen und somit auf ihr Vermögen zu verzichten, wenn sie dafür seine Schulden tilgt. Dann sollen sich ihre Wege wieder trennen. Für Judith liefe alles nach Plan, wenn da nicht die Liebe wäre ...

Eine aufregende Liebesgeschichte mit starken Persönlichkeiten, klugen Dialogen und erotischem Knistern.

Printed in Germany
by Amazon Distribution
GmbH, Leipzig

18609280R00207